KB253669

김남천 단편선
맥

책임 편집 · 채호석

서울대학교 국어국문학과와 같은 과 대학원 졸업.
현재 한국외국어대학교 사범대학 한국어교육과 교수.
저서로는『한국 근대 문학과 계몽의 서사』『문학의 위기, 위기의 문학』등이 있음.

한국문학전집 26

맥

김남천 단편선

초판 1쇄 발행 2006년 3월 31일
초판 6쇄 발행 2022년 10월 5일

지 은 이   김남천
책임 편집   채호석
펴 낸 이   이광호
펴 낸 곳   ㈜**문학과지성사**
등록번호   제1993-000098호

주   소   04034 서울 마포구 잔다리로7길 18(서교동 377-20)
전   화   02)338-7224
팩   스   02)323-4180(편집) 02)338-7221(영업)
전자우편   moonji@moonji.com
홈페이지   www.moonji.com

한국문학전집

김남천 단편선
맥

채호석 책임 편집

문학과지성사 한국문학전집 26

｜일러두기｜

1. 이 책에 실린 작품은 김남천이 1931년부터 1951년까지 발표한 작품 중에서 선정한 14편의 단편 소설이다. 각 작품의 정확한 출처는 주에 명기되어 있다.

2. 이 책의 맞춤법은 1988년 1월 19일 문교부 교시 '한글 맞춤법'에 따를 것을 원칙으로 하였다. 단 작품의 분위기에 영향을 준다고 판단되는 방언이나 구어체 표현, 의성어, 의태어 등은 그대로 두었다.

   예) 담홍이 서울 간 데가 <u>발쎄</u> 이태가 되나.

   　　내가 뭐, 그런 소릴 <u>듣겠다누</u>.

3. 대화를 표시하는「 」혹은『 』은 모두 " "로 바꾸었고, 대화가 아닌 강조의 경우에는 ' '로 바꾸었다. 책 제목은 『 』로 표시하였다. 말줄임표 '‥' '…' '……' 등은 모두 '……'로 통일하였다. 단 원문에서 등장인물의 머릿속 생각을 표시하는 괄호는 작은따옴표(' ')로 바꾸었고, 작가가 편집자적 논평을 붙인 부분은 괄호(( )) 안에 표시해 두었다.

4. 외래어 표기는 1986년 1월 7일 문교부 고시 '외래어 표기법'에 따라 바꾸었다(예 ①). 단 작품의 분위기에 영향을 준다고 판단되는 경우에는 원본을 그대로 살렸다(예 ②). 그리고 일본어의 경우에는 원문대로 표기하고 일본어 원문은 주로 표시하였다.

   예) ① 나는 미리 작성하였던 프로그램대로 이야기하였다.

   예) ② <u>벤또</u> 싸가지구 우리두 다 가자!('도시락'의 잘못된 표현).

5. 책임 편집자가 부가적으로 설명이나 단어 풀이가 필요하다고 판단되는 경우에는 미주로 설명을 붙여놓았다.

공장 신문

1

가을 바람이 보통벌 넓은 들 무르익은 벼 이삭을 건드리며 논과 논, 밭과 밭을 스쳐서 구불구불 넘어오다가 들 복판을 줄 긋고 남북으로 달아나는 철로에 부딪쳐 언덕 위에 심은 백양목 가지 위에서 흩어졌다. 뒤를 이어 마치 해변의 물결과 같이 곡식 위에서 춤추며 다시금 또 다시금 가을 바람은 불려왔다.

하늘은 파란 물을 지른 듯이 구름 한 점 없고 잠자리같이 보이는 비행기 한 쌍이 기자림 위를 빙글빙글 돌고 있었다.

열두시의 기적이 난 지도 이십 분이나 지났다. 신작로 옆에 '평화고무공장' 하고 쓴 붉은 굴뚝을 바라보며 벤또[1] 통을 누렇게 되어가는 잔디판 위에 놓고 관수는 '마코'[2]를 한 개 붙여서 입에다 물었다. 점심을 먹고 물도 안 마신 판이라 담배가 입에 달았다.

한번 힘껏 빨아서 후우 하고 내뿜으며 그대로 언덕을 등지고 네 활개를 폈다. 눈은 광막한 하늘을 바라보았다. 파랗게 점점 희미해져서 없어지는 담뱃내가 얼굴 위에 어울리다가 풀숲을 스쳐서 오는 바람을 따라 그대로 없어지곤 하였다. 그는 연거푸 그것을 계속하였다.

　―염려 마라. 우리에겐 조합이 있고 단결이란 무서운 무기가 있네.

　신작로 위를 뛰어가며 하는 직공의 노랫소리가 쟁쟁하게 들려왔다. 철롯길 옆이라 먼 곳에서 오는 듯한 기차의 소리가 땅에 울려왔다. 그 밖에 이 넓은 보통벌에는 가을 바람에 불리는 벼이삭의 소리가 살랑살랑할 뿐이다.

　때때로 관수의 마음은 몹시 가라앉았다. 혼자서 담배를 빨며 앉았으면 초초한 마음이 가라앉는 것을 느낄 수 있었다.

　그는 최근에 이르러 자기가 완전히 초조하여 있다고 생각하였다.

　이렇게도 해보고 저렇게도 해보고 자기 앞에 남겨놓은 임무를 다하기 위하여 있는 데까지의 지혜와 경험을 털어서 모든 것을 해보았어도 일은 마음대로 되어가지 않았다.

　어떻게 하면 조그만 불평불만이라도 잡을 수가 있을까? 어떻게 공장 안에서 일어나는 불평불만을 대표하여 그의 선두에 설 수 있을까? 공장 노동자 속에 아직 뿌리를 박고 있는 타락한 조합 간부의 힘을 어떻게 없이 할 수 있을까? 한번 손을 붙였다가 실패하면 그럴수록 자기가 우울해지고 초조해지는 것만 같았다. 같이 의논할 동무를 어떻게 획득할까? 여기에 대해서는 관수는 너무

의심하는 점이 많아 보였다. 수준이 높고 일에 대해서 경험을 가진 사람만을 획득하려는 관수의 이때껏 태도는 잘못이었다. 처음에는 소질이 있는 자, 경향이 괜찮은 자 이런 것으로부터 훈련을 쌓아줄 것을 생각지 못하였다. 여기에 대한 관심을 버리고 공연히 대중의 선두에 서겠다고 애써야 그것은 아무 소용도 없었다. 그렇게 수준이 높은 노동자는 지난 여름 파업 때에 다 없어지고 지금은 하나도 없었다.

관수도 무엇인지 똑똑하게는 몰라도 자기에게 결함이 있는 것을 알고 있었다. 그렇기 때문에 그는 그럴 때마다 누구의 가르침을 받고 싶었다.

지나간 여름 파업이 완전히 실패로 돌아가고 몹시 전열이 혼란해져서 입으로 옮길 수 없는 악선전이 공장과 공장을 떠돌 때에 돌연히 참말로 번개같이 잠깐 동안 만났던 어떤 사나이한테서는 그 후 지금까지 두 달이 되어도 아무 소식이 없었다.

그 사나이가 지금 있으면 얼마나 좋을까 하고 그는 생각하였다. 침착한 태도로 말하던 그 사나이는 말하는 품으로 보아서 결코 이곳 사람은 아닌데 그때 파업의 사정과 또 파업 수습에 관해서 일후에 활동할 것을 어떻게 그렇게 똑똑히 아는지 몰랐다. 평양의 모든 일을 환하게 꿰어두고 이곳서 사는 사람보다도 잘 알았다.

그를 만난 이후 관수는 혼자서 생각하였다. 물론 누구에게도 그것을 말할 수는 없었다. 자기에게 그 사나이와 만날 시간과 장소를 가르쳐준 일환이는 그때 벌써 폭력 행위 위반으로 끌려갔을 때였다. 좌우간 일환이와 어떤 관계가 있는 사람인 줄은 알 수 있었다. 그러나 일환이는 어떻게 이 사나이를 알았을까?

파업 때에 관수가 자기와 아무 면식도 없는 사람과 이렇게 만난 적은 여러 번 있었다. 그러나 이 방울 같은 눈을 가진 사나이는 그들과는 어느 곳인가 다른 곳이 있었다. 이 사나이를 다시 만난다는 것은 아무리 생각해도 공상 같았다.

"아마 일 개월 안으로, 어쩌면 좀 늦게 다시 만나게 되든가 혹은 서로 소식을 듣게 될 것입니다."

"……"

그 사나이는 잠깐 머리를 숙이고 생각하다가 다시 머리를 들고 말을 계속하였다.

"일후에 누구를 만나서 인사를 할 때에 그 사람의 성명의 가운뎃자가 타탸 줄[3]이고 열한 글씨, 즉 획수가 열한 개이면 그 사람을 믿어주시오. 또 그러노라면 같이 일할 동무들이 생기겠지요!"

말을 끝맺고 힘 있게 악수를 하고는 다시 뒤도 돌아다보지 않고 가버렸다.

일 개월이 지나고 이 개월이 지나도 아무 소식도 없었다.

이렇게 언덕 위에 누워서 가만히 생각하면 그 사나이를 만나던 생각이 머리와 눈앞에 떠올랐다.

"타탸 줄 열한 획수."

"타탸 줄 열한 획수."

　　　　　　　　　　　　＊

　공장에서 기적이 울었다. 관수는 궁둥이에 묻은 마른 풀잎을 털면서 벤또 통을 들었다. 그리고 언덕길을 걸어서 공장을 향하여 걸어갔다.

　"관수! 관수!!"

　그는 그를 부르는 소리에 머리를 들었다. 그것은 공장 뒤였다. 두서너 직공이 손짓을 하며 빨리 오라고 하였다. 그러고 보니 신작로를 뛰어서 공장 문으로 모여드는 직공들이 많았다. 무슨 일이 생겼나?

　"뭐이가?"

　"뭐이가 애……"

　신작로를 뛰어오는 직공들이 지저귀었다. 관수는 벤또 통을 덜거덕 소리 안 나게 바싹 쥐고 언덕길을 달음질쳐갔다.

　　　　　　　　　　　　2

　벌써 작업실로 들어가는 낭하[4]에는 남직공 여직공이 겹겹이 싸여 돌았다. 앞에 서 있는 자들은 얼굴이 노기가 올라서 붉으락푸르락하며 무엇을 소리 높여 고함치고 있으나 지금 달려온 맨 뒤에 선 직공들은 사건의 내용도 모르고 그대로 웅성웅성하기만 하였다. 어떤 젊은 직공은 앞에 선 직공의 뒤를 무르팍으로 떠밀고 후덕덕 하고 뒤를 돌아다보는 놀란 얼굴을 하! 하! 하고 웃었다.

관수는 사건의 내용을 알려고 귀를 기울였으나 잘 들을 수가 없었다. 발을 곧추고 앞을 넘겨다보았다. 일은 결코 낭하에서 일어난 것이 아니고 낭하에서 수도가 있는 물 먹는 방으로 가는 그 사이에서 생긴 것 같았다. 그는 어떻게 해서든지 그 속으로 들어갈 것을 생각하였다. 이번에는 일을 삼아본다 하는 결심이 덤비는 가운데서도 생각되었다. 그는 몸을 틈에다 비어 꽂고 가운데로 뚫고 들어갔다.

"물을 먹어야 살지 않우!"

그는 그 속에 얼굴을 들었다.

"좌우간 덤비지 말고 조용들 해!"

대답하는 소리는 완전히 떨리는 목소리였다.

"그 구정물을 먹으라고 수도를 막다니! 직공은 개돼지란 말요?"

너무도 그 소리가 커서 웅성웅성하던 소리가 잦아들고 그 목소리에 군중이 통일되는 듯하였다.

"좌우간 넓은 데 나가 이야기하지!"

"자, 넓은 데 나가서 합시다!"

최 전무의 말을 받아서 군중에게 외치는 것은 고무직공조합의 간부로 있는 김재창이의 목소리가 정녕하였다.[5] 관수는 재창이 목소리를 듣자 벌써 간섭하기 시작한 그의 행동을 직감하였다.

"나가긴 뭘 나가! 여기서 하지!"

관수는 반동적으로 그와 대항하여 이런 말씨가 입에서 튀어나왔다.

"아, 그럴 거 없이 넓은 데 나가 잘 토의해!"

재창이의 말에는 덤비지 않는 숙련된 곳이 있었다. 직공들은 관수의 말을 꺾고 재창이 말대로 돌아서서 마당으로 나갔다.

"밀지 말어! 넘어진다!"

"글쎄, 직공들은 개굴창 같은 우물에 가서 물을 먹으라니, 합쳐 수도세가 몇 닢이나 하겠나! 너무 직공들을 짐승같이 여겨!"

밀려나오면서 관수와 앞뒤에 선 직공들이 침이 튀도록 지저귀었다.

"파업 때에 들어준 대우 개선이란 뭐이야?"

"그러게 말이다!"

웅성웅성하며 마당 안에 꽉 차도록 몰려나왔다. 여직공, 남직공, 늙은이, 젊은이, 시든 얼굴, 열 오른 눈. '투라'실에서도 '노두쟁이' 고급 노동자들이 배합사[6]와 화부[7]들과 같이 머리를 내밀고 '하리바' 직공들의 이 행동을 보고 있었다. 마당에 나오지 못하고 창문에 방울 달리듯이 매달려서 마당을 향해 있는 직공들도 있었다.

"물을 안 먹이겠다고 수도를 막은 것이 아닐세. 그건 결코 그런 게 아니고……"

최 전무가 사무실에서 문을 열고 군중을 내려다보면서 지저귐을 억제하듯이 손을 내둘렀다.

"그럼 물 먹겠다고 수도를 틀려던 직공의 뺨을 갈긴 건 누구요?"

비로소 한 개의 굵은 목소리가 군중을 대표하였다.

"그건 그 직공의 태도가 건방져서 일시 감정에서 나온 것이지, 결코!"

"듣기 싫다! 물 먹겠다는 것이 건방져?"

앞에서 누군가 소리쳤다. 일동은 그 소리에 가슴이 뭉클하고 갑자기 피가 얼굴로 오르는 것 같았다. 지난 여름 파업 이래 전무를 그렇게 욕해보기는 이것이 처음이었다.

"여러분!"

군중의 한복판에서 관수가 쑥 머리를 올려 밀었다.

"전무의 말을 듣거나 전무와 말다툼을 할 것이 아니라 우리끼리 처리하는 것이 어떻소?"

"그게 좋겠다!"

누군가 혼자서 손뼉을 자락자락[8] 쳤다. 그러나 곧 한 사람이 두 사람이 되고 그것이 일동에게 퍼져서 장안이 박수 소리로 찼다. 마당을 들썩 하는 박수 소리 속에 알지 못할 소리로 고함을 치는 자도 있었다. 그 바람에 기운이 나서 전무가 열고 섰던 문을 이편에서 콱 닫아서 전무를 방 안으로 몰아넣는 자도 있었다. 그럴 때마다 다시 박수 소리가 났다.

관수는 기회를 놓치지 않으려고 박수 소리도 마치기 전에 다시 말을 계속하였다.

"여러분 방금 일어난 일은 이때껏 먹어오던 수돗물을 막고 저 다릿목에 있는 우물에 가서 먹으라는 것입니다. 그 우물의 물은 감히 먹지 못할 만한 것인 것은 우리들이 잘 아는 바가 아니오?"

"그렇죠!"

창문에 매달린 여직공의 목소리였다. 그 소리에 키득키득 웃는 이도 있었다.

"그런데 벤또를 먹고 물을 먹으려고 밀려간 직공들의 앞에 서서 그 수도를 열라고 한 직공을 건방지다고 귀쌈[9]을 때렸다니 그런 몹쓸 짓이 어데 있겠소!"

"그놈을 잡아오자!"

하는 자도 있었다.

"이건 완전히 우리 전직공의 힘이 약해진 것을 기회로 우리들의 조그만 이익도 빼앗으려는 악독한 술책입니다."

"옳소!"

"그렇소."

"여러분! 파업 때에 들어준 그나마 몇 조건까지 지금에는 하나도 지키지 않는 고주[10]들의 행동을 보시오! 우리들은 종살이가 하기 좋아서 매일매일 냄새나는 고무를 만질까요?"

"결코 아니오."

가늘고 높은 여직공의 목소리가 날 때에는 조금씩 웃는 사람이 있었다. 관수는 군중을 쭉 한번 살폈다.

"우리는 굶어 죽지 않으려고, 살기 위해서 일하는 거요!"

못을 박듯이 힘을 주어서 뚝 말을 끊고 그는 다시 군중을 살폈다. 군중의 얼굴에는 붉은 기운이 띠었다. 저편 사무실 문 앞에 있는 재창이의 얼굴을 보고 침을 한 번 삼키고 다시 말끝을 맺었다.

"우리가 지금 아무 대책도 생각지 않는다면 고주들은 하나씩하나씩 우리들의 이익을 뺏어서 갈 것이외다!"

〔검열에 의한 원문 삭제〕이다 하는 자도 있었다. 관수의 말은 여기서 좀 끊어질 것같이 보였다. 그때에 재창이는 곧 군중을 향하여 말하기를 시작하였다.

"여러분!"

재창이가 군중의 눈알을 자기 얼굴 위에 모았다.

"이제 관수 동무가 말한 바와 같이 우리는 반드시 무슨 대책이 있어야 될 것이외다!"

"옳소!"

"그러나 우리가 지금 이렇게 흥분한 채로 일을 저지르면 죽도 밥도 안 되고 맙니다. 그리고 또 이런 데서 이렇게 회합을 하면 곧 위험도 하고 그러니까, 우리에게는 조합이 있습니다. 조합에 보고하여서 그의 처결을 기다리는 것이 가장 상책이라고 나는 생각합니다. 노동자는 조합에 단결해야 됩니다. 조합이 있는 이상 우리가 우리끼리 어물거리다가는 크게 망치고 맙니다. 그러니까 새로이 위원을 선거할 것도 없이 조합 집행위원이 있으니까 곧 보고하기로 내게 다 일임해주시오!"

관수는 대단한 분함을 가지고 그의 말에 반박하려고 하였다.

"여러분! 우리는 우리끼리 일을 처리합시다!"

그는 힘을 줘서 주먹을 내흔들었다.

"관수! 여보, 자네는 법률을 모르누만! 이 이상 더 여기서 떠들문 위험해! 옥외 집회로! 애야, 쓸데없소. 같은 값에는 희생자 없이 일을 잘할 게지! 자, 그러니까 여러분 내게 다 맡기시오! 그리구 벌써 고주 측에서 알렸는지도 모르니까 곧 헤어지고 맙시다!"

3

관수는 저녁때가 되어도 저녁 먹을 기운이 나지 않았다. '또 한 개 그 타락한 간부에게 불평불만을 뺏기고 말았구나……' 그런 생각을 하면 몹시 분한 생각이 나면서도 그 간부한테 속아 넘어가는 직공 일동이 미워지기도 하였다. 내일이 되면 마치 아무 일도 없었던 것같이 기적은 다시 울고 직공들은 다시 묵묵히 신을 붙이고 그리고 그 재창이놈은 조합에 보고했으니까 무슨 교섭이 있을 터라는 간단한 한마디로 모든 것을 걷어치울 것이로구나.

관수는 오늘 그 좋은 기회에 조합 간부인 재창이를 폭로하지도 못한 것이 몹시도 분했다. 원통하도록 후회가 났다.

재창이를 폭로하려면 조합도 글렀다고 해야만 된다. 그러나 지금 조합까지 글렀다고 선전하는 것은 옳은 일일까? 이런 생각이 마음에 걸려서 그는 항상 재창이를 폭로하기를 주저한 것이었다. 조합!…… 아무리 노동자의 이익을 대표한다 하여도 이제는 그것을 폭로하여야 될 것이라는 것을 그는 지금 생각하고 있었다.

어쨌든 오늘 일은 생각만 해도 우울해졌다.

담배가 떨어져서 삿귀[11]를 들추고 꽁초를 찾았다. 짓눌려서 납작해진 조그만 꽁초를 주워서 곰방이에다 담아 뻑뻑 빨았다.

"큰아야! 누구가 찾는데!"

부엌에서 그릇 부시던[12] 모친의 소리에 문을 열어보았다. 한 공장 안에 있는 길섭이라는 직공이 문 앞에 서 있었다.

"들어오지 않구!"

"들어갈 것까지 없어. 좀 나오게!"

관수는 대를 톡톡 털고 밖으로 나갔다.

"내가 좀 이르게 올걸. 시간이 촉박한데 공회당 앞에 큰 뽀뿌라 나무 세 주가 있을 텐데 그 왼바른편 나무 아래에서 자네를 잠깐 만나보자는 자가 있는데……"

길섭이는 굴뚝 뒤로 가서 관수에게 그렇게 전하였다.

"내게? 그런데 어떤 잔데?"

"좌우간 가보면 알지? 자네 알 사람일세…… 일곱시 반인데 지금 곧 가야 될걸!"

관수는 머리를 끄덕끄덕하였다. 그가,

"그럼 가지!"

하고 대답했을 때 길섭이는,

"그럼 늦지 않게 이제 곧!"

하고 다시 한번 되풀이하였다.

"저녁 안 먹고 어델 나가니?"

그가 고무신을 신을 때 그의 모친이 뜰에까지 쫓아나왔다.

"괜찮아요. 곧 댕겨올걸!"

그는 공회당을 향하여 집을 나섰다.

관수는 길을 걸으며 생각하였다. 마음에 직감되는 것은 파업이 끝날 때 만났던 사나이의 생각이다. 그 사나이인가? 만일 그 사나이라면 어떻게 길섭이가 전할까? 그것은 그러나 물론 가능치 못할 일은 아니었다. 그러면 그 방울 같은 사나이인가? 그렇지 않으면 내가 알 만한 누구일까? 타탸 줄 열한 획수의 어떤 사나인가? 그는 여러 가지로 상상하며 저물어가는 교외의 길을 걸었다. 그가 공회당 가까이 가서 어떤 상점의 시계를 들여다보았을 때 바로 정한 시간에서 일 분을 남겨놓았다.

그는 마지막 일 분 간을 뛰어갔다. 공회당 뒤를 휘익 한번 휘돌아서 포플러나무 선 곳을 본즉 아무도 없었다. 그러나 곧 어떤 허름한 옷을 입은 사나이가 그 앞에 와 서서 담배를 붙였다. 관수는 가슴이 뛰었다. 그래서 언덕을 뛰어 내려가며 본즉 그것은 자기 옆에서 일하는 창선이라는 직공이었다.

"여!"

그는 담배를 후 내뿜으며 그에게 손짓했다. 관수는 좀 견주었던 곳이 어그러진 듯한 낙망을 느꼈다. 창선이면 물론 잘 안다. 창선이는 파업 이후에 신직공 모집에 끼어서 들어와 자기네 공장에서 일하게 된 직공이다. 이 사나이는 물론 타탸 줄과는 아무 상관도 없었다. 이 사나이가 내게 무슨 말이 있단 말인가? 관수는 마음속에 좀 불편을 느끼면서 창선이 가는 길을 묵묵히 걸어갔다.

"자네 지난 여름 파업이 끝났을 때 경상골서 어떤 사나이 만나 본 적이 있어?"

창선이는 담배를 훅훅 내뿜으며 그에게 말했다. 물론 창선이 말과 같이 그 사나이를 만난 적은 있다. 그러나 그는,

“그런 일 없는데!”

하고 머리를 내흔들었다. 창선이 이름자는 타탸 줄도 아니고 열 한 글씨도 아니었기 때문이다.

“없어?”

창선이는 잠깐 관수의 얼굴을 보았으나 곧 딴것을 생각한 듯이 벌쭉 웃었다. 그는 고개를 끄덕끄덕하며,

“내 이름은 사실인즉 박태순일세!”

그리고 손뼉[13]을 내밀고 그 위에 ‘泰’자를 써보였다. 타탸 줄 열 한 획수!

관수는 다시금 창선의 얼굴을 들여다보았다. 그리고 그 순간 창 선의 손목을 꽉 쥐었다.

“신용하겠니?”

“믿구 말구!”

길가에 사람의 흔적은 적었으나 손목을 갑자기 쥐는 것이 이상 했으므로 그들은 곧 손을 놓았다.

“자세한 말은 다음에 하구 지금 곧 여덟시부터 같이 갈 데가 있 네!”

창선은 길 어귀에 나선즉 선두에서 왼편으로 굽어 돌았다.

*

창선에게 끌려서 여덟시 정각에 어떤 집을 찾아갔을 때 관수는 놀랐다.

거기에는 벌써 길섭이, 동찬이, 선녀, 창호, 보무 어미 등등 사오 인의 얼굴이 등불을 둘러싸고 있었던 것이다. 그는 성큼 방 안에 들어서서 문을 닫았다.

4

기역자로 지은 넓은 '하리바' 안에서 이백오십 명이나 되는 직공들이 고무신을 붙이고 있었다. 가을 햇발이 유리창을 가로 비추고 해뜩해뜩[14]하게 떠도는 먼지를 나타낸다.

오정이 가까워오는데 이 공장 안은 어저께 아무 일도 없는 듯이 침묵하였다. 베어놓은 고무를 틀에다 씌우고 풀칠을 하여 손으로 통통 치는 소리가 노둔하게[15] 들려올 뿐이다. 그리고 직공들의 발자국 소리만이 공기를 더욱 무겁게 하였다.

관수와 창선이, 선녀, 길섭이 등은 몇 번인가 직공들과 섞여서 변소를 다녀왔다.

그들은 이따금 슬쩍 보고는 의미 모를 웃음을 남몰래 하였다.

드디어 열두시 기적이 울었다. 그리하여 열두시가 되도록 아무 일 없이 그러나 기미 나쁜 공기 속에서 직공들은 일을 하였다.

아무 소리도 없이 덜거덕덜거덕하며 직공들은 벤또를 가지러 갔다. 그리고 자기 각자의 벤또를 골라 가지고 두서넛씩 패를 지어서 공장 문 밖으로 나갔다.

관수는 다른 직공 세 사람의 틈에 끼어서 함께 벤또를 먹으러 갔다.

이 공장에서는 겨울이나 비 오는 날은 방 안에서 그대로 먹지만 대개는 들이나 벌[16]에 나가서 먹었다.

"재창이는 조합에서 무슨 보고를 가지고 왔는지! 도무지 보이지 않누만!"

잔디판 위에 앉으며 관수가 직공들에게 슬쩍 말을 붙였다.

"아마 이제 무슨 보고가 있겠지!"

또 한 직공이 그렇게 대답하며

"에헤헴!"

하고 무겁게 궁둥이를 놓았다.

"엑키?! 이게 뭐이야?"

벤또를 풀던 한 직공이 벤또를 놓으며 여러 사람 앞에 종이 한 장을 내밀었다.

"에게? 내게두 있다!"

또 한 직공이 같은 종이를 내놓았다. 관수는 자기 벤또를 들쳐 보는 척하였다.

"내겐 없는데!"

"내게두 없는데!"

"건 내게두 없네! 좌우간 뭐이야?"

그들은 두 패로 갈려 그 종이를 둘러쌌다. 얇은 미농지[17] 한 장에 복사지로 또글또글[18]하게 하나 가득 써 있었다. 처음에 좀 예쁘게 굵은 글자로,

평화 고무 **공장 신문** 일호

하고 씌어 있었다.

"공장 신문? 오라! 우리 공장의 신문이란 말이로구나! 이건 또 누구 장난이야?"

직공 하나가 웃으며 그렇게 말했으나 그는 종이를 놓지 않고 좀 소리를 내 읽기 시작했다.

"얘! 이건 무슨 그림인가?"

한 자가 아래쪽에 있는 그림을 가리켰다.

"요건 재창이 것이구나!"

"에키! 요건 최 전무 같다!"

"이게 뭘 하는 게야?"

관수가 종이를 자기께로 향해 돌렸다.

"하하, 이게 지금 주는 건 돈이로구나!"

그 옆에 있던 직공이 그림 위에 쓴 글귀를 읽었다.

"최 전무한테서 돈을 받는 몹쓸 놈 김재창이의 꼴을 봐라! 하하 하!"

그는 종이를 놓곤 웃었다.

"얘 거 재미난다. 좌우간 글을 읽어보자!"

"지난여름에 우리들의 파업을 팔아먹은 놈은 누구냐? 그건 김 재창이 같은 타락한 조합 간부다! 우리들은 그런 놈에게 조금도 우리의 일을 맡기지 말자! 그는 우리들의 마음을 팔아서 자기 배를 채우는 놈이다. 어저께 일어난 일도 우리끼리 처리해야만 한다. 우리의 마음을 꺾고 고주에게 유익하게 하려고 재창이는 우리 편인 체하고 나서는 것이다. 어저께 아무 일도 없게 무사히 한 덕택으로 재창이는 전무네 집에서 술 먹고 요리 먹고 돈 먹은 것을 왜 모르느냐? 벤또를 빨리 먹고 마당에 모이자! 그리하여 재창이를 내쫓고 우리끼리 지도부를 선거하자! 우리 편인 체하고 나서는 몹쓸 간부를 내쫓아라!”

“얘! 건 굉장하구나!”

“그 다음 또 읽어라!”

“크게 쓴 글자만 먼저 읽자! 뭐이가 이게? 오오라 ‘공’자로구나! 거 잘 썼는데 꾸불꾸불하게 썼네! 공장 신문은 고무 직공의 전부인 것이다! 공장 신문을 믿어라! 공장 신문을 지켜라! 또 그 아래 〔검열에 의한 원문 삭제〕들은 얼마나 이익을 보나? 전 평화고무 직공 형제들아! 〔검열에 의한 원문 삭제〕의 준비를 하여라! 다른 공장 형제들도 늘 〔검열에 의한 원문 삭제〕 준비를 하고 있다! 이제 곧 마당에 모여서 우리들끼리 지도부를 선거하자!”

거기까지 읽었을 때 관수는 공장 문을 가리켰다.

“얘 저것 봐라! 벌써부텀 이걸 보구 모여드는 게다!”

“정말! 저것 봐라!”

관수가 후덕덕 일어섰다.

“벤또 싸가지구 우리두 다 가자!”

“가자!”

5

　박수 소리가 마당 안에 가득 찼다. 모임은 지금 한창 진행 중이었다.

　"자 그러면 우리끼리 준비위원을 선거합시다!"

　또 박수 소리가 났다.

　"몇 사람이나 할까요?"

　한 사람이 번쩍 손을 들었다.

　"아홉 사람이 좋겠수다. 그런데 나는 창선이를 천거합니다!"

　일동은 그 소박한 말에 웃으면서도 박수를 하였다.

　"아홉 사람 좋소!"

　"창선이 좋소!"

　"여보! 나는 박센네 합네다!"

　"박센네, 예쁜이 만세!"

　남자들이 박수 했다.

　"여보! 나는 관수요!"

　"관수 좋소!"

　이렇게 하여 아홉 사람 준비위원이 선거되었다.

　"누구 연설해라!"

하고 소리가 나매 뒤를 이어 박수 소리가 났다. 창선이가 쑥 머리를 내밀고 좀 높은 데 올라섰다.

　"여러분 이제야 우리들은 우리끼리 선거한 지도부를 가졌습니

다. 우리들 아홉 사람 〔검열에 의한 원문 삭제〕 준비위원회는 죽을
힘을 다하여 끝까지 여러분들의 의견을 대표하여 싸우겠습니다.
여러분 자 일동이 〔검열에 의한 원문 삭제〕 준비위원회 만세!"
  "만세!"
  "만세!"

공우회 工友會

1

선녀와 순실이는 언덕 위에서 공장과 그 앞을 동서로 달아나는 흰 신작로와 그리고 아카시아와 백양목 있는 넓은 잔디판을 바라보았다. 공장의 양철 지붕이 가을 햇빛에 하얗게 빛나고 굴뚝의 연기는 희미한 흰 줄기를 공중에 긋고 있었다. 오전 근무 외의 공장 지대는 기계 소리 하나 없이 조용하였다. 고요한 공기는 맑고 상쾌하였다.

"어떻게나 되어가려나. 이즈음 같아서는 도무지 클클해[1] 죽겠다."

선녀는 벤또 통을 벤 듯이 머리 밑에 고이고 드러누워서 멍하니 공장 있는 방향을 바라보았다.

"클클하긴 뭐이 클클해, 다시 또 만들면 그만이지. 언제는 뱃속에서 만들어져 나왔나. 결정대로만 하면 한 달 안에 훌륭히……"

순실이는 그의 옆에 앉아서 선녀의 머리카락을 쓸며 대답하였다.

"말 마라 얘! 나두 네 맘은 잘 안다."

선녀는 슬쩍 순실이를 쳐다보았다.

"뭐 창선이 말이냐? 건 보구 싶기두 하지만 이미 그렇게 된 걸…… 그리구 우리들이란 으레히 그럴 게지…… 그까짓 것 구구히 생각하구 있겐!"

순실이는 바람이 불어오는 쪽으로 얼굴을 돌리고 남자들같이 휘파람을 불었다. 보통벌 넓은 들에 퍼지고 빨리듯이 휘파람 소리는 희미하게 바람에 불렸다. 갑자기 공장 쪽에서 쿵 하는 소리가 들려왔다.

"얘 순실아! 오늘두 또 풋볼 찬다……"

둘은 잔디판을 보았다. 감감히 올랐던 볼을 좇아서 한 사나이는 잔디판 위를 구르듯이 달려갔다.

"여이!"

볼을 잡아서 높이 쳐들고 고함치니까 이편에서도 고무신에 농이²를 동이던 직공들이 일제히 손을 든다.

"여이!"

그들은 벌판 가운데로 뛰어 들어갔다.

"볼 찰 사람?"

하고 가운데 선 자가 볼을 들며 불렀다. 그리고 이쪽을 향하여서도 볼을 휘둘렀다.

"우리들하고 좀 놀자는 말이다!"

선녀는 웃으며 순실이의 허리를 꾹 찔렀다.

"우리들은 처녀가 돼서 못 찬다."

순실이가 고함을 치면서 손짓을 하였다. 하하 하고 웃는 소리가 들려왔다.

"×다리 찢어질까봐 그러니?"

"창선이두 없는데 강변의 거이[3] 구멍이구나."

이런 소리를 하며 순실이를 놀려대었다.

"어린애들아 쌍소리하문 배꼽 떨어진다."

순실의 맞장구에 남직공도 선녀도 다 같이 웃었다.

그때에 새로이 볼차기를 희망하고 신작로를 뛰어오며 손짓하는 직공이 있었다.

"오늘은 나두 찬다!"

그 사나이는 후덕덕 도랑을 건너뛰어서 직공들에게 끼어들어 갔다.

"태순이로구나!"

선녀는 순실이를 쳐다보며 웃었다.

"에키 저기 또 일환이두 뛰어온다!"

그들은 공장 문 앞을 뛰어오는 키 작은 사나이를 보았다.

"태순이하구 일환이하구 들어가면 평화고무축구단은 일주일 안에 우리 편이다."

순실이는 선녀의 어깨를 왼팔로 안고서 기뻐하였다.

그때에 잔디판 위에서는 벌써 열 명 가까운 직공들이 쑥 돌아서

서 볼을 차기 시작하였다.

쿵! 반동이[4] 같은 볼알이 공중을 향하여 쏜살같이 올라갔다.

"좋다! 그놈!"

일환이가 짧은 다리를 부리나케 놀려서 볼을 쳐다보고 따라갔다.

가을 하늘은 몹시 맑았다.

2

순실이는 어떻게 하여든지 보패 어미하고 친하게 할 기회를 삼지 않으면 안 되겠다고 생각하였다. 그것은 그가 한 이십 명의 여직공 계원을 가진 상호 친목계의 중심 인물이고 그런 관계로 그만큼 공장 안에서 영향을 가진 여자였기 때문이다.

같은 공장의 직공인 창신이의 시아버지가 돌아갔으므로 그 조상을 갔다가 돌아오면서 순실이는 보패 어미와 같이 걷게 되었다. 보패 어미는 계의 규칙대로 계원의 한 사람인 창신이가 상을 당하였으므로 돈 일봉(一封)을 가지고 친목계의 대표로 갔던 길이었다.

"친목계란 건 퍽 좋겠소. 서로 기쁜 일 슬픈 일에 도와주면 같은 동료간에 오죽이나 친밀을 돕겠소."

저녁 길을 걸으며 순실이는 말을 걸었다.

"예. 퍽 좋아요 한곳에 일하면서 슬픈 일 즐거운 일에 묵묵히 있다문 도리에 맞지 않지요."

"그렇구 말구요. 그런데 회비는 얼마나 돼요?"

"회비라구 별로 없이 그런 때를 당할 때마다 뭉기루 돼 있어요. 처음에는 한 달에 오십 전씩을 내게 했는데 너무 많고 힘들다는 말이 있어서 그시그시에 뭉기루 했지요."

"그렇게 곧 모입니까?"

"모일 수 있나요! 공장 사무실에 가서 미리 말하구 간조⁵에서 제끼지요."

잔등에 업힌 보패는 손으로 침을 뿌리며 우두두 하였다.

"우두두 하문 못 써!"
하고 궁둥이를 뒤들며 보패 어미는 말을 받았다.

"공장에선 계가 있는 줄 아나요?"

"아다마다요. 처음 설시할 때에 십 원이나 기본금을 주었는데요."

"그래요? 난 너무 가제⁶ 와서 것두 몰랐네."

잠깐 묵묵히 걸었다. 저녁을 먹고 나와 산보하는 사람이 많았다. 두 사람은 서문 밖을 나와서 숭실학교 옆으로 휘어 돌아갔다.

"순실이두 들구려!"

"예예. 나두 이제부텀 들겠소! 처음 드니까 입회금 같은 것이 있지요?"

"머 많지 않아요. 이십 전이에요. 이댐⁷ 보름 간조에 내게 하시소. 그리구 내일밤 우리집에서 회계 보고를 한다오. 틈 있으면 들르시우."

"예 고맙습니다. 처음이 돼서 좀 지도를 잘 받고 도와주어야 되겠소."

"온 천만에."

서로 간신히 웃었다.

그들은 양촌(洋村) 옆에서 헤어졌다.

순실이는 자기 집을 향하여 걸으며 잔등에 땀이 흐른 것을 느꼈다. 보패 어미의 성격은 삼십이 가까워오면서 젊은 색시같이 수줍어한다는 것보다 굳은 맛이 있다고 생각하였다. 남편 있는 여자는 다 그럴까 하고 생각하면서 혼자 웃었다. 이런 때에는 항상 창선이 생각이 잠깐 머리를 지나갔다.

창선이하고 처음 두 달 전에 신직공 모집에 끼어서 이 공장 안에 들어오던 생각이 났다. 그 후 태순이하고 일환이 외에 선녀 등등을 사귀어 그들과 함께 동무들 획득에 노력해왔는데 돌연히 창선이가 보름 전에 끌리어갔다. 무슨 일인지 알지도 못하게 어느 사이에 관계했는지도 모르게 끌리어갔는데 지금 송국[8]이 되도록 아무 일도 없는 것을 보면 이 공장 안의 이야기는 하지 않은 모양이다. 창선이를 생각하면 순실이는 오히려 기운이 났다. 예심에 넘어가면 문안 편지라도 있겠지.

3

선녀는 늙은 아버지와 어린 사나이 동생이 있을 따름이었다. 이르게 저녁을 먹여서 동리 집으로 말새낭[9]을 보내고 그 후에 그 집을 모임에 쓰기로 하였다. 뒷바자 혹은 앞문 부엌문으로 일환이

태순이 순실이가 들어왔다.

그들은 곧 문을 돌려 닫고 일환이가 의장이 되어 이야기를 시작하였다.

"순실이하구 선녀하구가 곧 가야 되겠으니까 간단히 보고하구 그 대책을 세우지!"

"그게 좋겠소!"

일환이는 자기부터 보고하였다. 관순이와 자기가 축구단에 가입한 결과 그들과 인간적으로 친해졌고 내일은 그 중에서 다섯 사람을 모아놓고 이야기를 하게 되었다는 것을 말하였다.

"보고에 질문 없으면 곧 순실 동무 보고해주소."

순실이는 치마 고름을 바른손으로 부비면서 얼굴을 좀 쳐들고 이야기하였다. 대개 상호 친목계의 성질과 공장 관계와 자기의 가입 등에 대한 경과를 말하고 그는 다음과 같이 좀 힘주어 첨부하였다.

"무엇보다도 공장에서 일후에 그 친목계를 어용 기관으로 사용하려는 계책이 농후한 것을 지적할 수 있습니다."

"옳소!"

선녀가 낮은 소리로 성원하였다.

"그럼 곧 오늘 밤에 가서 할 방책을 세우고 헤어지기로 합시다. 복안이 있으면 설명해주우."

다시 순실이가 입을 열었다.

"먼즘 오늘 밤에 파업 희생자의 기금을 모으도록 하렵니다. 그것을 목표로 복안을 세워봤습니다."

"대단히 좋소!"

"그래 회계의 보고가 끝나면 정식으로 나와 선녀가 가입을 하고 희생자 가운데 보패 어미와 가장 친한 탄실이 이야기를 하는 게 좋을 듯해요. 즉 탄실이는 계원은 아니었는지 모르나 한 공장 안에서 일하던 사람이니 해고나 또 그 이상의 희생을 당하였는데 구원금을 내서 차입이래두 하는 게 어떨까? 하는 의견을 내보고 그것을 통해서 단지 관혼상제뿐 아니라 전 노동자를 위한 일에는 계에서는 돈을 융통도 하고 기부도 할 것을 결정하게 해보렵니다."

"좋겠소!"

"그런데 주의할 것은 특별히 남보다 장한[10] 것 같은 건방지게 보이는 태도로 안 나가게 하시오. 까딱하면 반감 사기 쉽고 또 술책이 폭로되기 쉬우니 그 공작상에 관한 건 두 분이 협의해서 잘 되게 하기 바랍니다."

태순이도 의견을 내었다.

"유망한 사람을 잘 물색하시오!"

"염려 없습니다!"

4

평화고무공장 안에서는 지금 이백 명 넘는 직공들이 신을 붙이기에 분주하였다.

오전 열시! 순실이는 시계를 잠깐 쳐다보고 하던 일을 멈추고 생각하였다.

축구단의 길동이와 친목계의 보패 어미가 사무실에 불려간 지 한 시간이 넘도록 아직 다녀오지 않는다, 무슨 일이 생겼을까. 그는 이런 일 저런 일 상상해보았다.

그러나 그렇게 마음이 초조하여 있는 것은 순실이뿐이 아니었다. 축구단원의 대부분, 친목계의 과반수, 이미 순실이와 태순이들 손에 획득된 직공들은 다 같이 무슨 일이 있는가 하고 마음을 죄고 있었다. 혹은 보름 동안을 두고 삼사 일에 한 번씩 모인 것이 발각되지나 않았나 하고 생각하여보았다. 그러나 대개는 천연스럽게 일들을 계속하였다.

점심 시간이 거반 가까워서 길동이만이 싱글싱글 웃으며 돌아왔다. 그리고 막 오정 기적이 울려고 할 때에 보패 어미도 돌아왔다. 보패 어미는 순실이가 벤또를 가지러 갈 때 그의 뒤로 따라왔다.

"순실이. 사무소에서 임금을 낮춘다고 친목계에서는 회사의 사정을 잘 아는 만큼 소동을 일으키지 않게 해달라구 야단이야! 아주 음식물을 가지고 나를 매수하려는데."

물론 목소리는 낮추었으나 말하고 나서 웃음은 크게 웃었다.

"그래 뭐이라 그랬소?"

"난 친목계 전체와 상의해보아야 한다고 내 우기었지."

그들은 벤또를 가지고 몰려나갔다. 공장 문 밖에 축구단원 이삼 인과 길동이가 서 있었다.

"보패 오마니보구는 뭐이랍디까? 마찬가지 삯전 이야기요?"

"그러문요."

"온 그런. 시시하게 호떡을 사다 놓구 먹으라면서 더러운 놈들!"

길동이는 침을 테 하고 뱉었다.

"어서 풋볼이나 차차!"

그때에 관순이가 나왔다

"내 그럴 줄 알었지!"

관순이는 버룩버룩" 웃으며 길동이 잔등을 만졌다.

"호떡 살이 쪘나 보자!"

일동이 하! 하! 웃었다.

"시시해서 호떡 같은 건 입에다 대지도 않는다. 적어도 길동 주사가 누구라구!"

가슴을 통통 두드렸다.

"그런데 이저는 축구도 다 했소!"

보패 어미 말에 놀란 것은 다른 축구단원들이다.

"왜요? 왜요?"

그들은 달려들 듯이 추궁했다.

"임금을 낮추는 건 공장을 더 짓기 때문이래!"

길동이가 입을 실쭉 하며 비웃듯이 말했다.

"우리 운동장에다?"

"절, 대, 반대일세!"

관순이는 보패 어미와 길동에게 무엇을 수군수군하였다. 그들은 거기서 웃으면서 다 헤어져갔다. 길동이와 축구단원들은 볼을 휘휘휘 내두르며 잔디판으로 같다.

그러나 곧 축구단에서 두 사람 친목계에서 두 사람이 쌍방에서 선거되어 두 단체의 대표자 모임이 준비되어 있었다.

5

공장을 파하는 시간이 되어 각기 자기 물품을 들고 하리바를 나오던 직공들은 웅성거리며 게시판 앞에 모여들었다.

직공 제군에 고하노라

우리 공장이 설시 이래 너무나 설비가 협착하여 때때로 직공을 해고한 적도 있었고 업을 잃고 굶어가는 실업자를 흡수하지도 못하여 일반 노동자 제군에게 항상 미안을 금치 못하였노라. 이번에 이것을 멀리 생각하여 새로이 공장을 증축하고 다 같이 빈궁한 실업자의 수용을 수행하여 일대 사회적으로 공헌코자 하노라! 이는 공장 측의 대 손해를 무릅쓰고 감행하는 바이니 선량한 직공 제군! 처지가 다 같은 노동자의 생각을 하여 회사의 감행을 돕는 영단스러운 행동 있기를 바라노라!

그럼으로 부득불 회사는 제군에게 다음 조건 하나를 부탁하는 바다!

一. 당분간 임금 일할 오부 감하.

一. 명 시월 십팔일부터 시행함.

193×. 10. 18.

"개 같은 놈들!" "말은 좋다!"

보는 사람마다 불평이 만만했다.

그 중에서 누구가

"시일이 급박하니 오늘 안으로 모이자!"

하였을 때

"좋소!"

"태순이네 집뜰 안이 넓으니 저녁 먹고 모이자!"

하는 의견이 일치하였다.

그들은 또다시 읽고 세 번 읽을수록 음흉한 공장 측의 행동만이 분 났다.

"쳇! 사회에 큰 공헌이야?"

"홍! 만만히 넘어가지 않을걸!"

*

그 이튿날 아침 일찍이 직공들은 공장 마당에 모였다. 그리고 그들의 대표로 보패 어미와 길동이가 제각기 종이 조각을 들고 사무실로 갔다. 들어가기 전에 길동이는 다시 한번 종이를 들여다보았다.

一. 당분간 임금 인하 절대 반대.
一. 운동장에 공장 짓는 것 절대 반대.

一. 새로 생긴 평화고무직공의 단체, 공우회 단체 계약을 할 일.

193×. 10. 18.

평화고무축구단 상호 친목계 기타 직공 일동

우 대표 공우회

남편 그의 동지

(긴 수기의 일절)

1

나는 그날도 보퉁이를 들고 집을 나섰다. 배에도 보퉁이를 하나 매단 듯한 만삭된 몸뚱이는 계집애들이 보면 낯을 찌푸릴 만큼 거북스럽고 보기 흉한 것이었다. 하필 계집애뿐이랴마는 나 자신도 처녀 시대에 임신한 여자를 보면 무슨 부정한 것이나 본 듯한 아주 몸서리날 만치 흉한 모양에 그만 질색을 하였던 기억이 있기 때문에 더 그러리라고 생각하였다. 지나가는 사람마다 머리를 돌이키고 나의 배를 쳐다보고는 더러운 것을 본 것같이 얼굴을 찌푸렸다.

"아이구 저 배를!"

"배가 독 같아서 무엇하러 싸다녀!"

그들의 입에서 방금 그러한 말이 나오는 듯이 나의 귀는 간지러

윘다.

　길은 요행 그리 질지도 않고 또 얼지도 않았다. 나는 길을 고르지도 못하고 약간 얼음진 곳만을 피하여 가면서 버스 정류장까지 걸어갔다.

　버스 안은 몹시 좁았다. 그리고 벌써 몇 개월째를 이 버스로 다녔는데 해산날이 가까워온 탓인지 배는 켕기고[1] 몹시 뻑뻑하였다.

　'이거 떨어지지나 않으려나.'

　이런 생각이 스스로 떠올랐다. 어떤 뚱뚱한 사나이가 끈을 쥐고 늘어지는 나를 보고 나의 얼굴을 선뜻 쳐다보더니

　"여기 앉으십쇼"

하면서 자기 앉았던 자리를 나에게 주었다. 나는 사양하지도 않고 무거운 몸을 털썩 주저앉혔다.

　'차라리 떨어지기래도 했으면.'

　이런 생각을 이태까지 몇 번인가 생각하였으나 뱃속에서 벌써 움칠하면서 동작하고 있는 새로운 생명을 생각하면 어쩐지 마음이 슬퍼짐을 느꼈다.

　'너도 세상을 잘못 만나 뱃속에서부터 이 고생이구나. 이 애가 나서 얼마나 크면 자기 아버지를 보게 될꾸.'

　나의 두 눈에는 눈물이 어리었다.

　'울다니, 요만 일에 내가 울다니.'

　버스는 종점에 가까워옴을 따라 몇 사람도 남기지 않았다.

　나에게 자리를 주었던 뚱뚱한 사나이도 어디서 내렸는지 그때에는 벌써 없어져 있었다. 어질어질한 눈으로 자리를 살피니까

늘 만나던 그 할머니가 저편 구석에 앉아 있었다. 무엇이라고 말하는지는 잘 들리지 않았으나 나를 보고 있던 얼굴을 웃으면서 두 손을 내둘렀다. 나도 간신히 인사하고 한가지로 웃어보였다. 자기 아들이 무슨 일로 들어갔는지도 모르는 늙은 할머니였다. 나 역시 나의 남편이 어떠한 일을 하였는지 자세히는 알지 못하지마는 자기 아들의 사건의 성질조차 모르는 이 할머니를 볼 때마다 이 세상을 떠날 날이 며칠도 안 남은 이 할머니가 몹시 쓸쓸하게 보였다. 버스를 내려서 할머니와 같이 나는 조그만 구멍에 차입 종이를 넣고 문이 열리기를 기다렸다.

그날도 커다란 강철문 앞을 쓸던 붉은 옷들은 여자에 굶주린 눈을 나에게 퍼부었다. 그들을 감독하던 꺼먼 양복은 툭 나온 나의 배를 유심스럽게 훑어보더니 역시 알아보기 힘든 굳어진 표정으로

"어서 쓸어. 보긴 뭘 봐!"
하고 소리를 질렀다.

대합실에는 언젠가 면회할 때에 '오빠' 하고 울면서 말도 변변히 못하고 쫓겨나오던 젊은 여자도 와 있었다. 허름한 조선 옷 위에 기름때 묻은 짧은 외투를 걸친 한 사내는 이사람 저사람 붙들어가며

"무슨 사건이십니까. 헤에 그것도 그럼 ×× 운동이군요 헤에"
하고 감심하면서[2] 다녔다.

'다 면회들 온 모양인데 나만은 또 헌 땀내 나는 낡은 옷만을 안고 가겠구나.'

새 옷을 차입하고 헌 옷 나오기를 기다리는 동안은 몹시 지루하였다. 나는 몇 번이나 시계를 들여다보았다.

나의 마음은 침울하고 적막하였다. 차디찬 나무 판때기 걸상은 그 위에 앉은 나를 궁둥이로부터 뱃속까지 얼어들게 하였다.

'나를 이렇게 만들다니.' 이런 원망에 가까운 생각과 '그러나 그는 이 겨울 내내 이런 곳에서 보내고 있지 않은가' 하는 남편을 그리는 마음이 합쳐서 이상하게도 나의 마음을 더욱 무겁게 하였다.

벌써 몇백 번을 생각하고 또 생각하여 괴로움에 슬픔에 익숙해져서 울고 싶어도 시원히 눈물도 안 나오는 얼어붙은 듯한 마음으로 납덩이같이 흐린 하늘만을 정신 빠진 년같이 멀거니 내다보았다.

"저 실례지만 무슨 사건이라던지요?"

아까 그 사나이와는 다른 학생 같은 처음 보는 남자가 나의 옆에 서 있었다.

"그 여름에 일어난 ××× 사건입니다."

나는 그의 얼굴을 쳐다보며 대답하였다.

한참 동안 가만히 서서 생각하더니 그대로 가버리고 만다. 그러나 나는 그가 혼자서 중얼거리는 말을 하나도 흘리지 않고 들었다.

"흥! 그것도 파벌 관계로군!"

그 사나이는 이렇게 혼잣말같이 중얼거리며 가버린 것이다. 파벌! 파벌 관계.

나는 물론 무슨 말인지 자세히는 알 수 없었다. 그렇다고 그를 붙들고 이것을 질문할 수도 없는 일이었다. 그러나 나는 파벌 관계라는 말에 이상하게도 가슴을 찌르는 것을 느꼈다.

언제인가 남편과 같이 있던 집 안방에서 어떤 두 동무하고 오랫동안 수군거리다가

"이것은 완전히 파벌 관계라고 보지 않을 수 없다. 파벌을 청산하는 과정에서 다시 파벌을 범하였다"
하는 좀 높직한 남편의 말소리를 들은 적이 있었던 것을 나는 이 순간에 번개같이 생각하였던 때문이다.

이 학생 같은 사나이가 경멸의 빛을 띠며 던지고 가는 이 말과 흥분한 어조로 동무들과 토론하던 남편의 말을 비교하면서 나는 수수께끼를 푼 듯한 이상한 쾌감을 맛보았다.

그러나 생각건대 이 파벌이라는 것이 결코 옳지 않다는 것만은 직각³할 수가 있었다.

그러면 이 속에 들어가 있는 사랑하는 그 믿음성 있고 열정 있는 나의 남편은 옳지 못한 행동을 하였다는 말인가! 나에게는 믿을 수 없는 일이었다. 나는 머리를 흔들었다.

'그런 일을 하다니 얼토당토 않은 말이다.'

새로 한시가 훨씬 넘어서야 낡은 옷이 나왔다. 흰 저고리 회색 바지 사루마다⁴ 두 개 메리야스 상하. 그렇게 뒤적거리노라면 땀내와 섞인 살 내음새가 훌쩍 코를 찔렀다. 가슴이 울렁울렁하며 나의 피곤한 머리는 핑 도는 듯하였다.

야릇한 쾌감과 참을 수 없는 안타까움에 나는 혼자서 낯을 붉히는 것이었다.

오후 두시 그 높직한 문을 다시 한번 보고 나는 역시 보퉁이를 들고 언덕을 걸었다.

'내가 다시 이곳에 오게 될까? 애를 낳다 잘못되어 죽으면 영영 그를 보지도 못하고 말겠구나……'

나는 눈물을 참으려고 입술을 한껏 깨물었다. 그러나 언 뺨을 흐르는 미지근한 액체는 나의 앞길을 한참이나 가로막았다.

2

마지막으로 차입 갔던 날부터 일주일이 지나서 나는 진통의 새로운 아픔을 참아가면서 멀거니 천장을 바라보며 누워 있었다. 방 안은 넘어가는 햇발을 창에 걸친 채 몹시 고요하였다. 조그만 방 고리 두 짝만이 덩그러니 놓여 있는 외에 텅 빈 이 조그만 방 안에, 그러나 이 쓸쓸한 방 안에는 첫날 없던 새로운 생명이 누워 있는 것이었다.

두 다리는 포근하게 맥을 잃은 가운데 아래 밑배만은 몹시 아팠다. 그것은 이따금 쓰리게 뱃속을 휘저으며 안정되지 않은 속같이 거북하였다. 머리가 띵한 것이 몸에는 땀이 눅눅하게 나와 있었다. 그래도 아픈 중에도 어린애가 어떻게나 생겼나 하고 가끔 윗몸을 일으켜 옆에 누운 솜뭉치를 들여다보곤 하였다.

생각하면 꿈같이 벙하니 머리에 떠올랐다. 어제까지 뱃속에 있던 것이 이렇게 내 옆에 누워 있는 것이다. 나는 나의 배를 만져보았다. 큰무덤같이 부어올랐던 배는 쿨렁쿨렁하게 줄어들어가 있었다. 밭고랑 같은 줄기가 밑배를 가로 긋고 그것이 손에 대일 때마다 몹시 쓰렸다.

'대체 애는 살았나 죽었나, 이렇게 숨도 없이 누워 있으니.'

나는 가끔 이 애가 죽은 아이면 어떻게 하나, 이렇게 별 고생을 다하면서 낳은 아이가 생명 없는 아이라면 어떻게 하나 하는 생각이 나를 습래하는 것을 어떻게 할 수도 없었다. 불길하기 짝이 없는 생각이지만 죽은 아이, 불구자, 천치, 이런 생각이 자꾸 나의 마음을 휩쓰는 것이었다.

아이는 계집애였다. 나는 그것을 빽 소리치는 아이의 첫 울음소리와 함께 아이를 내어준 동리집 행랑어머니에게서 들었다.

쌍꺼풀진 눈 오똑한 코 콩쪽만한 입 훌쩍 넓은 이마, 나는 그 눈과 눈썹 형적[5]과 이마에서 남편에 근사한[6] 용모를 찾아볼 수 있었다.

종잇장같이 희어진 남편의 얼굴 그리고 잔디풀 같은 수염에 싸여서 해쓱해지고 파리해진 남편의 얼굴, 그곳으로 넘어갈 때에 벌써 그렇게 수척하여졌던 그 얼굴이, 그때로부터 벌써 반년 가까이 지나간 지금에는 얼마나 달라졌으며 상하여 있을 것인가. 나는 남편의 생각을 하지 않으려고 애쓰는 것이었다. 그러나 옆에 누운 어린애를 볼 때에 나는 언뜻 그의 수척한 얼굴이 눈앞에 떠오르는 것을 휩쓸어버릴 수는 없었다. 눈을 감고 머리를 흔들어도 해쓱히 웃는 그의 얼굴이 떠올랐다.

'저 얼굴이 뼈와 수염만 남고 그리고 머리는 돌중같이 파래져서 나올 때에 비로소 자기의 딸을 안겠구나. 그것은 몇 년 후일까. 이 핏뭉치 같은 것이 벌렁벌렁 기어다닐 때일까, 아빠아빠 부르는 때일까, 혹은 책보를 둘러지고 유치원에를 다닐 그때일까.'

애를 낳고 하루가 거진 다 지나가려는 밤에 어머니가 시골서 올라왔다. 힘없이 넋 없는 눈으로 바라보는 나에게 불안스러운 시선을 주며 어머니는 방 안에 들어섰다.

'안 올 줄 알았더니 왔군. 죽는 것이 겁이 나든 모양이지.'

멀거니 바라보다 그대로 눈을 감았지마는 나의 가슴에는 원망에 가까운 감정이 떠올랐다. 보통 같으면 이 적적한 때에 얼마나 반가이 그를 맞을 것인가. 그것을 나는 이러한 무감각이라기보다도 얼마쯤 원망 섞인 마음으로 대하지 않으면 안 되는 것이다.

일 년 전에 서로 누를 수 없는 분함을 가지고 갈라진 어머니를 지금 이 자리에서 처음 보는 것이다. 나를, 차비 오 원을 쥐여준 채 내쫓고 만 그 어머니는 지금 내 옆에 와서 멍하니 나를 내려다보고 서 있는 것이다.

"몸은 그리 아프지 않니?"

나는 눈을 떴다. 그 목소리가 부드러웠다.

'나에게 대한 무이해(無理解)와 멸시는 좀 풀린 모양인가.'

나의 마음은 지나간 날의 그 형용키도 힘든 갖은 욕설과 모욕을 준 아버지와 어머니의 가지가지의 일을 생각하고 조금이라도 따뜻한 마음이 생겼다면 하고 바랐다.

그러나 사흘이 못 되어 나는 그전과 조금도 다름없는 어머니의 태도와 생리적 괴로움으로 인하여 배가[7]한 가슴의 쓰라림에 울지 않으면 안 되었다.

"이렇게 어멈 노릇을 해주면 알기나 하겠기. 마음대로 되었으니 무슨 한이 있을라구."

더럽게 된 자식 같지 않은 딸에게 그 바라지도 않은 애새끼 낳는 데 와서 이렇게 국이라도 끓여주면 고맙게나 생각할라고 하고 비꼬아서 하는 말이다.

죽어라고 말린 자하고 같이 되어 쫓겨나와가지고 그나마도 같이 산 지 몇 달이 못 되어 사내는 감옥으로 가고 혼자 셋방 구석에서 애를 낳고 누워 있는 나의 모양이 한편 가엾게도 보였으나 또 한편으로 제가 옳다고 우기고 한 노릇이 겨우 저꼴이야 하는 얄밉고 화나는 마음을 억제할 수 없는 모양이었다.

어머니는 올라와서 열흘도 못 되는 여드레째 되는 밤차로 누워 있는 나를 두고 가버렸다. 늙은 어멈을 하나 데려다 두고……

"좀더 봐주고 갔으면 좋겠지만 집이 비고 일이 분주해서 마음대로 돼야지."

나는 획 치맛자락을 두르고 문을 닫으며 나가버리는 어머니의 발자취 소리가 대문 밖으로 사라져 없어졌을 때에 멀리 쳐다보는 천장이 눈물 속에서 흐려지며 빼빼 마른 목구멍으로 참을 수 없는 느낌이 북받쳐 올라왔다.

'오냐 다 가거라, 다 가버려라. 그리고 남편과 나와 그리고 이 어린 핏뭉치를 가리가리 떼어놓고 쓸쓸한 고독의 구렁치[8]로 몰아넣고 다 가버려라, 다 가버려라!'

3

아이를 낳은 지 이십 일이 넘어서 한 달이 가까워올 때에야 기다리던 남편의 편지가 왔다. 나는 뭉트럭뭉트럭[9]하게 쓰인 먹글씨를 잠깐 보고 그것이 일주일 전에 쓴 편지인 것을 알았다.

나는 급급히 봉함엽서의 위와 아래를 뜯고 접힌 것을 잡아뜯었다. 뭣이라고 썼을까? 내가 혼자서 어린아이를 낳다는 편지를 보고 그는 뭣이라 썼을까?

그러나 편지를 다 끝까지 읽어도 아이 이야기는 없는 것이다. 다만 불일간 아이를 낳을 터이니까 몸에 주의할 것이며 산파를 붙임이 좋을 듯하다는 그 말뿐이다. 남편은 내가 일개월 전에 혼자서 아이를 낳았다는 것을 모르는 것이다.

아이를 낳고 이틀 만에 간단히 편지하였고 그 뒤에도 몇 번씩 하였는데 아직 남편은 그것을 모르고 있는 것이다.

나는 또 읽어보았다. 그러나 여전히 그 이야기는 씌어 있지 않았다.

친구들한테서는 편지 한 장 없다는 말, 그리고 책이 없어 곤란인데 아이까지 낳으면 당분간 차입도 못 하고 책도 못 살 것인데 엽서로 삼청동 ××번지에 있는 김 군에게 통지하여 그와 독일어 책을 상의하라는 말, 그 밖에 혼자서 아이를 낳을 나에게 대하여 힘을 내어주기 위하여서의 격려의 말. 사실 그것을 빼고 나면 편지에는 아무 말도 없었다.

나는 지금이라도 곧 전보를 칠까 하였다. 그러나 지금까지 편지가 안 들어갔으려고 하는 생각도 나고 지금 새삼스러이 전보질을 하는 것도 우스웠다. 그것보다는 그가 안타까워하는 책자를 한시라도 빨리 넣어주고 싶었다. 나는 곧 삼청동 김 씨에게 엽서를 보냈다.

이 김 씨는 남편과 같은 사건에 관계하여 한가지로 송국되었다가 불기소된 동무이고 또 독일어를 잘한다는 말을 나는 퍽 전부터 알고 있었다. 나는 적어도 이 엽서를 내일은 볼 터이니까, 늦어도 내일 밤까지는 찾아오리라고 생각하였다.

그러나 그 이튿날 밤까지 기다려도 사람도 회답도 오지 않았다. 그 이튿날도 역시…… 나는 할 수 없이 삼 전 절수[10]를 넣어서 다시 편지를 썼다. 그리고 다른 또 한 동무에게도 편지를 썼다. 이현 동무도 역시 남편과는 대단히 친히 다니던 것을 나는 알고 있었으며 언젠가 남편에게서 온 편지에는 이 현 씨가 서적 차입은 맡아서 해주겠다는 소식이 있었기에 김 씨는 몰라도 현 씨는 믿을 수 있으리라고 생각되었다.

예상과 틀림없이 현 씨에게서는 엽서가 왔다. 지금은 못 가지만 불일간 찾아가겠다는 내용이었다. 그리고 김 씨는 역시 절수를 그대로 잘라먹고 말았다.

'이것을 그래도 동무라고 감옥 안의 남편은 믿고 있는 것이다. 이 절수까지 잘라먹는 이런 것을!'

나는 김 씨에게 대하여 분함을 참지 못하였다. 물론 들어가 있는 사람을 위해 전력을 다하라는 것도 아니고 또 재정적으로 원조해달라는 것도 아니다. 나는 그들이 나보다도 어렵게 살아가는 줄도 알고 있으며 일에 바빠서 시간이 넉넉지 않은 줄도 알고 있다. 그러나 들어가 있는 동무에게 엽서 한 장 할 수 없을 만치 그는 빈곤할까. 그리고 회답해줄 시간이 없도록 분주할 것인가. 사실 욕심스러운 생각일는지는 몰라도 남편을 잃고 직업도 없이 혼자 살아가며 또 이렇게 쓸쓸하게 애까지 낳아놓은 나를 한 번 찾아주어도 그리 해 되는 일은 없으리라고 나는 생각하였다.

'이것을 동지라고 그래도 남을 잘 믿는 남편은 이런 말 저런 말 부탁하고 있는 것이다.'

험한 턱을 당해야 진실한 동무는 알 수 있다더니 사실 이렇게 곤궁하게 되니까 누구 하나 찾아주는 사람도 없구나 하는 생각이 불같이 가슴속에 타올랐다.

나는 현 씨가 찾아주기만 기다렸다. 편지에 '불일간'이라 했으니 대처 며칠 뒤란 말인가? 적어도 사오 일 안이겠지.

그러나 '불일간'은 일주일이 넘고 열흘이 넘고 보름이 넘었다.

나는 남편의 편지를 다시 받았다. 그때에는 새로 나온 아이 이야기도 있고 예심 취조를 한 번 했으니 면회 오라는 말도 씌어 있었다. 그러나 책이 안 들어온다고 막 짜증을 내었다. 심지어 아이를 낳았노라고 자빠 누워서 남편까지 잊었느냐는 말까지 씌어 있었다.

어째서 김 군에게든지 현 군에게든지 부탁하지 않는지 나는 나를 위하야 진력하여야 할 당신의 태만을 이해할 수가 없습니다.

이 몇 줄을 읽을 때에 나는 참을 수가 없었다. 분함과 노염과 그리고 슬픔이 일시에 북받쳐 올라왔다.

'이 울 속에 들어가서 아무것도 모르는 바보는 나만을 꾸짖는구나.'

그러나 오죽 답답하고 클클하면[11] 그 삽삽한[12] 남편이 이런 소리를 썼을까 하고 생각하면 오히려 이렇게까지 동무를 믿는 남편이 불쌍하게 생각되었다.

나는 남편의 집에서 보낸 돈 가운데서 나머지 십 원을 들고 집을 나섰다.

벌써 집 안에서 우물거리는 새에 서울 장안에는 봄이 온 것이다. 오후 세시나 되었을 터인데 거리는 꽃구경 가는 자동차와 전차와 군중으로 물결같이 흐느적거리고 있었다. 나는 본정[13]을 향하여 책방을 찾았다.

그리고 독일어 동화책 한 권과 일본말로 번역한 두꺼운 철학책을 두 권 사니까 십 원은 몇 닢도 안 남고 다 없어졌다.

나는 그것을 들고 집을 향하였다. 나는 전차로 갈까 걸어갈까 하고 잠깐 생각하였으나 어린아이도 걱정스러웠고 한시라도 속히 책을 부치고 싶었으므로 전차를 타기로 작정하고 우편국 앞으로 나오려고 하였다.

그러나 그것이 잘못이었다. 나는 좀 늦더라도 걸어서 '신마치'[14] 이쪽으로 올 것이었다.

책을 들고 무심히 걷고 있는 나는 술에 취하여서 내가 누구인지도 모를 만치 된 남편의 동무들을 어떤 카페 앞에서 만난 것이다.

나는 잠깐 흠칫하고 발을 옮겨놓을 수도 없었다. 그러나 남편이 그렇게 믿는 동지 김 동지, 현 그리고 그 밖에 또 늘 보던 두 사람 동무는 자기들을 보고 있는 나의 존재조차 모르고 그대로 지나가고 있는 것이다.

"야, 아노 온나 돗테모 스고이요."[15]

방금 나온 술집 계집애의 비평인지 술에 취한 김 씨는 그렇게 지껄이고 있었다.

'이게 분주하다고 한 번 오지도 않는 남편의 동지인가?'

4

나는 머리를 빗었다. 그리고 분칠을 할까나 말까나 잠깐 생각하였다. 오래간만에 만나는 남편에게 조금이라도 아름다운 얼굴을 보여주고 싶었으나 언젠가 너무 예쁘게 차리면 여자에 주린 사나이의 성적 충동을 더욱 격발시킨다는 남편의 말을 생각하고 분칠도 그만두고 수수하게 차리고 갈까 하였다. 그러나 그렇지 않아도 아이를 낳고 늙어 보이는 얼굴을 그대로 가면 몹시 고생하여 그렇게 된 것 같은 생각을 남편에게 주어 더욱 마음을 상하게 하지나 않을까 하고 다시 약간 분칠을 하기로 결심을 하였다.

나는 재판소에서 받은 면회 허가증을 들고 서대문을 향하였다.

남편의 얼굴은 생각보다는 좀 나았다. 그러나 중학생 같은 그 머리와 그리고 흰 얼굴을 둘러싸고 있는 빛깔 없는 수염, 기름기 없고 터석터석[16]해진 살 등등. 그것은 나의 가슴을 찌르기에 충분하였다. 오직 말만은 그전과 같이 열이 있고 똑똑하였다.

나는 미리 작성하였던 프로그램대로 이야기하였다. 그는 조용히 나의 말을 듣고 있었다. 그러나 내가 그의 동무들의 말을 하였을 때 그는 몹시 표정을 달리하였다.

"원 술집에만 다니구 아무도 한 번 찾아오지두 않는구려!"

남편은 갑자기 소리를 질렀다.

"빠가![17] 무슨 개수작이야! 그런 소리 하려면 다시 오지 말어!"

그러고는 옆에 섰는 간수에게

"모 스미마시타"[18]

하고 말하는 것이다. 문은 닫혔다. 그리고 나의 눈 앞에는 흰 얼굴도 웃는 얼굴도 노한 얼굴도 보이지 않았다.

나는 아무리 생각하여도 무슨 영문인지 알 수 없었다. 내가 대체 헛소리를 하였단 말인가, 없는 소리를 지어서 했단 말인가.

나는 집에 돌아와 어린애에게 젖을 물리면서도 남편의 태도를 도무지 이해할 수가 없었다. 그 속에 들어가면 마음이 변하고 몹시 신경질이 된다더니 그런 탓인가.

"얼굴이 과히 척하시지나[19] 않으세요?"

나는 어멈의 물음에 간신이 머리를 끄덕거리고

"어멈 불이나 좀 때어주우"

하고 그를 방 안에서 몰아내었다.

나는 여러모로 생각하여보았다. 언젠가 아이 낳기 전에 차입 갔을 때 어떤 학생 같은 사나이가 하던 '파벌 관계'라는 말도 생각하여보았다. 그러나 이 언구를 아무리 분석하고 해석하여도 오늘 면회 때의 남편의 노염을 설명할 만한 회답은 나오지 않았다.

'단순히 남편은 자기 동지를 원망한다고 나를 질책한 것이다.'

이렇게밖에 해석할 수가 없었다. 나는 다시 김 씨와 현 씨의 술집에서 나오던 모양을 생각하여보았다.

'야, 아노 온나 돗테모 스고이요.'

내 귀로 똑똑히 들은 목소리다. 그리고 나의 이 멀쩡한 두 눈으로 낱낱이 본 일이다.

그런데 남편은 나를 '빠가' 하고 소리치고 그대로 가버린 것이다.

나는 눈물이 북받쳐 오름을 참을 수가 없었다. 눈물 방울이 어린아이의 뺨 위에 떨어졌는지 아이는 움칠움칠하였다. 그러나 나의 두 눈에서 눈물이 그칠 줄을 몰랐다.

물

물은 사람에게 하루라도 없어서는 아니 될 중요한 물건의 하나 인 듯싶다. 그런 의미에서가 아니라 물은 우리들과 특별히 뗄 수 없는 인연이 있는 듯싶다. 물, 여기에 다음과 같은 이야기가 있다.

1

두 평 칠 합(二坪七合)이 얼마만한 넓은 면적을 가지고 있는지 나는 똑똑히 알지 못하였다. 말로는 한 평 두 평 하고 세어도 보고 산도 놓아보았지만 두 평 칠 합 하면 곧 얼마만한 면적의 지면을 가리키는지 똑똑히 느껴본 적은 없었다.

그러나 나는 지금 길이와 넓이를 한 치도 틀리지 않게 두 평 칠 합을 전신에 느낄 수가 있었다. 그것도 손으로 세거나 연필로 계산하는 것이 아니라 전 몸뚱이를 가지고 그것을 느끼는 것이었다.

나는 두 평 칠 합의 네모난 면적 위에 벌써 날수로 일곱 달이나 살아온 것이다. 두 평 칠 합을 전 몸뚱이를 가지고 느끼는 것은 그 덕택이었다. 내가 이 두 평 칠 합에 살기 전에 석 달 동안 두 평 칠 합을 절반 가른 조그만 방 안에서 생활한 적이 있었다.

그런데 그 조그만 방은 어쩐지 공연히 넓고 엉성하던 것이 그보다 배 곱이나 되는 이 두 평 칠 합이 이렇게 좁아 보이고 질식할 듯이 빼곡 차서 숨조차 마음대로 쉴 수 없는 것은 어떤 연고일까?

별로 힘든 연고는 없었다.

조그만 방에 생활할 때는 영하 십오륙 도를 상하하는 추운 동지섣달이었고 또 게다가 별로 짐도 없는 방 안을 독차지하고 있었던 까닭이며 지금 이 방에는 열세 사람이 살고 있으며 그리고 또 시절이 구십 도[1]나 되는 여름이었다. 이외에 별다른 연고는 없었다.

하여튼 나에게는 두 평 칠 합이 몹시 협착하고[2] 빽빽한 듯이 느껴져서 어떻게 할 수가 없었다.

두 평 칠 합, 구십 도, 열세 사람. 나는 여태 이렇게 숨 막히는 공기 속에서 이렇게 장구한 시일을 생활해본 적이 없었던 것이다. 물론 나뿐이 아니겠지. 이 속에는 열세 사람 그리고 또 몇백 사람이 그가 끓는 솥 속에나 혹은 타는 불 속에서 살아본 적이 없는 이상 다 매한가지로 이런 질식할 만한 공기를 숨쉬고 그 속에서 생활한 적이 없을 것이다.

땀은 흘렀다. 몸뚱이에 두른 옷이 전부 물주머니가 되도록 땀을 흘렀다. 그리고 땀때[3]가 발갛게 열독[4]이 져서 말룩하게[5] 곪아올랐다. 그것이 바늘로 찌르듯이 콕콕 쏘았다.

물론 공장에서 일하는 노동자나 시골서 김매고 풀 뽑는 농군이나 또 부엌에서 밥을 짓는 여편네들도 우리들보다 못지않게 땀을 흘린다.

그러나 아무것도 하지 않고 멀거니 앉아서 부채질만 하는 사람들이 이렇게 땀 흘리는 것은 아무래도 보지 못하는 일이었다.

돌중같이 깎은 머리에는 땀띠종이 모여서 헐고 진물이 흘렀다.

오후 세시나 되었을는지 태양에 쪼인 벽돌 바람이 후끈후끈하게 달아왔다.

두 개의 창문을 높이 등뒤에 지고 꽉 막힌 두터운 바람벽을 향하여 세 줄로 앉은 돌중들은 무릎 앞에 책을 놓고 있었다.

이들 돌중 가운데는 한 개의 하이칼라[6]가 섞여 있었다. 그는 똥통과 이불 새에 허리를 펴고 누워서 『강담전집(講談全集)』[7]을 읽으면서 이따금 버드나무를 그린 부채로 무릎을 딱딱 치고 있었다. 그러더니 그만 이마와 콧잔등에 구슬 같은 땀방울을 만들면서 잠이 들고 말았다. 이 작자는 한 달 전에 철도 청부 사건에 담합을 하고 몰려 들어온 일본 사람 청부사였다. 그는 동맥경화증으로 혈압이 높다나 낮다나 하더니 횡와허가(橫臥許可)[8]를 얻어 가지고 대낮인데 가로누워 낮잠을 자고 있는 것이다.

그 옆에 바로 똥통과 타구[9]가 놓여 있는 앞에 앉아 있는 간도 친구는 『속수국어독본』[10]을 엎어놓고 불알과 새채기[11]에 다무시[12] 약을 바르고 있었다. 기름기 도는 누런 약을 손가락 끝에 발라서는 연상[13] 새채기 속으로 가져갔다.

이것을 물끄러미 바라보고 있던 독서회 사건의 서울 친구가 치분[14] 통 뒤에서 약봉지를 뒤적뒤적하더니 냄새 고약한 조그만 봉지를 손끝으로 꼬집어 들고 표정과 눈짓으로 몇 번이나 '이것 줄까?' '이것 줄까?'를 하였으나 저편에서 한 번도 이편 쪽을 바라다보지 않으므로 드디어 가느다란 목소리를 내었다.

"어어 어이 숫게[15] 옴약[16]이 좋다, 이걸 발러."

그러나 그는 너무 머리를 돌리고 이야기를 하였다. 드디어 그는 구멍을 따고 엿보고 있는 두 눈을 경계하지 못하였다.

"나니 하나시데이루카?"[17]

서울 친구는 잠깐 묵묵히 앉아 있었으나 이윽고 번쩍 약봉지를 쳐들고 양해를 구하였다.

손에 든 약봉지와 두 다리를 벌리고 앉은 간도 친구를 번갈아 보더니 두 눈은 그대로 구멍을 닫고 가버렸다.

"에히 요놈의 세채, 째끗[18]하면 다리에 뭉텅이질걸!"

나는 그의 뒤에 앉아 있었으므로 부채로 그의 등을 간신히 두드렸다. 사실 이렇게 더운 통에 맨장판 위에 오륙 시간 '세이자'[19]를 하면 다리가 각기[20] 앓는 사람 모양으로 될 것은 정한 이치였다.

공기가 들어올 구멍은 합쳐서 일곱 개나 되었다.

천장에 네 개, 뒷바람 밑에 한 개, 창문이 둘. 그러나 공기는 조금도 움직이지 않았다. 아무리 힘을 내어 부채질을 하여도 별다른 공기가 불려올 이치가 없었다. 옆의 사람의 땀 내음새가 후끈후끈 내 몸에 부딪칠 따름이다.

'이거 살 수 있나!' 이런 소리도 입에서는 나올 여지가 없었다.

벌써 한 달경을 두고 '이거 살 수 있나' '어서 구월달이 왔으면' 하고 되풀이하고 또 춥고 추운 뒤라 그런 한숨 말도 이제는 좀처럼 입에서 나오지 않았다.

숨을 쉴 때에는 똑똑하게 가슴이 거북스러운 것이 알리었다.[21] 콧구멍으로 넘어가는 공기가 신선하고 청량하지 못한 탓이겠지. 심장과 폐가 그 공기를 맞을 때에는 가슴이 빽빽하게 켱겼다.

신선한 공기 대신에 물. 그렇다. 물이 비록 폐로 들어가지 않고 똥집으로 흘러 들어간다고 하여도 얼마나 가슴을 신선하게 할 수가 있으며 이 늘어진 신경과 정신을 얼마나 기운차게 동작시킬 수가 있을 것인가! 입 안이 빽빽 마르고 바짝 마른 물기 없는 목구멍만이 달각거렸다.

사실 나는 벌써 몇 시간 전부터 물을 그리워하고 있었다. 그러나 저녁을 먹을 때가 아니면 아무리 죽는다 하여도 물이 들어올 수 없다는 것을 나는 벌써 팔구 개월이나 경험한 것이었다. 그래서 아무리 가슴이 답답하고 목구멍이 말라도 물 생각을 하여서는 안 된다는 습관이 나에게는 꽉 박혀 있었다. 나는 책을 들여다본다. 모든 정신을 책에다 집중하자! 더움과 안타까움 그리고 물을 그리워하는 마음. 이 모든 것으로부터 나의 정신을 꽉 갈라서 책에다 정신을 넣어보자!

사실 오랫동안의 경험은 나에게 어느 정도까지 이것을 가능케 하였다. 나의 눈은 명백히 활자의 하나하나를 세었다. 꼬박꼬박 활자를 줍듯이 나의 정신은 그것에 집중하였다.

"미, 네, 르, 바, 의, 올, 빼, 미, 는, 닥, 쳐, 오, 는, 황, 혼, 을,

기, 다, 려, 서, 비, 로, 소, 비, 상, 하, 기, 시, 작, 한, 다."

그러나 십 분도 못 계속하여 나는 내가 글을 읽고 있는 것이 아니라 활자를 읽고 있는 것을 깨닫는다. 나는 그 활자가 무엇을 말하고 있는지를 모르고 읽고 있는 것이다.

정신은 다시 풀어지는 태엽같이 팍 늘어지고 만다. 눈가죽이 무거워진다. 그리고 다시금 내 옷이 땀에 젖어 있는 것을 느낀다. 그리고 갑자기 머리털 밑이 따끔따끔 쏜다. 그리하여 내가 두 평 칠 합 방에 살고 있다는 것, 기온이 백 도라는 것, 물이 한 모금도 없다는 것 등등을 깨닫는다. 나는 바른 팔에 힘을 넣어 부채를 내두른다.

2

양재기로 하나도 잘 안 되는 짠 국을 가지고 마른 목을 충분히 축일 수는 도저히 없는 일이었다.

나무통 그것의 크기는 작은 바께쓰[22]만하였다. 이 나무통이나마 하나가 가득 차지 못하므로 물의 양은 아무리 해도 세 되[23]가 될까 말까 하였다. 그것이 저녁으로부터 내일 아침까지 열세 사람이 먹을 물이다. 조그만 국자로 더운 물을 하나씩 양재기에 덜어서 열세 사람에게 삥 돌고 나면 처음 먹고 난 동무는 먹은 둥 만 둥 하였다.

서로 제각기 퍼먹으면 불공평할 뿐 아니라 질서가 없어진다고 하여 '물 담당'을 하나 내세웠다. 그 '물 담당'이 물을 마음대로 시간을 보아서 분배하기로 결정되어 있었다.

"한 잔씩 더 하지."

맨 먼저 먹고 난 함경도 친구가 제안하였다.

"좋구만! 그거 한 잔 가지구야 어디 셈이 되는가."

나도 찬성을 표시하였다.

"셈이 안 된다구 먹어버리면 밤엔 어떡하나!"

물통을 꽉 안고 '담당'은 움직이지 않았다.

밥을 먹고 나서 마루를 쓸고 그릇을 내보내고 할 동안은 약간약간 기회를 보아 말을 주고받고 할 틈은 있었다.

"밤에 죽는 것보다 지금 죽는 게 좀 나을까?"

간도 친구의 소리다.

"지금 누가 방금 숨이 넘어가는가."

그러나 물통을 안고 있는 동무도 물로 배를 채웠길래 뱃심을 버티는 것도 아니고 그도 또한 물통을 들여다보고는 몇 번이나 침을 달각달각 삼키고 있는 것을 나는 잘 알고 있었다.

"한 통 가득가득이래도 줬으면 안 좋은가."

"패통〔報知器〕[24] 치구 교섭해보지."

교섭을 한 달 동안 맡아보게 된 전라도 동무는 아무 말도 안 하였다.

"한 번 해보지, 질 송사 어데 가서야 못 할까."

그러나 전라도 동무는 아직도 아무 말이 없었다. 교섭하는 것이 그리 유쾌하지 않을 건 누구나 아는 바이지만 이 동무는 어쩐지 이번에는 더욱 그런 마음이 덜 생기는 모양이었다.

"요구해두 주지두 않을걸!"

"글쎄 주지는 않는다 해두 이런 불만이 있다는 것만 알려주는 것도 할 만한 일이 아닌가."

패통을 쳤다. 복도를 향하여 나무때기 떨어지는 소리가 들려왔다.

물을 좀더 달라는 것, 이건 물론 헴[25]도 안 되는 소리였다. 그러면 물을 한 통 가득가득이라도 달라고.

물통 검사가 났다. 그리고 한 통 가득 준 것을 다 먹어버리고는 그런다는 것이 교섭의 결과였다.

교섭은 끝났다.

"물이나 한 잔씩 더 먹세. 자, 어떤가?"

"저놈의 '다무시'는 물만 아는가?"

물 생각을 잊을 만한데 다시 그런 제안을 한다고 '물 담당'이 꾸짖는 말이다.

"사실 사슴[26]이 쁘지지하고 디리[27] 타서 견딜 수 없으니 위선 먹어보는 게 어떻소?"

사실 물이 없으면커니와 눈앞에 물을 보고는 참을 수가 없었다.

"이렇게 물에 마를 줄 알았다면 수통을 딜대고[28] 먹일 때에 좀 실컨[29] 먹고 올걸!"

나는 다 웃을 것을 예상하고 이 말을 하였다. 그러나 의외에도 나밖에는 아무도 웃는 사람이 없었다.

"자 그럼 물을 돌립니다. 반대 없소?"

"없소."

"없소."

물은 다시 양재기에 담겨서 한 잔씩 차례로 돌아갔다. 물을 마시고 누구나 아 하고 입을 짭짭 다시었다.

3

"누가 이불을 깔고 자랬어, 응?"

'삼백만 원'의 목소리였다. 그는 언젠가 이야기하다가 들킨 동무를 설교하노라고 국가가 너희들을 위하여 일 년에 삼백만 원씩을 쓴다는 말을 오륙 차나 겸해서 한 일이 있은 뒤부터 이런 별명을 얻었다.

쪽[30]물을 들인 세 겹 이불을 덮는 대신에 궁둥이 밑에다 깔았다고 그것이 규칙 위반이라고 꾸짖는 것이다.

그러나 이 '삼백만 원'이 들어왔다고 하는 데 대하여 우리들은 어떤 딴 종류의 희망을 가져보았다. 이 '삼백만 원'은 규칙만 지키고 또 융통성이 없는 작자이지만 인도적인 쓸모가 약간 남아 있었다. 그래서 어떻게 잘 교섭하면 부채 사용과 또 음료수를 얻을 수 있을는지 모르겠다는 일루의 희망이 우리들을 붙든 것이다.

"부채 교섭해보지, 삼백만 원인데."

어느 구석에서 이런 소리가 났다.

원래 부채는 사용하던 것이 누워서 부채를 부치면 잡담을 하여도 부채로 입을 가리거나 또 부채질 소리에 누가 했는지 잡아내기가 불편하다고 하여 금지당했던 것이다.

'삼백만 원'이 들어온 것을 안 바람에 더움과 물에 이겨가면서 어떻게 잠이 들어보려던 우리는 더움을 더욱 통절히 느끼게 되고 들들 흐르는 수도 통의 물이 눈앞에 빙빙 돌고 공연히 부채 들지 않은 손이 헤텅해[31] 보였다.

나는 산속에서 흘러내리는 물을 몇 번이나 눈앞에 그려보게 되었다. 물! 물!

가슴이 바직바직 타고 숨이 목구멍에서 막히는 듯하였다. 나무숲을 거닐며 지나가는 저녁의 싸늘한 바람, 백양나무 잎새를 산들산들 흔드는 그 바람. 나는 일순간도 견딜 수가 없었다.

만일에 내가 이 두 평 칠 합 방에 살지 않는다면 이 견딜 수 없는 욕망, 그리고 지극히 정당하고 자연스러운 이 요구를 관철키 위하여 몸을 바윗돌에 부딪칠 것을 어째서 아꼈을 것이냐?

나는 열세 사람이, 그 속에는 나 자신도 끼어 있지만 도저히 사람같이 보이지 않았다.

생명도 없고 피도 없고 열정도 식은 열세 개의 고깃덩어리같이 생각되었다.

모두 죽었는가? 그렇다면 우리들은 물에 대한 요구가 전혀 식어지고 말았는가?

나는 후덕덕 일어나서 패통을 칠까 하고 몇 번인가 생각하였다.

그러나 나는 열정적인 것보다는 보다 냉정적이었다. 나는 그때에 내 옆에 누워 있는 '하이칼라'의 존재를 생각하였던 것이다.

그가 교섭하면 나보다도 용이하게 요구를 관철할 수 있다는 생각
이 번개같이 나의 머리를 지나친 것이다. 나는 '하이칼라'와 이야
기하였다. 그리고 '삼백만 원'의 성질 인격 같은 것을 설명해주고
한시라도 속히 교섭해볼 것을 종용하였다.

패통을 치고 교섭을 개시하였다. 교섭은 일부분만 성공하였다.
부채는 사용하여라. 물은 수돗물밖에 없다. 그리고 취사장에 가
야 길어올 수가 있다. 그러므로 좀 힘들다는 것이다.

이렇게 교섭이 끝났을 때에 딴 곳에서도 패통 떨어지는 소리가
들렸다. 이곳저곳, 수삼처에서 그 소리가 들려왔다.

한 십 분 지났다. 복도 저쪽에서 말하는 소리가 나더니 이윽고
바께쓰를 들고 덜걱덜걱 들어오는 소리가 들렸다.

아! 이 소리, 물이 바께쓰 속에서 흐느적거리는 이 소리.

나는 넓은 바닷가에 서서 하늘과 바다가 한 줄로 맞붙은 것을
보고 이 푸른 물의 웅대함에 놀란 적이 있었다. 나는 흰 비단을
늘어뜨린 듯한 폭포수가 나무숲에 안기어서 떨어지는 광경을 보
고 이 장대한 데 간담을 서늘케 한 적이 있었다.

그러나! 그것이 무엇이리오! 나는 아무 광채도 없는 낡은 바께
쓰에 들었을 한 말도 되나마나 한 이 물이 움직이는 소리를 듣고
이때껏 늘어졌던 신경의 긴장과 혈액의 약동과 그리고 심장의 용
솟음쳐 나옴을 느끼는 것이었다!

나의 눈 앞에는 산속을 고요히 흐르는 시냇물도 없었다. 백양목
사이를 스쳐가는 여름밤 저녁의 고요한 바람도 없었다. 그리고
방금 바른손에 쥔 부채도 나의 눈 앞에는 없었다. 오직 저 바께쓰

속에 출렁거리는 물이 있었을 따름이다.

이윽고 식통 문이 열리었다. 나는 급히 일어나서 양재기를 갖다 대었다.

물이다, 물이다.

"자, 한 모금씩 차례차례로!"

나의 얼굴은 희색이 가득 차 있었다.

나는 딴 동무가 한 모금씩 마시는 동안 나의 차례가 오는 것을 기다리면서 그들의 입을 지키고 있었다. 알지 못하는 사이에 그들의 목구멍이 달각거릴 때마다 나의 침도 달각달각 목구멍에서 소리를 내고 있는 것을 발견하였다.

나의 차례가 왔다. 나는 잠깐 침착히 물그릇을 받고 그것을 고요히 들여다보았다. 그리고 그릇에 입을 갖다 대고 덜거덕 한 모금 들이마셨다.

목구멍에서부터 똥집까지 싸늘한 물이 한 줄기로 줄을 그으면서 내려가는 것을 똑똑히 알리었다.

식도를 지난다. 위에 들어갔다.

그러나 그때에 곧 나는 불행하여졌다. 이것이 냉수로구나 하는 생각이 그때에야 비로소 가라앉은 나의 머리에 떠오른 까닭이다.

잘 자리에 냉수를 마시면 나는 반드시 설사를 하였다. 벌써 배가 이상하게 얼어가는 것 같은 생각이 났다. 나는 끈으로 꼭 배를 동이고 다시 가로누웠다.

얼마나 잤는지 모르나 나는 오랫동안 이상야릇한 악몽에 시달리다가 겨우 눈을 떴다.

배가 아프고 위와 대장과 소장 사이를 물이 꾸르럭꾸르럭 오르내렸다. 진통은 몹시 심하였다. 그리고 뒤가 몹시 무거웠다. 나는 얼굴을 찌푸리면서 매어 단 지리가미[32]를 뜯어가지고 몸을 일으켰다. 그리고 똥통 위를 보았을 때 벌써 그 위에 올라앉은 '다무시'가 웃는 얼굴로 나를 보고 있는 것에 부딪쳤다.

"배가 아퍼?"

그는 나에게 물었다.

"응! 설살세!"

나는 종이를 들고 똥통 옆에 가서 '다무시'가 내려오기를 기다리고 있었다.

(백 도의 여름이 다시 오련다. 이 한 편을 여름을 맞는 여러 동무들에게 올린다—작자.)

남매

　쨍쨍 언 작은 고무신이 페달을 디디려고 애쓸 때에 궁둥이는 가죽 안장에서 미끄러져 떨어질 듯이 자전거의 한편에 매어 달린다. 왼쪽으로 바른쪽으로, 구멍 난 꺼먼 교복의 궁둥이가 움직이는 대로 낡은 자전거는 언 땅 위를 골목 어귀로 기어 나간다. 못 쓰게 된 뼈만 앙상한 경종[1]은 바퀴가 언 땅에 부딪칠 때마다 저 혼자 지링지링 울고, 핸들을 쥔 푸르덩덩한 터진 손은 매 눈깔보다도 긴장해진다. 기름 마른 자전거는 이때에 이른 봄날 돌 틈을 기어가는 율모기[2]같이 느리다. 그러나 길이 좀 언덕진 곳은 미처 발디디개를 짚을 겨를도 없이 팽팽하게 바람 넣은 바퀴가 자갯돌[3]과 구멍진 곳을 분간할 나위 없이 지쳐 내려가기도 한다. 심장은 뛰고 가슴은 울렁거린다. 이때에,

　"남의 쟁골[4] 또 타네?"

하는 고함이 등뒤에서 나면 왈칵 가슴은 물러앉고 정신은 앞뒤를

분간할 겨를조차 없다. 앞바퀴를 돌각담[5]에 박으면서 거의 엎드러지듯이 후덕덕 뛰어내려 돌아다보고 자전거의 주인인 면서기 대신에 계향(桂香)이를 발견하면, 두근거리는 가슴은 좀 가라앉으며 무엇보다 먼점 안심하는 빛이 그의 표정을 스쳐간다. 뛰어내릴 때 부딪친 사타구니가 갑자기 쓰려오고, 그의 두 눈이 녹초가 져서 뎅그렁하니 넘어져 있는 자전거를 보았을 때, 사슬은 끊어져서 흙받기[6] 옆에 붙어 있고, 고무 페달만 싱겁게 핑핑 돌다가 멎는다. 녹슬어서 도금이 군데군데 벗겨진 핸들은 홱 비틀어져 있다. 고물상 먼지 구덩이에 박혀 있는 항용 보는 엿장수의 매상품(賣上品)이다. 봉근(鳳根)이는 화가 벌컥 치밀었다. 무엇을 짓부수고 싶은 마음이 가슴속에 꿈틀거리지만 그대로,

"왜 이래 남 쟁고 배우는데."

하고 저만큼 대문 앞에 서 있는 누이의 얼굴을 노려보면서 울 듯이 눈살을 찌푸리고 말았다.

"너 누구 쟁곤데 물어나 보구 타네?"

봉근이는 아무 대답도 안 하고 사타구니의 아픈 곳을 부비며 널브러진 자전거를 세웠다. 돌담에 비스듬히 세우고 끊어진 사슬을 집어 차대에 얹고 다시 바퀴를 다리 틈에 끼운 뒤에 핸들을 바로 잡았다.

"이전 경쳤다.[7] 그게 누구 쟁곤데 닐르는 말은 안 듣구 만날 쟁고만 타더니."

"차 서방네 집에 온 멘서기[8] 해[9] 차 서방보구 허가 맡었다 뭘. 누[10]는 괜히 민하게[11] 굴어서 사슬 끊어딘 건 난 몰라, 씽."

자전거를 끌고 기운이 빠져서 어슬렁어슬렁 계향이 앞으로 올라간다.

"이 새끼 차 서방한테 허가 맡어서? 차 서방은 아바지하구 강에 나갔는데."

주먹을 쥐고 머리를 치려는 바람에 봉근이는 자전거를 계향이에게로 탁 밀어버리고 저만큼 물러 뛴다.

"아이구 애, 이 새끼."

겨우 넘어지려는 자전거를 붙들고 남치맛자락으로 입을 가리운다.

"새끼두 망하겐 군다."

계향이는 눈으로 봉근이를 노려보면서 어이가 없어서 웃어버린다. 그리고는 목을 돌려 차 서방네 집을 향하여,

"김 서기 쟁고 건사하우. 결딴났수다"

하고 고함을 질렀다.

봉근이는 바자 틈에 돌아서서 손으로 언 가시나무 가지를 뜯다가 누이의 김 서기 부르는 소리에 속이 또다시 활랑거려 힐끗 누이의 얼굴을 쳐다본 채 그대로 꽁무니를 뺄까 한다.

"애 봉근아!"

하고, 즐겨서 자전거는 탔으나 뒷감당을 맡어서 치를 담력은 없는, 자기의 동생을 부드럽게 부르면서 계향이는 약간 쓸쓸함을 느끼었다.

"애 봉근아, 쟁곤 내 말해줄게, 집에 들어가서 다랭이[12] 가지구 아바지 간 데 쫓아가라. 꿍맹이[13] 사냥 갔는데 앞강이 사람 탈 만

하다더라. 오늘은 아마 큰 고기 잡는대. 주워 입구 빨리. 어서 뛔 가봐. 또 멘세기 나오기 전에."

계향이의 낮은 목소리가 끝나기 전에 봉근이는 고슴도치 모양으로 대문 안을 향하여 굴러 들어가버렸는데 이윽고 차 서방네 집에서 코르덴[14] 당꼬 쓰봉[15]을 입고 기성복 외투를 걸친 김 서기하고 차 서방의 딸 옥섬(玉蟾)이가 행길로 나온다.

"남의 하쿠라이[16] 쟁골 가지고 왜들 새박드리[17] 야단이야 응" 하면서 김 서기는 물고 나오던 마코 꽁초를 불 붙은 채로 길가에 던진다. 그리고 사슬 끊어진 자전거를 바라보고는 침을 한번 쭉 내어뱉고,

"허허 오늘 큰코다쳤다. 별수 있나, 계향이 하룻밤 화대는 마루키[18] 쟁고 빵[19]으로 털으야 됐디!"

"그거 이전 엿장세한데 팔든가 페양 갖다 박물관에 보관하디. 멘장 나으리 타시는 구루마하구는 너무 초라해" 하고 옥섬이가 깔깔 웃으며 분 떨어진 핏기 없는 얼굴로 계향을 바라본다.

자전거를 받아서 사슬을 빼 짐틀에 놓더니 김 서기는 장갑 낀 손으로 안장을 툭툭 털며,

"이놈이 이래봬두 내 당나귀다. 말 갈 데 소 갈 데 없이 참 이놈 타구 세금두 많이 받았구, 뽕나무 심으라구 야단두 엔간하게 쳤다."

"그리구 또 개새끼두 수없이 짖겠구."

"하하, 아닌 게 아니라"

하고 김 서기는 계향이의 말을 다시 받으면서,

"이 종이 아직 시퍼렇게 젊었을 때 촌동리 어구를 접어들면서 한번 째르릉 하구 울리기만 하문 개새끼는 짖구 닭의 새끼 풍기구[20] 고양이 새끼 달아나구 아새끼 모여들구 촌 체니는 바자 틈에서 침을 생켰는데, 이놈이 이전 다 늙어서 이거 이놈 소리두 안 나네."

양쪽 쇠가 떨어져 없어져서 종은 손으로 누르면 찌륵찌륵 하기만 한다.

"오늘은 또 밸[21]이 끊어졌으니 돈냥 탁실히 잡아먹게 됐군. 그저 이 동네 오문 이랬거나 저랬거나 말썽이야."

"이왕이면 팔아서 소주나 사게, 날두 산산한데 한잔 먹구 니불 쓰구 낮잠이나 잠세."

제법 사내 투로 반말로 받는 바람에 김 서기는 입이 써서 멍하게 서 있는 것을 계향이는 다시 한번,

"여보시게, 서기네 조카."

하고 간드러지게 웃었다.

"허 참 아침 흐더분히[22] 잘 먹구 간다."

자전거를 끌고 골목을 나가려 할 때 계향이는 웃으면서,

"사랑하는 애인 만낼라문 쟁고 사슬 열 개 끊어두 아깝지 않네"

하고 그대로 웃으면서 옥섬이를 바라보았다.

"왜 이건 또 재수(在洙)가 안 와서 걱정인가?"

서너 발자국 가다 김 서기는 목을 돌리고 지껄이는데, 옥섬이는 코만 한번 찡긋 하고,

"어떤 사람은 월급 봉투두 터는데"
하였다.
"아이구 아서, 새벽부터 오늘 재수 없다."
"재수가 왜 없어. 오늘 공일이니 집에 있을걸."
셋은 배를 추며[23] 웃고 제가끔 갈라졌다.
"엣춰!"
"아이 차겁다!"
긴 남치맛자락이 첫추위 바람에 팔락거리며 노랑 저고리의 자주 고름이 종종걸음을 치는 대로 대문 안으로 사라져 없어진다.

어제까지 푸른 강물이 찬바람에 하물하물[24] 떨고 있더니, 오늘 아침 추위에 조양천(朝陽川)은 백양가도(白楊街道)서부터 천주봉(天柱峰) 밑 저쪽까지 유리창 같은 매얼음[25]이 짝 건너 붙었다. 이번 겨울 들어 첫추위라 매운 바람이 등골로 숨어드는 것이 유달리 차갑다. 얼음이 약할 듯싶어 아직 강을 타는 사람은 하나도 없었고, 졸망구니[26] 아이들이 새벽에 가상[27]으로 돌아다니며 아물아물 얼음 진 품을 발로 디뎌보더니 지금은 그림자조차 간 데 없다.
계향이와 봉근이의 의붓아비 땜장이 학섭(鶴燮)이는, 강가에 셋방을 얻어 살면서 매년같이 매얼음 진 첫날을 놓치지 않고 꿍맹이와 작살로 고기를 낚는 데 재미를 붙였다. 이즈음 날씨가 겨울로 접어들자 며칠을 두고 소주도 덜 마시며 강변에만 정신이 팔려 있더니, 간밤에 분 바람이 잠자리에 맵게 스며드는 품이 미상불 강을 붙였으리라 짐작되매, 오늘은 이른 새벽 머리를 털며 자리를 나오자 눈을 부비면서 강가로 뛰쳐나갔다. 알린알린[28] 기름칠한 거울같이 건너 붙은 것을 보고 강 한중복판을 발로 쿵쿵 디뎌보면서 언 품을 시험해보더니, 아침밥도 이럭저럭 쏜살로 작살과 꿍맹이를 준비해가지고 차 서방과 함께 조양천 윗목으로 올라갔다.

한 짝 고름이 떨어진 색 낡은 검은 두루마기를 노끈을 이어 친친 둘러 감고, 귀에다가는 양의 털로 만든 귀걸이[29]를 끼우고서, 빈 다랭이를 든 채 강가로 줄달음질쳐 내려온 봉근이는 강 위를 휙 한번 두루 살폈다. 학섭이와 차 서방의 그림자를 강 위에서 찾아보는 것이다. 그러나 두서너 개 소나무 충충 박힌 외에는 바위와 잎 떨어진 가당나무뿐인 가난한 풍경. 산 밑의 강은 은 이불을 깔아놓은 듯이 아침 햇발에 빛나는데 눈에 보이는 것은 끝없이 줄기 뻗은 얼른거리는 비단 필, 개새끼 한 마리 찾아볼 수가 없다. 통쾌하게 건너 붙은 강을 보고 흥분하였던 것도 삽시간 은근히 의심이 복받친다.

응당히 아버지와 차 서방은 내 눈에 보이는 이 앞강에서 허리를 꾸부러트리고 꿍맹꿍맹 얼음 위를 달리며 고기를 몰고 있을 터인데 사람도 간 데 없고 하늘을 울릴 꿍맹이 소리도 들리지 않는다.

누이가 또 세무서 인[尹]상하고 놀려고 날 속였나. 사실 오늘이 공일이므로 계향이하고 정분난 세무서 윤재수가 대낮에 집에 올 것은 정한 이치다. 무슨 일이 있는지 이즈음은 만나면 잘 웃지도 않고 눈만 멀거니 마주보며 한숨들만 쉬었다. 자세한 곡절은 모른다 쳐도 금년 열한 살밖에 안 먹은 봉근이의 상식으론 그들이 돈 때문에 그러는 것이라는 단정을 내릴 수는 있다. 월급도 몇 푼 못 받는 인상과 좋아 지내는 것을 아버지와 어머니가 싫어하여 가끔 누이와의 새에 충돌이 있는 것을 보아온 터이다. 오늘쯤 나까지 강으로 내보내고 무엇을 의논하든가 그렇지 않다 해도 대낮에 문 걸고 히히거리고 놀기라도 하려고 일부러 꾸민 수단일 것 같기도 하다. 싸릿가치[30]로 튼 고기 비늘 붙은 초라한 종다랭이. 이것을 뎅그렁하니 쥐고 섰는 자기가 싱겁기 한량없어,

"제미, 나카타나 볼당 못 볼라구"

하고 어른 같은 입버릇을 하며 침을 뱉었다. 그리고 휙 발굽을 돌리려고 하는데 그는 그때에 똑똑히 들었다! 얼음장을 울리고 천주봉을 무너트릴 듯한 꿍맹이 소리가 기관총의 소리같이 연거푸 공중에 진동하지 않는가!

"오! 차 서방의 꿍맹이!"

그는 생선 잉어같이 펄꺽 기운을 떨쳐 강 가상으로 달음박질쳤다. 꿍맹이는 어디냐? 작살 든 아버지는 어디 있나? 목을 뽑고 굽어보니 과연 있다, 있다. 강이 휘돌아 굽어진 곳에 낡은 순사 외투를 입은 차 서방이 꿍맹이를 울리며 화살같이 달아 나가더니 한 번 유달리 높게 꿍맹이 소리가 나고 잠시 소리가 멎는 때에, 뒤쫓아오던 학섭이가 바른손을 번쩍 들었다가 긴 작살을 얼음 구멍으로 던진다. 이윽고 작살이 얼음에서 다시 나올 때에, 봉근이의 두 눈은 꺼먼 작살 끝이 팔뚝같이 번뜩거리는 생선을 물고 있는 것을 보았다.

"어이!"

천주봉이 봉근이의 고함 소리를 받아서,

"어이!"

대답한다. 봉근이는 아버지가 목을 돌리고 자기를 먼발[31]로 바라볼 때에 다시 한번,

"어이!"

소리를 치고 다랭이를 번쩍 들어보인 뒤에 강을 따라 위로위로 뛰어갔다.

얼어붙은 자갈과 모래를 밟으며 쏜살로 달려가서 천주봉 앞까지 이르도록 차 서방과 아버지는 한 번도 이쪽을 바라보지 않고 냄새 맡는 거먹곰[32]같이 얼음장을 굽어 살피며 고기를 찾기에만 바빴다. 그러므로 목구멍에서 쇳내[33]가 나는 것을 참아가며,

"아바지, 이제 잡은 거 머야?"

하고 헐레벌떡거릴 때 겨우 아버지는 목만을 이편으로 돌린 채 마치 봉근이가 떠드는 바람에 모여들던 누치[34] 떼가 도망을 친다는 듯이 말 대신에 험상궂은 상통[35]을 지어보였다.

봉근이는 핀잔을 맞고 나서 숨만 쓸데없이 씨근거리며 그래도 먼발로 본 팔뚝같이 번뜩이던 고기가 누친가 어핸가 붕언가 알고 싶어 어정어정 강 가운데로 걸어 들어갔다. 얼음은 몰아치는 찬 바람에 표면이 굳어져서 언 고무신을 밀 때마다 물기 하나 돋지 않고 매츠럽기만[36] 하다.

거울 같은 매얼음 속으로 모가 죽은 둥근 자갈과 물이끼와 모래알이 손에 잡힐 듯이 가깝게 보이고, 깊은 곳으로 갈수록 물은 파란 기운을 더할 뿐 지척지간과 같이 들여다보였다. 아버지들 있

는 쪽으로 갈수록 이따금 얼음 위에는 꿍맹이를 울린 자리와 먼 곳까지 태 맞은[37] 자리가 잦아지고 꿍맹이의 자국이 서너 개 함께 엉킨 가운데에 뚱그렇게 구멍이 뚫렸는데 속에서는 물이 하물하물 올라 솟았다. 아까 잡아놓은 누치는 바로 그 옆에 눈을 뜬 채로 등허리에 작살 자국과 붉은 피를 묻힌 채 아직 꼬리를 파르르 떨면서 가로누워 있었다. 봉근이는 만족한 듯이 한참 동안이나 그것을 내려다보다가 침을 꿀꺽 삼키고 들었던 다랭이에 손가락으로 입을 꿰어 옮겨넣었다.

둘러멜 만한 것도 못 되는 것을 억지로 무거운 것이나 지니는 듯이 다랭이를 어깨에 걸치고 나서 그는 약간 앞산을 바라보았다. 가당나무숲 속에서 금방 산비둘기 한 마리가 푸드덕 날더니 뒤이어 차 서방의 꿍맹이 소리가 다시 자지러지게 울려온다. 산비둘기는 산을 넘어 서쪽을 향하여 하늘을 휘어 돌아 없어진다.

깍지통 같이 주워 입은 차 서방이 신이 나서 꿍맹이를 울리며,

"예 간다!"

"예 간다!"

소리를 지르고 얼음 위를 암탉 풍기듯이 뛰어논다. 그 뒤론 무릎까지밖에 안 오는 달구지꾼의 더러운 회색 두루마기를 입은 키가 늘씬한 학섭이가, 키가 넘는 작살을 얼음 속 생선 대가리에 겨눈 채 꿍맹이를 따라 이리 뛰고 저리 뛰고 헤번덕거린다.[38] 봉근이의 가슴은 갑자기 두방망이질을 하듯이 뛰었다. 그리고 무슨 큰 내기나 할 때같이 가슴이 죄어드는 것 같았다. 그래서 정신을 잃고 차 서방과 학섭이가 콩알 튀듯이 뛰어 도는 것을 바라보다가

알지 못하는 새에 자기도 그쪽으로 달려갔다.

한 길이나 될까 말까 한 맑은 물 속에는 어쩔 줄을 모르는 잉어 한 마리가 가끔 흰 배래기[39]를 번득이며 숨을 곳을 못 찾아 어름거리고[40] 있다. 그러나 잉어는 머리 위에서 연거푸 울리는 꿍맹이 소리에 어리둥절하여 마름[41] 포기를 의지한 채 우뚝 서버리고 만다.

"꿍"

하고 얼음을 뚫은 꿍맹이가 슬쩍 빗서기가 무섭게,

"획"

소리를 내며 작살이 물속을 가르고, 그 다음 순간 잉어는 흰 배래기를 하늘로 곧춘 채 마름 포기에 박히고 만다. 쇠로 벼린 작살 끝이 잉어 대가리를 끌고 얼음 구멍으로 다시 나올 때 봉근이는 기쁨에 입이 터져서 자기 아버지의 얼굴을 우러러본다. 함석을 가위로 오려서는 납으로 붙여서 물통을 붙여가며 김치 쪽이나 부친 두부를 손가락으로 집어넣고는 사이다 병에서 소주를 따라 마시는 느림뱅이의 땜장이 학섭이가 이렇게 재바르게 날뛰는 적을 봉근이는 본 적이 없었다. 두 팔로 작살을 들고 꿍맹이 소리에 맞추어 고기를 찌르던 그 긴장한 재주. 그러나 기쁨을 참을 수 없어 봉근이가 발을 동동 구르며 손뼉을 칠 때 학섭이는 다시 가래[42] 잎을 깨문 듯한 험상궂은 얼굴로 봉근이를 쳐다보았다.

"출랑거리다 물에 빠질라."

그리고는 또 아무 말도 안 하고 얼음장 속을 들여다보았다.

"한 놈은 어데루 갔을까?"

차 서방은 꿍맹이를 집고 봉근이가 생선을 집어 건사하는 것을 보다가 콧물을 찡 풀었다.

"일본 집에 가문 오십 전은 주겠군."

이렇게 혼잣말로 중얼거리더니 학섭이와 함께 도망간 고기를 찾으러 다시 허리를 구부렸다.

동지 가까운 겨울 해는 짧았다. 그러나 해가 모우봉(慕雨峰) 위에서 남실거릴 때 학섭이네 일행은 다랭이에 차고도 한 뀀챙이[43]가 될 만큼 많은 고기를 잡았다. 해질 무렵이 되매 강 위엔 엄청나게 큰 산 그림자가 덮이어 등골론 산산한 바람이 숨어들었으나 한 짐 잔뜩 지고 팔이 굽도록 무겁게 든 봉근이는 손끝밖에는 시리지 않았다. 몸에서는 더운 김이 훈훈히 나고 잔등과 겨드랑 밑에는 땀이 찐득하게 흘렀다.

그는 앞서서 언덕을 올라오다가 골목을 휘돌아 자기 집과 차 서방 집을 발견하곤 기쁨을 참지 못하여 소래기[44]를 지르며 달음박질을 쳤다.

"고기 한 다랭이두 더 잡았다. 어이."

"옥섬아, 계향아."

이렇게 소리소리 지르며 자기 집 대문 안으로 뛰어 들어갔다.

봉근이가 고기 다랭이를 토방 위에 놓구 세수 소랭이[45]에는 뀀챙이에 꿰었던 것을 옮겨놓았을 때 계향이는 세 살 난 관수(觀洙) 동생을 안고 윗방에서 나왔고, 어머니는 부엌에서 손에 물을 묻힌 채 뛰어나왔다.

"아이구 이게 웬 고기라니, 수탠[46] 잡았다."

"그러게 내가 나가보라구 안 하던."

어머니와 계향이는 입이 벌어져서 고기를 내려다본 채 한참 동안이나 움직일 줄을 모른다.

"더 잡을 겐데 꿍맹이 소리 듣구 남덜두 나와서 고만 조끔 잡았다."

봉근이는 제가 잡기나 한 듯이 뽐을 내는 것을 계향이는 웃으면서,

"욕심두, 그럼 남두 잡아야지 너 혼자만 먹간?"
하였다.

"테테, 차 서방이랑 아버지두 우정 남몰래 잡을라구 웃꼭대기에서부텀 잡아 내려오댔는데 모우봉 밑에 오네껜 모두 쓸어나오는데 그래두 우리가 델 수태 잡아서."

이러고들 있을 때에 뒤쫓아 차 서방과 학섭이가 팔짱을 끼고 들어온다.

"왜 이건 보구들만 있니, 정 험한 건 물에 좀 씻구, 작은 건 추려서 한 오십 전어치씩 께라.[47] 저녁 끼 때 넘기 전에 어서 팔으야 돈냥이나 산다."

학섭이는 작살을 두루마기 섶으로 닦으면서 투덜거리며 서둘러대는데 차 서방은 꿍맹이를 기둥 옆에 세우고 또 한 번 코를 찡 풀었다.

"큰 거나 팔구 작은 건 옥섬이네하구 노나서 찔게[48]나 하디 머걸 다 팔겠소."

봉근이는 어이가 없어서 옆에 멍하니 서 있는데 계향이는 아이를 안은 채 아버지를 핀잔주듯 하였다.

“애가 정신이 나갔구나. 이즘 벌이 없는데 이게 벌이다. 팔아서 쌀을 사든지 술을 사든지 하디 우리가 이런 생선을 먹으면 밸이 꼴려서 죽는다.”

차 서방도 팔자는 주장이었다.

어머니는 아무 말도 안 하고 서서 이 사람 저 사람의 얼굴들만 쳐다보더니, 그대로 부엌으로 들어가서 바가지에 물을 떠가지고 나온다.

“인 내우다, 내 할게. 어서 불이나 때우.”

학섭이는 손을 걷고 고기를 골라서 대강대강 씻기 시작한다.

“좀 냄겼다 한잔 하야디.”

둘이는 쭈그리고 앉아서 중얼거린다.

“여부 있소. 팔다 남은 거 가지구두 술 한 된 치우겠는데.”

“아니 아마 이즘 이게 귀한 물건이 돼서 다 팔리리다. 미리 좀 내노야디.”

“허리 끊어진 놈두 댓마리 되니 그걸 지지구두 너끈히 술 되는 없애겠는데 어서 다 께서 팝세다. 한 오 원 벌문 메칠 두구 땟손에 시장치나 않게 안 디내리.”

봉근이는 아무 말도 안 하고 고무신을 마루 밑에 벗고 방 안으로 들어갔다. 뒤따라서 계향이도 들어온다. 계향이는 아이를 아랫방에 놓고 혼자서 샛문을 열고 자기 방으로 올라가버렸다. 관수가 달랑달랑 걸어와서 아랫목에 서서 멀거니 농짝을 바라보고 있는 봉근이의 다리를 붙든다.

“형이 고기 먹어? 고기 먹어?”

이렇게 관수는 봉근이를 쳐다보며 잘 돌아가지 않는 혀로 말을 건넨다.

봉근이는 관수의 말도 들리지 않는 것 같다. 아니 지금도 문 밖에서 중얼거리고 있는 아버지와 차 서방의 말도 들리는 것 같지 않다. 갑자기 사지가 노곤하여지며 귀와 발가락이 근질근질하고 머리가 휭하다.

지금까지 어깨에 메었던 것, 그리고 팔이 휘도록 들었던 것. 느물느물한 피 뚝뚝 흐르는 생선들. 그 많은 잉어와 누치 그리고 어해와 붕어.

밖에서는 언 땅에 물 쏟는 소리가 나더니,

"그럼 차 서방은 아랫동네루 가우. 내 요릿집하구 여관으로 가볼게. 그리구 파는 대로 두붓집으로 오우다"

하면서 대문 밖으로 나가는 기척이 들린다. 아마 고기를 다 꿰고 씻어가지고 팔러 나가는 모양이다.

이윽고 윗방에서 계향이가 담배를 붙여 물고 연기를 푸 내뿜으며 봉근이 옆으로 내려왔다.

"에나, 이거 가지구 호떡이나 사 머."

봉근이는 계향이가 쥐어주는 십전짜리를 보고 비로소 정신이 펄깍 드는 것 같았다. 그는 설움과 분함이 금시에 북받치는 듯이 몸이 일시에 북 떨리었다.

십전짜리 백통전을 잠시 물끄러미 들여다보다가,

"이까짓 돈"

하고 방바닥이 뚫어지라고 메어 던진다. 그리고는 터져 올라오는

눈물을, 막을 길이 없는 듯이 펄싹 주저앉으며 엉엉 울기 시작한
다. 백통전은 방바닥 위에 손톱자리만한 자국을 그리고 그대로
띠그르르 굴러서 방 걸레 옆에 가 멎는다. 관수가 돈을 따라 그쪽
으로 걸어가다가 봉근이의 울음소리에 놀라 이쪽을 쳐다본다.

"이 새끼 무슨 버릇이야."

계향이는 낯이 해쓱해지도록 가슴이 뭉클하였다. 그래서 담배
를 내던지고 달려가서 돈을 집어 다시 봉근이의 손에 쥐어주었
다. 그러나 봉근이는 누이의 얼굴을 쳐다보지도 않고 돈을 동댕
이쳐 내던지며 다리까지 버둥거린다.

"그까짓 돈 없이두."

울음에 섞여서 중얼거리다가 말끝을 덜컥 목구멍으로 삼켜버
린다.

"머이 어드래?"

계향이는 말끝을 쫓아가며 따지려 든다.

"호떡 안 먹어두 산다."

봉근이의 말이 채 떨어지기 전에 무섭게 쳐다보던 계향이의 바
른손은 봉근이의 눈물에 젖은 윈 볼을 후려갈겼다.

"이 자식 죽어버려라."

계향이는 땅바닥에 넘어졌다가 다시 일어나 앉아서,

"왜 때려"

"왜 때려"

하며 대드는 봉근이를 남겨두고 자기 방으로 조급하게 올라왔다.
그리고 이부자리 갠 데다 푹 얼굴을 묻고는 소리 안 나게 흑흑 느

껴 울었다.

　부엌에서 밥을 짓던 어머니는 방 안에서 남매끼리 다투는 소리를 송두리째 들을 수는 없었으나 계향이가 봉근이를 두들기는 원인이 어디 있는지를 알고 있는 만큼, 계향이의 주먹이 봉근이를 후려치는 소리는 자기의 가슴을 쑤시는 거나 같이 아프고 뒤이어 엉이엉이 우는 봉근이의 울음소리에 피는 끓는 솥처럼 설레었다.
　아침부터 종일 두고 하는 소리와 짓이 자기에 대한 공치사와 지청구뿐이었다. 그래도 아무 말 않고 내버려두었더니 에미 볼을 후려갈기지는 못해 강바람에 빨갛게 핏빛이 운 봉근이의 뺨따귀에 분풀이를 하고야 마는구나. 계향이와 봉근이의 아버지 김일구(金日九)가 죽은 뒤 얼마나 자기는 살아가려고 애를 태웠던고. 그때 자기는 겨우 스물여섯 살, 계향이는 아홉 살이고 봉근이는 세 살이 났었다. 아이 둘을 옆에 하나씩 끼고 홀몸이 된 자기는 할 수 있는 일이면 뭐든지 하려고 하였다. 광산에 가서 굴속에 가서 혹은 기계간에 가서 장정과 같이 뼈가 가루가 되도록 일할 생각도 먹었다. 그래서 죽는 한이 있어도 계향이가 가는 보통학교 이학년은 계속해 다니게 하려고 하였다. 그러나 일자리를 안 준 건 광산회산가 세상인가 몰라도 자기는 며칠 안 되어 세상 여편네가 먹는 결심이란 만일 굳건한 용단력이 있다면 죽음밖에 다할 길이 없다는 걸 알게 되었을 뿐 계향이—그때는 봉희(鳳姬)라 불렀건만—그의 공부도 가갸거겨에서 끊어지고 쌀밥이 조밥 되고 밥이 다시 죽이 되는 한 해 동안 해보고 난 것 부대껴보고 생각한 끝이 재가(再嫁)였다. 그때 김학섭이라는 말뎅이 금광이 한참 경기가 좋을 때라 하루에 손에 집는 게 돈이었다. 매일같이 생기는 함석 지붕 물수채.[49] 학섭이는 하루 해 있을 때까지만 어물거리면 돈 이 원은 헐하게 잡았다. 지금 계향이가 자기를 나무라는 것이 재가 한 데 있다면 대체 그때의 자기로서 이 길 아닌 어떠한 방향이 남아 있었단 말이냐. 그때 김학섭이는 게으름뱅이도 아니었고 술은 안 하는 축은 아니었으나 가끔 먹으면 걸걸하게 웃고 애들과 놀다간 씩씩 자버리곤 했다. 한 푼 생기면 쌀보다 소주를 찾게 되고 술 한 잔 마시면 한 되 사오라고 집안사람과 지트럭거리고[50] 낮도 안 닦고 검버섯이 돋은 채로 쭈그리고 공 술잔을 거두러 다니게 된 것은 말뎅이 광산이 폐광이 된 뒤 평양을 거쳐 삼 년 전 이곳에 온 뒤부터다. 그래도 자기는 기생으로 넣기를 얼마나 반대했을까. 그때 앞집 차 서방 딸 옥섬이의 새 옷이 부러웠는지, 찾아 다니며 노는 젊은 녀석들과 시시덕거리는 것이 부러웠는지는 모르나, 기생 권번에 들어간다고 서두른 것은 애비도 애비려니와 기실은 봉희 자신이 아니었던가. 기생 허가가 나와서 버젓하게 요릿집에 불리게 되는 동안 일 년 하고도 반년이나 일 원 오십 전씩 월사금을 물고, 소리 선생이 왔다고는 삼 원, 검무 선생이 왔다고는 오 원씩. 그것을 마련하느라고 쓰인 앤들 어찌 애비에게 없었다 할까. 지금 돈푼이나 들여다 쌀 되나 사는 날이 며칠이나 되었길래 벌써부터 서방에다 제 좋고 나쁜 걸 가리려 들고 얼핏하면 에미 노릇 한 게 뭐냐고 지청구가 일쑤란 말이냐.

어머니는 손끝에 물이 젖은 채 샛문을 열어젖히었다.

"이 애가 누구한테 할 분풀일 못 해서 아일 때리구 야단이가. 그래 네 에밀 못 잡아먹어 아침부터 독이 올라서 법석이냐."

어머니가 성이 나서 덜렁거리는 바람에 땅바닥에서 돈을 만지작거리던 관수가 자겹[51]에 놀라 샛문으로 달려가서 어머니에게 매어달리며 집었던 돈을 내어준다. 어머니는 관수를 부둥켜안고 올라와 나지도 않는 젖을 옷섶을 비집고 물려주었다. 안팎을 융으로 만든 때 묻은 저고리 속으로 맥없이 늘어진 젖통을 쥐고 힘들여 빠는 소리가 쭐쭐거리며 들린다. 와락 한마디 화를 쏟으면 좀 속이 풀릴까 했더니 어머니의 속은 가라앉지 않고 오히려 하고 싶은 말이 더 목구멍을 치받치었다. 그는 목소리를 억지로 낮추어 차근차근 이르는 말같이 하려고 애쓰면서,

"인젠 네 나이두 셀 쇠면 열아홉이야. 그만했으면 세상 물계[52]두 알구 집안 살림살이두 채[53] 잡아 할 나인데 부모가 이르는 말이라문 역정이 나서 한사하구 말대답이디. 애비가 한마디 하문 열이 올라서 사흘나흘 집안사람을 못 살게 굴구."

이렇게 중얼거리면서 그는 윗간 딸의 기색을 살피느라고 말을 멈추었다.

계향이는 울기를 멈추고 이불에서 얼굴을 들고 멍하니 어머니의 말을 귓등으로 듣는 것 같았다. 그래서 어머니는 다시 일층 목소리를 낮추어서 타이르듯이 이야기를 꺼내려고,

"오늘 일만 해두 아침에 내가 한 말이"

까지 하였는데 뜻밖에 계향이의 목소리는,

"듣기 싫여! 한 말 또 하구 한 말 또 하구"

하고 말문이 막히도록 쏘아버린다. 어머니는 말을 뚝 끊었으나 오히려 냉정하게 가라앉았다. '오냐 그것이 딸이 에미에게 대하는 태도라면 에미도 또한 더 이상 붙잡지 않으리라.' 그의 해쓱해지는 낯빛은 이렇게 말하는 듯이 잠깐 묵묵히 앉았다가 갑자기 관수가 물고 있는 젖꼭지를 쭉 빼고 벌떡 일어섰다. 관수가 놀라 불티가 튄 듯이 소리를 지르며 울기 시작한다. 어머니의 정신은 그러나 관수의 울음으로 헝클어지지 않고 일어서는 대로 와락 샛문을 잡아 젖히고 윗방으로 올라간다.

"이년!"

이렇게 한 번 소리 지르기가 무섭게 어머니의 손은 계향이의 머리카락을 덥석 쥐었다.

"두말 말구 네 맘에 드는 서방 데리구 맘대루 치탁거리면서[54] 살어라!"

그러나 눈시울이 약간 부어오른 계향이도 비록 머리칼을 잡히기는 하였으나 매서운 눈초리로 어머니의 얼굴을 낮짝이 뚫어지라고 바라보는 품이 예상보다 녹록할 것 같지 않았다. 아랫방에서 관수와 봉근이가 달려와서 엉이엉이 울며 두 사람을 하나씩 부여안고 그 새에 끼어 선다.

"너는 그래 서방 몰르구 이태 살어왔니."

한참 바라보던 계향이의 빨갛게 핏빛이 운 입에서 이 말이 튀어나오자 어머니는 정신이 아찔해지는 것 같았다. 연하여 계향이의 독살 오른 목소리가 어머니의 찌그러진 표정을 향하여 조약돌을 던지듯이 튀어나온다.

"애비라구 가갸 잘 변변히 가르쳐줬단 말인가. 밥을 알뜰히 멕여서 남처럼 호사를 시켰단 말이냐. 기생질해서 양식 대구 몸 팔아서 술 멕인 게 이붓자식 된 큰 죄가 돼서 술독에 넣어 치닥거릴 못 시켜 죽일 년이란 말이냐. 할 거 다 하구 틈틈이 내 좋은 서방하구 즐기는 게 원수가 돼서 술 먹었노라구 아우성이요 술 안 먹은 건 정신이 말짱하다구 에미 애비 된 자세루 사람을 졸라대니 나가라문 나가지, 엄매 그늘 밑에서 흔하게 잡은 물고기 한 마리 먹어본걸?"

왝 뿌리치는 바람에 어머니는 멍하니 잡고 섰던 머리카락을 놓치고 좀 앞으로 비틀거렸다. 계향이는 치맛자락을 쥐고 섰는 봉근이를 물리치는 대로 방문을 열고 밖으로 나갔다. 저녁 산산한 바람이 열 오른 얼굴을 차갑게 스치고 간다. 귀가 씽 하고 다시 열리면서 방 안에서 아이들 우는 소리가 유난히 요란스럽다. 그는 한참 동안 정신을 잃고 선 채로 앞산을 바라보았다.

곤하게 들었던 잠이 대문에서 두런거리는 말소리로 깨어보니 창문이 훤하게 밝았다. 봉근이는 한번 잠이 들면 부둥켜 일으키기 전에는 누가 뭐라고 떠들어도 깨지 못하는 성미였는데 대문 어귀에서 웅얼거리는 술 취한 아버지의 말소리에, 기겁을 하여 소스라쳐 깨어난 것은 이상스런 일이었다. 전에는 제 옆에서 술을 먹으며 노래를 부르고 별짓을 다 해도 잠을 깨어본 일이 없는데 집이 바뀌어 잠자리가 달라지고 아버지가 주정을 하러 올 것을 미리부터 근심하면서 자던 때문인가? 어쨌든 그의 신경이 그만큼 아버지의 목소리에 예민해져 있던 것만은 사실이었다.

그것도 그럴 것이, 어제 저녁 물고기 사건으로 어머니와 누이의 싸움이 마루턱에까지 벌어진 채 누이는 생각을 돌리지 않고 그날 밤으로 대강한 것을 꾸려가지고 봉근이와 함께 이 집, 이 고을 본 바닥 기생 명월네 거리채[55] 두 방을 빌려가지고 이사해버렸다. 방에다 불을 넣고 나서 계향이 누이는 위선 아랫방에 돗자리를 깔고 이러저러한 방 치장만 해놓고는 돈 변통을 나가는지 그 발로 어디엔가 돌아다니다가 요릿집으로 불려간 모양인데 봉근이는 혼자서 윗간 아랫목에 이불을 펴고 엎드려서 학교서 배운 것을 두어 장 복습하는 척하다가 누이는 오지 않고 이사한 것을 모르고 있던 학섭이 아버지가 달려와서 집을 부수고 지랄을 치지나 않을까 근심하며 잠이 들었던 것이다. 꿈에도 여러 번 주독에 코가 빨개진 검버섯이 돋은 학섭이의 얼굴을 보며 자던 터이라, 그리 높지 않은 말소리에 이같이 눈이 뜨인 모양이다.

밖에서 들린 목소리가 무슨 말인지는 몰라도 그것이 아버지의 것임에 틀림없다는 것을 알았을 때엔 그는 약간 몸서리가 쳐지고 가슴이 두근거리었다.

누이. 누이는 아랫방에 들어와서 자고 있는가. 만일 누이가 없다면 이 봉변을 혼자서 겪지나 않을까 하는 생각과, 누이가 없으면 욕이나 몇 마디 하고 가버릴 것이니 오히려 누이가 간밤에 집에 오지 않고 좋아하는 '인상'하고 어디서 밤을 샜으면, 하는 두 가지 생각이 서로 엉클리어서 머릿속에 뒤끓는다.

뒤쫓아 아버지가 대문 어귀를 돌아 뜰 안에 들어서는 발자국 소리가 난다.

"이 고약한 년 같으니 배은망덕하는 년 같으니."

이렇게 혀 꼬부라진 소리로 중얼거리더니 족제비 잡으려고 파 놓은 구멍에 다리가 빠졌는지 쿵 하고 넘어지는 소리와 '에익' 하며 다시 일어나는 기척이 들린다.

마루에 올라서는 쿵 하는 소리를 들을 때엔 봉근이는 그대로 있을 수가 없어서 이불을 푹 뒤집어썼다. 안으로 건 문을 덜강거리며 열라고 야단을 친다. 아랫방에서 낑 하는데 입을 쩔갑쩔갑 씹는 자가 또 하나 있는 것을 보면 아랫방에서 자는 것은 계향이 누이뿐이 아닌 모양이니 만일 '인상'과 같이 품고 누웠다면 아버지와의 이 봉변을 어찌 감당할 것이냐. 항상 미워하고 말끝마다 욕 잘하던 '인상'이 계향이와 품고 누워 있는 것을 다른 날도 아닌 오늘 이때에 본다면 검버섯이 돋은 학섭이의 얼굴은 호랑이같이 무서워질 것이요, 그의 두 손은 독수리가 병아리를 채듯 이 두 사람을 덥석 쥐고 갈래갈래 찢어버리고 말 것이다. 봉근이는 머리 위에서 폭탄이 터지는 것을 기다리는 마음이었다.

이윽고 안에서 문 여는 소리가 나고 문이 삐익 소리를 내며 열리더니 웬일일까 그 뒤에 올 화약 터지는 소리가 들리지 않는다.

한참 문이 열린 채로 있더니 뜻밖에 학섭이는 서투른 말씨로,

"도모 시쓰레이.[56] 하하, 오소레오오이데스"[57]

하고 굽실거리는 품이었다. 그리고는 문을 가만히 닫고 달음박질이나 치듯이 뜰을 건너 종종걸음으로 대문을 나가버린다.

"하하하, 얏코상 후루에테이야가라!"[58]

아랫방에서 사나이의 목소리가 탁하게 들려온다.

봉근이는 처음에는 자기의 귀를 의심하였다. 그러나 이불 밖에 얼굴을 내놓고 아무리 전후를 생각하여도 그것은 틀림없는 사실이었다.

'인상'하고 품고 있다가 학섭이한테 찢겨 죽는 한이 있다 쳐도 봉근이는 아랫방에서 계향이가 몸을 맡기고 있는 사나이가 '인상'이기를 얼마나 원하였을까. 그러나 그는 그 때문에 여태껏 아버지 어머니와 충돌하였고 또 이사까지 하게 된, 학섭이가 매일같이 같이 자라고 원하던 식료품 가게의 젊은 주인이었다.

물론 계향이가 몸을 맡긴 사나이는 봉근이가 아는 것만 해도 반타[59]는 넉넉하다. 그러나 돈 없고 구차한 세무서 '인상' 윤재수하고 좋아 지내게 된 다음부터는 결코 다른 사나이와 잠자리를 같이하지 않았다. 아버지 어머니가 큰돈이 떨어진다고 아무리 졸라도 들으려고 하지 않았고 구박이 심하면 심할수록 그는 더욱더욱 완강하게 그들과 싸웠다.

봉근이는 아버지한테 맞고 어머니한테 갊히면서도 구차한 윤재수와 좋아하며 종시 다른 남자에게 몸을 허하지 않는 계향이를 볼 때에, 무슨 숭고하고 신성한 것을 발견하는 것같이 누이가 우러러 뵈었다. 평양 가서 여학교에 다니다가 방학 때마다 돌아오는 누구누구의 평판 높은 처녀들도 이렇게 신성하고 마음이 깨끗할 것 같지 않았다. 그는 학교 동무들이,

'깅호꽁(김봉근) 매부 한 다스?[60] 두 다스?' 할 때에도 천연히 속으론 '네 누이들보다 깨끗하다'고 생각하면서 그는 부끄러움을

느끼지 않았다. 이 세상에 사랑도 쥐뿔도 없으면서 돈 때문에 명예 때문에 얼마나 많은 처녀들이 나이 많고 개기름 흐르는 사나이의 첩으로 시집을 가는지를 봉근이는 잘 알고 있었기 때문이다.

그렇던 계향이가 이것이 웬일일까? 물론 집을 뛰쳐나왔으나 간조 찾을 날은 멀었고 돈 한 푼 없이 살림을 해갈 차비[61]가 막연해서 홧김에 먹어놓은 술기운에 이 일을 저질러놓은 것을 봉근이도 상상할 수 있다. 그러나 그러한 속에서 여태껏 부모와 주위와 싸워왔길래 누이는 훌륭하였거늘 결국 돈 때문에 몸을 단 한 번이나마 맡기고 말았다면 어느 모를 취할 길이 있을 터이냐. 어머니와 다투고 집을 뛰쳐나오는데 봉근이가 쫓아나온 것도 그것을 믿고 따랐던 때문이 아니었던가!

봉근이는 모든 것이 더러워 보였다. 아버지, 어머니, 누이. 모두가 더럽고 구려 보였다. 세상에는 숭고하고 신성한 것은 도무지 찾을 수 없는 것 같았다.

벌써 해가 치밀어 앞으로 한 시간이면 학교가 시작될 것이다. 봉근이는 무거운 머리를 들고 맥없이 자리에서 일어났다. 아랫방에선 다시 잠이 들었는지 조용하다. 봉근이는 낯도 씻지 않고 아침도 찾아 먹을 생각 없이 책보를 들고 방을 나섰다.

"애 조반[62] 안 먹구 발쎄[63] 학교 가니?"

대문을 나서려고 할 제 이러한 누이의 소리가 들렸으나 그는 들은 척도 안 하였고 또 듣는 것까지도 더러운 것 같았다.

골목을 돌아서서 발샛길[64]을 걸으며 봉근이는 더러운 하수구 속에서 비어져나온 것같이 마음이 깨끗하고 일신이 가벼웠다.

아랫동리에서 오는 길과 합하는 곳에서 오학년 선생의 아들을 만났다. 그는 봉근이보다 한 학년 위인데 몸은 그와 비등하다.

코 흘린 자국이 발갛게 난 얼굴을 싱글싱글하며 서너 발자국 앞으로 뛰어가면서 훌쩍 얼굴을 돌리더니,

"깅호꽁. 매부 몇이든지? 한 다스? 두 다스?"

하곤 닝큼닝큼[65] 뛰어간다. 봉근이는 항상 듣는 이 말이 지금같이 모욕적으로 자기를 충격한 것을 경험한 적이 없었다. 어저께로부터 오늘 아침까지 보아오고 겪어온, 아니 나서 이만큼 자라기까지 경험한 가지가지의 더럽고 추한 것들이 함께 뭉쳐서 덩지[66]가 되어 그의 얼굴 위에 떨어지는 것 같았다.

"깅호꽁 매부 한 다스? 두 다스?"

다시 이렇게 곡조를 붙여서 외면서 선생의 아들은 저만큼 뛰어가고 있다. 봉근이는 더 참을 수가 없었다. 와락 두 주먹을 쥐고 모자도 책보도 길 위에 집어던지고 뒤를 쫓아갔다. 선생의 아들은 여느 때와는 다른 봉근이를 보고 겁이 나서 달음박질을 치는데 봉근이는 길이고 밭이고 얼음이고 분간 없이 지금 따르고 있는 것이 누구인지도 잊어버리고 두 주먹을 쥔 채 죽기를 한하고 자꾸만 쫓아간다.

소년행

1. 찾아온 여인네

별로 깊은 잠을 들었던 것도 아닌 터이라 아래층 가게에서 자기 이름을 부르며 두런거리는 소리를 들으며 봉근이의 감았던 눈은 금시에 번쩍 뜨였다. 그러므로 뒤이어

"봉근아! 봉근아!"

하고 젊은 사람답지 않게 탁한 주인의 말소리가 들려와도 그것이 결코 발한산[1]을 먹고 누워 있는 봉근이를 약값 재촉에나 자전거 배달을 보내려는 게 아닐 줄은 짐작하였다. 그러는 그는 아무 말 없이 침대 위에서 비스듬히 모로 돌아누웠을 따름이다. 낡은 침대가 찌꺽찌꺽 울고, 그의 눈이 불에 타기나 한 듯이 꺼멓게 된 거미줄 얽힌 천장 대신에 손톱 자리가 풀숲같이 어지러운 바람벽을 바라보고 있다.

“일 년 가도 개 한 마리 안 찾아오는 나에게 손님이 있을라구”
하고 생각하는 순간,

“녀석이 앓는다더니 온 낮잠을 자나, 너 좀 올라가 깨워라, 손
님 오셨다구”
하는 침착한 말소리가 다시 나면서 뒤이어 층계를 달려 올라오는
발자취 소리가 귀에 어지럽다.

“일어나! 누가 왔다.”

문지방을 들어서면서 이렇게 성가신 듯이 외치고는 침대 옆으
로 달려들어 봉근이의 얼굴을 들여다보면서 명식이의 표정은 능
청스럽게 웃어보였다.

“이쁜 기생이다, 머리 지지구.”

봉근이는 뜻밖의 말에 놀라면서 몸 위에 덮었던 털 떨어진 담요
를 발길로 차고 상반신을 침대에서 일으켰다.

“누이가 올라왔나?”

다부지게 생긴 어린 얼굴이 점점 성글성글해지면서 코와 눈과
눈썹 사이가 벙하게 동떨어져가는 솜털이 부르르한 얼굴, 조숙한
소년이 청년기로 들어가려는 열여덟 살의 봉근이의 얼굴에 감출
수 없는 낭패와 초조가 흘러간다.

“어느새 이쁜 기생과 친했니?”

봉근이보다는 훨씬 어린 명식이는 이렇게 빈정대어보고도 부끄
러운지 얼굴이 금시에 벌개진다. 그러나 봉근이의 얼굴이 조금도
헝클어지지 않고 정색한 대로 서서히 침대에서 내려올 제 명식이
는 한 발자국 물러서면서 변명이나 하려는 듯이

"늘 보는 얼굴이더라"

하고 혼잣말같이 중얼거려본다.

이마에 흐르는 땀을 씻고 양복 저고리를 걸치면서 층층대[2]를 내려오는 동안 봉근이는 칠 년 동안이나 만나보지 못한 누이의 얼굴이 띵한 머릿속을 번거롭게 굴어 어쩔 줄을 몰랐다. 그리고는 연달아 어머니와 계부와 이복동생 관수(觀洙)의 모양이 휘끈휘끈[3] 눈앞을 지나갔다.

가게와 통한 문을 열고 약장 옆으로 나와서 마주보는 여자의 상반신, '맨소래담'과 물감통 속으로 비스름히 유리 좌장[4]에 기대서서 물끄러미 전찻길을 내다보다가 문소리에 놀라서 봉근이 쪽을 바라다보는 콧날이 오똑하고 눈이 갸름한 젊은 여자, 그는 아무리 눈을 부비고 거듭 떠보아도 칠 년 전에 갈라진 자기의 누이 봉희(鳳姬)는 아니었다. 평양서도 백여 리를 산골로 들어간 작은 고을에서 시골 기생으로 이곳저곳을 헤매다가 황해도 신막(新幕)까지 흘러오는 동안 몸도 변하고 얼굴도 달라졌으리라, 산전(山戰)인들 안 겪었으랴 수전(水戰)인들 안 겪었으랴. 그러나 사람의 모습이 이렇게 변하고 크던 눈이 작아질 리야 있겠느냐. 코도 눈도 입도, 아니 모습이 전혀 누이의 것이 아니었다. 이것이 만일 누이라면, 누이가 옆에 있는 나에게 달려와서, '봉근아' 소리를 치며 부둥켜안고 울지 않고는 못 견딜 것이다. 그러나 벌써 짧지 않은 동안 이렇게 마주보고 있어도 빤하게 쳐다만 볼 뿐 말 한마디 건네지 않는다.

"제가 봉근이올시다."

이렇게 말하며 그 여자의 앞으로 다가설 때에,

"네, 저 다른 게 아니라요"

하고 그는 제가 누구라고도 말하려 하지 않았다.

"다른 게 아니라요. 당신 누이가 어젯밤 시골서 올라오셨는데 길도 생소하다고 한번 찾아오라고요. 그래 뭘 사러 나오는 김이라 일러주러 왔어요. 주소는 청진동 백이십×번지. 개천 끼고 올라가다가 찾기 쉽습니다."

연세는 봉근이와 별로 차이가 없으련만 매일 어울리는 사람들이 난봉 어른인 까닭인가 봉근이를 동생같이 다루면서 숨도 쉬지 않고 대번에 쪼르르 이야기해버린다. 그리고는 또 한 번 번지를 가르치고 봉근이가 어름어름하는 동안 여자는 문을 열고 전찻길로 걸어나갔다.

백화점으로 가는지 포근한 햇빛을 등에 지고 흰 두루마기를 발뒤꿈치까지 끌면서 여자는 전찻길을 가로 건너가고 있다.

"누가 오셨다고?"

등 뒤에서 이렇게 묻는 약방 주인의 목소리에 멍하니 섰던 봉근이는 몸을 돌리고 어정어정 걸어서 뒷문으로 가기 시작한다.

"내 누이님이 올라오셨답니다."

"머 자네 누이가 있었나? 첨 듣는 소린데."

이야기도 하고 싶지 않고 머리는 다시 쑤시는 것 같아서 이 말에는 대답도 안 하고 이층으로 올라가 그는 침대에 다시 몸을 눕혔다.

'누이.' 칠 년 만에 만나는 누이, 열한 살 때에 보통학교 3학년을 헌신짝같이 집어던지고 부모와 형제를 떼놓은 채 일백육십 리 길을 이틀에 걸어 평양까지 도망쳐 나오던 기억이 천장 위에 어린다.

그러나 그는 지금 기생이 와서 가르쳐준 청진동 백이십×번지를 쫓아가서 누이를 만나보고 싶지도 않은 것 같다. 내 모양도 변했으려니와 그보다도 누이의 변했을 모습을 눈앞에 대하기가 두려웠다. 말라빠진 누이의 손을 잡고 가슴에 얼굴을 묻으며 그동안에 지낸 고초를 이야기하기도 전에 우선 가슴을 치고 목구멍을 올려붙일 슬픔을 터놓기가 무서운 생각이 든다. 눈 가상엔 꺼먼 자국이 그려지고 뼈는 앙상하여 분독(粉毒)에 씻긴 낯가죽은 벌써 스물다섯 살이니 오죽인들 초라해졌으랴. 그때에 팽팽하던 두 팔, 겨울 옷을 입고 치마끈을 가슴에 잘라매어도 터질 듯이 부어오르는 젖가슴이 지금은 버선짝같이 축 늘어져서 가슴인지 등인지도 분간키 어려워졌으리라. 얼굴엔 쥐깨⁵가 내발리고 입만이 쑥 나온 것이 웃을 때마다 구리같이 누런 금니가 드문드문 박혔을 나 많은 시골 기생. 머리칼은 빠져서 까마귀 둥지 같고 목만이 엉클하게 여미어지지 않는 때 묻은 동정 속으로 쑥 기린같이 빠져 있을 터이다.

'그 모양을 하고 뻔뻔하게 서울이 어디라고 올라왔나.'

보고 싶던 정도 내토하고⁶ 싶던 가슴에 엉킨 사랑도 없어지고 슬픔과 분함만이 열 있는 봉근이의 머릿속을 꽉 붙들고 만다.

'찾어왔던 기생의 태도로도 짐작할 수 있다. 시골 기생의 늙은 꼴이 오작이나 초라하면 나를 찾아와서 그렇게 거만한 태도를 취할 것이냐. 나는 불과 약방의 일개 사환 아이다. 그러나 제가 잘

알고 존경하는 나이 많은 이의 어린 오빠라면 그런 건방진 태도를 취할 수 있을 것이냐.'

가슴이 설레어 머리를 움켜잡고 일어나서 바람벽에 몸을 기대니 저녁 햇발이 뒤창으로부터 벌써 봄이란 듯이 방 안으로 기어든다. 햇빛을 멍하니 바라보는 열 오른 봉근이의 두 뺨을 두 줄기의 방울이 쭈르르 흘렀다.

2. 만단사연

지금으로부터 달 반 전에 봉근이는 누이에게서 한 장의 편지를 받았다. 큰 봉투에 육 전을 붙여서 뒷등엔 '신막역전 해동관 내 김계향(新幕驛前 海東館內 金桂香)'이라고 썼다. 계향이란 물론 봉희의 기생 이름이다. 봉투는 누가 써주었는지 잉크로 제법 쭉쭉 갈렸는데 속은 줄 친 편지 종이에 연필로 더구리[7] 부적같이 써 있었다. 심한 사투리와 말 안 된 곳을 문맥을 통하게 고쳐놓으면 다음과 같아진다.

봉근아 봉근아. 이렇게 그 편지는 시작되었다. 지금 내가 자면 꿈으로 술 취하면 주정 푸념으로 혹은 반갑게 혹은 슬프게 부르던 네 이름을 연필을 들고 적으려 하니 가슴이 막히고 무슨 말을 먼저 적어야 할는지 정신이 아찔하다. 이 서툰 글씨가 네 손 속으로 가서 너의 입으로 읽혀지면서 내가 부르듯이 네가 되풀이할 것을 생각하니 형언키 어려운 그리운 정이 나의 가슴을 쩌개는[8] 것 같구나. 나는 연필을 들고 한참 동안 묵묵히 생각한다. 나의 하는 짓이 싫고 더러운 집안이 마음에 붙지 않아 한 마디 말도 남기지 않고 겨울이 닥쳐오는 추운 날 집을 나간 채 소식이 끊어진 지 어언간 칠 년. 다시 돌이켜 생각해보니 네가 채신없어 보이는 타락한 나에게 싫증이 나고 술만 먹고 집안은 돌보지 않는 짐승 같은 의붓아버지와 그 틈에 끼어서 딸의 편도 못 들고 아버지 역정도 채 못 들면서 결국 무럭무럭 자라나는 너에게 더러운 꼴만 거듭 보이는 것이 마음에 맞지 않아 집을 버리고 나가버린 마음을 이해하지 못하는 것도 아니지마는, 네가 나간 뒤 열흘 스무 날 한 장의 엽서도 오지 않고, 어디 가 죽었나 살았나 소식이 끊어진 지 육칠 년, 나는 너를 한없이 원망하고 너를 어디서 붙들기만 하면 힘껏 마음껏 때려라도 주려고 마음먹은 것이 한두 번이 아니었다. 그러나 봉근아 단 하나의 나의 봉근아! 네가 나의 단 하나의 피를 가른 친동생이고 흙투성이가 되든 피투성이가 되든 몸과 정신을 적시는 개암탕[9] 속에서 언뜻 정신을 차릴 때 나의 슬픈 눈 앞에 단 하나의 빛 있는 희망으로 나타나는 것이 단 너 하나뿐인 것에는 그날이나 지금이나 변함이 없다. 내 한 몸을 변변히 못 가져서 사랑하는 어린 동생을 붉은 홀몸으로 땡땡 언 엄동설한 추운 길 위에 내세우고 만 것을 알았을 때에, 나는 금시에 하늘을 잃은 것 같고 내가 서 있는 땅은 꺼져 들어가는 것 같았다. 너 보고 매일 하던 말 아마 너도 그것을 기억하리라. 이렇게 되고 보니 그 말을 지금 이 글 속에 적을 아무런 체면도 없다마는 내가 너에게

늘 해오던 말이 '너만은 공부 잘해 훌륭히 돼라'는 말이 아니었더냐! 네가 내 품에서 없어져버리고 어디 가서든지 입속으로 중얼거릴 것이 '더러운 년 같으니'란 저주하는 외마디 말뿐일 것이니 그것을 생각하는 나의 마음이 어떠하였을 것이냐! 그러나 네가 서울 있다는 말을 들었을 때 나는 그날 밤 잠을 이룰 수가 없었다.

너도 알지, 박 주사의 아들이라고 너 있을 때에 동경 가서 무슨 대학에 다니던 병걸(秉杰)이란 사람 말이다. 바로 어제저녁 그 사람이 우연히 신막엘 내려서 밤에 이 집으로 술을 먹으러 왔더구나. 그는 사회주원가 뭔가 하고 다니다가 감옥살이를 치르고 지금은 강원도 어디에서 금광을 한다더라. 제 말로는 일전에 고향 갔다가 내가 신막 있다는 소리 듣고 지나는 길에 언제든가 꼭 한번 들러보려고 했던 차에 우연히 서울 종로에서 인단을 사러 어느 약방엘 들어갔더니 네가 거기 있더라는구나. 그래 동생 소식도 전하여줄 겸 이번에 평양 가는 길에 내렸노라고 하기에 나는 너 만난 듯이 반가워서 그를 붙들고 한밤을 울어 새웠다.

아! 무정한 봉근아! 사나이가 한번 마음먹고 고향을 떠난 바에 성공하기 전에는 다시 발길을 돌이키지 않는다는 속담 말대로 내가 너의 사람 된 품을 은근히 기꺼워하면서도 생사조차 알리지 않는 너의 몰인정하고 박정한 것을 원망하지 않을 수 없는 것을 너는 잘 알 수 있으리라. 그이 말에 몸이 건장하고 키가 훨씬 커서 몰라보게 되었다니 그동안이 육칠 년이라 그렇기도 하련만은 그렇게도 몹시 변하였니? 모르고 길 위에서 만나면 생판 모르는 사람같이 지나치고 말겠구나. 지난 일은 어쨌거나 네 몸이 건강하다니 이 위에 더 기쁜 일이 어디 있니. 그동안 내가 고생한 것을 돌이켜 생각하고 어린 네가 맨몸으로 겪어나간 세상 고생이 어떠하였으리라는 것은 물으려 하지 않고 또 이곳에 적고 싶지도 않다. 어머니와 아버지는 그곳서도 할 것이 없어 빈둥거리다가 회창 금광이 금값이 올라서 재홍하는 바람에 그곳으로 이사를 해갔는데 관수 말고 또 하나 아이를 낳아 네 가족이 이럭저럭 입에 풀칠이나 해나가는 모양이다. 나는 순천으로 안주로 정주로 개천으로 화물 자동차 모양으로 흘러다니다가 이곳 와 있는 지 일 년이 되었다. 아무 데 가나 그 식이 당식이다. 네 말을 듣곤 금방이라도 너를 만나러 뛰쳐가고 싶으나 네가 나를 버리고 달아나던 때보다도 더 형편없이 타락한 지금의 나다! 너를 보고 무슨 말을 하며 무슨 면목으로 낯짝을 들 것이냐! 그러나 아무리 내 자신을 돌이켜보고 지금의 내 모양을 두루 살펴보아도 내 뼈다귀, 이것만은 너와 같은 한가지 물건이 아닐 것이냐. 살도 더러워지고 가죽도 더러워졌으리라, 아니 그 속을 흐르고 있는 피인들 어찌 깨끗하다 할 것이냐! 그러나 뼈만은 너의 것과 같이 돌아간 아버지의 것일 것이다. 내 뼈다귀는 너를 찾아갈 것이다. 너는 이것까지도 침 뱉고 발길로 차지는 않을 것이다. 무엇보다 너의 소식 듣고 싶다. 그러나 어데서 어떻게 만나면 좋을 게냐, 그것을 네 맘대로 지시해다오, 천 리라도 만 리라도 널 찾아가리라.

양력 이월 초사흘 봉희 씀

한 번 끝을 맺고 다시 옆으로 가늘게,

그런데 조용히 상의할 말이 있다. 네가 약방에 있다니 말이지 내가 몹쓸 병 때문에 허리가 아프고 맥이 없어 죽을 지경이니 신효한 약이 있걸랑 좀 가르쳐다오. 부끄러운 일이다.

하고 글씨까지 부끄러운 것이 새발같이 기어가게 써 있었다.
　이 편지를 받고 봉근이는 사흘 동안을 생각하였다. 그리고는 간단하게 회답을 썼다. 그 속에는 편지를 하고 소식을 전할 마음은 여러 번 있었으나 굳은 결심을 하고 여태껏 지내왔다는 것과 누이와 집 소식도 알아보려고 무척 애써왔다는 것, 그리고 지금도 누이님을 만나보고 싶기는 하지만 우연히 만나면커니와 일부러 만날 필요는 없으리라는 것, 냉병에 쓰는 약은 여러 가지가 있는 모양이나, 어느 것이나 모다 비등비등하므로 이곳 약국에 특효약은 없다는 것 등이 씌어 있었다.
　그랬더니 다시 누이에게서 그전보다 짧은 편지가 왔는데 될수록 서울 갈 기회를 엿보겠다는 것과 그리고 얼굴이 보고 싶으니 사진을 한 장 꼭 보내달라고 하고 사진 값으로 우선 돈 오 원을 보내노라고 하였다.
　그러나 봉근이는 그 편지에는 곧 회답도 안 쓰고 사진은 물론 찍지도 않았다. 한 십여 일 뒤에 편지 받았느냐는 엽서가 또 왔으므로 봉근이도 엽서로 편지도 돈도 받았노라고만 간단히 적어 보냈다. 이 일이 있고는 그대로 한 달이 지났다.

3. 봄

땀을 내었더니 몸도 거분해지고[10] 머리도 가벼워졌다. 그러나 잠이 들었다가도 한 침대에서 자는 명식이가 군입질[11]만 쩔갑거리면 펄떡 눈이 뜨였다. 다시 잠이 들려고 할 때엔 가위가 눌려서 한참 동안이나 애가 쓰였다. 머리를 풀어헤치고 얼굴이 파랗게 뼈만 남은 누이가 입을 감물고[12] 자기의 목을 누르려고 달려들었다. '누이가 미쳤어.' 이렇게 외치면서 손으로 뿌리치려고 하여도 목소리도 나지 않고 손발도 움쩍하지 않았다. 눈이 뜨이면 막혔던 숨이 콱 터지고 뒷잔등에 땀이 쭉 흘렀다. 밤은 몇 시나 되었는지 자동차 달리는 소리가 이따금 길거리에서 들려왔다.

몇 번인가 이런 괴로움을 겪어나면서도 아침 햇발이 창문을 꽉 막은 간판 새로 스며들 때까지 봉근이는 침대에 누워 있었다. 같이 자는 명식이가 새벽에 겨우 잠이 든 봉근이를 깨칠까 염려하여서인지 어느새 혼자 가게 문을 열고 약장과 책상의 먼지를 문대길[13] 때에 봉근이는 겨우 잠에서 깨어났다. 잠이 깨어서도 그는 침대에 그대로 번듯이 누워 있다.

분함과 미움과 슬픔과 쓰라림! 이런 것이 한바탕 뒤범벅을 개면서 스쳐간 뒤엔 적막이 조숫물과 같이 그의 가슴에 스며들었다. 벌써 몇 번인가 경험해본 이 쓸쓸한 마음, 이것이 그의 온몸을 붙들 때엔 그는 아무 말도 안 하고 행길로 나가서 자전거를 탔다. 광화문 네거리로 태평통으로 장곡천정[14]으로 휙 한 바퀴 돌아오면 마음이 거뿐하여 모든 것을 잊어버리고 다시 전화통에 손을 얹곤 ‘네네, 녹성당 약방이올시다’ 하고 외칠 수가 있었던 것이다.

그러나 지금 봉근이는 자전거를 타려고 하지도 않는다. 이 불행한 심리 상태에 몸을 적시고 머리를 묻어보고자 한다. 적막과 마주서서 몸소 그것과 부대껴보고자 한다.

그렇다! 분함은 누이에게로 돌려보낼 감정이 아니었다. 누이의 육체가 물에 젖은 걸레 조각같이 더러워졌어도 수많은 사나이들에게 고기는 짓밟히고 피는 할퀴어 지금은 능금같이 건강하고 무성한 나무같이 아름답고 씩씩함이 하나도 찾아볼 길이 없어졌다 하여도, 그는 나를 쫓아오며 빛을 구하며 희망을 찾고 있지 아니하냐! 머리는 모든 이성에서 떠나고 감정과 정서는 타락하고 일그러져서 탄력 없는 살덩어리만이 뼈다귀 주머니 모양으로 축 늘어져 있다 하여도 오히려 그의 품에 나를 껴안아주고 나를 부둥켜안고 땅을 치며 통곡할 사랑과 정성이 남아 있다며는 그것을 받아들이고 그 속에서 같이 울고 웃는 것이 나에게 남은 단 하나의 아름다운 감정이 아닐 것이냐?

이렇게 생각하면서 봉근이는 아침 햇발을 머리 위에 얹고 청진동 백이십×번지를 찾을 염으로 이 대문 저 대문을 기웃거리고 있었다.

문등이 달리고 누런 대문 두 짝이 번들번들 윤을 내고 있는 집, 최연화(崔姸花)라는 사기 문패가 붙어 있는 집이 청진동 백이십×번지였다. ‘최연화라는 것이 아마 어저께 약방에 찾아왔던 기생의 이름일 것이다' 하고 생각하면서 약 배달을 가던 때와는 좀 다른 감정에 지배되어 봉근이는 가만히 대문을 밀어보았다. 새벽은 아니지마는 기생집으로는 이른 아침인지라, 대문이 아직 꽉 닫혔으리라 하였던 것이 뜻밖에 딸랑딸랑 방울 소리가 나며 미는 대로 한 짝이 스르르 열린다. '누구요?' 하는 듯이. 대문을 들어서서 왼편 쪽으로 한참 가다가 아마 부엌에서 아침을 짓던 식모일는지 문둥이같이 눈썹이 뻔질뻔질한 사십 가까운 네모가 진 여편네의 얼굴이 쑥 봉근이 쪽을 바라다본다.

"저, 말씀 좀 물읍시다."

이렇게 자기의 온 뜻을 전하고 식모가 대청으로 올라가 안방의 문을 열고 두런두런 하는 동안 봉근이는 가슴에 고동을 느끼며 침착해지려고 뜰 안과 집을 물색하였다. 새로 지은 집인데 부엌에 연달아 안방이 두 칸 대청 칸 반을 건너서 건넌방이 칸 반 그리고 대문을 들어서서 바른쪽으로 뚝 떨어져 방 한 칸이 있고 동쪽은 옆집 담장으로 막혀 있다. 한 달에 집세로 20원은 물어야 할 집이었다. 뜰 안엔 아무것도 없고 토방엔 고무신, 여자 구두 이런 것들이 비교적 단정하게 놓여 있다.

식모는 다시 대청에서 나와서 아무 말 없이 부엌으로 들어가버리고 한 십 분 동안 싱겁게 섰노라니 어저께 왔던 기생이 안방에서 나온다.

"아이구."

반가운 손님이나 맞는 듯이 갸름한 눈을 흰 손으로 부비며,

"누이님은 금방 목욕을 가셨는걸! 어쩔까"

하고 도톰한 입을 웃어보인다. 얼굴에는 아직도 수면 부족의 피로가 흐르고 머리카락이 거칠게 흩어져 있다. 짧은 치마 밑으로 보이는 긴 바지 그리고 목달이[15] 긴 버선, 연화의 입은 옷품은 사오 년 내로 평양 기생들이 집에서 입는 옷 풍속이다.

그가 안내하는 대로 대청에는 올라섰으나 여자의 방 안으로 성큼 들어설 용기는 봉근이에게 나지 않았다. 어저께 이 기생에게서 느꼈던 가벼운 불쾌. 이런 것은 어제와는 딴판으로 친절해진 지금 태도로서 넉넉히 자취를 감추었으나, 아랫목에 깔아놓았던 붉은 다알리아 무늬의 이불을 활짝 말아서 뒷목으로 밀어버리고, 방금 벗어놓았을 연둣빛 파자마와 가운을 집어서 윗목에 있는 이 인용 침대 위에 던지는 것을 물끄러미 들여다보다가,

"어지러워 미안하외다만 자 들어오라구요"
하고 평양 사투리로 봉근이의 낯짝을 쳐다볼 때에 그는 말문조차 막혀 한참 동안 머뭇거리지 않을 수 없었다.

고리타분한 간장 내 같은 데에 분내와 담뱃내가 섞인 듯한 구역나는 냄새, 시골 기생의 방에서 늘 맡던 그런 냄새는 나지 않았다. 그러나 순전한 향수 냄새도 아니요, 머리칼 냄새도 아니요 크림이나 분 냄새도 아니요, 여자에게서 나는 일종 악취인 듯하면서도 결코 싫지 않은 특별한 향기, 방석을 깔고 쭈그리고 앉았을 때 무엇보다도 먼저 코를 울리는 이 냄새가 여자의 냄새라는 것을 의식하였을 때 봉근이는 두방망이질을 하는 듯한 가슴을 진정할 수가 없었다. 뺨이 후끈하고 귀가 펄펄 붙는 듯하여 그는 낯을 푹 숙이고 묵묵히 앉아 있다.

"아직 몸에 열이 있소?"

대답도 못 하고 두어 번 도리질을 하고 나니 그는 자기의 이상한 태도가 부끄럽기 짝이 없었다.

"어저께 밤 깊도록 누이님이 기다리시던데, 혹 약방을 닫고 오나 해서."

이 말에도 봉근이는 대답하지 못했다.

"누이님도 육 년 만이나 칠 년 만이라니 오죽해요. 나를 시켜서 어저께 옷가지를 사다 놓으시고, 기쁨인지 한숨인지 옛말을 하면서 여러 번 말문이 막힙데다. 나와 다니는 남덩[16] 어른들은 몰라두 웃어른 된 사람의 정이야 어데 그런가요."

여자의 말이 웃어른 같은 말씨로 변하여갈 때에 봉근이는 비로소 누이를 생각하고 누이가 기탁하고 있는 이 집 주인을 눈앞에 대할 수 있었다. 그래서 한참 동안의 침묵을 깨트리고 문득,

"평양서 오신 지 오래야요?"

하고 봉근이가 얼굴을 들었을 때에 연화는 여지까지 정색하였던 표정을 금시에 허물고 무슨 큰 기특한 일이나 당한 듯이,

"내 사투리로 알았어요?"

하고 갸름한 눈을 오뚝 세웠다.

그가 서울 여자가 아니고 한가지 평안도 사람, 그것도 평양 여자라는 것을 알아준 것이 유별하게 반가운 듯이 여자는 오랫동안 그의 얼굴에서 예쁜 표정을 씻지 아니하였다.

"사투리보다도 치마하구 바지하구 버선!"

겨우 이 말 한마디가 봉근이의 입에서 다시 나왔는데 여자는 기

뺨을 참을 수 없어 홀딱 일어서며 손을 부비고 한참 동안이나 자기 몸에서 치마와 바지와 버선을 훑어보았다.

봉근이는 여자의 노는 품이 처음에는 퍽 이상스러워 이것이 히스테리가 아닌가 하고 생각해보았으나 옥양목 버선 목달이를 덮을락 말락 한 흰 파레스 바지 그리고 세 치 가량 위로부터 연옥색 저고리 밑까지 깡충하게 내려 드리운 연두 치마를 묵묵히 바라다보다가 힐끗 쳐다보는 여자의 얼굴에서 귀여운 어린아이 같은 표정을 발견하곤, 어저께 교만하고 빽빽하게 보였던 이 여자에게 한없이 정이 가는 것 같았다.

열세 살이나 열두 살 때부터 기생 학교를 다니고, 열다섯 살이 되나 마나 한 때 부모가 시키는 대로 남자의 살을 알기 시작하여, 평양과 서울에서 수백수천의 사나이들의 속을 헤엄치듯이 하는 동안, 타고난 성품도 변하고 말씨와 행동에도 거짓과 아양이 끼어서 이만 나쎄[17]의 처녀들이 응당 가져야 할 모든 아름답고 귀한 모습이 없어져버렸을 최연화란 기생의 얼굴에 이렇게 순진한 한 조각의 표정이 남아 있는 것을 봉근이는 희한케 생각하고 있다.

입이 마음껏 벌어지고 눈에는 눈물이 글썽글썽하여 두 손을 어디다 놓을지 몰라 한 번은 치마를 만져보고 그 다음엔 서로 붙잡고 부비어보는, 이런 자세와 표정은 결코 마음을 닦아야 하고 웃음을 팔아야 할 사나이들을 앞에 놓은 세련된 여자의 것이 아니었다.

봉근이는 자기도 모르게 멍하니 이 여자를 쳐다보면서, 옛날 자기가 제일 믿고 제일 숭고하다고 생각하던 누이에게서도 찾아보지 못하였던 무슨 청신한 것을 발견하는 듯하였다. 이 청신하고 맑고 깨끗한 정서 속에 몸과 마음과 머리를 맡기고 싶었다. 이것은 봉근이가 어렸을 적부터 여직껏 그리워하고 또 호흡하고 싶었던 빛과 공기였기 때문이다. 얼마나 오랫동안 봉근이는 이 빛과 공기에 굶주리고 목말라 있었던가?

"지금 참 모란봉이 좋겠다. 대동강, 능라도, 돋아나오는 버드나무 잎새하고 단군전 뒤 언덕의 잔디. 경재리랑 신창릴 한바탕 싸 다녔으면 좋겠다."

여자는 침대에 걸쳐 앉아서 혼잣말같이 중얼거린다. 평양의 경재리(鏡齋里)와 신창리(新倉里)의 길 위에 봄빛을 안고 거닐고 있을 수많은 그의 동료들을 생각하는지. 그리고 봉근이는 아무 말 없이 흥분된 얼굴을 하고 묵묵히 그대로 앉아 있을 따름이다.

4. 넘을 수 없는 개천

눈물도 나지 않고 가슴을 치고 목구멍을 치받칠 만한 절통한 감격도 생기지 않았다. 당연히 만날 사람들이 한 두어 달 만에 서로 만나는 모양으로 아니 그것보다도 더 싱겁게 봉근이는 터무니 인사라고 할 만한 것을 누이에게 한 것 같지 않다.

지금도 봉근이는 바람벽을 기대고 까치다리[18]로 앉았고, 그 앞에는 목욕에서 돌아온 누이가 머리를 대강 틀어서 도금 비녀를 찌르고 바른 다리를 세우고 앉아서 담배를 피우며 창문 쪽을 바라보고 있건만, 별로 말할 만한 건드럭지도 없는 듯이 텅 빈 방 안에는 담배 연기만이 무럭무럭 떠오르고 있다.

담배를 털다가 혹은 담배를 끄면서 누이는 여러 번 동생의 변한 얼굴을 바라보지마는 봉근이는 누이의 눈살이 얼굴에 부딪칠 때에도 일부러 멍하니 고리짝 위에 놓인 타월로 만든 낡은 잠옷을 바라보았다.

"너 그동안 데금이나 좀 핸?"

봉근이는 머리를 썰레썰레 내흔들었다.

"데금할 돈이 있나."

그러나 그는 한 달에 먹고 십 원 받는 중에서, 육 원씩을 다달이 내는 삼백 원 저축 저금에 부어놓고 있었다.

"받는 걸루 군입질이나 하구 구경이나 가네."

봉근이는 이러한 누이의 물음에는 대답도 아니 하였다.

봉근이는 자기가 저축 저금에 다달이 육 원 씩을 부어 넣느라고 입을 것도 변변히 못 입고, 철마다 주인이 사주는 양복 벌로 이렁저렁 지낸다는 것을 이야기하면 누이가 얼마나 만족해하고 기뻐할 것을 알고 있다. 그러나 이러한 것을 누이가 묻는 것이 첫째로 불만하였다. 둘째론 장가 밑천도 장사 밑천도 안 될 적은 돈에다 무슨 큰 희망을 달고 있는 듯이 매달마다 쩔쩔매면서 꾸역꾸역 저금하기에 볼장을 못 보는 자기 자신이 한없이 초라하게 보일까 두려워하였다.

"그래두 장래를 생각할래문 지금부터 돈을 아까워하야지."

이런 말은 칠 년 전에 세무서 인상하구 좋아 지낸다고 어머니와 아버지가 야단을 칠 때마다 누이에게 타이르던 말과 비슷하였다. 열아홉 스물 전후의 기생들이 자기 신세가 불쌍해서 술 먹고 제 맘대로 휘뚜루마뚜루 하다가도 스물이 넘어서서 장차 늙으면 나는 무엇이 될 것이냐? 하는 문제에 눈이 뜰 때 돈을 모아야 한다는 생각을 가지게 되는 심리 상태의 변화를 봉근이는 잘 이해할 수 있었다. 그는 어렸을 때 자기 집에 놀러 오는 늙은 기생에게서 이런 것을 수많이 보아왔다. 그러나 칠 년 만에 만나는 누이의 입에서 이런 말을 들을 때에 그것을 진심으로 좋게 해석해 들을 겨를이 없었다. 누이는 결코 이런 소리를 입에 담아서는 안 될 사람으로 봉근이는 생각하고 있는 것이다. 봉근이가 아름답다고 생각하는 누이는 사회주의 하노라고 이리 덤벙 저리 덤벙 하다가 어찌어찌하던 끝에 금광 브로커나 된 박병걸이를 하늘같이 섬기고 그에게서 술장사 밑천이나 뽑아내려고 하는 그런 누이는 아니었다. 된 데라고는 반 닢 어치도 없는 놈을 '카모'[19]라고 따라와서 일생의 생계나 세운 듯이 '돈이 제일'이라고 동생에게 설교하려 드는 그런 누이는 아니었다. 박병걸이와 같이 오게 된 경위를 자랑같이 이야기할 때에 벌써 감출 수 없는 불만을 품었으매 그 위에 다시 돈 모으는 설교는 무엇이냐! 그는 누이와 자기와의 새에 메울 수 없는 무슨 큰 도랑이 생긴 것을 쓸쓸히 느끼고 앉아 있다.

공기가 이상하게 무거워진 것을 눈치 채고서인지 누이는 갑자기 웃으면서

"너 폐양 첨 나와서 여관에 있었지? 누가 와서 그러기에 그 길루 자동찰 타구 폐양 나갔드니 발쎄 다른 데루 갔두나"

하고 옛날이야기를 한다.

봉근이도 그때 생각이 나서 빙그레 웃었다. 여관의 사환 아이로, 양말 공장에 들어가 실 감는 소년 직공으로, 양복점 견습으로 들어가 단추 구멍만 하고 앉았던 생각, 그리고는 삼 년 전에 서울로 와서 약방 사환 아이가 된 만 육 년 동안의 과거가 휘끈휘끈 그의 머리를 스쳐갔다.

"그때 고생하던 이야기나 좀 해라."

누이는 다시 담배를 붙여 물며 동생의 얼굴을 보았다.

"건 해선 뭘 해, 재미있나?"

참말 봉근이는 누구에게도 자기의 지난 이야기를 털어놓고 하지 않았다. 부끄러울 것도 없고 수치 될 것도 없건만 재미가 없었다. 누가 이야기를 물으면 그대로 픽 웃고 말았다.

"넌 몰라보게 됐다만, 나두 변핸?"

이 소리에 봉근이는 힐끗 누이를 쳐다보고,

"뭘 변해."

한마디로 대답해버렸을 뿐이다. 사실 누이의 몸과 얼굴은 봉근이의 예상과는 여간 틀리지 않았다. 교통이 편하여지고 사람의 내왕이 빈번해진 탓일런가, 그전과 같이 도회 기생과의 차이가 심하지 않은 것 같다. 본래부터 눈이 크고 얼굴 모습이 미끈하던 누이는 그다지 심하게 시골 기생의 티는 보이지 않았다.

"그전보담 무던히 상했지?"

이렇게 누이는 동생에게 추궁한다. 그러나 동생은 또다시,

"뭘."

하고 빙그레 웃을 따름이다. 봉근이는 병이 있다는 말을 듣고 냉병이 심하면 자궁병을 겸하였을 것이므로 누이의 얼굴은 몹시 여위고 눈자위엔 검버섯이 끼어 있을 것을 상상하였다. 그러나 누이는 전보다 오히려 살이 찐 것 같다. 포동포동하여 물 샐 틈 없게 다부지게 아름답던 얼굴이 오히려 뺨따귀에 살이 올라 두 볼이 맥없이 목으로 흐르고 있다. 가슴도 탄력은 없으나 더 커진 것 같다. 눈은 더 떼꾼해져서[20] 영채가 없고 몽롱하게 술 취한 것 같이 맥이 없어 보인다. 확실히 건강한 청춘은 누이에게서 떠나고 말았다. 봉근이는 예상보다는 너무 능청맞게 비둥비둥하게 살진 누이의 몸에서 징글징글한 염증을 느꼈다. 그것은 전혀 그의 말하는 투와 말의 내용과 일치하는 것 같았다. 받은 편지 내용과는 너무 동떨어져 있는 것 같이 생각되었다.

이러고들 있을 때에 대청으로 통한 문을 동동 두드리면서

"실례지만 문 엽니다"

하고 연화가 열린 문틈으로 얼굴을 들이민다.

"허실 말이 태산 같으시겠지만 위선 아침을 먹읍시다. 벌써 열한신데"

하고 웃는다.

"난 가 먹지요"

하였다.

"아이고."

연화는 놀라는 표정을 하며 방 안으로 뛰어들어가

"그게 무슨 말이오. 채린 건 없어두 원"

하면서 봉근이의 손을 붙들어 앉힌다.

"어멈 이리루 상 디려오."

담뱃갑과 재떨이를 치우고 셋이서 둘러앉았는데 둥그런 큰 상에 조반이 들어온다.

막 상을 받아놓고 술을 들려 하는데 구두 소리를 내면서 박병걸이가 찾아왔다.

"복상 오슈?"

먼저 계향이가 뛰어나가며 반가워 한다.

"머 지금 아침이슈. 응, 봉근이가 왔군, 지금 처음인가"

하면서 대청으로 올라서서 병걸이는 방 안을 들여다본다. 봉근이는 좀 불쾌하였으나 앉은 채로 끄떡 인사를 했다. 허리 잘라맨 간복[21] 외투를 벗으니 얼룩얼룩한 뱀의 꺼풀 같은 스타킹과 다갈색 닛카 쓰봉[22]이 나타나고 시곗줄 늘인 조끼 밑으로 혁대 고리가 번쩍번쩍한다.

"어서들 잡수시유, 난 더운데 여기 좀 앉았지."

"거긴 아직 칩습니다. 이리 들어오세요, 잡수신 데 오래 되시면 좀 같이하실걸."

연화도 일어서서 방석을 들고 들어오라고 하나,

"나두 지금 막 먹구 옵니다"

하면서 병걸이는 대청에 펄썩 앉았다.

"그래 봉근인 누일 만내 기쁜가? 오늘은 계향이한테서 한턱 졸라 먹어야겠군."

뭣이 우스운지 일동은 하하 하고 소리를 치는 속에서, 봉근이는 덤덤히 앉아 있었다. 병걸이는 연화가 내어다 주는 방석을 깔고 담배를 붙여 물곤 코허리가 간지러운지 두어 번 금테 안경을 어루만졌다.

봉근이는 병걸이를 잘 알고 있었다. 내지 가서 학교에 다닐 때엔 안경도 안 쓰고 또 코 위에 오뚝하게 기른 수염도 없었다. 긴 머리칼을 하고 방학 때에 오면 노[23] 천도교당에서 연설을 하였다. 연설회가 끝난 밤엔 어데서 술을 처먹었는지 청년회 친구 두서넛과 곤드레만드레 취해서 자기 누이를 끼고 봉근이가 자고 있는 집으로 몰려왔다. 그리고는 다시 칸즈메[24] 해서 술을 컵으로 마시며,

"기생도 학대받는 계급이다"

하고 주먹으로 술상을 울리고 야단을 쳤다.

그러면 감격하여 누이도 우는지 웃는지 모를 소리를 올리고 으악 하곤 고함을 치며 손을 두드렸다. 봉근이는 이때 모양을 묵묵히 생각해보고 지금 마루에 앉아서 점잖게 구노라곤지 담뱃내를 이상하게 흑흑 소리를 내서 내뿜고 있는 병걸이의 모양을 내다보았다. 그러고는,

"자 우리끼리 먹습니다"

하는 연화의 소리에 숟가락을 들고 김칫국을 연거푸 세 번이나 떠먹었다.

5. 내처 걷는 길

주사기를 닦고 소독기를 치우면서 방금 주사를 맞은 손님이 놓

고 간 오원짜리 상품권으로 무엇을 살 건가 하고 봉근이는 이층
에서 생각하고 있다. 병원에 가면 엄청나게 돈을 뺏긴다고 약방
에 와서 남모르게 주사를 맞는 사람이 많았다. 두 달 석 달을 두
고 '칼슘'이나 '살발산'을 맞는 사람, 혹은 '트리펠' 때문에 '트리
파프라빙'이나 '판셉틴'을 장기일 동안 맞는 사람들은 약방에 들
어와 슬쩍 눈짓만 하곤 봉근이를 앞세우고 이층으로 올라갔다.
증류수나 한 병 혹은 두고 쓰는 주사약을 한 개 올려다간 주사기
를 소독하여 정맥이든 피하이든 의사 부럽지 않게 봉근이는 주사
를 놓아주었다. 그러나 주사 값 이외에 수수료라고 받는 것은 결
코 봉근이의 수입이 되는 것이 아니고 '주사약과 증류수와 알코
올 대금'이란 명목 밑에 그대로 공공연하게 약방의 버젓한 수입으
로 되었다.

그러므로 간혹 가다 봉근이의 신세를 생각하는 사람은 돈으로
나 음식으로나 혹은 상품권 같은 것으로 제 병을 고쳐주는 봉근
이에게 선물을 하였다. 아무리 금고같이 굳은 주인도 이것까지
박탈할 체면은 없었다. 그래서 '봉근이 놈 큰 수 났다'고 중얼거
리며 부정 행동을 시켜 큰 이익을 보는 것을 봉근이 때문에 하는
일같이 말하였다.

봉근이는 아무 말도 안 하고 시키는 대로 유쾌한 마음으로 주사
를 놓아주었다. 그는 아무런 일이 있다 해도 약국의 책임인 주인
약제사에게 관계될 일이지 자기는 상관없다고 생각하였다.

그래서 지금도 벌써 한 달 동안이나 약방에서 '백단'과 '푸로타
르골'을 갖다 쓰며 하루 건너큼 '판셉틴'을 맞고 있는 서른 살이

될락 말락 한 포목상 점원이 봉근이에게 주고 간 백화점 상품권을 생각하고 있는 것이다.

우선 명식이의 운동화를 하나 사주리라 생각했다. 부정 행위에 대하여 입을 막노라고 하는 것이 아니라, 먹고 겨우 한 달에 3원밖에 못 받는 어린 명식이가 퍽 전부터 물이 올라오는 운동화를 신고 있는 것을 봉근이는 마음에 꺼렸던 때문이다. 자기 해는 별로 살 것이 없었다. 누이가 내복과 스웨터를 사주었기 때문에 급히 사고 싶은 것은 없었다.

아래층으로 내려오니까 주인은 변소에를 가고 명식이가 혼자서 오도카니 앉아 밖을 내다보고 있다.

"너 운동화 구 문[25] 반이가?"

"아니다, 구 문이다."

이렇게 대답하며 명식이는 잘 다물어지지 않는 입술을 꼭 물고 '건 왜 묻니?' 하는 표정을 한다.

"너 하나 사줄란다. 아들 놈이 메기 아가리 같은 운동화를 신었으니 부친 된 마음이 오죽 아프냐."

이 소리에 명식이는 발딱 일어서며 먼지떨이개로 '엥히' 하고 때리는 혜능[26]을 한다.

"잠깐 댄녀오게."

봉근이는 자전거도 안 타고 백화점을 향하여 전찻길로 뛰어갔다.

연화. 그는 신막서 계향이와 같이 있던 그의 언니의 신신한 부탁으로 그런다고 하지만 봉근이의 누이가 지금 괴롬을 끼치고 있는 사람이다. 이랬거나 저랬거나 자기를 찾아온 거나 다름이 없는 누이를 자기 대신에 제 집에 두고 몸을 돌보아주는 사람이었다. 그리고 그 후 몇 번인가 그 집을 찾아간 봉근이에 대하여도 결코 소홀한 대접을 하지 않았다.

그리고 지금 뜻밖에 생각이 나는 연화와 누이. 이 두 사람 중에서 먼저 연화의 생각이 떠오른 것은 이상한 일이라고 봉근이는 자기의 마음을 갈피갈피 뒤적여본다. 그러고 보니 자기가 몇 번인가 그의 집을 찾아간 것은 누이를 보고 싶다느니보다 연화를 보는 것이 유쾌하여 그런 것이 아닐런가 하는 엉뚱한 생각이 일어난다.

둘째 번에 누이를 찾아갔을 때 누이는 약방을 그만두고 자기가 술장사를 차려놓으면 자기와 같이 있자는 말을 하였으나 봉근이는 단마디에 거절하고 불쾌한 감정을 안고 돌아왔다. 그 다음은 좀처럼 찾아갈 생각이 날 것 같지 않았는데 열한시에 약방 문을 닫고 주인이 자기 집으로 돌아간 뒤에 이상스럽게 누이 있는 집이 마음에 걸렸다. 역시 누이가 기다릴는지 모를 것이라고 찾아갔더니 연화는 요릿집에서 아직 돌아오지 않고 누이 혼자 있었다. 누이는 병걸이와 함께 다옥정[27]과 서린정[28] 부근으로 집을 보러 다녔다는 것을 말하고 병걸이가 자본을 얼마 내면 일 년에 그에게 얼마씩 이익을 배당하게 되느니 어쩌니 하고 봉근이에게는 듣기 싫은 소리를 늘어놓았으나 새로 한시가 되어 연화가 돌아오는 것을 보고야 그 집을 나왔다. 세번째 가서도 누이는 방 안에 있고 연화가 대청에서 해바라기를 하고 있으므로 봉근이는 방 안에 들어가기가 싫고 대청에 앉아 있기를 즐겼다.

이런 것을 지금 차근차근 생각해보니 봉근이는 제가 연화에게 딴생각을 두고 있지는 않는가 하고 얼굴이 붉어졌다. 결코 싫지는 않았다. 그러나 그럴 리는 절대로 없다고 봉근이는 자기 마음에게 타이른다. 천부당만부당한 일이라고 그는 다시금 또 다시금 생각한다. 그리고 자기가 누이보다 먼저 연화에게 선물할 생각을 갖게 된 것은 누이와 연화와의 관계를 보고 또 누이와 자기와의 관계를 생각할 때에 당연한 일이라고 생각하였다. 그는 남이고 누이는 자기와 같다. 그러므로 선물이라는 것은 남에게 우선해야 될 것이라고 되씹고 되씹고 하였다.

그는 명식이의 운동화를 사곤 누이의 지갑과 연화의 콤팩트를 샀다. 사놓고 생각해보니 우스웠다. 누이에게는 마치 돈 돈 하는 사람은 이게 제일이라는 듯이 지갑을 보내고, 연화에게는 아름다운 얼굴에 더러운 것이 붙을 때마다 이것을 보면서 문대라는 듯하였다. 그리고 보니 명식이 놈은 운동화 신고 하루 종일 자전거 배달이나 다니라는 것 같아서 퍽 유쾌하였다. 그것을 사고도 아직 얼마가 남았으므로 그는 상품권에 금액을 기입하고 상쾌한 마음으로 거리에 나섰다.

약방 앞으로 오니까 명식이가 배달을 가려고 자전거를 잡고 섰다. 그래 배달은 자기가 가마 하고 명식에게는 운동화를 주었다. 그리고는 자전거도 안 타고 배달을 떠났다.

수송동으로 배달을 하고 봉근이는 그 발로 누이 있는 집으로 갔으나 누이는 병걸이와 나가고 연화가 혼자서 축음기를 틀고 있었다. 봉근이가 들어가니까 연화는 축음기를 멈추고 그에게 방석

을 권한다. 그러나 그는 대청이 따스하다고 방 안에 들어가지 않
았다.

"낮에 어떻게 틈이 있었수?"

"요기 수송동 배달을 갔었어요."

연화도 버선을 신고 마루로 나왔다. 해 드는 데 나와 앉아서 손
톱을 갈기 시작한다. 봉근이는 잠깐 주저주저하다가 종이에 싼
두 가지 물품을 내놓고

"이거"

하다가 주춤했다.

"네?"

하듯이 얼굴을 들면서 좀 의아하게 내놓는 물품을 들여다보다가
다시 봉근이의 얼굴을 쳐다본다. 봉근이의 얼굴은 물감같이 빨
갰다.

"돈이 좀 생겨서 사왔는데."

겨우 여기까지 말하니까 연화는 눈치를 챈 듯이,

"네 누님 올리려고. 뭐요 이게"

하면서 두 가지를 다 끌어다가 두 손에 하나씩 쥐어본다. 그리고
갸름한 눈에 웃음을 그리면서 봉근이의 얼굴을 빤히 쳐다보았다.

"지갑만 누이."

이렇게 말하고 봉근이는 머리를 푹 숙였다가 대문간 있는 쪽을
바라본다. 그때에 대문 소리가 나면서 병걸이와 누이가 입을 헤
하고 웃으면서 들어오고 있다. 봉근이는 당황하여 물건과 연화를
번갈아 보았으나 연화는 물건을 쥔 채 일어서서,

"아이구 어데를 그리 다니시유, 다리들 아프시겠수"
하며 그들을 맞아들인다. 봉근이도 일어섰다. 그러나 그는 지금 들어온 누이와 병걸이에게 인사를 하려고 일어서는 것이 아니고 집으로 가려고 서 있었다.

"어떻게 낮에 틈이 있어 왔구나. 또 주인이 야단하지 않을까."

봉근이가 신을 신을 때 누이는 대청 위에 올라서면서 말하였다.

"아니 동생이 선물을 사가지구 왔어요."

봉근이는 이 말에 뒷잔등에 선뜻하는 칼을 느끼면서 연화를 돌이켜보았다.

"이것은 누이님 올리구 이건 내 해라우"
하면서 지갑은 누이에게 주고 자기는 크림으로 만든 콤팩트를 두 손가락으로 집어 들어보였다. 그리고는 두 사람과 함께 하하 하고 웃었다.

"거 또 봉근이가 엉뚱한데. 연화 씨에게 콤팩트를 보낸 걸 보니까 아마 연애를 하는가 보아. 하하하하 기생 오빠는 하는 수 없어."

봉근이는 병걸이의 낯짝을 쳐다보았다. 금테 안경이 뒤로 젖혀지면서 콧구멍과 수염과 그리고 담뱃진에 까맣게 된 입 안이 껄껄 소리를 내고 있다. 봉근이는 그것이 사람인 것 같지가 않았다. 봉근이의 변한 낯색을 보고 벌써 연화와 누이는 웃음을 멈추었는데 병걸이만은 허리를 또 한번 추면서,

"봉근이가 난봉이 난가 보아"
하고 혼자서 좋아한다. 봉근이는 신으려던 운동화를 벗어버리고 대청 위로 뛰쳐 올라와 연화가 쥐고 서 있는 콤팩트를 빼앗아 그

대로 뜰 안에 내어던졌다. 콤팩트는 돌에 부딪쳐 깨어져서 유리알 자박이 꽃잎같이 마당에 흩어진다.

"여보 난봉난 놈을 보려문 당신을 보우."

봉근이의 목소리는 열이 오르고 낮은 오히려 해쓱하다.

"사회주의 하노라구 꺼덕대다가 협잡꾼이 안 돼서 내가 난봉이 났소."

말이 끝나는 대로 봉근이는 토방으로 뛰어내려 신을 끌고 대문으로 쏜살같이 걸어 나간다. 세 사람은 어안이 벙벙하여 봉근이의 하는 양을 움쩍도 못 하고 바라만 보고 있다.

그러나 연화는 큰 죄를 저지른 것같이 생각되어서 고무신을 끌고 대문으로 쫓아나갔다. 계향이가 미안한 듯 죄스러운 듯 갈피를 잡을 수 없는 표정을 하고 있다가 방석을 들어 병걸이에게 권하면서 눈물이 글썽글썽하여,

"복상 미안하외다. 어린 게 철이 없어서"
하고 침묵을 깨트린다.

연화가 대문을 열고 내어다 볼 때 봉근이는 벌써 골목을 돌아가려고 하고 있다. 그는 어른 티가 나는 봉근이의 뒷모양을 보면서 비로소 그의 연세가 열여덟 살이라던 말을 생각하였다.

눈물을 씻고 후 한숨을 내쉰 뒤에 약방엘 들어서니 마침 전화가 따르릉 운다. 봉근이는 전화통을 들었다. 남대문통 어느 회사에 약 배달 갈 일이다. 그는

"네네, 고맙습니다"

하고 전화를 끊은 뒤에,

"보험 회사 사이 상 기나프루드 제 하나요"

하고 주인에게 배달 전표를 청하였다.

자전거 위에 올라타니 벌써 마음이 시원하였다. 마침 네거리의 교통 신호는 황색이다. 그는 넘어질 듯이 자전거를 눕히고 바른 쪽으로 길을 휘어잡곤 궁둥이를 안장에서 들고 아스팔트 위를 지치듯이 돌아간다. 뒤이어 찌르릉 하고 종이 울다 멎으면서 신호는 파란색으로 변하였으리라. 그는 바라다볼수록 판판한 넓은 길을 앞으로앞으로 달아 나갔다. 막 피어나는 가로수의 나뭇가지가 뒤로뒤로 밀려간다. 제비 같은 자동차와 산도야지[29] 같은 사이드카가 그의 경쟁의 대상이었다.

처를 때리고

1

남수(南洙)의 입에서는 '이년' 소리가 나왔다.

자정 가까운 밤에 부부는 싸움을 하고 있다.

그날 밤 열한시가 넘어 준호(俊鎬)와 헤어져서 이상한 흥분에 몸이 뜬 채 집에 와보니 이튿날에나 여행에서 돌아올 줄 알았던 남편이 열시 반 차로 와 있었다.

그는 트렁크를 방 가운데 놓고 양복을 입은 채 아랫목에 앉았다가 정숙(貞淑)이가 문을 열고 들어오는 것을 힐끗 쳐다보곤 아무 말도 안 했다. 한참 뒤에 "어데 갔다 오느냐"고 묻는 것을 바른 대로 "준호와 같이 저녁을 먹고 산보한 뒤에 들어오는 길이라"면 좋았을 것을 얼김에 "친정 쪽 언니 집에 갔다 온다"고 속인 것이 잘못이었다.

그 말을 듣고 남수는 불만은 하나 어쩔 수 없는 듯이 "세간은 없어도 집을 그리 비우면 되겠소" 하고 나직이 말한 뒤에 그대로 윗방으로 올라가서 자리에 누웠다.

정숙은 준호와 저녁을 먹고 산보한 것이 감출 만한 것도 안 되는 것을 어째서 자기가 난생처음 거짓말을 하였는가 하고 곧 후회되었으나 준호와 산보하던 때의 기분으로 보아 준호도 그것을 남수에게 말하지 않을 것이라 생각하고 다시 두말없이 그대로 아랫방에 자리를 깔았다.

그것이 오늘 남수가 저녁을 먹고 나가서 준호와 만났을 때에 탄로가 난 것이다. 하리라고는 생각도 않았던 준호가 무슨 생각으론지 남수에게 그 말을 해버렸다. 참으로 모를 일이다. 물론 준호 역시 말해서 안 될 만한 불순한 행동을 하지는 않았다. 그 역시 그만 일을 숨기느니보다 탁 털어놓고 농담으로 돌리는 것이 마음에 시원했을 것이다. 그는 늘 남수를 우당(愚堂) 선생이라 부른다.

"우당 선생 부재중에 부인과 산보 좀 했으니 그리 아우"쯤 말하고 껄껄 웃었는지 모른다. 아니 준호의 일이니 "내가 핸드백이 된 셈이죠. 어쨌거나 우당 선생 주의하슈. 그만 연세가 꼭 스왈로[1]를 기르고 싶을 시깁니다" 정도의 말은 했을 것이다.

이런 농담을 들을 때 남수는 얼굴에 노기를 그릴 수는 없었으나 마음만은 몹시 불쾌하였을 것이다. 가래 물을 먹은 듯한 찡그린 얼굴로 애써 웃어보려는 남수의 표정이 생각된다.

원체 자기네들이 남수에게 그날 밤 일을 어떻게 말할까, 다시 말하면 속일까 바른 대로 말할까, 또 말한다면 어느 정도로 고백할 것인가를 협의해두지 않은 것이 실수였다. 그러나 그런 협의를 해둘 만큼 그들은 남수에게 죄를 짓고 있다고는 생각지 않았다. 그런 죄를 의식하고 그런 협의를 할 필요가 있다고 생각했다면 그들은 적어도 양심의 가책 때문에 산보까지도 중지했을 것이다.

그날 밤의 산보. 그것은 정숙이 혼자만의 생각인지는 몰라도 물론 단순하게 길을 걷고 불이 아름답다느니 얼마 안 해 꽃이 피겠느니 하는 것으로 시종된 것은 아니었다. 입으로 나온 말은 그 정도인지 몰라도 정숙이가 가졌던 흥분만은 이상하게 높았던 까닭이다.

어쨌든 그 말이 준호의 입에서 탄로가 나서 그 자리에선 웃고만 모양이나 밤에 돌아오는 대로 남수는 정숙에게 치근스럽게[2] 트집 비슷한 말을 걸었다. 그것이 벌어져서 드디어 싸움이 되었다.

지금 정숙은 팔을 걷어붙이고 남편에게 대든다.

왜 그랬으면 어떠우, 속였으면 어떠우. 밥 먹고 산보한 건 좋으나 속인 게 불쾌하다구. 밥 먹구 산보만 한 줄 안다면 속였다고 불쾌할 게 뭐유. 그 이상 딴 짓을 했으리라는 더러운 생각이 없다면 불쾌할 게 뭐유. 내가 그날 밤 속인 건 털어놓구 말하문 오도카니 양복을 입은 채 맹초같이 앉아 있는 게 불쌍해서 속인 거유. 그래 어린애가 돼서 옷을 벗기구 자리를 깔아주어야 되우. 언제 온다는 통지도 없는 걸 허구헌 날 당신만 기대리구 있어야 옳소.

사흘 밤이나 기대렸수. 이 날일까 저 날일까 기다리다 지쳐서 저녁 전에 거리나 한 바퀴 돌려구 나갔댔수. 돌아오다 길에서 만나서 준호 씨와 저녁 먹은 게 그리 큰 잘못이구려. 저녁 먹구 집에 와야 할 것두 없구 심심만 허겠기에 같이 산보 좀 한 게 큰 잘못이구려.

왜, 그렇게 채려놓구 있다 맞아들이는 게 좋거들랑 기대리는 사람 생각두 좀 해보죠. 전보 치고 온다는 걸 내가 일부러 나가고 집을 비워두었던가.

뭐이 어때요. 그게 속인 변명이 되느냐구. 안 되문 말어요. 애써 변명허는 건 아니니. 만일 내가 일이 있어서 언니 집에 갔다 온다구 안 했다면 그날 당장에 오늘 같은 싸움판이 벌어졌을걸. 그래 그때 준호 씨와 밥 먹구 산보하다 온다구만 말했으면 거, 참, 잘했군 하고 칭찬할 뻔했수. 뭣이. 씨는 무슨 씨냐구. 당신의 친구를 대접해서 부르는 거요. 준호 씨 준호 씨 자꾸 씨자를 넣어 부를걸. 그 입에 발린 소리 좀 작작해요. 그날 밤으루 당신이 엉뚱한 시기를 했을 게유. 질투에 불이 붙어 밤잠두 못 잘 게 불쌍해서 속인 겐 줄두 모르구.

왜. 어때. 흥. 너 같은 것에게 질투는 무슨 질투냐구. 그래 지금 하구 있는 당신의 생트집은 질투가 아니구 질투 사춘이유. 당신은 몇 살이구. 내 나이두 반칠십에 당신은 내일 모레문 사십이 아니오. 어제 오늘 길거리나 술집에서 만난 사람들인가.

옳아. 옳아. 내가 아무리 주릿댈[3] 안길 년이문 그런 어린애들과 치정 관계를 맺을라구. 푸. 그만두. 그만두. 그럼 그게 그 소리지 뭔가. 그래 옳아 옳아.

뭣이 어째. 남이 말두 허기 전에 발이 재린 거라구. 저지른 죄가 있어 미리부터 넘겨짚어본다구. 그래 내가 행실을 망쳤단 말이지. 이 쓸개 빠진 소리 좀 그만두어요. 사나이가 오죽 못났으면 제 여편네가 바람이 날라구. 저두 저 부족한 줄은 아는 게다. 어째서 준호보구는 못 해봤노. 눈앞에 자기 원수를 놓구 왜 아무 말 못 허구 웃기만 했나. 그리구는 지금 와서 나보구 이 야단인가.

흥. 죄는 준호에게 있는 게 아니라구. 속인 것이 죄라구. 그래두 자기 여편네가 남에게 농락되었다는 생각은 갖고 싶지 않은 게지.

뭣이 어째. 이년이라구, 이년. 말 잘했다. 반말하는 년, 이년이라구 그러문 어떠냐구. 잘했다. 뭣이 더러운 년.

더러운 걸 볼라문 거울을 보구 말해. 누가 더러운 놈인가. 제 여편네를 농락했노라구 비웃는 놈을 앞에 놓고 뺨 한 개 못 갈기고 쓸쓸히 돌아와서 여편네보구 속인 게 잘못이라구. 왜 준호헌테 내가 반했수. 그랬으면 어떡헐래요. 준호허구 산보할 때 난 행복을 느꼈수. 당신에게 준호에게 있는 게 있수.

더러운 놈허구 누가 살라는가구. 응. 안 살아두 좋다. 차남수 아니면 서방 헐 사람 이 세상에 없는 줄 아는가. 차남수가 하늘 같애서 내가 이 생활을 하고 있는 줄 아는가. 차남수가 나를 호강을 시켜서 내가 그를 떠나면 거지질을 할 줄 아는가. 차남수가 위대한 인물이 돼서 내가 그를 떠나면 금시에 하늘을 잃은 듯이 미친 년이 될 줄 아는가.

응. 안다 알어. 내가 어차피 그 말 헐 줄을 벌써부터 알었다. 네
가 시굴 있는 년을 이혼허지 않는 것두 그 심보가 어데 있는지 난
벌써부터 알었다. 십 년 전엔 그런 게 문제두 안 됐었다. 그건 너
나 내가 가정 안의 작은 사람이 아니었기 때문이다. 지금은 그걸
가지구 나를 내어 쫓으려는구나.

난 도마에 오른 고기다. 내 밑에 계집애 하나라도 있다문 이 학
대는 안 받었을 게다. 애는 운동에 방해가 된다구 수술을 해서 너
는 나를 불구자를 만들었지. 너는 시굴에 큰아들도 있고 딸 새끼
도 있으니까. 응. 그리구는 나는 병신을 맨들고 첩으로 떨어트리
고 애새끼 하나 안 붙여주고 지금 와서는 나가달라구.

어디 말 좀 해봐. 무슨 큰 운동을 지금 하고 있나. 어째 나를 속
이고는 아이 만내러 시굴을 다녔나. 내가 비럭질해온 돈으로 나
몰래 학비는 왜 보냈는가. 너희 집은 아직 천 석은 한다드라. 그
머리칼이 빠질 영감쟁이는 아들도 모로나. 내가 너희 돈 한 닢이
나 쓴 줄 아니.

이놈 네 피를 뽑아 풀어봐라. 그 피가 무엇으로 뛰고 있는가. 누
구 때문에 아직도 피가 네 몸에 돌고 있는가.

누가 너를 옥중에서 구해냈노. 네가 감옥에 있는 동안 육 년이
란 허구헌 날 너는 그래도 전보질을 해서 나를 부르더구나. 차입
두 날보구 시키더구나.

네 집에선 그때 돈 한 푼 보탠 줄 아냐. 영감두 할미두 네 본계

집두 그때만은 아는 척도 안 하드구나.

친정에서 친구들한테서 별별 굴욕을 겪어가며 너에게 옷을 대고 밥을 대고 책을 대는 동안 네 영감은 아들이 옥에 간 건 그 몹쓸 년 탓이라구 물을 떠놓구 빌더라더라. 어서 그년이 죽어야 아들이 화를 면한다구. 그래두 그런 소리두 내겐 우스웠다. 난 너를 구해내려구 뼈가 가루가 되도록 미친년같이 헤매었다. 그래 지금 와서 그 보수로 나는 너한테 헌신짝같이 버림을 받어야 하느냐.

너한테 십 년 동안 뼈가 가루 되도록 해 바친 게 죄가 돼서 이년 소리를 듣구 더러운 욕을 먹어야 되니. 입이 밑구멍에 가 붙어두 그런 말은 못 하는 법이다. 입이 열 개래두 그런 수작은 못 하는 법이다.

감옥에서 나왔어두 벌써 삼 년이 되건만 네가 쌀 한 말을 사왔나, 네 계집 속옷 하라구 융 한 자를 사왔나.

응 허창훈(許昌薰)이. 그렇다. 허 변호사 그놈이 미친놈이다. 너를 여태껏 먹여오는 그놈이 미친놈이다.

아니 너는 세상에서 뭐라구 하는지나 알구 있니. 허 변호사는 영리한 놈이라 차남수가 옛날엔 ○○계 거두니까 돈이나 주어 병정으로 쓰구 제 사회적 지위나 높이려구 한다는 소문이나 너는 알구 있니. 또 차남수는 자기가 이용되는 줄 알면서 그것을 거꾸로 이용하여 생활비를 짜낸다는 소문을 너는 알구나 있니. 그래 그게 청렴한 사람의 소위 청이불문[4]이냐.

응 그놈 허창훈이 놈. 내 오늘에야 이 말을 한다. 너는 그 집에 가서 구구한 말 한마디 하기두 싫어서 돈 관계엔 늘 나를 내세운 걸 알고 있지. 잊히지도 않는 작년 가을 김장 때이다.

아 나는 이 말만은 안 하려고 했다. 그대로 잊어버리려고 했다. 그러나, 아아 가을비가 마른 오동나무 잎을 울리던 것이 아직도 나의 귀에 새롭다. 나는 열린 창밖으로 불빛이 쏟아져서 그 빛 가운데 빗발이 실발같이 반득거리는[5] 것을 보면서 허 변호사가 나오는 걸 기대리구 있었다. 너두 잘 알고 있을 허창훈이의 응접실이다.

나는 이십 분은 기대렸다. 그대로 와버릴까 하고도 생각해봤다. 더러운 놈들 돈 몇 푼 가지고 사람을 골릴 작정인가 하구 분한 마음도 생겼으나 돈은 급허구 또 어제 오늘 사귄 사람두 아니구 제편에서 와달라고 사람을 보낸 터이라 나는 분을 누르고 기대렸다. 응접실 문을 벌꺽 열드니 닝글닝글[6] 웃더라. 얼굴이 벌건 게 술을 처먹었더라. 쓱 들어서서 문을 닫고 다시 창문 있는 쪽으로 갈 때에 그의 몸에서 술 썩은 냄새가 쿡 코를 찌르더라. 문을 닫고 창장[7]을 내려 덮은 뒤에 그놈이 하는 말이 비 오시는데 무슨 용무가 계십니까, 그러면서 테이블 맞은편에는 의자도 있고 저편에는 소파도 있건만 그놈은 으슬으슬[8] 내 옆으로 다가들드라. 내가 비둘기 같은 처녀라면 모르거니와 나두 천군만마[9]의 속을 겪어온 년이 그놈의 눈알이 붉어진 것과 씨근거리는 숨결과 그 말하는 투로 그 지더구하는 몸가짐으로 그놈의 속이 무엇을 탐내고 있는지야 모를 겐가. 이리같이 덤벼들면 나는 사자와 같이 대항하여 그놈을 가리가리 찢어버릴 만한 기운은 있었다. 그러나 나는 모른 척했다. 애써 그놈의 변한 태도를 모른 척해서 효과를 내일까 했다. 그는 다시 말하더라. 무슨 의논허실 용무가 계시느냐구. 그의 목소리가 떨리고 나의 볼때기에 술 썩은 뜨거운 입김이 휙 스쳐가면서 나는 갈구리 같은 손이 나의 젖통을 부여뜯는 것을 느꼈다. 나의 손은 번개같이 그놈의 뺨을 갈겼다. 그 잘칵 하는 소리. 그것은 그놈에게두 의외였고 나의 귀에도 뜻밖인 듯했다. 나는 의자를 옮겨 길을 막으며 문 있는 쪽으로 종종걸음을 쳤다. 그러나 한참 동안 그놈은 벙벙하여 어쩔 줄을 모르고 그 자리에 서 있더라. 그 짧은 순간 변호사 허창훈이도 그가 한 행동에 대하여 반성했을 게구 현관으로 뛰어나오며 나도 내가 당하고 또 행동한 것에 대하여 생각했다. 나는 슬펐다. 눈물이 연거푸 볼 편으로 쏟아져 흘렀다.

　나는 때렸건만 맞은 때보다도 분하였다. 나는 신을 어떻게 신었는지 모른다.

　나는 비를 맞으며 오동나무와 노간주나무와 전나무 사이를 지나 대문 있는 쪽으로 걸어갔다. 정숙 씨 정숙 씨 하고 부르는 소리가 등 뒤에서 나더라. 물론 허창훈이가 뒤쫓아 오는 것이다. 그는 나뭇잎이고 나무글기[10]고 풀숲이고 분간 없이 비 내리기 시작하는 뜰 안을 뛰어오더라. 그리고 나를 붙들더니 펄썩 그 앞에 엎드려 죽을죄로 용서해달라고 빌드라. 나는 발길로 찰까 했다. 그러나 잠깐 그것을 내려다보다가 그대로 그를 비껴서 대문을 향하여 걸었다. 그는 다시 쫓아와서 봉투를 내밀더라. 내가 뿌리치매 그는 나에게 꽂듯이 내던지고 총총히 뛰어가버리더라. 나는 울면서 한참 그 자리에 서 있었다. 비는 더 세게 내렸다. 그래 그 봉투를 어떻게 했는지는 네가 잘 알 게다. 배추를 사고 무를 사고 고추를 사고 소금을 샀다. 아니 마늘도 사고 미나리도 사고 굴도 샀다. 젓국도 샀다. 오늘 저녁 짠 김치는 너도 먹었고 나도 먹었다.

아 아. 이것이 너의 친구다. 십 년 아니 이십 년이나 너를 돌보아주는 애비보다 에미보다 낫다는 너의 친구다.

말 좀 해봐. 왜 아무 소리도 없나. 너는 지금 나를 보고 부르짖어야 한다. 이것을 여태 동안 감추고 네 앞에 티끌만치도 그런 빛을 보이지 않은 것두 내가 허창훈이와 치정 관계가 있어서이냐.
말해봐라. 이것은 산보한 걸 속인 것보다두 결코 적지 않은 일일 게다.
또 네가 사나이라면 그 즉시로 칼을 들고 허창훈이를 쫓아가라. 그에게 돈을 던지고 그의 가슴에 칼을 꽂아라.

그놈이 돈을 낸다구 출판사를 하겠다구. 출판사를 하여 문화 사업을 한다구. 너두 양심이 있는 놈이면 잡지책이나 내구 신문 소설이나 시 나부랭이를 출판하면서 그것이 다른 장사보다 양심적이라는 말은 안 나올 게다. 직업이 필요했지. 그 따위 장사를 하려면 왜 여태껏 눈이 말똥말똥해 앉았었나. 작년에 하지. 아니 재작년에 하지. 문화 사업. 이름은 좋다. 우정이 두터운 봉사심이 많은 허창훈이를 패트런[11]으로 해가지구 문화 사업에 착수한다.

홍 사회주의, 이름은 좋다. 그 철없던 것들이 웅게중게 모여들
어 선생, 선생 하니 그게 그리 신이 나던가. 우쭐해서 갈팡질팡.
드럽다 드러워. 제 여편네 젖통 만지는 건 모르고 눈앞에 내놓는
지폐장만 보이나.
징역이나 치른 게 장한 줄 아는가. 거지에게 돈 한 푼 준 게 십
년 뒤에두 적선인 줄 아는가.

왜 때려. 왜 때려. 이놈이 내게 손을 걸어. 이놈. 이 도적놈. 이
놈아. 이놈아 이놈아. 날 죽여라. 이 도적놈. 날 죽여라.

네가 뭘 잘했기에 나에게 손을 거니. 이놈아. 날 죽여라. 죽여
라. 자. 이걸로 날 찔러라. 응, 이놈아.
야, 사회주의자 참 훌륭허구나. 이십 년 간 사회주의나 했기에
그 모양인 줄 안다.
질투심. 시기심. 파벌 심리. 허영심. 굴욕. 허세. 비겁. 인치키.[12]
브로커. 네 몸을 흐르는 혈관 속에 민중을 위하는 피가 한 방울이
래도 남아서 흘러 있다면 내 목을 바치리라.
정치담이나 하구 다니면 사회주원가. 시국담이나 지껄이고 다
니면 사회주원가. 백년이 하루같이 밥 한술 못 벌고 십여 년 동안
몸을 바친 제 여편네나 때려야 사상간가. 세월이 좋아서 부는 바
람에 우쭐대며 헌 수작이나 지껄이다가 감옥에 다녀온 게 하늘

같아서 백년 가두 그걸루 행셋거릴 삼아야 사회주의자든가.

그런 사회주인 나두 했다. 난 남의 은혜를 주먹으로 갚지만 못했다. 애 낳는 것까지 두려워 수술을 해가면서두 오늘 이 꼴 당하게 될 생각만 못 가졌다. 미련한 이년은 십 년이 하루 모양으로 남편을 하늘같이 알고 비방과 핍박 속에서 더울세라 추울세라 남편만을 섬겼건만 그날 뒷날 첩으로 되어 쫓겨나게 될 줄만 몰랐다. 두를 걸 못 두르고 먹을 걸 못 먹으면서도 남편에게 의식 걱정시켜서는 안 된다는 미련한 마음만을 먹을 줄 알았다. 남편에게 불만이 있고 가정 안에 울화가 있어도 그걸 누르고 참을 줄만 알았지 어디 대고 한번 떳떳하게 분풀이할 줄은 몰랐다. 그게 죄가 돼서 오늘 너에게 매를 맞고 주먹다짐을 당해야 하는구나.

왜. 왜 나가니. 왜 윗방으루 도망허니. 헐 말두 많을 게구 갈길 힘두 많을 게구 나 좀더 때리고 가지, 응 응.

흐윽 흐윽 흐윽.

2

힘없이 그는 쓰러진다. 아직도 귀 밖에서 처의 울음소리가 들리건만 그의 머리는 연기로 가득 찼다. 연기는 무거운 쇳덩어리로 변하고 다시 물 축인 해면같이 엉켜 돌다간 구름같이 피어서 와

사[13] 모양으로 꽉 찬다. 아래로 몰렸던 피가 얼굴로 올라온다. 얼굴빛이 점점 붉어지고 머리칼 속에서 비듬이 따끔따끔 간지럽다. 관자놀이를 몽치[14]가 두드린다.

푸, 한숨도 제대로 안 나온다. 남수는 담배도 안 피우며 그대로 장판 위에 번듯이 자빠졌다. 십 촉 전등이 물끄러미 그를 내려다보고 있다. 눈을 감아도 천장에 얼굴이 나타난다. 안경 끼고 콧수염 난 점잖은 신사의 얼굴. 남수는 우선 생각한다.

허창훈 군. 네가 내 아내를 어떻게 했나. 내 아내의 젖통을 도적하고 그 다음 너는 내 아내를 어떻게 할 작정이었나. 그전 순간도 아니요 그 다음 순간도 아니요 바로 그 순간만 너는 내 아내를 약탈할 생각이었나.

네가 내 아내의 젖통을 약탈하고 내 아내의 볼때기에 술 썩은 더운 김을 끼었고 떨리는 목소리로 무슨 의논할 말이 있느냐고 물으면서 너는 내 아내와 진심으로 무엇을 의논하고 싶었는가.

정숙이는 내 아내다. 내 애인이다. 내 동지다. 창훈이. 누구보다 네가 그건 잘 알 게다. 너는 내 애인과 무엇을 의논하고 싶었는가.

나는 정숙이가 고백하는 이상의 일이 그날이나 또는 내가 이 세상에 없고 내 아내가 혼자 있던 날이나 아니 그 뒤에도 어느 때에도 너와 정숙이 사이에 있었다고는 믿지 않는다. 나는 안 믿으련다. 그 이상의 일이 있은 것을 가령 세상 사람이 모두 알고 세상 사람이 수군거리고 비웃더라도 나는 그것만은 믿지 않으련다. 믿지 않아야 나는 구할 수 있다. 그것을 믿게 되는 날 나는 무엇이 되느냐. 이 더러운 연놈들 하고 나는 칼을 들어 마치 치정극에 나오는 불쌍한 주인공 모양으로 너희들을 질투와 의분에 불타는 칼로 찔러버려야 할 것이다. 너희들은 나에게 그런 연극을 시킬 작정이냐. 창훈이. 너는 네가 여태껏 나에게 베푼 수많은 은혜의 보수로 내 칼을 받아야 할 것이냐.

옳다. 나는 너도 또한 사람이던 것을 잊었다. 계집에게서 매력을 느낄 때에 그것이 자기에게 어떤 관계에 서는 계집인 줄을 잊고 성적 충동과 흥분을 느끼게 되는 동물적인, 아니 진실로 인간적인 한 개의 사람이란 것을 잊어버리고 있었다. 혹은 자기와 피를 같이 나눈 누이, 피를 같이 나눈 형이나 동생의 아내, 혹은 삼촌댁 혹은 조카며느리, 아니 제 애비의 젊은 첩 다시 말하면 자기의 서모다. 엷게 입은 옷 속으로 여태껏 생각도 안 했던 불룩한 젖가슴을 처음 볼 때, 보르르한 솜털 속으로 흰 살이 등골로 흐른 것을 멀거니 볼 때, 물기 품은 잼 같은 입술이 쫑긋쫑긋 웃고 있는 것을 눈앞에 직면하여 볼 때, 자고 깨나서 기지개를 하는 순간 흘러내린 치마 허리로 흰 살이 슬쩍 눈에 뜨일 때, 커다란 못 같은 두 눈이 이글이글 타고 있는 것을 숨결로 느낄 때, 아 이때에 그 누구더냐, 누가 감히 그 순간 그것이 자기 자신을 동물로 환원해버리는 것을 느끼지 않을쏘냐.

하물며 제 동지도 아니요 이러저러한 친구의 마누라가 합체 뭐냐. 친구의 마누라쯤이 대체 뭐냐.

그런 일은 나도 있었다. 너도 있었다. 아니 세상의 모든 사나이에게 모두 있었다.

내 아내에게서 그것을 느낀 놈이 비단 허창훈이 하나뿐이랴. 준호도 그걸 느꼈으리라. 아니 준호에게 내 아내가 느꼈는지도 모르나 이건 마찬가지다. 아니 그전 옛날 청년 회관에 출입하던 모든 남자, 그 중에서도 정숙이를 먹으려고 하던 몇 사람의 남자. 그들은 밤마다 생각하고 틈 있을 때마다 그것을 느꼈으리라.

내가 없는 동안 남자들이 정숙이에게 어떻게 굴었고 또 정숙이가 사나이들에게서 무엇을 느꼈으며 이것을 누르기에 얼마나 힘을 썼는지는 이 자리의 누가 감히 보증할 수 있을 것이냐.

그러나 옥중에 있는 동안 참말로 말할 수 있다만 나는 그것을 생각해보고 안타까워하며 몸이 달아 한 적은 한 번도 없었다. 그런데 이것이 웬일이냐. 나는 오히려 세상에 나와서 아내를 내 옆에 놓고 가끔 그것을 느끼니 이것이 대체 어찌된 일이냐. 오히려 내가 없었을 때 일까지를 상상하고 나는 때때로 몸이 달아 한다. 아내는 그전과 조금도 다름없이 굴건만 아니 그전보다도 더 얌전하게 집 안에만 들어 있건만 나는 그전과는 판이하게 그것을 느낀다.

나는 의처병(疑妻病)에 걸렸을까.

물론 이런 것은 나도 안다. 아내가 나에게 불만을 가지고 있다는 것 이건 벌써부터 내가 잘 알고 있다. 그것은 오늘 밤 방금 정숙이가 한 말로 증명할 수 있지 않나. 사실 나는 그에게 불만이 있다는 것을 느낀 적은 퍽 오래 전부터이다. 그러나 나에 대한 그의 불만이 이렇게 그의 전 몸뚱이에 혈관같이 퍼져 있는 줄은 몰랐다. 그가 말하는 모든 불만, 그가 내게 대들며 삿대질을 하듯이 들씌우는 모든 불평이란 것들이 하나도 거짓은 없고 그것 전부가 사실이라 할지라도 그리고 나 역시 그것을 희미하게나마 생각하고 있었다 할지라도 나는 그것이 정숙이의 몸에 그렇게 뿌리 깊게 적어도 그러한 형태로 퍼져 있는 줄은 상상하지 못하고 있었다. 어디서 옛날의 정숙의 면모를 찾을 수 있느냐. 그의 생각 그의 관찰 그의 비판, 모든 관점이 다른 염집[15] 부인네보다 못하면 못하지 조금도 나을 것이 없다.

나는 울고 싶었다. 나는 때리고 싶었다. 그래서 나는 생전 처음 그를 갈겼다. 내 주먹은 몇 번 주저하고 또 몇 번은 스스로 억제할 수도 있었으나 드디어 나는 그를 갈겼다. 나는 아무 말도 못하면서 그를 갈겼다. 아, 그것은 나 자신을 때리는 것이었다.

창훈아. 너는 지금 말하여라. 너는 지금도 내 아내를 낚고자 나를 시켜 출판사를 만드느냐. 너는 내가 없을 때마다 정숙이를 찾아와서 돈을 가지고 내 아내를 압박하려느냐. 또 젖통을 부르뜨고 그의 얼굴에 더운 김을 내뿜을 터이냐. 그리고 뻔히 뭣 하러 온 줄을 알면서 닝글닝글 웃으며 무슨 용무가 계십니까 하고 내 아내의 옆으로 다가들 터이냐. 이것을 알면서도 나는 너와 함께 주식회사를 조직하여야 하느냐.

오냐 그런 것을 알면서도 나는 할 것이다. 네가 나에게 정책적으로 논다면 나는 너한테 지지는 않을 게다. 어떻게 했든 나는 눈을 감고 이번에 오만 원은 출재(出財)시키고 말겠다. 네가 눈 가리고 아웅하면 나도 한다. 네가 내 아내에게 그런 행동을 한 이튿날 나는 너와 만났다. 그때 너는 천연스럽더구나. 너는 고민도 안 하였니. 네가 정숙이에게서 느낀 것은 애정이 아니고 성욕이냐. 성욕도 애정도 마찬가진 줄은 안다. 그러나 그 어느 것이냐.

아, 이런 건 다 쓸데없는 질문이다. 최정숙이는 나의 아내다. 그러기에 나는 그를 때렸다. 그도 울면서 나에게 대들었다. 지금 그는 아무 말도 안 하고 윗방에 엎드러져 있다. 그는 제가 방금 무슨 말을 하였는지를 비로소 생각할 수 있을 게다. 그는 자기가 한 말에 스스로 놀랄 것이다. 내가 때린 주먹 자리를 지금 만져볼는지 모른다. 멍울이 졌겠지. 그러나 그도 자기 볼때기를 때리고 머리를 문지른 것이 자기 자신인 것을 깨달을 것이다. 그 증거로 그는 지금 윗방에서 자지도 않으나 울지도 않고 그대로 조용하다. 부석부석 부은 눈은 지금 말똥말똥 무엇을 뚫어지게 바라보고 있을 것이다.

김준호. 나는 너에게도 말할 것이 있다. 너는 좋은 청년이다.
처음 나는 너를 내 처에게 총명한 청년이라고 말했더니 처는 나를 비웃으며 김준호는 경박한 청년이라고 완강히 나에게 반대했다. 글쎄 그만둬요. 무슨 김준혼지 뭔지 당신은 어찌 그리 감격하길 잘 허우. 사람이란 첫인상만 보구 어찌 그리 내막을 알 수 있수 하고 나를 톡 쏘아붙였다.
그러나 너도 알다시피 지금은 너를 싫어하지 않는다. 너와 저녁을 먹고 너와 산보할 때에 내 처는 행복을 느낀다고 말하였다. 내

처는 너에게 반했다고 말했다. 이렇게 말하는 나의 아내가 진심으로 너에게 애정을 느끼고 참말로 반했는지 그것은 좀더 생각해볼 여지가 있을 것이다. 감정이 격한 나머지 일종의 반발로 약을 올릴 양으로 그럴 수도 있으니까. 그러나 너와 산보할 때 행복을 느낀다는 말이 전혀 근거가 없는 말이라고는 나도 생각할 수 없다. 나의 처는 드디어 이렇게까지 질문하지 않았느냐. 준호에게 있는 것이 당신에게 있수.

그렇다. 나는 지금 나에게는 없고 준호 너에게만 있는 것을 생각해본다. 너는 과연 나에게 없는 어떠한 것을 갖고 있느냐. 천박하다고 경멸하고 냉소하면서도 너를 만나면 기쁘고 너와 같이 걸을 때 행복과 흥분을 갖게 되는 어떠한 것이 너에게는 있느냐. 경박 그 자체가 너의 매력이냐. 그렇지 않으면 여자를 압도하고 그들을 뇌쇄해버릴 만한 두 살 난 표범 같은 억센 정열이냐.

나는 지금 내가 너를 처음 만나고 또 출판 주식회사의 계획을 함께하는 동안 너에게서 느낀 솔직한 감상을 분석해볼 흥미를 가지고 싶지 않다. 그것보다도 나는 지금 뚜렷하게 너와 나의 아내인 정숙이와의 관계를 추궁해보고 싶다.

처는 아까와 같이 남편에게 불만을 가지고 있었다. 세속적인 불만 외에 여러 가지 불만이 함께 엉클어져 있었다. 그것을 그는 명확하게는 인식하지 못하였고 또 그렇게 되는 것을 두려워하고 있었다. 그러나 그의 몸에는 이 불만이 흠뻑 젖어서 구석구석까지 침윤되어 있었던 것을 지금 깨달을 수 있다.

　너는 그런 때에 우리들 앞에 나타났다. 찬란하나 포착할 수 없고 경쾌하나 걷잡을 수 없고 편협한 듯하면서 자기 행동에는 지극히 관대하고 무겁지 않으나 어디로 흐르는지 알 수 없는 굴신자재[16]한 성격, 이것이 정숙이의 눈에 강렬한 자극을 준 것이 사실이다. 그러므로 당장에 그는 반발하였다. 그까짓 경솔하고 천박한 자식. 신문 기자란 부랑자가 아닌가. 이렇게 그는 입으로 공언하고 자기 내심에도 타일렀다. 그러므로 그는 너의 말에 내가 찬성하여 허창훈이와 기타 호남 지방에 있는 돈 있는 이들을 움직이어 출판사와 인쇄소의 주식회사를 만들려는 것을 속으론 비웃었을 것이다. 그런 놈하고 무슨 사업이냐.

　그러나 그는 경멸하고 기피하고 증오하면서도 아니 그렇기 때문에 더욱더욱 너에게서 오는 자극을 일층 강력하게 받았다.

　나는 지금 나 자신에 대하여 끝까지 잔인하면서 이것을 추궁해 본다. 이렇게 하는 것은 나 자신에 대한 모욕이다. 나는 그것을 느낀다. 제 여편네가 나이 어린 젊은 녀석에게서 제 서방에게 없는 매력을 느껴 그것에 끌리어 들어가는 것을 냉혹하게 관찰해나가는 과정은 준호야, 네게는 아무것도 아닐지 모르나 나에게는 큰 고통이다. 준호야, 너는 아마 다른 계집을 대하는 듯이 내 아내에게도 대하였을 것이다. 사실 네가 내 아내의 어느 곳에 매력을 느꼈을는지는 도저히 상상할 수 없기 때문이다. 그러나 나는 네가 여자에게 대하여 취하는 태도를 알고 있다. 그것은 의식하건 안 하건 여자에 대한 너의 비결이다. 너는 그것을 아무 여자에게도 사용한다. 여급, 기생, 처녀, 남의 부인, 더구나 권태기에 빠져 있는 중년 부인에게는 상당히 강렬한 자극이 된다.

언뜻 보면 여자에게 흥미를 가지고 호의를 느끼는 듯이 보이면서 또 그렇지 않게 보이는 것, 다른 사람들은 낯을 붉히고 부자연한 태도를 가지고야 말할 수 있는 것을 대번에 싱글싱글 웃어가며 참말같이 또는 농말같이 말해버리는 것, 이런 것이 여자에게 흥미를 던져준다. 어떤 때에는 사랑하는 남자같이 행동하나 또 어떤 때는 전혀 딴사람같이 대해준다. 누가 자기의 애정을 고백하면 너는 여지없이 그를 환멸의 심연으로 떨어뜨린다. 그러나 그가 완전히 단념해버리도록 거절도 안 하고 어디에곤 야릿하게 한 줄기의 실오리를 붙여둔다. 너는 거침없이 표범과 같이 날쌔게 그들의 눈 앞에서 정력을 휘두른다.

네가 그 이상 숨어서 이러한 여성들에게 어떤 행동을 취하는지는 나는 알 수 없다. 네가 네 앞에 나타나는 성적 대상에 대하여 생불[17]과 같이 대하지 않는다고 하여도 적어도 비루한 트릭을 써 가지고 그들을 농락하지 않는 것만은 사실일 것 같다.

나와의 십여 년 동안의 생활에서 자극을 잃고 권태에 빠져 있는 나의 아내 최정숙이가 나에게서 찾을 수 없던 포착할 수 없는 매력을 너에게서 느끼기 시작한 것은 결코 이상한 일은 아니다. 나는 퍽 전에 이것을 느꼈다. 무엇보다도 정숙이의 지나치게 심한 너에 대한 과소평가에서 나는 언뜻 그것을 느꼈다.

하루는 정숙이가 저녁녘에 종로를 다녀오더니 이렇게 나보고 말하더라.

백화점에서 나오다가 바로 문 옆에서 준호 씨를 만났는데 웬 양장한 여자와 웃고 지껄이더니 내가 물끄러미 서서 보는 것을 눈치 채곤 그대로 인사하고 갈라지지 않겠수. 그래 여자와 갈라지더니 시침을 떼고 내게로 오길래 풍경이 아름답구려 했더니 흥흥하고 코웃음을 치며 둘이 한번 그런 풍경 만들어볼까요 하겠지. 그래 내가 어린것이 그게 무슨 버릇없는 소리냐고 했더니 그럼 죄지었으니 차라도 어디서 먹읍시다. 그리곤 어딘지 낮에는 차 팔고 밤에는 술 판다는 무슨 바엔가를 앞서서 갑디다. 가면서 하는 말이 이제 그게 영화 배운데 젖통 크기로 유명하우 하면서 싱긋싱긋 나를 보는구려. 그 하는 수작이 너무 천하고 품위가 없어서 욕이라도 해줄까 했으나 원체 버들가지 모양으로 바람이 몰아치면 부러질 사람이유. 그런데 또 찻집에 들어가서 하는 짓이 장관이죠. 당번 여급을 보아하니 활량[18]인데 이걸 턱 옆에다 앉히더니 자 내가 하나 물으니 대답하면 내가 한턱 내구 지면은 너의 제일 귀한 걸 내게 바쳐야 한다. 또 나도 제일 귀한 걸 바치라면 그걸 걸어도 좋지. 이러고는 그 앞에 있는 네모난 흰 종이를 쓱 들이더니 자 이게 무슨 그림인가. 여급이 아무리 봐야 백지밖에. 쳐들고 보아도 안 보이고 스쳐보아도 안 보이니 그 여자의 대답도 걸작이지. 하는 말이 바람을 그렸다. 바람은 눈에 안 보이니까. 준호는 고개를 쫑긋쫑긋하며 그 말도 비슷하나 가작이지 걸작일 수는 없다. 내 해석은 이렇다. 이 그림은 토끼가 거북이를 따라가는 그림이다. 거북은 앞서서 이미 이 종이 밖으로 달아가고[19] 토끼는 늦어서 아직 종이까지 오지 못했다. 계집애도 좋아라고 손뼉

을 치니 준호 하는 말이 너도 낙제는 아니니 키스쯤으로 용서한
다고 막 야단이겠지. 그래 레이디를 앞에 앉히고 그게 무슨 쌍스
러운 장난이오. 당신 동무 참 훌륭합디다. 그게 망나니지 뭡니까.
배라먹을 놈.

　이 말을 싱글싱글 웃으며 듣고 있던 나는 마지막 말이 나올 때
언뜻 느꼈다. 정숙이 자신이 준호에게 의식적으로 반발하고 있다
는 것을 그때에 눈치 챈 때문이다. 의식적으로 애써 그를 밀쳐버
리려는 노력, 그것은 하면 할수록 더욱더욱 그 속으로 밀려 들어
가기만 한다.

　그리고는 매일에 한두 번은 반드시 내 처가 네 욕을 한다. 까분
다. 부랑자다. 행실머리 없다. 이럴 때마다 나는 속으로 지금 제
가 저 자신과 싸우고 있구나 하고 생각했다.

　오늘 밤 싸움만 해도 물론 이렇게 될 일이 아니었다. 정숙이가
속인 것에서 시기심을 느꼈다든가 너희들이 산보할 때 무엇을 했
을까 하는 것을 쓸데없이 상상하고 질투를 느끼고 트집을 건 것
은 아니다. 내가 농말 비슷하게 이야기를 했더니 갑자기 낯이 해
쓱해지며 쓸데없이 바빠 한다. 나는 그때만은 가슴이 찌르르했
다. 이것은 분석해보면 질툰지 모른다. 몇 마디 오고 가고 하는
동안 쓸데없는 싸움인 줄 알면서도 걷잡을 수 없게 되었다.

자 준호 군 어찌 되었든 나는 군을 믿고, 일을 계속하세. 군이 내 아내를 어떻게 하겠는가. 내 마누라는 감춘 것을 군은 스스로 고발하지 않았는가. 또 그 이상의 일이 있다 해도 나는 그것에 대해선 생각지 않으려네. 세상 사람의 웃음거리가 되어도.

어쨌든 최정숙은 내 아내다. 오늘 밤 한 말은 아내로서 할 만한 말은 아니었으나 그가 불만을 과장해서 지적하고 나에게 대든 것은 나에게는 좋은 약이 되겠지. 지금은 처가 저렇게 흥분하고 있으나 곧 본정신으로 돌아갈 것이다.

여하튼 출판사는 해야만 한다. 결심한 이상 꼭 해놓고야 말 것이다. 사업이 아니라면 장사라고 불러도 좋다.
주식회사가 되기까지는 허창훈이도 필요하고 김준호도 절대로 필요하다. 허창훈 너는 돈을 가졌고 김준호 나는 너의 기술이 필요하다. 자본가를 끌기 위하여는 김준호 네가 꼭 있어야 한다.

아. 나는 마누라와 밤을 새워 치정 싸움을 일삼게 되었구나.

그러나 창훈아 준호야. 아니 누구보다도 정숙아. 나는 너희들과 함께 출판사를 하련다, 아니 장사를 하련다.

3

일곱시가 되어 햇발이 영창[20]에 퍼졌을 때에 아랫방에서 자던 정숙이는 일어나서 거울을 보았다. 눈알이 충혈이 되어 핏줄이 둥글고 퍼런 눈알이 실꾸리같이 엉키었다. 두어 번 눈을 서먹서먹해보고 얼굴을 바싹 유리에다 들이대니 갑자기 안계(眼界)가 캄캄해지고 머리가 아찔하다. 그는 손으로 머리를 짚고 탁 엎드렸다. 코가 근질근질하여 손가락을 콧구멍 속에 넣어보니 피다. 종이를 비비어 꽂고 그는 부엌으로 내려갔다.

새벽녘에 피로에 지쳐서 간신히 들었던 잠을 윗방에 누웠던 남수도 문소리 때문에 깨버렸다. 머리가 아프다.

그러나 눈이 떠지자 그는 벌떡 일어났다. 그는 어젯밤 일을 생각지 않으려 한다. 아니 자기가 혼자서 생각하던 끝에 얻은 결론만을 회상하려고 한다.

아내가 부엌으로 가서 덜걱거리는 것을 보니 그도 그가 한 말과 남수에게서 맞은 것에 대하여는 생각지 않고 그가 울다 남은 끝에 도달한 건강한 결론만을 지금 마음에 갖고자 하는 것이 분명하다고 남수는 생각한다.

이 방이 있는 집채와 안대문 하나로 사이를 둔 회사원네 집에서는 아이들이 벌써 참새와 같이 재깔댄다. 아버지와 함께 라디오에 맞추어 체조를 하려고 모두 일어나서 자리를 개는 모양이다.

남수도 그들과 같이 체조를 할까 하였다. 그러나 명랑한 결론만을 생각하고 라디오 체조를 할 만큼 단순할 수는 없었다. 무엇보다도 그의 명랑해지려는 노력은 밥을 지으려고 부엌에 간 줄 알았던 아내가 금시에 아랫방으로 돌아와서 펄썩 앉으며 땅이 꺼지라고 깊게 짚은 긴 한숨에 부딪쳐서 깨지고 말았다.

역시 아내는 어제 일을 깨끗이 잊어버릴 수 없는 모양이다. 그는 자기의 입으로 쏟아진 말에 대하여 생각하고 있는가 그렇지 않으면 남편에게서 맞은 것을 분하게 회상하고 있는가.

한숨. 그것은 분할 때보다도 후회할 때 흔히 나오는 물건이라고 남수는 생각해본다. 그렇다면 그는 자기가 쏟아놓은 말에 새삼스런 두려움을 일으키고 땅에 흩어진 물을 다시 주워 담을 수 없는 자의 경지를 헤매고 있는 것이나 아닐까.

남수는 측은한 마음이 생겼다. 아내의 괴로움이 남수 자신의 뼈에 사무치는 것 같아서 아내가 불쌍해졌다.

뭘. 자기는 그만 것을 이해하고 용서해줄 만한 포용성과 관대한 마음은 가지고 있건만. 이렇게 생각하고 그는 아랫방으로 내려가서 아내의 등을 뚜덕뚜덕 두드려주며 그를 위로해주고 싶은 충동을 느낀다.

그러나 샛문을 열어젖힐 용기는 나지 않는다.

그때에 조간 신문이 왔다. 마루 위에 대문 틈으로 들이치는 소리가 싸르르 하더니 턱 한다. 그는 미닫이 여는 소리를 내고 마루로 나가 신문을 집었다. 신문을 왈가닥 소리를 일부러 내며 이리 뒤치고 저리 뒤치고 한다.

아내는 지금 남편이 일어나서 어느 날과 다름없이 기지개를 하고 신문을 뒤적거리는 것을 알았을 것이다. 어젯밤 전에 없던 싸움이 벌어졌건만 남편은 아무렇게도 생각지 않는다. 이런 것을 남수는 정숙이에게 보여주고 싶었다.

남수는 신문을 들이뜨리고[21] 뜰로 내려갔다. 태양을 향하여 낑 하고 기지개를 한 뒤에 칫솔질을 하고 냉수에 세수를 하였다.

정숙이도 다시 부엌으로 나온다. 세수를 하노라고 구부리고 서서 다리 짬으로 남수는 정숙이의 모양을 슬쩍 본다. 뾰로통한 듯도 하나 얼굴은 무표정에 가깝다. 늘 하는 버릇으로 낯을 씻기 전에 얼굴을 크림으로 닦는 모양이다.

이제는 되었다. 이해는 성립되고 화해가 되었다. 남수는 방 안에 쭈그리고 앉아서 다시 신문을 본다. 정숙이는 부엌에서 왔다 갔다 한다.

"우당 선생 기침하셨습니까."

준호의 목소리다. 대문 밖에서 이 소리가 날 때에 일순간 가슴이 덜컥 내려앉고 바빠서 들었던 것을 떨어뜨릴 뻔한 것은 남수 뿐만이 아니었다. 부엌에서 솥을 가시던[22] 정숙이도 혈액 순환이 정지된 사람 모양으로 한참이나 어찌 된 셈인지를 몰랐다.

준호. 모든 것의 원인을 지은 장본인이 지금 찾아온 것이다.

목소리는 다시금 안대문 밖에서 들려온다.

"우당 선생 아직 주무시우."

뜰로 뛰어나간 것은 남수나 정숙이나 동시였다. 그러나 남수는 마루 위에서,

"네 나갑니다"

하고 대답만 하고 문은 정숙이가 열었다. 허리를 구부리고 대문을 들어서더니,

"단잠을 깨워서 미안합니다"
하고 두 사람을 번갈아 본다.

"지금이 몇 신데 여적 잘라구."

남수는 손을 내민다. 그에게 악수를 청하는 것이다. 이것으로 모든 문제는 해결되는 듯이 내심에도 기뻤다. 그들은 손을 쥐고 흔들었다. 손을 놓고 나서 얼굴을 돌리고 옆에서 뻔하게 보고 서 있는 정숙을 보더니,

"며칠 동안에 상하신 것 같습니다. 머 몸이 편찮습니까"
한다. 정숙은 불시에 얼굴을 만져보고,

"뭘 상하긴. 그렇거니 하니까 그렇죠. 또 나는 봄을 타서"
하고 간신히 웃어보였다.

"네 봄을 타셔요. 좋으십니다. 봄을 타는 건 대단히 좋은 일입니다."

준호는 싱겁게 껄껄 웃는다.

"망측해, 봄을 타는 게 좋긴 머이."

"그런데 광대뼈 옆에 퍼런 건 무업니까."

준호가 쳐다보는 바람에 정숙이는 얼굴이 발개지는 것을 느끼며 손으로 멍울진 곳을 만져보았다. 아직도 좀 아프다. 그러나 그는 아픈 것을 참아가며 몇 번 그것을 손으로 꾹꾹 누르고,

"어느 거. 이거. 여기 뭐 있어. 아무렇지두 않은걸요. 아마 버짐인 게죠"

하며 얼굴을 좀 돌렸다.

"자 어서 올러오슈, 이렇게 뜰 안에서 이럴 게 아니라."

윗방에 둘이 마주앉아서 담배를 붙여 물었다. 뭘 하러 이렇게 어제저녁에도 만난 사람이 오늘 새벽에 또 찾아왔는가 하고 궁금도 했으나 어쨌건 그가 찾아준 것은 아내와의 화해를 위하여 좋은 기회가 되었다고 남수는 기뻐하였다.

한참 담배를 태우면서도 준호는 용건 될 만한 말은 꺼내지 않고 잡담만 한다. 그래서 남수는 말이 좀 끊어졌을 때에,

"그런데 오늘은 머 누가 돈을 새로 내겠다는 사람이나 생겼수. 미상불 좋은 소식을 가진 것 같은데"
하고 준호의 눈치를 보았다.

"머 용건 없이 놀러는 못 올 집이오"
하고 준호는 싱긋이 웃더니 천천히 담뱃불을 끄고 얼굴을 정색한다.

"다른 게 아니라."
이러면서 준호가 이야기한 것은 다음과 같다.

준호는 남수들에게 비밀히 어느 신문사에 취직 운동을 하고 있었는데 오늘 아침에 그것이 결정이 나게 되었다는 것이다. 그러므로 출판 회사 조직에는 금후에도 조력은 아끼지 않겠으나 직접 관계는 끊어야 할 것이며 이삼 일 후부터는 출근을 하게 될 판이므로 자기가 나서서 모아놓은 것을 인계해주겠다는 말이다.

"어차피 봉급 생활을 할 바엔 신문 기자를 몇 해 좀더 해보려고 합니다. 그리구 이번엔 사회부로 가서 총독부 출입을 하라고 하

므로 조건도 좀 좋고 또 여러 가지로 배울 것도 있을 것 같아서."

원수와 마주 대하여 앉아서도 불쾌한 낯을 나타내지 않을 만한 사교적 세련은 차려왔건만 이때만은 남수도 웃는 낯으로 장래를 축복한다고 기쁨을 표시할 수는 없었다. 소한테 물렸다는 말이 속담에 있거니와 남수는 이 어린것한테 한 밥 잘 먹히고 만 것이 되고 말았다.

남수는 말이 잘 나오지 않았다. 속이 찌르르 하고 물 끓듯이 가슴이 부글부글 끓어오른다.

내 마누라를 농락한 놈이 이놈이다, 하는 생각이 새삼스럽게 생겨나며 이놈이 나를 농락하고 말았구나, 하는 분격한 마음이 끓어오른다.

제가 먼저 제안하고 제가 선두에 서서 일을 꾸며놓고는 그 뒤에 숨어서 그는 취직 운동을 하였다. 그리고 일이 막 되어가려고 할 즈음에 돌연히 뱀장어 모양으로 빠져나가는 것이 무슨 행동이냐.

"또 종이 값이 좀 내릴 것 같더니 오늘 시세도 그만인걸요. 앞으로 내릴 가망은 없는 모양이구려."

준호는 출판사 경영 앞에 암초까지를 암시하고 마치 남의 일을 비방하듯 한다. 남수는 주먹을 부르쥐고 그의 볼때기를 후려갈길까 했다.

그러나 냉정히 주먹을 굳게 쥐고 생각해보면 제가 미련한 놈이었다. 그는 아무것도 모르고 부엌에서 밥을 짓고 있는 처를 갈기고 싶었다.

'이년 이런 놈하고 산보할 때 너는 행복을 느끼느냐.'

이렇게 처를 두드리고 싶었다. 그러나 그 때리고 싶은 마음은 결국 제 자신에게로 돌아오는 불쌍한 심리였다.

준호는 호주머니에서 문서를 꺼내어 우물거리고 있다. 남수는 아무것도 눈 붙여보지 않으며 창문 있는 쪽을 멍하니 바라보고 있다.

라디오 체조 호령 소리가 갑자기 그의 귀에 어지럽다.

무자리

1

학교에서 집으로 돌아오면서 운봉이는 적지 아니 긴장하였다. 마지막 시간에 치른 담임 선생의 태도에 분개에 가까운 흥분을 품은 때문이다. 시간 마감이 가까워서 선생은 교과서를 접더니 느닷없이 상급 학교 지원할 생도들은 손을 들라고 한다. 늘상 제 혼자일망정 생각해오던 바가 있으므로 운봉이도 바른손을 창칼같이 기운차게 뽑아들었다. 육십 명 넘는 중에서 단 다섯 아이뿐이다. 누구라고 돌아볼 것도 없이 금융조합장의 아들, 양조소[1] 하는 집 아이, 의사 아들, 이 고을서 제일 부자라는 김 좌수 손자, 그 틈에 뜻밖에도 김운봉이의 바른 팔이 섞인 것이다. 이 선발된 행운아 다섯 명 중에서 김운봉이의 야무진 얼굴을 발견한다는 것은 선생뿐 아니라 여러 아이들도 뜻밖으로 생각하는 바이었다. 선생

156

은 안경 낀 눈으로 대충 건듯건듯 세어보다가 운봉이의 얼굴 위
에서 한참 동안 눈을 떼지 않았으나 이윽고,

　"요로시"[2]

하고 잠깐 창밖을 내어다 보았다. 운봉이도 손을 내리고 그의 얼
굴 위에 많은 눈총이 들이 쏠리는 것을 귀 따갑게 느끼면서도 헛
눈을 팔지 않고 면바로 칠판 쪽만 바라본다.

　"깅움뽀〔김운봉〕."

　선생의 나직하나 밑힘 있는 부름에 운봉이는 '하이' 하고 기척[3]
하였다.

　"운봉이는 어느 학교를 지원할 생각인가?"

　"경성제일고등보통학교올시다."

　선생은 말대답도 뜻밖이란 듯이 고개를 끼우뚱한다. 반의 모든
아이들도 숨을 죽이고 긴장하여 있다. 방 안의 긴장한 기분이 압
력이 되어 운봉이의 적은 몸을 향하여 육박하는 것 같은 착각에
운봉이는 숨이 가쁘고 눈이 곧아오고 목이 마르는 것 같다. 누가
뭐라고 부드럽게 등이라도 두드려주면 금시에 눈물이 콱 쏟칠 것
만 같다.

　"아버지와 어머님과두 다 의논했을 테지."

　이 물음에 운봉이는 선뜻 대답하지 못한다. 경성제일고보 지망
이 온전한 제 생각뿐이었기 때문이다. 머릿속이 혼란하여 횃불
같은 것이 두서너 개 엉켜 돌고 거반[4] 깎게 된 머리칼 밑이 때끔때
끔하야 안타깝게 가려웠으나 운봉이는 움칫도 안 한다. 입술을
약간 떠는 듯하다가 제 귀에도 유난히 높으리만큼 '하이!' 하고

대답해버렸다.

선생은 운봉이의 태도에서 눈치를 챈 모양이나 그 이상 더 묻지 않고,

"그럼 아부지께 오늘이든 내일이든 될수록 빨리 학교로 한번 오십사고 여쭈어."

다시 잠깐 생각하는 듯하는데 하학 종이 우니까 멍하니 그것이 끝나는 것을 기다려,

"이저[5]는 가을도 중추로 접어들었으니까 입학 시험 준비하는 사람은 물론, 그렇지 않은 제군들도 열심히 공부해주기를 바랍니다. 그리구 상급 학교 지원하는 생도는 사무실에 잠깐 들러주시오."

경례가 끝나고 단에서 내려서려다가 다시 운봉이 쪽을 향하여,

"운봉이는 안 와두 좋으니까 아버지께 말씀만 여쭈어 응?"
하고 교실을 나가버린다.

교실에서 일어난 일이란 이것뿐이다. 이 적은 사건이랄 것도 없는 조그만 일이 운봉이에게는 대단한 흥분을 일으키는 원인이 되는 것이다.

첫째로 그는 선생을 속였다. 물론 속인 것이 발각이 안 될 수는 있다. 아버지께 미리 가서 일러놓으면 그만이다. 그러나 그가 흥분하고 또 그 흥분이 분개에 가까운 것으로 옮아가는 데는 다른 이유가 있었다. 지원한 생도 다섯 명 중에서 자기를 따로 취급하는 것이 그에게는 단순하지 않았다. 그리고 아버지를 학교로 오시라는 것도 그에게는 원치 않는 일이다.

아버지는 폐인에 가까운 사람이기 때문이다. 학교서 부른다고 쉽사리 올 사람도 아니거니와 외려 학교나 선생을 욕지거리나 안 하면 용할 형편이다. 물론 운봉이가 상급 학교를 가느니 안 가느니 같은 건 그에게는 문제도 안 된다. 이런 아버지를 학교로 오시라는 건 선생님이 모르시고 하는 소린지는 모르되 운봉이에게는 여간 불쾌한 일이 아니다.

어머니 역시 운봉이가 경성으로 유학을 가느니 어쩌니 한 것을 찬성한 적도 없고 또 찬성할 건덕지도 없었다.

이런 형편이고 보니 담임 선생이 운봉이의 지망을 뜻밖으로 생각하는 것도 무리가 아니고 또 한반 아이들이 곧 터져나오려는 조롱인지 선망인지도 모를 웃음을 참고 두리번두리번 운봉이의 상판대기를 유심히 바라보는 것도 결코 이유 없음이 아닌 것이다.

그러나 운봉이로서는 누가 뭐란대도 꼭 한 곳 믿는 곳이 있었다. 서울 간 지 이태가 가까워오는 동안 한 달에 이십 원씩은 꼭꼭 송금해오는 누이를 믿는 것이다.

서울로 떠나갈 때에 "내가 서울루 가는 건 너 공부시킬 준비루 다 미리 가는" 게라고 한 말도 있지마는 일 년 전에 친히 제게로 한 편지도 있다. "네 공부 하나는 뼈가 가루 되는 한이 있어도 내가 맡어 시킬 것이니 공부만 열심히 하야라. 네가 서울서 바루 내가 볼 수 있는 눈앞에서 고등학교에 댕길 생각을 하면 몸에 벅차는 괴로움도 낙으로 변한다."

육학년도 이학기로 접어드니 특별히 전 같은 입학 준비는 없다 쳐도 자연히 마음 설레고 졸업 후의 일이 이야기되었다. 아무개 아무개가 평양 어느 학교를 지망하느니 서울 어느 학교를 지원하느니 하는 소리는 벌써부터 들어온 지 오래다. 그 애들은 그 애들로서 넉넉히 그만 공부를 시킬 만한 집안이므로 별다른 이야깃거리가 될 것도 없다. 이런 소리를 귓등으로 들을 때마다 운봉이는 누이의 편지만 혼자서 뇌어보고 속으로 뱃심만 단단히 먹을 뿐이다. 운봉이보고는 어느 학교에 가려느냐구 묻는 놈조차 없다. 그는 가만히 '중등 학교 입학 시험 문제집'을 사다 두었을 뿐이다.

오늘 비로소 선생의 물음에 그는 기운차게 손을 뽑아들고 여태껏 마음으로만 새겨두었던 것을 발표해놓았던 것이다.

다시 한번 어머니에게 다짐을 받아보고 서울 있는 누이에게로 똑똑히 기별을 해둘 것, 그리고 선생에게는 아버지나 어머니는 사정 때문에 학교에 올 수는 없으나 이러저러한 이유로 자기의 상급 학교 지원은 틀림없다고 말해버리리라고 혼자서 생각해본다. 아버지에겐 말해봤자 소용도 없을뿐더러 오히려 분경[6]이나 일으킬지도 모르니 어머니에게만 물어보자. 그러나 어머니도 누이가 알지 내가 아니 하고 씽긋이 웃어버리고 말 것이 분명하다. 에이쿠소! 꼬라, 백성, 양, 꼬라사. 시험 쳐서 들 놈은 나하나밖에 없다. 누이에게 하가키[7]로 편지를 쓰자.

그는 갑자기 유쾌해지기나 한 듯이 바른 팔을 내두르며 소래기를 질러본다.

"완, 투, 스리, 꼬라, 백성, 양, 꼬라사!"[8]

뛰다보니 거리 어귀다. 좀 점직해서[9] 길 건너를 쳐다보니 완일네 자전거포다. 마침 완일이는 펑크난 걸 때우느라고 기름 묻은 당꼬 쓰봉에 툭 튀어나도록 궁둥이를 실리고 연신 꺼꿉 서서[10] 도야지같이 돌아간다. 운봉이는 죽어라 하고 달음박질을 하야 그 집 앞을 지나갔다.

본시 운봉이가 완일이를 송충이처럼 꺼려하기 비롯한 것은 누이가 서울로 가기 바로 전 아직도 담홍이라는 이름으로 이곳서 기생 노릇을 할 때부터였다. 하루는 자전거 살로 작살을 만들려고 완일네 가게 밖에 서서 컴컴한 굴 속 같은 데를 들여다보고 있었다. 파쇠로밖에 못 쓸 낡은 자전거가 집게와 모루[11] 앞에 다섯 틀이나 먼지에 파묻혀 있는데 새 자전거는 한 틀밖에 없다. 선반 위에 부속품들이 널려 있고 조그만 유리장 안에는 빤뜩빤뜩하는 쇠바퀴가 몇 개 걸려 있다. 광고 포스터를 발라서 구멍이 따군따군한 낡은 바람벽을 감추어놓았다. 운봉이는 나무 상자 안에 그득히 담겨 있는 자전거 살을 물끄러미 바라보다가,

"완일이 사이상 나 쟁곳살 하나 주구레"

하였다. 코로 홍얼홍얼 수심가를 넘기며 자전거를 만지던 완일이는 훌쩍 얼굴을 돌리며 이쪽을 보더니,

"응? 너 누구가? 응, 너 담홍이 오래비로구나. 쟁곳살은 뭘 할란?"

운봉이는 싱긋이 웃으며 그러나 얼굴이 발개져서 대답하였다.

"쏠챙이잽이 할라구 작살 맨들래요."

"작살을 맨들래. 작살을 쯔꾸루까.[12] 요시,[13] 주지, 내 주지."

그러더니 한 뭉텅이 아마, 한 여남은 개 덥석 들고 그의 곁으로 온다. 그는 기뻐서 손을 내밀었다. 쇠줄로 작살을 만들려고 여러

번 못을 거꾸로 꽂고 뾰족한 놈을 밑으로 하자니 동그란 대가리
가 거치적거려 방망이로 귀를 죽이려다가 손만 다치고 만 일이
있기 때문에 운봉이는 오랫동안 자전거 살이 그리웠었다. 그걸
지금 듬쑥 열 개나 집어주려는 것이다.

완일이는 어슬렁어슬렁 그의 옆으로 오더니 꺼멓게 기름과 때
에 그슬린 손으로다 운봉이의 손을 잡고 또 한 손에 든 자전거 살
을 옮겨 쥐어주었다. 받아가지고 손을 뽑으려고 하니 완일이는
그의 귀에다 입을 대고,

"나 너이 매부디?"

하면서 담뱃진에 건[14] 이빨로 닝글닝글 웃었다. 운봉이가 팩 그의
손을 뿌리치니 자전거 살이 쏴르르 흩어져서 널장판 위에 떨어진
다. 운봉이는 그 길로 입을 감물고 강 잇는[15] 골목길을 도망치듯
장달음[16]을 놓았다.

이런 일이 있은 뒤부터는 줄창 운봉이를 볼 적마다 "야 쟁곳살
줄라" 하든가 누이가 서울로 간 뒤에는 "학구 보구 싶다구 편지
왔네?" 하고 놀려대었다. 학구란 건 한 오래[17] 옆집 기생의 오빠로
지금은 광산에 다니는데 처음 완일이가 하는 말이 무슨 뜻인지
몰랐으나 그 뒤 차츰 알아보니 학구가 담홍이에게 마음이 있었던
모양이었다.

그러는 중에 어느덧 완일이한테 놀린 날은 재수 없는 날이고 무
사히 지나친 날은 재수가 있다고 운봉이는 혼자서 작정해버렸다.
이 푼수로 치면 오늘도 재수가 좋아야 할 게다. 그런데 그는 집
대문을 들어서자 저보다 일찍이 학교에서 돌아온 누이동생 운희

한테서 아버지가 갑자기 위독하시다는 말을 들었다. 그는 허둥지둥 방으로 뛰어 들어갔다.

2

아버지라야 실상은 신통찮은 아버지였다. 뻐드러지기라도 했으면 싶다고 어머니는 울화가 뻗칠 때마다 옹알대고 시악[18]을 퍼붓던 그런 아버지다. "에구 언제문 이 꼬락서닐 안 보구 사나." 하루도 몇 번씩을 뇌는 통에 어머니의 표정은 모르는 새에 포달스럽게[19] 굳어져버렸다. 반반히 떨어진 눈썹 자국이 물결같이 도두 서고 미간엔 밭고랑처럼 주름이 잡히고 입술은 탄력 없는 꺼풀이 이그러져서 드문드문 빠진 어금니까지 드러나 보인다. 아버지는 이런 때 두 다리를 쭉 뻗고 괴침[20]도 못 가눈 채 종이 까풀처럼 누런 상판이 묵묵히 눈을 내려 감고 어머니의 지청구를 귓등으로 흘리고 앉았다. 반찬 가시[21] 같은 노란 수염이 찰깍 붙은 가죽 위에 지저분하다. 상고머리로 깎았던 머리가 새 둥지 모양으로 어수선하다. 어머니의 아우성을 그는 그린 듯이 움직이지 않고 받아넘기는 것이다. 아편에 잔뜩 취했을 때이다.

약이 떨어지면 이와는 정반대다. 오늘 아침만 해도 벌써 어저께 저녁부터 약 기운이 진해서[22] 안절부절을 못 하고 몸을 가누지 못하다가 새벽이 되자 집이 떠나가라고 지랄발광을 하고 드디어는 가슴을 두들기면서 통곡을 하였다.

운봉이가 강에 나가 세수를 하고 들어오는데 운희가 운규 놈을 업고 울먹울먹하며 대문으로 나온다. 어디를 가느냐, 왜 들먹거리느냐고 물으려는데 기왓골이 울리도록 고래고래 지르는 아버지의 높은 언성이 방에서 들려온다. 대체 뼈에 가죽만 씌운 것 같은 몸에서 그리고 어느 때는 모기 소리만큼도 분명치 못한 목소리가 어쩌면 저렇게도 요란스러우랴 싶게 이런 때의 아버지의 언성은 파격적으로 높았다.

"모두 벼락을 맞을 년덜 같으니. 집안이 망할라니 암탉이 승이 세서 글쎄 이년들 먹구 살구서야 공부두 공부 아닌가. 또 간나 새끼들이 공분 해 뭘 할 텐가. 아니 제년들이 진사 급젤 할 텐가 뭔가. 아냐 오늘 당장에 담임 교사 놈을 찾어가서 떼오구 말으야지. 나이는 벌써 오래잖아 성년할 텐데 소리두 배우구 춤두 배와둬야 제 밥벌이나 안 하나. 또 간나이 년두 자식인 바에야 길러준 애비 에미 모른다구 할 텐가. 서방 얻어 가기 전에 밥술이나 벌어주야 에미애비두 허리를 펴잖나. 저 계집년이 몹쓸어 자식을 덜 되게 가르킨단 말야. 이 담홍이란 년 안 보았겠나. 요년이 낫살이나 차서 겨우 화댓닢이나 벌라 하니게 저년이 귓속질을 해서 서울루 쫓았겠다. 저년, 송가의 딸년 같으니. 그놈어 뒤상²³ 속알머리가 고약하니 딸 하나 둔 게 저 모양이야. 뒤상 죽을 때 제 딸년마자 데리구 갔으문 이 고약스런 기구한 팔자나 면할걸. 이년 이 송가의 딸년 생게두²⁴ 없어지지 않구 내 속을 태우네? 이 주릿댈 안길 년아. 모두 소리 안 나는 총이 있으문 좋겠다. 아니 이, 운희란 년 어데루 살짝 도망쳤나. 제 에미 년이 빼돌렸겠지. 이 아새끼 놈은 또 새박[25]에 나가더니 어데루 갔나. 그놈어 새낀 물구신한테 홀렸나. 새박이면 눈이 짜개지기가 무섭게 강으루 내빼니 물구신이 잡아다 뼈두 안 남기구 삼켜버릴 간나 새끼덜 같으니.”

한참 뜸한 것 같더니 그 다음엔 화가 천둥 같아서 주먹으로 샛문[26]을 뚜들기며,

“아니 이 송가의 딸년이 이대루 나를 생매장할 테냐. 이 마른 벼락을 맞을 년아. 아이구 이년아. 아이구 복통이야, 아이구 가슴이야.”

넋두리로 변하다가 목을 턱 놓고 초상당한 것 같이 섧게 울어댄다.

소문난 집이라 웬만해서는 창피할 것도 없지만 이른 새벽에 곡성이 진동하니 동리 사람 보기도 미안하다. 하는 수 없이 낮이 새파랗게 질린 어머니가 물 묻은 손을 치마에 씻고 괴춤에서 일원짜리 한 장을 꼬깃꼬깃 개킨 채로 아버지에게 집어 던진다. 장판에 낯을 파묻고 엉이엉이 울어대는 아버지는 종이 떨어지는 소리에 귀가 반짝 열리는지 시름히 고개를 들어 쥐 낚는 고양이처럼 지폐장을 각채들인다. 울음을 두어 번 어린아이같이 떨칵떨칵 삼킨 뒤에 푸시시 일어난다. 누장판 같은 바지를 괴춤만 움켜잡고 커다란 고무신을 철레철레 끌면서 운봉이의 옆을 지나서 뿌르르 대문으로 나가버린다. 그의 안중에는 운봉이도 아무도 없었던 것이다.

아침에 이렇게 나갔던 아버지가 그날 오후 네시에 임종을 맞이했다는 것이다. 꿈같은 일이나 그것이 현실이었다. 운봉이는 구

긴 봉투를 한 장 들고 우편소로 가는 길이다. 누이에게 전보를 쳐
야 한다.

그렇듯이 지체밀망을 하던 폐인이라고 할지라도 역시 남편이었
고 또 아버지였다. 언제나 이 꼬락서닐 안 보구 살 거냐구 아침까
지도 지청구를 퍼붓던 어머니도 미적지근한 복닥재[27] 모양으로 식
어들어가는 초라하고 빈약한 육체를 앞에 놓곤 누구보다 더 바빠
하고 손 붙일 곳을 몰라 쩔쩔매었다. 약을 과히 써서 중독이 되어
버렸다 한다. 의사도 손을 떼고 지금 겨우 달락달락하는 희미한
숨결만 거두면 뼈와 가죽 새에 최최하게[28] 흐르던 다 말라버린 핏
줄은 영영 굳어져버리리라 한다.

운봉이는 울지 아니하였다. 어찌할 바를 몰라서 초점을 못 잡는
두 눈알을 부리부리 굴리던 어머니가 두서없이 내뱉는 말을 좇아
그는 낡은 봉투지를 찾아들고 우편소로 뛰어가는것이다. 사실 그
에게는 '죽음'이라는 것이 어떤 것인지가 실감을 가지고 느껴지
지 않았다. 또 그것을 새겨서 연상해볼 여유도 없었다. 손땀이 찐
득하게 묻은 봉투지를 뒤적여 뒷면을 찾아보니 희미하게 '경성부
관철정 ××번지 카후에 구로네코[29] 내. 김설자 요리'[30]라는 삐뚤
삐뚤한 글자를 골라 볼 수 있었다. 학교에서 배운 대로 그는 전보
용지에 그대로 옮겨 쓰고 전문(電文)에는 '치치 기토쿠 스구 고이
오 토우토'[31]라고 썼다. 집으로 뛰어오는 노상에서 의사를 만났으
나 그는 운봉이를 모른 체한다. 뛰던 걸음을 멈추고 아버지의 병
세를 물으려고 하나 땅만 들여다보며 의사는 운봉이의 거동을 무
시해버린다. 의사는 묵묵히 걸어가다가 골목을 휘어 돈다. 대문

을 들어서면서 운봉이는 어머니와 운희와 운규의 곡성을 듣고 멍하니 서 있다. 뜰 안에서 낯을 돌리니 초벽[32]한 것이 다 떨어져서 수숫대가 뼈다귀 모양으로 앙상하게 드러난 바람벽이 눈앞에 있다. 여태껏 황망한 가운데도 그의 마음과 머리 밑을 찐득이 흐르고 있던 '내일엔 서울서 누이가 온다'는 생각이 펄꺽 달아나고 다른 생각이, 무엇이 불쌍하고 최최한 아버지를 금방 가져가버렸다는 생각이 귀가 황황거릴 만큼 그의 머리를 휩싸버린다. 두 귀가 징하니 울고 콱 막혔던 콧구멍이 횡하니 열리는 순간 그는 비로소 눈물이 올라 솟구는 것을 깨닫는다.

3

삼일장이니 성복제[33]니 오일장이니를 딱히 작정해두지 않았다. 운명한 날 밤에 앞집 명월이 오빠 학구가 광산에서 돌아와서 밤경할[34] 사람들을 윗방에 모으며 화투판이니 마작판이니를 차리고 문밖에 초롱도 장만해 걸어놓은 뒤, 사주 잘 보는 이한테 가서 날을 받아왔다는 것이 사일장, 다시 말하면 성복날이다. 운봉이 어머니는 나흘 동안이나 묵혀둘 경황이 없다 생각했으나 잠자코 아무 말이 없다. 그로서는 삼일장이니 오일장이니 별로 아랑곳할게 없었다. 전보 쳐서 하루를 지나면 서울서 담홍이가 올 것이므로 그를 기다리고 있으면 그만이었다. 기다린다고 하여도 아들과 달라 그가 없으면 입관을 못 한다든가 하는 격식으로 그를 기다리는 것이 아니었다. 아닌 게 아니라 얄따란 소나무 관을 사다가 둘쨋날 되는 날 아침 벌써 입관을 해버렸다. 딸을 못 보았다고 죽은 이가 저승에 못 갈 리는 없을 게다. 담홍이 오기를 기다리는 것은 장례비가 생기기를 기다리는 거나 마찬가지였다. 운명한 뒤 다시 전보를 친 것까지 시간으로 따져서 그 이튿날 하루종일 차시간마다 기다렸으나 담홍이는 오지 않았다. 베 한 필을 못 사고 무명 한 끝을 바꾸어오지 못한 채 돈전개니 만장이니 하는 데도 염을 내지 못하고 그 이튿날을 그대로 보내게 되니 어머니는 설움 같은 건 생둥생둥해져서 없어지고 걱정이 불쑥 앞서지 않을 수 없었다. 그러나 담홍이가 이렇듯 늦어지는 것은 갑자기 준비가 없었다가 장례비를 충분히 마련하노라니 자연 이리 되는 것일 게라고 제 마음에 타이르고 안심하려 들었다.

운봉이도 누이의 일이 궁금하였다. 그의 생각 같아선 전보가 떨어지자 곧 출발할 테니 적어도 그 이튿날은 올 게라 하였다. 명색이 상주라고 차시간마다 정거장에 친히 나가 기다리진 못하나 운희와 운규가 나갔다가 시름해서 빈 몸으로 들어오는 것을 보면 한없이 낙망이 갔다.

"누이가 아침 차에두 안 완?"

학구는 일을 쉬지는 않았으나 광산에서 돌아오면 찾아왔다. 사흘째 되는 날 아침 밤대거리[35]를 끝막고 돌아오는 길에 운봉이가 실심하여 토방에 앉아 있는 것을 발견한 것이다. 머리를 쩔레쩔레 흔드는 것을 보더니,

"아니 거 어떻게 된 판국인가"

하고 혼잣말로 중얼거리며 운봉이 옆에 구력[36]을 놓고 궁둥이를 앉힌다. 몇 사람 안 되는 밤경꾼도 날이 훤히 밝자 뿔뿔이 돌아가 버려 큰일을 치른 집 같지 않게 조용하다. 운봉이는 아직도 두서 없는 생각에 골똘해 있다. 정작 아버지가 돌아가버리니 처음은 한없이 서러웠으나 그것이 이틀을 지내는 동안 종적을 잡을 수 없이 사라지고 운봉이 제 일이 자꾸만 생각났다. 학교에는 그 뒤 에 가지 않았으니 선생의 말대로 실행은 안 했더라도 좋으나 제 생각같이 상급 학교에 갈 수 있겠는가가 하루바삐 안타깝게 알고 싶다. 엽서로 누이에게 물으려던 참이니 누이가 오게 된 것은 이 문제만으로 보면 맞춤이라고도 생각할 수 있다. 아버지의 죽음은 상급 학교 가는 문제에는 별반 지장이 되지 않을 것이므로 담홍 이 누이의 확답만 있으면 그만이다. 처음에는 슬프고 바쁜 통에 통히 그 문제에 생각이 가지 않았으나 누이가 이틀사흘째 되어도 오지 않으매 불쑥 이러한 근심이 치밀어올랐다.

"누이한테서 편지 온 게 원제가?"

학구는 운봉이를 잠깐 솔깃하니 바라보면서 묻는데 운봉이는 좀 퉁명스럽게

"한 달 됐나 몰라"

한다. 주소의 이동을 염려하는 것이다. 이것을 그때서야 알아차 리고 운봉이는,

"명월이 뉘한텐 편지 안 왔나?"

하고 되레 학구에게 물어본다. 그러나 학구는 멍하니 마당만 바 라보고 있을 뿐 운봉이의 말에 대답하지 않는다. 무슨 생각에 골

똘해 있는지를 운봉이가 의아스레 생각하는 것 같아서 한참 동안 물끄러미 움직이지 않던 고개를 약간 들면서,

"발쎄 펜지 서루 안 하는 데 오래다"

하고 자기도 무심결에 가느다란 한숨을 짓는 듯하다. 그렇게 친하던 사인데 그리고 이번 일에도 안일을 맡아서 돕고 있는 터에 어찌하야 담홍이와 편지 왕래가 끊어진 지 오래인가? 응당 이것이 설명되어야 할 것을 학구는 운봉이의 표정에서 간취하고 제가 쓸데없는 발설을 한 것을 뉘우쳤다. 그래서 그는 속으로 은근히 쩔쩔매며,

"괜하니 쓸데없는 일 때문야. 인제 오문 다 풀어버릴 테지"

하고 어색하게 중얼대었다. 명월이와 담홍이가 거래가 끊어진 것은 순전히 자기 때문에 생긴 일이기 때문이다.

담홍이가 서울로 간 지 얼마 안 되어 눈이 부시게 휘황찬란한 사진이 담홍이 집으로 왔다. 뒷굽 높은 구두쯤에 새삼스레 놀랄 필요는 없겠으나 이 고을서 보지 못하던 경쾌한 양장과 머리 모양에는 눈을 뒤솟지[37] 않을 수 없었다. 양복이라면 여 훈도의 쿠렁쿠렁하고 몸에 붙지 않는 곤색[38] 세루[39]거나 여름에 오카미[40]상들이 고시마키[41] 위에 들쓰는 간탕후쿠[42]만 보아온 눈에 담홍이의 사진은 노상히[43] 일경을 시키게 함에 충분하였다. 그것을 받아들고 운봉이는 윗거리에 있는 양복점 안에 사진틀에 넣어서 주루니 매어단 서양 사람들을 연상하였다. 서울 가는 데 반대하던 아버지도 이 사진에는 만족한지 물끄러미 쳐다보다 획 던져주며 "소갈머리 없는 게 하이카라만 부리넌 게건" 하고 핏기 없는 피부를 궁

상맞게 함칠거리며 입 가상에 웃음을 띠운다. 물론 이 사진은 빈 틈없이 총총히 붙여서 매어달았던 길쭉한 사진틀을 내려서 다른 것을 뽑아내고 맨 가운데다 모서서 걸었다.

그렇게 한 지 며칠 뒤에 운봉이가 학교에서 돌아오면서 막 대문 소리를 내고 들어오는데 방문이 열리고 황망한 표정을 얼굴에 드러낸 채 두 손에 무슨 종이 조각 같은 걸 들고 학구가 어마지두[44] 뛰어나온다. 어인 영문을 몰라 더 놀다 안 가느냐고 말을 건네려는데 그는 뿌르르 나가버린다. 방 안에 들어와보매 집 안엔 아무도 없다. 마실을 갔는지 아마 앞집에나 뒷집에나 잠깐 다니러 갔을 테지만 방 안은 횡하여 학구의 수상한 행동을 알아낼 길이 없다. 마침 방바닥에 인화지 조각이 하나 남아 있어서 사진틀을 쳐다보니 담홍이의 양장한 사진이 없었다.

이러한 작은 사건과 자전거포 하는 완일이의 놀리는 수작밖에 운봉이는 담홍이와 학구의 내막에 대해서는 알지 못한다. 그러므로 지금도 학구 때문에 담홍이와 학구의 누이동생 명월이와의 새에 의가 상한 것은 짐작할 도리가 없었다.

"담홍이 서울 간 데가 발쎄 이태가 되나."

싱겁고 면구스러운 김에 해보는 말임에 틀임없으나 벌써 학구의 말에서 어떤 기미를 눈치 챈 운봉이에게는 이러한 학구의 말은 더욱 부자연한 것으로 들리지 않을 수 없었다. 스물둘 난 학구와 열네 살 난 운봉이의 대화가 부자연해가려고 할 때 마침 운봉이 어머니의 갑작스런 울음이 문창을 울리듯이 요란스럽게 들려온다. 따라서 운규가 이에 못지않게 큰 소리로 울어댄다. 이 바람

에 학구는 껑충 일어나서 방으로 들어서며,

"이전 고만두슈. 돌아가신 이가 운다구서 머" 하다가 그 다음 말이 잘 나오지 않아 "운규 옵네다. 어린것덜 봐서래두 오마니가 울문 되갔쉥까" 하고 어루만진다. 운봉이도 슬며시 기둥을 지고 일어섰다.

그러나 다행히 참말 다행히 그 다음 차로 담홍이가 왔다. 웬걸 낮차에 올 게냐구 아무두 정거장에 나가지 않았더니 바로 그 차에 온 것이다.

"서울서 옵네다" 하는 어떤 여인네 소리가 대문 밖에서 나므로 운봉이가 뜰로 뛰어가보니 담홍이는 아래위 흰옷으로 긴 치마를 두르고 문턱을 넘어서고 있었다. 갑자기 할 말이 없어 토방 위에서 어물어물하고 있는데 방 안에서 담홍이를 본 어머니가 흰 포장 친 뒷목을 향하여 궹궹 처울기 시작한다. 그 바람에 담홍이와 그 뒤를 따라오던 여인네와 고리짝을 하나 지게 위에 진 머슴 아이의 시선은 일시에 방 안으로 쏠린다. 운희만이 침착하게 운규를 업고 마중 나서더니 토방 위에 올라서는 언니의 앞으로 가서 푹 치마폭에 얼굴을 묻는다.

담홍이는 커다란 핸드백을 들고 처음부터 아무 말이 없다. 머리는 푸시시하니 헝클어져 있으나 눈은 그전같이 뚱그런 게 차 속에서 시달린 탓인지 떼꾼하다. 눈 가상엔 약간 검버섯이 끼고 낯색이 바짝 희게 질려서 윗니 틀이 좀 두드러진 것 같다. 운희와 운규를 한참 묵묵히 내려다보다가 슬며시 옆으로 돌려세우고 고무신은 토방에 벗어놓고 방 안으로 들어간다. 나지막한 평풍을

172

둘러세우고 그 위로 흰 포장을 늘인 뒷목을 한참 동안이나 바라
보고 섰으나 그는 무표정에 가깝다. 목을 놓고 울던 어머니가 이
마와 얼굴에 뒤엉키는 파뿌리 같은 눈물에 젖은 머리카락을 두
손으로 치켜올리면서 반가움인지 슬픔인지 노염인지 분간키 어려
운 표정으로 그를 쳐다볼 때 비로소 담홍이의 커다란 두 눈에는
핑하니 물기가 떠올랐다.

4

　장례를 치르고도 담홍이 누이는 가지 않았다. 남에게 매인 몸이
란들 삼우제[45]도 안 치렀는데 그대로 가버릴 리는 없을 터이니 아
무런 갈 채비도 차리지 않는 것은 이상할 것도 없으나 가지고 온
고리짝을 끌러서 그 속에 든 알맹이를 펼쳐놓을 제 운봉이는 누
이가 서울을 아주 떠나온 것이 아닌가 하는 의심이 안 생길 수 없
었다. 철이 지난 백구두, 선기가 나서부터는 입지 못하는 여름 옷
가지, 무엇보다도 퍼런 모기장, 이런 것들은 집에다 버리고 가려
고 일부러 싣고 온 게라면 몰라도 그렇지 않은 바엔 닥쳐오는 가
을이나 겨울엔 소용없는 물건들이었다. 그리 크지도 않은 고리짝
속엔 이 대신에 별로 몸에 지닐 만한 물건도 없다. 벌써 일 년 반
이나 지난 일이기는 하나 처음 서울 가 몇 달 만에 박아 보낸 사
진과 같은 양장은 어느 구석을 털어도 나오지 않았다. 지금은 입
지 않는 여름 옷가지가 몇 벌, 주름살이 고깃고깃 구긴 대로 뭉치

어 있으나 별반 값나는 옷가지는 아니다. 지금 당철에 입을 옷은 하나도 없다.

또 하나 수상한 것이 있다. 누이는 적어도 백 원 한 장은 가지고 오리라 생각했던 것이 내놓는 것을 보니 사십 원이 좀 남짓할 뿐이다.

"전보를 일찍 받았더면 좀더 돈이래도 둘러보잘 게 내가 그 집을 나온 지가 얼마 된 때문에 이틀을 걸려서야 나 있는 하숙을 찾어왔으니 급작스레 돈 맨들 구멍이 있어야지."

그래 아무런들 주인한테 고맛돈이야 못 두를 것이냐고 어머니는 생각하는 모양이나 딸의 모양이 뜻밖에 최최한데 질리어서 그는 아무 말도 안 하였다. 위선 삼우제나 지내놓고.

그래서 통히 이런 것에는 눈이나 마음을 팔지 않고 삼우제까지를 치렀다. 뫼에 갔다 오니 방은 휑한데 아편쟁이 아버지 대신에 옷간 구석에 초라한 혼백상이 하나 뎅그렁하니 놓여 있다. 이 혼백상만 해도 하루 세 때를 변변히 해 바치지 못할 처지라면, 그리구 삭단제[46]니 졸곡제[47]니는 말도 말고 죽은 날 삼 년 동안 제사는 해야 안 하느냐고 말이 많아져서 아예 당초에 법식 따라 하지 못할 바엔 혼백을 불사르는 게 어떻느냐는 말까지 있었으나 남들이 보나 마나 해도 그럴 수는 없다고 저렇게 인조견 자박[48]이나마 늘여두게 한 것이었다.

삼우제까지를 치르고 나면 아버지를 위한 의무는 위선 풀어져 버린다. 담홍이 누이는 저만 바란다면 서울로 돌아갈 수도 있고 운봉이와 운희는 학교에를 다시 가야만 한다.

저녁을 이럭저럭 치르고 나서 마실 왔던 학구 어머니마저 다녀가니 처음으로 단출하게 가족끼리 방 안에 모이었다. 운규는 며칠 동안 바쁜 틈에 들볶인 탓에 벌써 아랫목에 네 활개를 펴고 곯아떨어졌고 운희는 궤짝 뒤와 발치 구석과 혼백상 다리 밑으로 머리를 틀어박고 흩어진 책을 모으기에 바쁘다. 한참씩 꺼꿉 서서 다리를 뒤로 뻗고 데가닥거리다간 먼지 묻은 책을 꺼내들고 "운봉이 산술책 못 봔" 하곤 이편을 본다. 모아온 책을 시간표대로 책보에 싸서 머리맡에 놓고 횡하니 아랫목으로 내려가는 폼이 어덴가 처녀 꼴이 난다. 아버지가 학교를 떼서 기생으로 넣어야 쓴다고 고래고래 소리를 지르며 안달을 부릴 때마다 밥도 채 못 먹고 책보를 들고 학교로 뛸 때엔 아직 철딱서니없는 어린애만 같더니 저렇게 채국채국 제 할 일을 치른 뒤에 뒷골방에서 요와 이불을 꺼내다 쪼르르 깔아놓는 것을 보면 제법 색시 티가 나는 것 같다.

윗방 샛문턱에 팔굽을 세우고 멍하니 이것을 보다가 운봉이는 밖으로 나왔다. 나와도 갈 데가 없다. 학구한테나 갈까 했더니 그는 지금 밤대거리가 되어 이곳서 한 오 리 가량 되는 광산 기계간에 가 있을 게다. 아무 데도 가고 싶지 않아서 캄캄한 토방에 쭈그리고 앉았다.

운희가 책보를 꾸리는 것을 보나 마나 벌써부터 운봉이도 내일은 학교에 가야 할 것을 생각하고 있었다. 그는 아까부터 이 생각에 골똘했다.

아버지는 이미 세상에 없으니 담임 선생이 데리고 오라던 말은 소용없이 되었다. 그러나 공부를 시키고 안 시키는 열쇠를 쥐고 있는 장본인이 와 있다. 내일 학교에 가는 바엔 이 문제를 단단히 다짐을 받아가지고 가야만 할 게다. 지금이라도 선뜻 방 안으로 들어가서 바람벽에 기대어 한 다리는 뻗고 또 한 다리는 세우고 왼팔로 머리를 무르팍 위에 고인 채 움칫도 안 하는 담홍이의 낯을 붙들어 세우고 '누이야 나 서울 공부 시켜주지?' 한다든가 '전에 약속한 거 잊지 않았지'라든가 해놓으면 만사는 결단이 날 게다. 그러나 이 한마디 말이 용이하게 입 밖에 나오지를 않는다. 떨어진 제가 한 이태 된다고 별로 서먹서먹해진 탓도 아닐 게다. 아버지 세상 떠나자 이건 또 무슨 구살 맞은 변이냐고 눈총을 맞을까 두려워 그러는 것도 아닐 게다. 제 입에서 이 한마디가 나온 뒤에 누이의 입에서 어떠한 판단이 내릴지가 은근히 무서운 것이다.

'염려 마라. 그것만은 결심한 대루 잊지 않았다.' 이 말이 과연 제게 올 수 있는 합당한 말일 거냐. 만일 이 말 대신에 '학교가 다 무슨 태평세월에 하는 치닥거리냐' 소리만 나오게 된다면 그때에 자기가 당할 불행을 대체 어떻게 처치할 것이냐. 모든 것이 끝이 난다. 모든 것이 불행하게 끝이 난다. 이 불행을 한 시각이라도 멀리 물리쳐보겠다는 의식하지 않은 생각이 그로 하여금 누이와 대뜸 들어가 담판하는 것을 망설이게 하는 것이다.

그러나 부질없는 상상은 곧잘 화려한 환상이 되기 쉽다. 누이에게 말해볼 게냐 말 게냐를 골똘하게 생각하다가도 어느 새엔지 공상은 그를 학교로 끌고 가서 교실 속으로 몰아넣는다.

"운봉이는 어느 학교를 지원할 생각이냐?"

이렇게 선생이 묻는다.

"경성제일고등보통학교올시다."

기운 차게 운봉이가 대답한다.

"학비는 누가 댈 참이냐?"

"서울 있는 제 누이가 대기로 되었습니다."

선생도 놀라고 생도들도 놀란다. 선생도 부러워하고 생도들은 더욱 부러워한다. 운봉이는 만면에 웃음을 잠그고 의기양양하다.

자꾸만 이런 생각이 앞을 선다. 누이와 담판하여 이러한 결과를 낳게 되면…… 운봉이의 행복은 하늘 가로 둥둥 뜬다.

운봉이는 토방에서 일어난다. 어찌 되었든 누이에게 물어보자. 낯을 돌려 아랫방을 보니 전등을 윗방으로 올려 걸고 아랫방은 캄캄하다. 그동안 얼마나 시간이 흘렀는지 그들은 벌써 잠에 취한 모양이다. 운봉이도 윗방으로 들어가서 전등을 끄고 제자리에 누웠다. 하는 수 없이 이야기는 내일 아침으로 미루어야 한다. 그는 잠을 청하려고 눈을 감았다.

잠이 오지 않는다. 눈은 감기는데 머릿속이 생둥생둥해서 잠을 들 수가 없다. 한 주일 가까운 피로에 지쳐서 자리 속에 몸을 눕히자 온몸은 안식을 요구한다. 그러나 머릿속이 이상스럽게 새록새록하다. 간혹 졸림에 휩쓸려도 가위에 눌리었다. 그런데 아랫방에서 이야기 소리가 난다. 무엇한테 바짝 눌리었다 펄딱 소스라쳐 깨는데 아랫방에서 말소리가 들려오는 것이다. 잠귀에나 똑똑히 들렸다.

"너 언제 몸이 있선?"

어머니의 묻는 말이다. 이 말만 가지고는 그것이 누구에게 묻는 말인지 똑똑하지 않다. 운희보고도 물을 수 있는 말이기 때문이다. 그러나 아무런 대답도 없다.

"담홍이 발쎄 자네?"

또다시 어머니의 재우치는 말이다. 그 물음이 담홍이 누이에게로 가는 것임은 똑똑해졌다. 그러나 자는지 깨고도 덤덤한지, 담홍이 누이의 대답은 들리지 않는다. 이어서 어머니의 긴 한숨이 들려온다. 그러나 그 한숨이 채 끝나기 전에,

"넉 달째야"

하는 가는 목소리로 누이의 대답이 들려왔다. 또다시 아무 말이 없고 감감하다. 이 짧은 대화가 무엇을 의미하는 것인지는 운봉이에게도 족히 이해할 수가 있었다. 그러고 보니 누이의 얼굴과 옷맵시와 고리짝의 내용이 대충 설명이 되는 듯싶다. 임신 사 개월이라면 배도 어지간히 불렀을 게다. 쿠렁쿠렁하니 긴 치마를 두르고 두 손을 늘상 앞치마 자락에 읍하던 것이 생각힌다. 그러나 어머니에게는 그런 재주를 가지곤 좀처럼 숨길 수가 없었던 모양이다.

"아이 애비는 뭘 하는 사람이냐?"

한참 만에 다시 어머니의 묻는 말이다. 사실 아이를 배어서 이미 넉 달이 지낸 바엔 그 아이의 아빠가 누구인 것을 아는 것이 어머니에게는 제일 긴요하였다. 물론 어디 사람인데, 성은 무엇, 이름은 무엇, 본은 어디 하고 묻는 것이 아니다. 그런 건 아무 소용이 없다. 직업이 뭐냐 좀더 뾰죽하게 털어서 말하자면 부자냐

가난뱅이냐, 돈냥이나 실히 낼 사람이냐가 궁금한 것이다. 어머니의 간단한 물음에는 이런 내용이 들어 있었다.

담홍이도 어머니의 묻는 뜻을 지나치게 잘 안다. 그러므로 이러니저러니를 길게 늘어놓는 것이 아무 소용도 없는 것, 그리고 긴요한 것을 말하지 않고 딴 변두리를 빙빙 돌았자 어머니의 속만 더 클클하게 할 것을 잘 알고 있다. 한참 만에 제가 제 자신을 비웃기라도 하는 어조로,

"돈 낼 만한 사람 같으면 고리짝 싸가지구 왔겠수."

이 한마디는 모든 것을 설명하고, 해석하고, 결단지었다. 전보 친 뒤부터 자꾸만 뒤틀려나가던 담홍이에 대한 예측이 지금 이 한마디로써 그 전부가 설명된 것이다. 그러나 무엇보다도 이 말이 가져오는 타격이 그들에게는 한없이 컸다.

어머니의 입에서는 숨소리조차 안 나온다. 그럴 리야 없겠지 아무려면 그럴 리야 있겠느냐고 여태껏 속으로 되씹고 되새기고 하던 것이 이 한마디에 여지없이 부서져버린 것이다.

그러나 이 말에 의하여 타격을 받은 것은 어머니뿐만이 아니었다. 윗방에서 이들의 대화를 듣던 운봉이는 거의 머리빡이 돌덩이처럼 감각을 잃어버렸다.

방 안에는 칠흑같이 검은 침묵이 질식할 듯 꽉 찼다. 운규와 운희의 숨소리만이 버려지 울음같이 고요하다. 꿈에 누구한테 쫓기는지 운희가 몸을 뒤채며 끄긍거리고는 입을 쩔갑거리며 깊은 숨을 짚는다. 또다시 숨소리.

하룻밤을 뜬눈으로 새우다시피 하고 아침 일찌감치 운봉이는 자리에서 일어났다. 그는 책보에 교과서와 잡기장과 참고서를 함께 꽁꽁 싸놓았다. '중등 학교 입학 시험 문제집'도 떠꿍[49]을 한참 물끄러미 내려다보다가 다른 책과 함께 보에 쌌다. 그것을 아버지 혼백상 다리 밑에 놓고 밖으로 나갔다. 그는 간밤에 작정한 대로 실행한다.

첫 실행으로 학구를 찾았더니 아직 광산에서 안 왔다. 올 시간이 되었는데 어인 일이냐고 물었더니 명월이가 새벽에 시장한 김에 오다가 묵집에 들렀을 게라고 한다.

운봉이는 묵집으로 갔다. 학구는 구럭을 옆에 놓고 감발[50]하고 지카다비[51] 신은 채 다리를 쭉 뻗고 앉아서 파르스름한 녹두묵에 마늘장을 쳐서 후후 불며 넉가래 같은 술로 연신 퍼넣고 있다가,

"운봉이 너 웬일이가. 들어오나라"

하더니 부엌 쪽을 향하여

"오마니 나 더운 묵 오 전어치만 더 주"

한다. 운봉이는 아무 말도 안 하고 방 안으로 들어갔다.

"학구 형이 만낼라구 집이 갔댔서."

"날? 날 만낼라구?"

학구는 입에서 술을 빼며 눈이 둥그래진다. 뜨거운 묵을 혀끝으로 슬슬 돌리다가 꿀꺼덕 소리를 내서 삼켜 넘긴다. 빤히 쳐다보는 바람에 운봉이는 겸직해서 씩 하니 웃었다. 학구도 버룩하니[52] 마주 웃는다.

"학구 형이, 나, 형이 댕기는 기계간에 넣어다우."

그대로 웃는 낯으로 졸라보았다.

"머? 네가? 학곤 어떡하구. 내년에 졸업인데 학곤 어떡하구."

그러나 운봉이가 이 말에 대답하지 않으매 학구도 재우쳐 묻지 않는다. 학교에 다니다가 그만두고 광산으로 가게 되던 육칠 년 전의 자기의 사정이 지금 운봉이를 찾아온 것이라고 그는 이해한다. 묵이 올라왔다. 상 귀퉁이로 마늘장을 밀어놓으며,

"어서 묵이나 머"

하고 운봉이에게 권한다.

묵을 먹고 학구를 따라 행길에 나서니 가을 아침의 맑은 햇발이 몸에 상쾌하다.

녹성당 綠星堂

　상암에서 남문 거리로 향해서 내려가다가 대동문 거리, 그 다음
이 법교, 다시 말하면 서문통 입구인데, 대동강에서부터 보통벌
신양리 쪽을 바라보면서 외줄로 곧바르게 뚫린 상가(商街)가 바
로 서문 거리다. 이 거리가 선창으로부터, 서쪽으로 곧바르게 달
리는 중에는, 십자로(네거리)를 세 군데나 지나치게 되는데, 그
중 큰 것이 백화점 앞 전찻길, 그 다음이 물산여각, 농방, 가죽전,
잡화상, 축음기 집 등등을 지나서, 양말 공장이 있는 장별리 새
길에서 부청 앞까지 가는 길과 교차가 되는 서문통 네거리, 그 다
음이 신양리 쪽에서 감옥소 방면으로 가는 길과 서로 엇갈리는
서문 밖 네거리다. 이 네거리까지만 넘어서면 실상은 시외다. 길
은 그대로 서성리까지 곧바로 뚫려 있어서, 한쪽으로는 창광산
가는 쪽, 또 한 줄기론 보통문 안으로 갈리는 곳까지 그럴듯하지
만, 보통벌 냄새가 코를 찌르는 어수선한 거리고 게다가 노동자

182

와 가난뱅이가 함께 덮친 지저분하기 짝이 없는 그러한 거리다.

　서문통이라는 거리가 예로부터 제법 번화한 거리이고, 보통벌, 평양의 곡창(穀倉)이라고 할 만한 이 넓은 벌판으로부터 들어오는 가장 중요한 관문을 이룬 길이기는 하나, 워낙이 기장이 짧은 데다, 빠져서 다다르는 부락이 노동자와 빈민의 소굴이고 보니, 전찻길에 가까운 부분에는 평양서도 손꼽이에 드는 누구누구의 포목점이 있고(이름을 밝히면 선전이나 광고가 될지도 모른다고 이렇게 상호는 숨겨버린다), 또 한다하는 하이칼라 축음기 상회나, 의걸이 장롱,¹ 양복장, 체경이 휘황찬란한 농방이나가 있지마는, 서편으로 갈수록 이런 건 드물어지고 농민을 상대로 하는 잡화상, 자전거포, 지물포, 고무신 가게, 반찬 가게, 그러다가 마지막에는 참말 국숫집으로 큰 건축은 막음을 막고, 그 다음은 그대로 고개턱을 넘어버리는 것이었다.

　이 서문통 거리의 중복판쯤 해서, 그러니까 장삿목으로 치자면 거의 보잘것없는 대목이면서도, 또 생각해보면 그렇게만 볼 곳도 아니라고 할 수 있을 만한, 그러한 곳에, 낡은 기와집, 단층집, 두 칸 너비의 유리 창문을 해 달고 지붕에 자그마한 간판을 달았는데, 명조체로다 '녹성당약국'이라 썼고, 서양 글자는 서양 글잔데 영국 글은 아니고 또 독일 글도 아니고, 찬찬히 살펴보니 어미(語尾)로 보아 에스페란토이기 갈 데 없는 글자로다 '벨다 스텔로'라고 가로 쓴, 외모로 보아 이 거리로서는 그다지 초라하지 않은 점포가 하나 있었다. 이 점포의 주인 되는 이가 에스페란토 마디나 하는지, 혹은 그가 고적하고 조용한 곳에 있는 동안 이 글자와 친

숙했는지, 어쨌건 '녹성'으로다 상호를 삼고, '녹성당약국'이라 했는데, 이 '약국'이 '약방'이 아닌 것이 실상은 이 집 주인의 자랑거리이기도 하다. '약국'이란 명칭은 약제사가 없는 매약상이나 약종상은 붙일 수 없는 규정이라 하여, 이 '약국'이 저 간판 양쪽에 써 붙인 '처방 조제'와 함께, 이러저러한 약방이나 약장수와는 격이 다르다는 것을 스스로 증명하는 것이라 한다.

새로 전화를 매었는지 유리창에 '전화 개설, 이사팔팔'이라고 커다랗게 써 붙이고, '마스쿠 아리마스'²니 '가정 상비 화장수, 구리세링,³ 가리 액,⁴ 일명, 베르쓰 수(水). 대매출'이니 한 종이를 써서 그 옆에 이리저리 붙였다. 시절은 겨울인가 보다. 유리창 구멍을 하나 뚫고 낡은 함석 연통이 쑥 거리로 나온 놈이, 간판 옆으로 금방 석탄을 넣었는지 꺼먼 연기를 내뿜고 있다.

이 약방과 같은 지붕 밑에 있고, 얇은 널판으로다 칸새를 막은 위칸은 우중충한 자전거포다. 자전거포라고 해도, 새것은 체면상 두어 틀, 밖에서 잘 보일 만한 곳에 세워놓았을 뿐, 파는 것보다는 낡은 놈 고치는 게 아마 본업인 모양 같다. 이러한 자전거포에 일하는 축들이란 상상만 해도 족할 만큼 뻔한 얼굴 생김새다. 얼굴의 본 판때기는 어찌 되었건, 옷이랄까 낯이랄까 신발이랄까 그 머리에 뒤집어쓴 의관이랄까, 그대로 검댕이와 기름과 먼지투성이다. 이런 축들이 만들어내는 음향(音響)이란, 소름이 끼치는 생철⁵ 째는 소리거나, 지붕까지 울리는 마치⁶ 소리거나, 제법 화덕을 끼고 자분자분한다는 이야기가, 또 바람벽을 뚫고 옆집까지 들릴 만한 쌍스런 잡소리와 기왓골이 떠날 듯한 웃음소리다.

약방 아래집은 뚝 떨어져서 지물포이기 때문에 비교적 조용한 것이다. 그런데 남쪽 거리, 바로 약방의 건넌집이 그중 질색이다. 명색이 잡화상인데, 상점의 이름부터 재미난다. '싸게 파는 눅거리 상뎜' 이렇게 긴 놈이 전부 상점 이름이다. 눅거리 상점이라면 눅게 파는 상점, 다시 말하면 싸게 파는 상점이라는 뜻인데, 왜 하필 '싸게 파는 눅거리 상뎜'은 뭐냐고 할는지 모르나, 도리우치[7] 쓰고 전반[8] 같은 동정을 단 세루 두루마기 밑으로, 옹구[9] 뿔 바지를 척 늘어트린 젊은 주인님에게 물을라 치면, 딴은 그럴듯도 하여 가로대, 싸다는 말은 경언[10]이요 눅다는 말은 평안도 사투리다, 그러니까 북도 사람 남도 사람 모두 끌어들일 셈 치고 붙였다 하니, 조선 안의 잇속은 혼자 차지할 뱃심인진 몰라도, 제법 한글 어학자다운 설명이 재미스럽지 않은 바 아니다. 그러나 이걸 갖고야 성화랄 것까지 될 것도 없다. 고약스럽기는 하루에도 몇 차례씩 점원이 총출동하여 점포 앞에 나서서 제금[11]과 깽매기[12]와 갱지니[13]와 징을 두들겨대는 것인데, 이 소동은 아닌 게 아니라 상당히 머리빡을 산란케 한다. 손님을 끄는 광고술법이 이 지경이 되면 파는 이나 사는 이나, 모두 엔간한 축들이지만, 그 덕분에 부근은 하루도 몇 차례씩 상당한 불편을 겪는다. 그런데 예까지는 그런대로 견뎌 배길 만하다. 아침부터 밤새도록 줄창 하는 것이 아니라 하루 고작 너덧 차례, 한 번에 오 분 내지 십 분이니, 그것쯤이야 못 참을 리 없겠는데, 참말 기가 막히는 것은 축음기의 확성이다. 가게 문을 떼고 꽹과리를 울려대기 전부터 축음기는 소란스레 울어댄다. 레코드나 좀 좋은가, 맹꽁이타령, 군밤타령, 꼴

불견, 조선 행진곡 도합 예닐곱 장 되는 놈을 몇 번이든 되풀이한
다. 아무리 질기고 든든한 레코드 판이기로서니 그렇게 지독스레
틀어서야 어데 배겨날 수가 있는가, 그래서 가다가는 합선이 되
고 혼선이 되어, 걸걸한 목청으로 어느 연극 영화계의 원로가 넣
었다는 ‘군밤 사려, 군밤 사려’가 보탬이 아니라 이 분 동안 되풀
이된 적이 있었다. 사운드 박스를 손으로 콕 지르기만 하면 될 것
을 이 양반들은 재미난다고 그대로 내버려둔다. 그러니 불쌍한
건 우리 극계의 원로 되시는 윤 아무개 씨, 그대로 한결같이 ‘군
밤 사려, 군밤 사려’……

그 아랫집 윗집은 모두 이 ‘싸게 파는 눅거리 상뎜’과 한 지붕
밑인데, 이 커다란 건축물의 주인은 물론 옛제부터 서문 거리에
서 행세하는 지주이고 고리 대금업자다. 이무[14] 연세가 진갑을 넘
어서 점포 뒤로 질펀한 저택, 어느 훈훈하고 깊숙한 방에 누워 계
시고, 맏아들은 미국인가 한, 먼 고장에 가서 공부를 하고 왔다는
데, 그 흔티 흔한 박사나 학사 학위 하나 못 얻어갖고, 그러니 대
체 무얼 공부 했는지는 하느님밖에 모르게 되었는데 두툼한 외투
에 궁둥이 쪽에만 띠를 붙인 모양 하며, 모자, 안경, 양복, 구두
도대체 몸 가꾼 품은 제법 그럴듯하여, 시체[15]를 따라 기생첩을 해
갖고 어디 비나전골이라든가 어딘가에서 딴살림을 한다고, 한 달
에 몇 번밖에는 이 거리 위에 나타나지 않는다. 셋째아들과 딸은
서울 가서 공부를 한다는데 겨울 방학이 되질 않아 아직 돌아오
진 않았으니 그 사람 된 품을 알 길이 없다. 명물인즉슨 그러니까
이 집 둘째아들인데, 유도도 좀 했고 권투도 좀 했고, 그의 본 이

름보다는 최 도깨비라는 별명이 더 유명할 만큼 어쨌건 수상쩍은 방면으로 이름을 떨친 분이다. 매일 하는 업은, 이 부근 가게와 전방을 여남은 집 차례로 돌아다니면서, 축이나 잡힐 진소리[16]를 수작하고, 밤이면 늦게까지 골목을 돌아다니다가, 어느 장국밥집이나 맹물집에서 대포나 한잔 걸치고 점포 위층, 전등도 없고 화덕도 없고 침대만 있는 추운 방으로 기어올라가 공처럼 꾸부리고 자버리는 것인데, 이렇게 온기 없는 데서 기거한다는 것도 물론 그의 자랑거리의 하나이다.

어쨌건 이 건축물에 상당히 많은 가게가 있는데, 싸게 파는 눅거리 상점 윗집이 자그마한 고무신 가게, 아랫집이 간판점, 그 아랫집이 양복점이고, 이 집에선 한 동 떨어져서 우편소와 한 지붕 밑에 있는 좀 큼직한 양복점은 서양 사람들의 양복을 주문 맡노라고 일요일엔 가게 문을 닫고(위층과 안방에선 물론 직공들이 일을 하고 있다) 의젓하니 성경책과 찬미책을 끼고 서문통 예배당으로 간다. 서양 사람이나 만나면 외투 자락에서 손을 뽑아, 제법 양국 말이나 하는 듯이 히죽하니 웃으면서 "꿋 모닝, 하우 두 유 두"라든가 뭐라든가를 중얼거리면서 악수를 청하는 것이다. 사람 좋은(?) 코 큰 친구는 드물게 보는 독실한 교우라고, 서툰 조선 말로다 "하나님 은혜 많이 받으십니까" 하고 마주 웃는다.

이렇게 이 부근의 상인 신사 제씨를 소개하려면 한이 없을 테니 인제 이만 해두고, 그러니까 이런 틈에 끼어 있는 우리 녹성당약국으로 이야깃머리를 돌려야겠는데……

녹성당약국의 주인 박성운이는 화덕에다 새로이 조개탄 한 삽을 지핀 뒤에 손을 탁탁 털고 다시 테이블 옆에 놓은 의자에, 가만히 엉덩이를 올려놓는다. 불길이 이는지, 화덕 속에서 확 하는 소리와 이어서 으르렁거리는 화염 소리가 나는 것을 힐끔 곁눈질하고, 박성운은 낯을 앞에 앉은 손님에게로 돌린다. 창문께에 등을 돌려 대고 놓인 의자에는, 조금 전에 찾아온 학생복을 입은 키가 작달막한 청년이 낡은 도리우치를 무릎 위에 놓고 앉아 있다.

주인은 이야기가 끊어져서 미안스럽다는 말도, 그러면 다시 말씀을 계속해달라는 인사의 말도, 아무것도 아니하고 턱아리[17]를 약간 추키듯 하면서 청년의 얼굴을 바라본다. 스물을 겨우 넘었을까 말까, 반반히 깎은 머리카락이 더북이 자라서 숱지게 관자놀이께를 덮었는데, 본시부터 그리 넓지 않던 이마가 답답하리만큼 까만 눈썹을 압박하고, 눈시울엔가, 입술 위에 지저분한 솜털엔가, 또는 납작지근하게 생긴 밑으로, 검정 콩알처럼 두 구멍이 또렷한 콧구멍엔가, 어덴가 검버섯이 낀 듯이 까마툭한 얼굴을 대밭은[18] 목덜미 위에 올려놓은 이 청년은, 방 안이 산산하여 불이 꺼졌나 보려고 주인이 화덕을 주무르는 동안 중단했던 이야기를, 잠시 입 가상에 희미한 미소를 그리는 듯하다 말고, 삽시에 긴장의 빛을 얼굴에 나타내며, 오순도순하나 열기 찬 목소리로, 그리고 이야기가 진전됨에 따라 연설조로 되기 쉬운 그러한 구조[19]로, 이렇게 입을 열어 이어나갔다.

"요컨대 이러한 문화적 욕망에 대답해주는 것이 예술가의 임무가 아니겠소."

말을 뚝 끊고 잠시 약방 주인의 얼굴을 고요히 쳐다본다. 그가 말하는 '문화적 욕망'이라는 건 문화의 혜택을 받지 못하는 많은 대중들 새에 은연중에 자라나고 있는 문화에 대한 갈망을 말하는 것으로, 그는 조금 전부터 이러한 실제의 예를 들어갖고 주인에게 설명을 되풀이하고 있었다. 보통문 안이나 서성리 같은 빈민가에는 고무든가 양말 같은 것에 종사하는 많은 가족들이 살고 있는데, 밤일이나 아니 하는 밤엔 노유[20]가 한자리에 다섯 여섯 모여서, 옛말을 하든가 전기 책(이 청년은 전기 책이라는 부류에다 서슴지 않고, 『춘향전』 『사씨남정기』 『심청전』 『유풍렬전』 『열녀전』, 심지어는 『추월색』까지 함께 뒤섞어 간주하였다)을 읽든가 하면서 밤을 새고, 또 사실 이 청년이 이러한 재료를 하나 들어서 설명한 걸, 모두 적으려면 한량이 없지마는, 어쨌든 이 밖에도 수없이 많은 실례를 들어서 말한 뒤에, 요컨대 이런 것은 그들이 문학이나 음악이나 다른 고상한 취미나 오락을 열심히 갈망하고 있는 하나의 구체적인 표적인데, 동시에 그것을 찾으려야 찾지 못하는 구체적인 표적으로도 보아야 한다는 것이 그의 결론인 것이다. 이러한 결론이 있은 뒤에 조금 전에 이 청년이 주인에게 말한 '요컨대 이러한 문화적 욕망에' 운운하는 말구가 붙었던 것이다.

약방의 주인은 가만히 앉아 있다. 마주 앉은 청년이 그의 얼굴을 뚫어지게 쳐다보며 여하간의 대답을 치열하게 기다리고 있는 것을 비록 눈은 좌장이 놓인 곳을, '유키와리밍' '나이스'라고 쓴 병딱지가 주르니나란히[21]한 그 부근을, 멍하니 바라보고 있기는 하였으나, 그는 잘 알고 있다. 그러므로 그의 표정은 마치 청년의 따가운 시선을 피하는 것 같았다. 청년은 제가 한 제 말에 흥분하여, 가슴속에 뿌엿한 몽둥이 같은 것이 솟아오르는 것을 참고, 주인의 찬성과 동의를 구하고 있었으나, 생각했던 것처럼 수월하게 대답이 나지 않는 것에 실망하듯, 뚫어지게 바라보는 눈을 가만히 옆으로 돌렸다.

이 청년은 녹성당 주인 박성운에게서, 단지 자기의 설명과 결론에 대한 찬성이나 동의나 격려만을 기대하였는지 모른다. '네 생각이 옳다' '네 결론이 정당하다,' 이것으로 만족하였을는지 모른다. 그의 표정을 스치고 지나간 것은 이러한 기대에서 어그러진 낙망. 물론 박성운이라고 그것을 눈치 채지 못할 리는 없다. 그러나 이 이야기를 듣고 앉았는 그의 심경은 결코 그렇게 단순치는 못하였고, 청년이 기대하는 것이 무엇인지를 알수록 쉽사리 '네 생각하는 바가 맞았다'고 무릎을 쳐서, 청년의 영웅 심리를 만족시켜줄 수는 없는 것이었다. 옳다든가 긇다[22]든가 가부간의 판단을 내리거나, 혹은 네 설명과 결론 가운데 어느 것은 편협하고 기계적이고 조급적이고, 어느 대목은 가장 투명한 정당한 분석이라든가 하는 정도로 시비를 가리거나, 그렇게 하기는 물론 박성운으로서 그다지 곤란한 일이 아니었다. 그러나 쉽사리 해치울 수 있는 이것을, 수월하게 해치울 수 없는 미묘한 심리가 주인의 마음을 누르고 있었다. 그것은 이론과 실제라는 관계를 생각하는 이에겐 어렵지 않게 눈치 채일 심리였으나, 스물 전후의 이 청년이 그것을 이해할 턱이 없다. 녹성당 주인으로서는 그것을 승인하고 안 하는 것이 단순한 판단만이 아니고, 동시에 그것은 그의 거춰까지를 결정하는 문제였기 때문이다.

여하간 대답을 해야 할 참인데, 그때에 마침 이 전화를 개시하여 꼭 세번째로 째르릉 전령이 울었다. 주인은 가만히 일어나서 기둥에 매인 전화통 앞으로 갔다. 어디서 약 주문이라도 왔는가 하는 생각에 앞서서 우선 어떻게도 할 수 없었던 궁박한 공기 속에서 자기를 건져내어준 것에, 가벼운 숨을 돌릴 수 있었다. 전화 매기 전부터 아내나 사환 아이에게까지 일러두었고, 또 자기 스스로도 몇 번인가 연습해본 대로, 수화기를 드는 즉시 곧 전화통을 향하여 '네 고맙습니다. 녹성당약국이올시다' 하고 말하는 것이었다. 전화를 맨 지는 오늘까지 사흘째인데 첫날은 아무 데서도 전화가 오지 않았고, 또 이곳서도 걸지 않았다. 그 이튿날은 전화 있는 몇 군데에 이쪽으로부터 전화를 걸었다. 전화를 새로 개설했는데, 이러저러한 번호라는 것을 알리는 것이 대부분이었다. '이천사백팔십팔번'의 '팔팔'이 '하치하치'가 돼서, 녹성당이 벌떼처럼 번창해나가겠네그려,[23] 하고 우스갯소리를 하는 신문지국의 친구도 있었다. 그러나 그날도 다 저물어서 전기가 켜질 무렵에, 이 약방과 거래하는 커다란 도매상 M약방에서, 이번 계산은 여느 때보다 열흘 이르게, 이 달 말에 할 터이니 그렇게 알고 준비해달라는, 그리 달갑지 않은 전화가, 실로 밖으로부터 걸린 첫번째의 것이었다. 이 전화는 약국의 책임 약제사요, 박성운의 아내 되는 김경옥이가 받았는데, 두 달이면 해산을 할 불룩한 활 먹[24]처럼 굽은 배를 앞으로 안고, 그는 수화기를 엎어버리면서,

"젠장, 전화 매구 처음 오는 게 겨우 돈 채근이야"

하고 입이 쓴지, 손을 털고 그대로 가게에 달린 방 안으로 들어가
버렸다.

두번째 전화가 온 것은 오늘 아침, 그러니까 지금으로부터 약
삼십 분쯤 전인데, 박성운과는 중학 동창으로 신문지국의 기자,
말하자면 특파 기자로 있는 최영호한테서 온 것으로, 우리 지국
원 일동이 신진 작가 박성운씨의 실업계 진출을 축하하는 뜻으로
대량적 기념 구입을 한다는 것을 전제하고,

—은단 일원짜리 두 개는 이 할(割) 인(引)으로,

—노싱 이십전짜리 한 봉지는 정가대로, 그리고 이건 특히 지
국원 아닌 친구에게서 주문을 받은 건데,

—푸로다르고르 백 그람, 메틸렌브라우 정 오십 알, 태전위산
십전짜리를 한 봉지 붙여서 고파이파바루삼 한 온스짜리,

그리고는, 한참 전화통을 들고 섰더니 "가만있게, 내가 이즈음
밤잠이 잘 안 오는 게 아무래도 신경쇠약 같으니 무어 적당한 거
없겠나."

박성운은 연필로 주문을 적다가,

"적당한 약이 없다니 말이 되는가, 부롬제 같은 거 먹어보게
나, 한 주일만 써보면 알 도리가 있을 테니. 좀 맛은 흉하지만 우
리 보통학교 때 수신에서, '료야쿠 구치니 니가시'[25]라는 말 배웠
겠다."

그래서,

—그놈, 부롬제를 이 일분,

마지막으로,

"가정 봉사도 해야겠으니 베르쓰 수 한 병만 곁달아 보내게."

주문이 끝나고는 외상이 아니고 당당한 맞돈일세, 기다리니 곧 배달해주게, 이렇게 당부하면서 전화를 끊었다.

역시 그래도 친구밖에는 없다 아내도 신이 나서 약을 짓고, 박성운이도 약장에서 약을 내리노라 계산서를 쓰노라 큰일 난 것처럼 돌아갔고, 사환 아이 놈도 화덕의 젓가락만 만지작거리고 앉았는 게 무료했던 참이라, 배달 구럭을 들고 엉거주춤해 돌아갔는데, 그 녀석이 배달을 간 지 십 분이 되고, 한참 뒤범벅을 개는 듯이 전방이 활기를 띠고 있을 때 지금 이 청년이 박성운을 찾은 것이다.

그래서 지금 오는 전화가 바로 세번째 것인데,

"성운이야?"

낯선 목소리가 대뜸 이렇게 묻는다. 좀 어안이 벙벙해서 "네, 나 박성운이올시다" 하고 대답하니, "나 철민인데, 전화를 맸다길래 한번 걸어보느라구."

이렇게 듣고 보니, 걸찍한 목청의 특징이 전화통에 잉잉거려 뚜렷치는 않았으나 철민의 것에 틀림이 없었다. 그러나 그것을 똑똑히 깨닫는 순간 성운은 펀뜻 처음 수화기를 들고 '성운이야?' 하는 첫 마디를 들었을 때 벌써, 철민인 것을 자기는 짐작하고, 짐짓 시침을 떼고 '네, 나 박성운이올시다' 하고 대답한 것은 아니었을까 하는 생각이 들었다. 돌이켜보니, 과연 자기는 첫 번 발성이 들릴 때부터, 그가 철민인 것을 알고 있었던 것이 틀림없는 사실인 것 같다. 그러면 어째서 자기는 그것을 모르는 척 꾸며대었을까. 그러나 이런 것을 천착하고 있을 사이도 없이, 이편 쪽의 대답 같은 건 통히 개의치도 않는다는 듯이,

"업무가 날로 번창해가는 표적이니, 우리 우인 일동은 이 이상 반가울 게 없네. 한편 생각하면 걱정도 안 되는 건 아니지만. 말하자면 날루 사업이 번창해가면 그만큼씩 더 성운이가 장사치가 되어가는 표적 같애서. 그러나 그런 건 물론 장난의 말이고……"

이편에서는 한마디의 대답도 않고, 그대로 전화통에 귀를 기울이고 있을 따름이다. 전화 개설을 축하하는 친구의 말을 그렇게만 들어버릴 수 없는 대목이 있는지, 약국 주인은 덤덤히 낯에 꺼머툭한 불유쾌한 그림자를 그리며 그대로 서 있는데, 저편에선 기어이,

"저, 내, 아이 보내께 일전 것과 같은 거 오 일분치만 보내주게, 응. 머, 소변두 잘 나오구 거진 나았긴 했지만. 그럼 믿네."

그러고는 뚝 전화를 끊어버리는 것이었다. 부득이 이편에서도 아무 대꾸 없이 수화기를 얹어버릴밖에 별도리가 없었다. 그는 제자리에 와 앉는다. 팔을 걸고 목을 움츠린 채 아무 말이 없다.

전화가 오기 전 그는, 지금 그의 앞에 앉아서 전화통으로부터 돌아오는 그를 힐끗 쳐다본 채 이야깃머리를 잡으려고 입술을 나물거리다 마는 청년에 대하여, 무어라고는 가부간의 대답을 해야 할 의무가 있었다. 대답을 하기는 해야겠는데, 쉽사리 해버릴 수도 없고, 그래서 적지 아니 등이 달아 있을 때 구세주처럼 전화가 왔다. 그 전화가 다 끝이 났고 그는 다시 제 의자로 돌아와 청년과 마주 앉았으니, 이야기는 다시 계속되어야 할 것이요, 그러자

면 무엇보다 먼저 청년이 알고자 하는 질문에, 가부간의 판단을 내려야 할 것이 아닌가. 물론 박성운은 그것을 잘 알고 있다. 그러나 그는 될 수 있으면, 그것을 잊어버리고 싶었고, 잊어지지 않거든, 마치 잊은 거나 같이 그렇게 뵈려고 애쓰고 있는 자기를 막연하니 의식한다. 전화의 내용을 모르는 청년은, 약방 주인 박성운이가 저토록 침울해진 것은, 필시 전화로 인연해서 심상치 않은 무슨 곡절이 생긴 탓이라고 혼자서 생각하고 있을 것이요, 그래서 섣불리 제 생각에 대한 판단을 구하면, 공연히 그의 머리만 더 산란케 할는지 모를 것이라고 생각하게 될 것이요, 그러자니 결국 손톱으로 책상머리를 긁다가 그대로 도리우치를 만지작거리고 있는 것이라 생각하는 것이다. 인제 이왕 생각하는 김이니, '저, 미안하지만 이제 온 전화로 좀 큰 문젯거리가 생겨서, 내가 곧 나가보아야 할 텐데⋯⋯'라고든지 뭐라고든지 헛소리를 놓고, 이 짓눌린 공기와 압박에서 벗어날 길을 막연하니 상상해보았으나, 그건 너무 온당치 못한 비겁한 행동이라고 반성하면서, 그대로 침울한 표정만 더 심각하니 양미간에 그리고 앉았는 것이다. 이러한 주인의 생각을 아는지 모르는지(필시 이 단순한 청년이 그러한 것을 알 턱이 없으련만), 청년은 아까 말하던 문제는 잊어버린 듯이(아니, 잊어버렸을 리는 만무하다. 그는 박성운이가 혼자서 생각해보고 안타까워하는 것처럼, 그렇게 커다란 생각을 자기의 언설에 대해서 갖고 있지 않았던 것이요, 그러니까 제가 생각하고 있는 명쾌한 분석과 결론을, 서울서 온 지 반년 가량 되는, 신진 작가에게 토로하는 것으로 자기 만족을 느끼려고 하였던 것임에 틀림없고, 그것이 어느 정도까지 이루어진 지금, 그는 새삼스러이 전화가 오기 전에, 질문 형식으로 되었던 그 이야기의 판단을 다시 구해볼 필요를 인정치 않았던 것이다), 얼굴에 미소를 그리는 듯하면서 자리를 일어나며,

"그럼 처음 말씀 올린 대루, 오늘 세시에 만나서"

그 다음은 입을 뚝 감물고 도리우치를 쳐드는데,

"네?"

하고 주인이 의아해하는 것을 보자, 이어,

"저, 아까 말한 거시기, 예술적 가치에 대한 거 말입니다"

하고 말한다.

"아아"

머리를 끄덕이며,

"그러시유, 내 만나서 알어듣도록 설명해주겠습니다. 그 자리엔 동무도 오겠소?"

"아니, 나야 그대로 인도만 하군 빠지겠습니다."

"네 네, 알겠습니다."

청년은 꺼떡 인사를 하고, 어린애 같은 자그마하나 다부지게 생긴 몸을, 앞으로 수그리는 듯하면서 까뚝까뚝 신양리 쪽으로 걸어갔다.

박성운은 유리창을 닫고 멍하니 길을 바라보며, 혼잣말로 중얼중얼 뇌어보다가, 맞은편 싸게 파는 늇거리 상점에서 깽매기, 제금, 징을 요란스레 울리면서, 전방으로부터 세 녀석이 거리로 뛰어나오는 바람에 펀뜻 정신이 들었다.

깽매 깽매, 저르렁 저르렁, 징 징.

이 소리를 들으며, 일순간 성운은 아무것도 생각지 않는 무신경 무감각 상태에 빠져 있었다. 창밖에서 늙은 부인 한 분이 어름거리고 섰는 것도, 그가 무엇 때문에 그러는지를 조금도 마음 붙여 생각지 아니하였다. 눈은 빤히 그것을 보고 있었으나, 망막은 이 늙은 부인의 그림자를, 마치 그의 두 귓구멍이 지금 한창 뚜드려 대는 소란스런 깽매기 소리를 청취하지 못하듯이, 아무것도 간취하지는 못하는 것이었다. 창밖의 늙은 부인네는, 어느 것이 출입문인데, 어데를 어떻게 열든가 밀든가 하여야 약방 안엘 들어갈 수 있을는지 알 수 없어서, 그런데, 창 안에서 빤히 저를 내어다 보면서도, 문을 열어주든가 가르쳐주든가 하는 일이 도무지 없는 성운이를 수상쩍게 생각하면서, 드디어 용기를 내어 바싹 그의 얼굴을 유리창에다 들이붙이고, 무어라고 양껏 소래기를 지르지 않을 수 없었다.

비로소 약방 주인 박성운은 펀뜻 정신이 들었다. 하마터면 약 사러 온 손님을 놓칠 뻔했다고, 황급히 창문을 드륵 열고, 늙은이의 입 가까이 얼굴을 가져가며, 귀를 기울였다. 필시 무슨 약을, 하다못해 오전짜리 고약이라도 사려고, 이 수건 쓴 시골 노파가 이렇게 안타까이 출입구를 찾고 있었던 줄 직각한 그는 상인다운 표정을 얼굴에 띠고, 노파가 부르는 약명과 눅거리 상점에서 뚜드리는 깽매기 소리를 분별하려고, 두 귀까지를 한없이 긴장시키고 있는데, 그의 고막을 울린 노파의 목소리는 뜻밖에도,

"기홀병원[26] 얼루루 갑네까?"

하는 사투리였다. 그 말이 하도 뜻밖이고 기대와는 너무도 엄청나게 어긋나서, 아직도 머리를 노파의 얼굴 앞에서 떼지 못하고 있는데,

"우리 운동사가 고갯마루에서 굴러 났시오"

하고 설명까지 붙인다. 성운은 상반신을 쳐들고, 그저께 저녁녘에, 회천 가는 고개턱에서 사고를 일으킨 자동차 운전수의 늙은 어머니에게, 기독병원 가는 길을 가리켜주었다. 문득 배달 간 아이 놈이 어째서 여적 돌아오지 않는가 하고 신문지국으로 전화를 걸었더니, 전화통 앞에 나온 아이 놈은, 약을 주문한 선생님이 외출을 하셔서 기다리는 중이라고 한다. 현금을 주겠노라고 곧 배달해달라던 친구가, 그새에 어디로 빠져나갔다는 것도 수상하거니와(하기는 그새에 무슨 사건이 발생하여, 곧 촌시를 기다리지 못하고 현장에를 달려갔는지도 모를 일이지만), 그 사람을 기다리고 앉았는 아이 놈도 아이 놈이라고, 그래 약은 지국장이든가 총무 선생께 맡기고, 그대로 와버리라고 핀잔주듯 하여 전화를 끊었다.

깽매기와 제금 소리가 멎고 건넌집[27]에서는 걸직한 군밤타령이 시작되었다. 성운이는 의자에 돌아와 펄신하니 주저앉아서 가만한 한숨을 내쉬고, 그리고 전신에 가벼운 피로가 퍼지는 것을 깨달았다. 눈을 허공에 겨누고, 멀리 창문으로 건넌집 지붕이, 희여그무레한 겨울 하늘과 잇다은 곳을 바라보는데, 두 입술 틈에서, 저윽이 탄식 조로 '장사' 하는 한마디 소리가, 거의 한숨인 것처럼 가느다랗게 새어나왔다. 그러나 다음 순간 그는 무의식중에 뱉어놓은 이 한마디 말이 품고 있는 '불안'스런 내용에 악연히 놀

래어, 벌떡 몸을 일으키었다. 장사라고 시작한 지 불과 석 달, 벌써 제정신이 이것을 감당해나갈 수 없을 만큼 기진하였다는 것을 의식하는 것은, 성운으로서 두려운 일이 아닐 수 없었다. 난로, 약장, 전화, 좌장을 주욱 둘러보고, 독약, 극약의 약장 문이 걸려 있는가, 고약이나 다른 유명 매약 중에 품절이 되었거나 밑창이 난 것은 없는가, 난로의 불은 죽지 않았나, 아뿔싸 좌장 위에 먼지가 또 보오얗게 올라 앉았구나. 드디어 성운은 먼지떨이개를 찾아서 유리 좌장을 털어보고 있는데, 아침에 서울 있는 친구한테서 온 한 장의 편지, 내용을 따지자면 '군이 서울을 아주 떠나버린 건 일종의 도피라고 보지 않을 수 없다'는 말로써 개괄할 수 있는 그러한 편지 사연이, 문득 머리에 떠올라서, 그는 가슴속에서 다시금 울렁거리는 심장의 진동을 억제할 길이 없었다. 이때에 별안간 가게와 꿰달린[28] 방문이 열리고,

"시방 온 전화가 어데서 완 거요"

하는 아내의 목소리가 귀를 째는 바람에, 그의 당황한 빛은 일층 더 수상한 거동으로 보이지 않을 수가 없었는데, 이때에 마침 옆집 자전거포에서는 세 사나이의 높은 웃음소리가 바람벽을 뒤흔들면서 쏟아져 들려왔다.

　오후 세시가 가까워온다. 그런데 경상골 어느 친구네 집으로 배달 간 아이 놈은 돌아오질 않는다. 가는 데 십 분이나 십오 분, 돌아오는 데 또 십 분이나 십오 분, 그래 삼십 분을 잡아본 것인데, 여적 돌아오지 않으니, 집을 찾느라고 시간을 보내는 것일까, 그

렇게 소상 분명하게 그려준 지도를. 혹시 도중에서 자전거 사슬이 끊어지든가, 바퀴가 빵꾸를 했거나, 아니, 그런 정도라면 모르거니와 어쩌면 또 사람을 깔거나, 자전거끼리 충돌을 했거나, 전차와 경주를 하다가 뒷부리에 쓸려서 미끄러져 궤도를 베고 뻐드러졌거나 했다면 이 일을 어쩐단 말인가. 산약 수약[29] 합쳐서 육십 전어치 팔아서 일이십 전 남는가 마는가 하는 장사에, 자전거 수선료나 사람 치료비를 빼내자면, 한 달 동안의 영업이 하늘로 올라간다.

그러나 물론 그렇도록 나쁜 경우를 상상해볼 것까지는 없고 우선 당장에 그 녀석이 돌아오질 않으면 약방이 비는 거나 같다. 아내가 있고, 또 아내야말로 약국의 관리자니까, 신약, 매약, 독약, 극약 할 것 없이, 처방 조제에서 약가 계산에 이르기까지, 무엇 하나 못 하는 게 없는 자격자이지만, 만삭이 가까운 무거운 몸, 그러나 그것도 잠시 동안 방 안을 서성거리고 돌기에는 그리 힘든 일은 아닐 것이나, 꼭 시간 맞추어 나가는 데가 어디냐고 따지기 붙하면[30] 적지 아니 시끄러운 일이 일어나지 않을 수 없다. 대체 아이가 돌아오는 몇 분 동안을 기다리지 못하고, 한 분 한 초를 다투어 나가보아야 할 곳이 어디냐고, 묻는 날엔 저윽이 곤란한 문젯거리가 아닐 수 없다. 아내는 이야기의 내용을 대충 짐작하고 있다. 그것이 더 탈바가지란 말이다. 모르면 그대로 아무렇게나 속일 수도 있겠지만, 그렇게 쓰러쳐버릴[31] 수 없을 만큼 아내 김경옥이는 그런 실천적 방면엔 상식 이상의 눈치를 갖고 있다.

그러나 무슨 일이 있다 해도 시간은 지켜줘야 한다. 성운은 방 안으로 들어가 외투를 걸치고, 목에 두터운 목도리를 두르고 머리에는 방한 모자를 쓰고, 입에는 마스크를 걸어야만 한다.

사실 아내와 성운이 새에는, 지금 몇 시간 동안 여러 번 충돌이 일어날 것을 성운의 침묵주의로 인하여 그것이 제어되어왔다. 성운이는 아까, 아내가 문을 벌꺽 열면서, ‘시방 온 전화가 어데서 완 거요’ 하는 그 말에 대해서부터, 여적 몇 시간 동안을 침묵으로 일관해서 겨우 아내의 도전을 눌러버리기에 성공했다. 단 한마디의 대답일지라도 성운이가 지껄여대는 날엔, 성운에게 불리하면 하였지, 결코 유리하지는 않을, 많은 비양청[32] 소리가 아내의 입에서 쏟아져나올 것이 분명하기 때문이다.

그만큼 전화를 건 철민이라는 박성운이의 친구는, 녹성당약국과는 사이가 좋지 못할 까닭이 있었다. 김경옥이의 입을 빌린다면, 철민은 대충 이러한 사람이다.

“연극을 하면 하는 걸로, 그것으로 일정한 직업을 세우든가, 또 그렇지 못할 경우거들랑 성성한 젊은 몸이니, 노동을 하거나 하다못해 막일이라도 해서 생활 방도를 가져야 하는 게 아니냐. 이건 노동도 허기 싫다, 그렇다고 반반히 손끝의 물만 톡톡 털고, 허구헌 날 오십 전이요 일 원이요, 결코 그게 많은 돈이라든가 그게 아까워서 허는 말이 아니라, 그 근성이 아주 천박하단 말이오. 노동은 신성하다면서, 그리구 제격하면 소시민 근성이라고 욕지거리를 삼으면서, 자기는 어째서 그런 나타[33]하고, 게으르고, 남에게 의뢰하고, 비럭질하려는 룸펜 근성을 버리지 못하느냐 말이야. 남들은 다 제만 못해서 건축장에 가서 벽돌을 지고, 도로 공사장에 가서 광이[34]를 드는 줄 아는가. 또 그것도 그 정도라면 모르겠는데, 미운 고양이가 두부까지 물어간다고, 어데서 무슨 장난을 해갖고 성병(性病)까지 올려갖고 와서 치료를 해달라고 하니, 우리가 그래 그 집에서 절게살이[35]를 지냈단 말이요 뭐요. 그게 또 폐결핵이던가 무슨 딴 병이라면 모르겠는데, 트리퍼[36]까지를 우리가 맡어 고쳐줘야 할 무슨 책임을 지고 있단 말이오. 글쎄. 또 허는 말이, 날이 차고 불 때지 않은 찬 방에서 자는 관계인지, 냉병이 생긴가 부라구 하니, 세상에 어데 임균이란 게 그렇게 자연 발생 하는 법두 있는 거요. 원 남을 깔보아도 분수가 있는 거지 우린 머 바지저고린 줄만 아는 거야. 연극이면 연극대로 그만한 성실한 맛이 있는 거가 아니고, 이건 그냥 좋다구나 하구서 남을 막 떡처럼 주물러보겠다니, 그런 작자를 치다꺼리허기 위해, 밭 팔아서 약방 채려났다우."

아내 김경옥이가 철민이라는 사람을 이렇게 보고 있으니, 박성운이가, 대체 아까 온 전화의 내용을 뭐라고 설명할 수 있겠는가. 그래 역시 남이야 엄처시하라고 웃건 말건, 묵묵히 침묵주의를 쓸밖에 별도리가 없었던 것이다.

그 다음 한참 있다가는 신문지국에 약 배달 갔던 아이가, 돈은 못 받아갖고 그대로 돌아왔다.

"언젠 외상이 아니라고 당당허니 올려놓군, 누굴 농락허자는 겐가."

이러한 아내의 말에, 성운은 또 무어라고 변명이나 설명을 늘어놓을 수 있을 것이냐. 물론 아내의 말에 하나도 거짓이 없음을 성운은 잘 알고 있다. 그는 무거운 몸을 하고 찬 방에 서서 약을 짓고 있다. 그리고 박성운이, 자기로 말해도 새벽 여덟시부터 밤 열두시, 야업하고 돌아가는 소년공들이 종종걸음을 치며 약방 앞을 지나쳐버릴 때까지, 허리를 꼬부리고 주판알을 따지고 있다. 책도 변변히 못 읽고, 글 한 줄을 써보지 못하면서, 그렇게 해서 하루종일 판 것의 매상고가, 때로 돈 오 원이 넘지 못할 때가 있으니, 이렇도록 애쓰고 이를 갈면서 하는 사업에 친구란 이들은 농락이 아니면 착취다. 이렇게 생각하는 아내에게도 물론 일리는 있다고 성운은 생각하는 것이다. 그것을 잘 알고 있기 때문에, 그는 또한 침묵을 지키고 있을밖에 별도리가 없는 것이다.

그런데 기어이 안 되려니, 철민이한테서 어린아이가 약을 가지러 오고야 말았다. 전화가 어디서 온 거냐고, 아내가 묻는 말에 대답은 하였건, 안 하였건, 어뤼아이기 와서, 마치 빚이나 재촉하듯이, "철민 씨가 약 달래요" 하고 외쳤으니, 아내의 성미가 온당할 이치 만무하다.

"아니, 어데서 온 녀석인데, 우리가, 머 누구 약을 도덕질해왔냐."

어린아이는 눈이 휘둥그레 섰다.

"그저 가서 그러면 안다구 하든데"
하고 맥없이 경옥이의 앞에 서 있다.

"가서 그러면 안다는 양반이, 대체 어떤 대감이시란 말이냐. 우리집에 빚을 지웠다드냐 돈을 맡겼다드냐."

그러나 성운은 아무 말도 아니하고 미리 싸두었던 약봉지를 아

이에게 들려주어 보냈다. 아내의 얼굴에 어떤 표정이 떠올랐는지
는 쳐다보지도 않고, 그는 그대로 돌아서서 공연한 화덕불만 쑤
셔보았던 것이다.

이때에 문득, 성운은 어린아이 시절에 물속에 누가 더 오랫동안
들어가 있을 수 있는가를 내기하던 그 질식할 듯한 잠수의 경험
이 머리에 떠올랐다. 지기는 싫고, 그러자니 물속에서 숨은 답답
하고, 눈을 감은 채 숨을 꼭 틀어막고 있던 어린 날의 장난, 그 질
식할 듯한 안타까움이 문뜩 머리를 스치고 지나간 것이다.

그러나 그런 것과는 아무 관계 없이, 시계는 지금 세시 십분 전
을 가리키고 있다. 성운은 큰 결심을 한 것처럼 침착하니 방 안으
로 들어갔다. 그는 아무것도 보려고 하지 않는다. 아랫목 어둑시
근한 곳에서 아내가 편물을 하다가, 펀뜻 자기를 쳐다보고 있는
것을, 성운은 잘 알았으나 그는 애써 못 본 척 모르는 척한다. 모
든 것을 무시해버리려는 노력. 이로 말미암아 그의 거동은 몹시
침착하였다. 입을 건 입고, 쓸 건 쓰고, 두를 건 두르고, 그리고
방에서 나오려고 하는데, 여적 가만히 앉아서 남편의 하는 모양
을 눈 붙여 바라보고 있던 경옥이가,

"어데루 가시오."

매우 침착하게 묻는다. 그러나 물론 성운은 못 들은 척하고 방
문을 닫는다.

"어데루 가는 게요."

소리가 좀 높다. 그러나 역시 묵묵부답.

"흥, 정신없이 그리다가……"

그러나 유리 문을 닫고 행길로 나서면서 들은 이 한마디 희미한 말에서, 성운은 약간 주춤해보았으나, 역시 그대로 행길 가운데로 나섰다.

이때에 옆집 자전거포에서는 붕카이소오지[37]를 하다가 함석 대야를 뚜드리며 어르랑타령을 하는 것이 들려왔고, 건넌집 싸게 파는 눅거리 상점에서는 손님이 아니 온다고 오늘 잡아 세번째 깽매기를 요란스레 뚜들겨대고 있었으나, 성운은 파출소 앞을 지나면서,

"약이 잘 나가십니까"

하고 묻는 나카무라 순사에게,

"오카케사마데"[38]

하고 대답하고 있었다.

길 위에서

"그건 내가 들지요"

하고 나는 손을 내밀었다. 그러나 K기사는,

"가만 좀 둡쇼, 내 거기까지 들어다 올리게"

하고 병을 제 옆으로 옮겨놓고 그대로 꺼꿉 서서 지카다비의 단추를 채웠다. 병이라는 건 아가리가 비교적 넓은 자그마한 흰 유리로 된 것인데, 그 속에는 모새[1]를 얄따랗게 깔아놓은 물 속에 동전닢 같은 자라 새끼가 세 마리 떠돌고 있었다. 병은 농이로 얽어매어서 들손이 되어 있었다. 나는 이 세 마리의 자라를 대성리(大成里)서 하룻밤 묵은 기념으로, K기사에게서 얻어 들고 서울로 가려는 길이다.

실인즉 춘천까지 볼일이 있어서 갔다가 돌아오던 길에 버스가 '빵꾸'를 하였다. 그 '빵꾸'한 고장이 여기서 가평(加平) 쪽으로

한 킬로쯤 간 곳이었는데 탔던 손님들이 길 위에 내려서 꼬드라
졌던 다리도 놀려보고, 소변도 보고, 저만큼 떨어져서 경춘가도
와 평행선을 그은 듯이 뻗어나가는 철롯길에서, 한참 흙을 쌓아
올리는 공사장도 바라보고…… 그래서 나도 남들이 하듯이 신작
로 옆에서 멀찌감치 북한강의 물줄기를 바라보고 있었는데, 그때
에 이십여 명 인부들이 서물거리는[2] 공사장 가운데서, 골프 바지
에 퍼런 감발을 치고 캡을 뒷데석[3]에 올려놓고 청년이 하나 이편
으로 성큼성큼 걸어오고 있었다. 시궁창도 건너뛰고, 배추 포기
에 싱싱한 밭두렁도 넘어뛰면서, 청년은 우리 편으로 가까이 걸
어왔다. 처음 나는 그를 별로 눈여겨보지도 않았으나, 그 청년이
걸어오면서 내 쪽을 유심히 바라보는 것 같아서 그가 신작로의
언덕을 기어오르고 있을 때엔, 나도 그의 몸뚱아리[4]를 눈 붙여서
굽어보고 있었다. 그러나 길 위에 올라서서 정면으로 이편을 향
하여 걸어오는 청년의 얼굴을 바라보고도, 그 청년이 나를 찾아
오는 것인 줄은 미처 알지 못하였다.

　"박 선생 아니신가요?"
하고 묻는 말에도 나는 내 옆에 섰는 승객 중에 박가 성 가진 이
가 없는가를 돌아보고서야,

　"네에, 내가 박영찬이올시다"
하고 대답할 만큼, 지금 내 앞에 선 꺼머툭하게 해에 거슬린, 건
강한 얼굴엔 기억이 없었던 것이다. 이야기를 듣고 다시 찬찬히
훑어보니 몰라볼 사람이 아니었다.

　오륙 년째 만나지 못하는 동안, 나의 얼굴은 그다지 변하지 않

았으나, 나보다 네다섯 나이 어렸던 그는 그새에 얼굴과 허우대가 모두 장대해졌던 것이다. 지금 스물여섯, 고등공업을 나와서 토목 방면에 종사하기도 사 년째 된다 한다.

본시 나는 K기사와 친구간이 아니었고, 물론 거래도 없었다. 지금은 세상을 떠난 그의 종형[5]과 내가 막역한 친구간이었는데, 우리네가 사회 운동에 물불을 가리지 못할 때, 그는 중학교의 상급반으로 조용히 입학 준비에만 골똘해 있었다. 그의 종형이 세상을 떠났을 때 미아리 묘지에서 보고는 지금이 처음인데 동기가 없고 친척이 많지 않은 K기사는 종형의 친구인 나를 여기서 만난 것이 다시 없이 반가웠는지도 알 수 없다.

우연히 만난 게 더욱 졸연찮은 뜻이 있는 것 같고, 이 시각 이 처소에서 승합 자동차가 고장을 일으킨 것 역시 돌아가신 종형의 지시인지도 알 수 없은즉 바쁘지 않은 길이거든 하루만 묵어가라고 졸라댄다.

바쁜 길은 아니었다. 내가 한직(閑職)에 있는 만큼 일갓집 혼수 일로 춘천을 다녀오는 길이니, 하루 이틀 늦었다고 변통이 날 일도 없었다. 철롯길을 타고 여행은 해보았고, 공사 같은 것을 지나는 길에 바라다본 적이 있으나 그런 방면에 종사하는 사람들의 생활 같은 건 생판으로 알지 못한다. K기사의 권하는 말도 어지간하였지만, 이러저러한 호기심 같은 것도 섞여서, 그가 끄는 대로 대성리서 하룻밤을 묵기로 하였다.

버스의 '빵꾸'를 때워서 고치고, 내렸던 승객이 다시 오르기 전에, 우리는 그곳서 '구미(組)'의 출장소가 있는 데까지 한 킬로 가까운 길을 걷기로 하였다. 사무실 가까이 왔을 때에야 버스는 우리의 옆을 지나갔다. 나는 그 길로 출장소의 사무실로 안내되었다.

그러나 숙소와 사무실이 멀리 따로 떨어져 있는 것은 아니었다. 함석 지붕으로 얇디얇은 바라크[6]였지만, 산 밑의 공사를 위하여 기다란 두 채의 단층집을 지었다. 사무실이 세 칸인데, 주임 기사가 한 방을 쓰고, 회계가 다른 한 방을 쓰고 남아서 널따란 한 칸엔 K기사의 커다란 책상을 위로, 금년 봄에 고공[7] 토목과를 갓 나온 내지인(內地人) 기사의 책상, 그리고는 공업학교를 나온, 머리가 더부룩한 스무 살 전후의 두 어린 청년의 책상이 각각 하나씩, 그럭하곤 청사진(靑寫眞)을 만드는 기계, 비품을 넣어둔 궤짝, 나무통, 함석 대야, 측량 기계, 깃대, 그런 것이 질서 없이 자리를 차지하고 있었다. 그 옆방이 오락장으로 되어 있는데, 당구판 두 개가 가운데 육중하게 놓여 있고 가상으로 돌면서는 장기, 바둑판의 설비가 알맞추 되어 있었다. 이것으로 일 동(棟)이 되어 있고, 그와 평행선으로 뒤채에는 가족료(家族寮)와 독신료(獨身寮)를 갈라서 숙소를 꾸미고, 그 중 한 방을 넓게 잡아서 식당을 만들었다. 주임 기사와 회계의 두 내지인을 제하곤 전부가 독신료를 한 칸씩 차지하고 있는 모양이었다.

마침 주임 기사는 경춘 철도의 간부와 춘천서 공사비 '타합(打合)'을 한다고 자리가 비었고, 나머지 소원(所員)은 모두 K기사의 수하인 모양으로, 나는 그들의 정중한 인사를 받고, 다시 K기사의 작고한 형님의 친구로서, 친형님이나 진배없는 귀중한 손님이라는 대우를, K씨의 소개로 하여 받지 않으면 안 되게 되었다.

책상 위에는 그리다 놓은 도면이 네 귀를 압정으로 눌린 채 흰 보자기를 쓰고 있었다.

"마침 한가한 때 잘 오셨습니다. 인저 공사는 얼추 끝나고 크지 않은 다리와 옹벽(擁壁) 몇 군데와 축저(築堤)가 좀 남았는데, 작은 것까지 설계할 것은 어제까지 모두 끝이 났습니다. 그 도면대로 공사를 감독하고 때때로 측량이나 해주면 별일 없으니까, 인저 머리를 썩일 일은 없어진 셈입니다. 그럼 저녁 전에 목욕이래도 허시지요."

나는 K기사의 방 안에 들어서자, 곧 이러한 말을 들었다.

"난, 목욕 안 해두 좋습니다. 어서들 허십시오"

하고 사양하였으나, 먼저 하지 않으면 밑의 사람이 그때까지 하지 않고 기다린다는 바람에, K기사와 전후해서 나는 목욕을 하였다. 몸에서 초가을날의 티끌을 털고 방으로 돌아오니 가벼운 '유카타'[8]를 내어준다. 옷을 갈아입고 다리를 뻗고 앉아서, 흡사 좋은 여관에 투숙한 것 같은 느낌을 품을 수 있었다.

나는 K기사가 잠깐 밖으로 나간 틈에 방 안을 둘러보며, 아까 오락장을 구경할 때에 은연히 느끼었고, 그 뒤에 목욕탕 속에 몸을 잠그고 앉아서 똑똑히 생각하였던 '기술자의 생활 상태'라는 것을 막연히 머릿속으로 되풀이해 뇌어보고 있었다. 벌써 퍽 전부터 기술 방면의 학교의 입학률에 대한 것과, 기술자의 구인난 같은 것에 대한 신문 기사는 많이 보았으나, 취직난이 유례가 없는 시대에서 이들의 대우란 과연 '특등석'의 느낌이 없지 않다고, 지금 눈앞에 이들의 생활을 친히 목도하면서 거듭 생각해보게 되는 것이었다. 나는 선망이 절반, 질투가 절반, 그러한 온전하지 못한 나의 생각을 의식하고 고소를 입술 위에 그렸다. 그러나 문득, 'K와 같은 청년은 연세로는 불과 사오 년의 차이지만, 우리와는 딴 세대를 이루고 있는 것은 아닐까. 우리와는 아무런 공통된 사색도 경험하지 않으면서, 다른 개념과 범주를 가지고 세계를 해석하고, 통하지 않는 술어로 이야기하는 것은 아닐까?' 하는 생각에 붙들리자, 뜻하지 않았던 공포를 새삼스레 느끼게 되는 것이었다. 방 안을 둘러 살펴 나의 생각의 반증이 될 것을 구해본다. 옷가지나 이불까지 골방에 집어넣었는지, 아무 장식도 없는 방 한구석엔, 화약통의 한쪽을 뜯어버린 나무통에 책이 가지런히 꽂혀 있다. 그 앞에 바둑판만한 작은 책상이 하나 달름하니[9] 앉아 있을 뿐.

'책! 책이 가장 K의 내면 생활을 증명할 것이다!'

나는 속으로 이렇게 생각하면서 내심에 꺼리는 것을 그대로 책궤 앞으로 기어갔다.

'혹시 『킹구 청년』이나 『강담』의 애독자는 아닐는가?'

그랬으면 하는 생각과 제발 그렇지 않아주었으면 하는 생각이, 함께 기묘하게 설켜 도는 것 같다.

『난센스 전집』이 한 권 끼었으나, 『개조』도 있고, 『중앙공론』도 끼어 있었다. 그러나 그러한 책은 합쳐서 네다섯 권, 그 나머지 네다섯 권은 토목에 관한 기술적인 특수 서적, 학생 시대의 노트, 그러나 그 밖에 근 스무 권에 가까운 책의 전부가 수학사나 과학사, 단 한 책이기는 하나 『자연 변증법』의 암파문고[10]도 들어 있었

다. 그러나 목을 굽히고 궤짝의 뒤를 살펴보니 한 자 길이로 두겨
놓은[11] 책 가운데는 알랭의 번역이 한 권, 괴테와 하이네의 시집,
포앙카레의 작은 책자들이 섞여 있었다. 나는 가슴속을 설레고
도는 동계[12]를 스스로 의식하면서 내가 지금 경험하고 있는 감상
의 결론을 찾으려고 애써보고 있었다.

　그러나 나의 머리가 간단명료한 결론을 붙들기 전에, 기사는 작
은 상자를 하나 들고 밖으로부터 들어왔다. 상자를 들여다보며
싱글싱글 웃는 것이 수상해서,

　"그게 무엇니까? 그 속에 무에 들었소?"

하고 물으니까, K기사는,

　"장난감이올시다"

하며 상자를 가만히 내 앞에 내려놓는다. 그것 역시 작은 나무통
을 한쪽을 뜯어서 만든 것으로 시멘트로 한편엔 우물을 만들고
또 한편엔 모래로 사장을 장만해서 작은 세 마리의 자라 새끼의
놀이터를 꾸며놓은 것이었다. 두 놈의 자라 새끼는 물속에 목을
움츠리고 자갯돌을 기대어 숨어 있었고, 그 중의 한 마리는 사람
과 친근해져서인지 우물턱을 기어서, 사장 위로 잔등을 말리러
아슬렁아슬렁 기어나오고 있었다. 나는 뜻밖의 것이 눈앞에 나타
난 게 신기하고도 우스워서,

　"허, 허어"

하고 여태껏 혼자서 생각하던 궁리조차 잊어버리고 나무 상자를
들여다보았다.

　"처음 보기엔 그로테스크해서 징그럽지만, 보아나면 아주 귀여

운 아이코오모놉[13]니다"

하고 K기사는 손가락으로 자라를 엎어 눕힌다. 빨간 배때기를 드러내놓고 자라는 네 다리를 바둥거렸으나, 이내 목을 길게 뽑고 주둥이께로 모래판을 누르더니 발딱 잔등을 뒤집는다.

"하 하 하"

하고 K기사는 그것을 들여다보며 웃고 있다. 나도 자라가 제 몸을 뒤집는 것이 재미가 나서 그의 웃음에 덩달아 껄껄껄 웃어보았다.

그때에 식모가 와서 저녁 준비가 되었다고 알리어서 나는 K기사의 안내로 식당에 갔다. 내가 손님이라고 가족을 가진 회계까지 함께 끼어서 저녁은 만찬회로 차렸다고 한다. 북한강에서 잡아들인 천어[14]로 회를 저며놓고 자라로 국을 끓였다. 통째로 뒤꼍에 놓은 '월계관'[15]을 따라서 따끈하게 데우는 것을 물끄러미 보다가,

"시골이라 아무것두 없지만, 술만은 보시는 바 한 통이 그득하게 준비되어 있으니까, 어데 하루나죽 거나하게 취하야주십시오."

K기사의 이러한 말에 나는 일동을 향하여 감사의 뜻을 표하고 그가 건네는 술잔을 받아 입술로 가져갔다.

네 시간 가깝게 술좌석을 가졌으나, 그동안 오고 가고, 주고받고 한 대화는 별것이 없었다. 좌중이 모두 즐기고 어울릴 만한 화제를 따라, 같이 수작하고, 함께 웃고 떠들 수밖에 별도리가 없었다. 마지막 판엔 계집 있는 술집으로 이차회라도 가야지 홀아비 술이란 게 궁상맞아 될 일이냐는 발론[16]까지 나게 되어, 일시 자리

를 떠날 것도 같았으나, 간대야 술도 좋지 않고, 방방이 인부들로
하여 소란스럽고 그럴 테니, 얌전한 계집애를 두서넛 불러들여
앉은자리에서 그대로 내처 놀아보자는 의견이 주장이 되어, 드디
어 젊은 작부가 둘이나 좌석에 끼이게 되면서는, 육담과 노래와
환성과 춤이 좌석을 떠들썩하니 독차지하게 될 수밖에 없었다.

　가까스로 자리를 물리고 K기사의 방으로 돌아왔을 때엔, 노독
(路毒)도 있고 하여 나는 거나한 정도를 넘어 잠뿍이 취해버렸다.
내 자리라고 깔아놓은 이불 위에 펄썩하니 주저앉는 것을 보며,
　"공사장의 재미는 이렇게 무의미합니다"
하고 K기사는 말하고 있었으나, '재미라면 세상에 이런 재미가 어
데 또 있을 게냐?'는 생각이 속으로 간절한 것을, 나는 그대로,
　"덕택에 아주 유쾌하게 놀았는걸요"
하고 사례의 말을 했을 뿐이었다.
　"어서 주무십시오"
하고 그가 권하는 대로 나는 자리 속으로 기어 들어갔으나, 취안
으로 바라보는 눈에, K기사가 담배를 한 가치 피워 물고 아까 들
여다 놓은 자라 새끼를 또다시 물끄러미 내려다보고 있는 것이
몽롱하게 비치었다. 이윽고 K기사는 소매를 걷어붙인 굵다란 바
른 팔로 자라 새끼를 주무르는 품이, 아까처럼 그놈을 모두 뒤집
어 엎어놓는 장난을 하는 모양이었다.
　"자라가 재미납니까?"
하고 감기는 눈을 비집고 말을 건네니,
　"장난삼아 주물렀더니 인제는 습관처럼 되어서 심심풀이는 됩

니다. 밖에서, 돌아와서 이놈을 한 놈씩 엎어놓고 기운 있게 발딱 발딱 뒤집는 걸 보면 어쩐지 유쾌합니다. 맥이 없거나 병이 있을 때 이놈이 엎어놓으면 엎어진 채, 제쳐놓으면 제쳐진 채, 겨우 다리만 두어 번 버둥거릴 뿐이지요."

이렇게 설명하는 K기사에게,

"나두 왔던 기념으로 자라 새끼나 얻어갈까?"
하고 말하였으나,

"그럭허십쇼. 강에 나가면 얼마든지 잡을 수가 있습니다"
하는 K기사의 대답의 말은 잠결에 들은 둥 만 둥 하였다.

아침에 자리에서 눈이 뜨였을 때 벌써 K기사는 방 안에 있지 않았다. 자라에 관한 이야기 같은 건 잊어버리고, 어데 새벽에 볼일이 있는 줄만 알았더니, 뒤에 알고 보니 그는 공업학교 출신의 부하 한 사람을 데리고 자라를 잡으러 강에 나가 있었던 것이다. 그래서 지금 나는 춘천서 오는 버스가 두 시간이나 있어야 이곳을 지난다고, 다음 정류장까지 세 킬로 남짓한 길을 공사 구경을 하면서 걸어가자고 제안하였고, K기사는 나의 간청대로 아침을 먹고 이렇게 지카다비를 신으면서 나서는 판이다.

지카다비의 단추를 채우고 난 K기사는 바른손에 자라가 든 유리병을 들고 일어섰다. 나는 소원 일동에게 출발의 인사를 하고 K기사와 함께 길 위에 나섰다.

얼마 가면 곧 철롯길이 바른쪽으로 나타났다. 다리목에서도 끊어지고, '옹벽' 옆구리에서도 잠깐 중단되고 하였으나, 철로는 얼추 완성되어가고 있었다. K기사는 철도에 관한 이야기를 이것저 것 들려주었다. 그리고 도로와 교차되는 곳은 평면 교차는 절대 로 허가하지 않고, 교통 사고가 발생하는 '후미키리'[17]라는 걸 금 후엔 허락지 않으므로, 육교(陸橋)나 '가드'로 서로 엇갈린다는 설명을 붙인 뒤에, 지금 자기가 가는 공사장은 그러한 교차점의 '가드'를 만들고 있는 데라고 말하였다.

K기사의 이러한 이야기는 물론 재미가 있었으나, 길 위에서 내 가 알고 싶은 것은 이러한 청년들의 세상을 대하는 근본 태도가 무엇인가? 하는 그런 문제였다. 그래서 나는 잠깐 동안 이야기가 끊어진 것을 기회로,

"아마 인부들을 많이 취급하게 될 터인데, 그런 사람들의 생활 상태 같은 데 대해선 어떻게 생각하게 됩디까?"
하고 물어보았다.

"인부를 한 때엔 몇천 명씩 다룰 때가 있지만, 우리와의 직접 관계는 별로 없습니다. 오야카타[18]가 있고 그 밑에 다시 십장이 있 고, 그렇게 해서 노동자와의 직접 교섭은 대개 이런 계단을 거치 게 됩니다."

이렇게 대답은 하면서도 내가 묻는 근본 주지가 어데 있는지를 K기사는 모르는 것이 아니었다. 그래서 그는 한참 동안 덤덤히 걸 었고, 나도 길을 따라 벌어지는 풍경을 바라보듯 하며 아무 말 없 이 따라갔다. 길이 엇비스듬히 커브가 진 곳을 돌아서니 멀리 보 이는 고개턱에 공사장이 나타났다. 인부들이 자갈과 시멘트를 지 고 나르는 가운데 십장과 오야카타가 왔다 갔다 하는 것이 보였

다. K기사는 이윽고 무겁게 입을 열면서,

"요컨대 인도주의란 한편으로 생각해보면 일종의 센티멘탈리즘이 아닐까요? 그런 의미에서 물론 피할 수는 없는 사정이었겠지만, 내 종형 같은 이는 비극의 주인공이겠지요. 박 선생님 앞에서 이런 소리 하기는 무엇 허지만……"

나는 아무 대꾸도 하지 않았다. 그러나 K기사의 말에서 아무러한 충격도 받지 않은 것은 아니었다. 그의 종형이나 나까지를 범박하게 인도주의로 합쳐서 간주하려는 그의 의도가 밉기도 하였지만, 확실이 이러한 둔하게 보이는 그의 신경 속에는 꺾을 수 없는 어떤 신념이 들어 보여서, 나는 두려움 비슷한 감정을 품게 되는 것이었다. 내가 아무 말도 입 밖에 내지 않으니, 그는 뒤이어 이렇게 띄엄띄엄 이야기하였다.

"처음 얼마는 몹시 신경에 거슬려서 제깐으론 고민도 해봤으나, 지금은 청년다운 센티멘탈이라고 집어치웠습니다. 가령 이런 경우가 가끔 있습니다. 터널의 천정이 무너지든가, 화약이나 폭발물에 부주의하여 사고가 일어나는 경웁니다. 이런 경우에 나는 지금 확실히 부상자보다도 사망자를 희망합니다. 사망자에겐 장례비나 또 유족이 있으면 일이백 원 주어버리면 그만이지만, 한 달 두 달씩 걸리는 중상자는 아주 질색입니다. 돈뿐만이 아니라 성가시기가 짝이 없습니다. 이런 때에 심중을 오락가락하는 인도주의적 의분이란 그리 높이 평가할 것이 못 되는 줄 알았습니다. 언제나 큰 사업을 위하야 사람의 목숨이란 초개 같은 희생을 받어왔고, 또 그것 없이는 커다란 사업이란 완성되지 않는 게 아닙니까. 이런 경우에 사람의 목숨을 가볍게 보는 건, 결코 사람의 가치 그 자체를 대수롭잖게 여기는 거와 혼동할 수는 없을 줄 압니다. 이 자라를 보시지요……”

K기사는 흰 병을 높직이 쳐들었다. 자라 새끼는 깜짝 놀라서 모새에 반신을 묻고 목도 들지 못한다.

“우리가 이놈을 보고 즐겁듯이, 이 자라들도 유쾌하고 즐거울 리야 없겠지요. 이런 때에 자라의 입장에서 인도주의를 따진다면 그건 확실히 우스운 일이 아닐까요. 그러나 무엇이든 따져보면 이야기는 비슷비슷합니다. 그렇다고 자라 새끼와 사람을 한 자리에 세우는 건 아니지만……”

나는 이러한 말에도 아무 말을 하지 않았다. 따지면 이론이 서지 않을 리도 없다. 그러나 문제는 그런 이론을 세우는 데 있는 것은 아닐 것 같았고, 역시 이런 생각을 받아들일 마음의 준비가 부족했던 내 자신에 대한 당황한 심정의 불안정 상태, 그런 것이 지금의 나의 심리는 아닐런가 생각되었다.

“그런 것에 머리를 쓰는 것보다도 많은 두뇌의 나타나지 않는 정신적 노력이 하나의 방정식으로 간단하게 표현된 것을 되새겨 생각해보며, 공식과 방정식과 공리와 정리의 싸늘쩍한 숫자나 활자 가운데서, 뜨거운 휴머니티를 느껴보는 것이 일층 더 고귀하고 아름다운 것 같습니다.”

결론처럼 이렇게 말해버리곤 그는 십장과 인부들의 인사를 받으며, 다리의 기둥을 쌓아올리는 세멘 콩쿠리[19] 장으로 성큼성큼 뛰어갔다. 나는 그의 경쾌하고도 건강한 뒷자태를 쳐다보며, 나의 맥 풀린 초라한 모양을 눈에 보는 듯하였다. 나는 K기사의 손 길 하는 대로 사다리를 올라가서 공사를 구경하고 '옹벽' 쌓는 데 를 지나서 한참 만에 다시 길 위에 나섰다. 정류장은 이내 우리의 앞에 나타났다. 길 옆에 있는 담배 가게에는 부녀자들의 승객이 많이 뭉켜[20] 있었다. 그 틈에서 열두어 살 났을 계집아이가 하나 일어서더니 K기사에게 인사를 한다.

"오오 너, 길녀, 어디 가니?"

하고 K기사는 그의 앞으로 가까이 갔다.

"인제 공사가 끝나서 중앙선으로 이사가요"

하고 길녀라는 아이는 뒤꼍에 앉은 제 어머니와 동생을 돌려다 본다.

"중앙선 어데라던?"

하고 다시 묻는 말엔,

"인부 모집하러 온 사람도 모른다구 하면서 가보아야 알겠대 요"

하고 대답한다.

"차가 만원이나 안 됐으면 좋으련만."

"우린 여기서 도라쿠를 기대려요."

"그럼 아버지랑은 그 도라쿠 타구 이리루 오시냐?"

"네에."

그렇게 대답하곤 저의 동생이 찌드럭거려서 길녀는 어머니 옆 으로 갔다. K기사는 가게에서 과자를 두 근 무게나 되게 사더니 길녀를 준다.

"길에서 아이들허구 입이래두 놀려라."

주는 과자를 부끄러운 낯으로 몇 번 사양하였으나 길녀는 그것을 받았고, 그때까지 가만히 앉아 있던 그의 어머니도 머리를 약간 수그리었다.

버스가 느리게 흔들거리며 가평 쪽에서 굴러온다.

"그럼 서울 들르는 대로 한번 찾아오슈. 이번엔 너무 폐를 많이 끼쳐서……"

이렇게 나는 인사를 하고, K기사의 손에서 자라가 든 병을 받아 쥐고, 만원 가까운 자동차를 비집고 들어갔다. 그때에 차 안에서 웬 양복쟁이가 하나 머리를 내밀면서,

"여기 중앙선으로 가는 인부들의 가족이 없소?"

하고 고함을 질렀다. 이 물음엔 바로 창밖에 섰던 K기사가,

"있습니다"

하고 대답하였다. 길녀와 그의 가족이 따라 나왔다.

"주인의 이름이 뭐유?"

"김대성이야요."

양복쟁이는 수첩을 조사하더니,

"그럼 이 차에 올라타슈!"

한다. 아이까지 셋이 더 차 안에 들어앉고, 지저분한 보퉁이까지 두 개는 뒤에다 넣다가 못 다 넣고 차 안으로 굴러들어왔다.

나는 자라 새끼의 병을 건사할 길이 걱정되었다. 가까스로 추켜들고 다리를 오그리고 앉아서 나는 차가 떠날 때에 K기사에게는 변변히 인사도 하지 못하였다.

차는 소란스레 덜그락거리고 길이 험한 대신 한두 자씩 까불었다. 그때마다, 주의도 하고 조심도 하지만 병 속의 물은 출렁거리고 그 물은 연방 나의 옷을 적시었다. 그러나 K기사가 자라를 장난하던 정경이 눈에 선해서, 나는 극진히 병을 간수하기에 애썼다.

내 옆을 뚫고 앉은 길녀는, 앞자리에 겨우 궁둥이나 붙이고 앉았는 어머니와 동생에게 K기사에게서 받은 과자를 옮겨주었다.

"엄마두 먹어보려마"

하는 딸의 말에, 부인네도 과자를 한 조박 입으로 가져가며

"백의 한 사람두 드문 양반이다"

하고 혼잣말처럼 중얼거렸다. 나는 이 부인네의 말이 K기사를 칭찬하는 말인 것을 이내 알아차리고, 그는 인부들간에도 친절한 청년이라는 대접을 받는 모양이라고 생각하였다. 나는 K기사가 길에서 하던 말을 되새겨보며, 그가 선물한 자라를 물끄러미 바라보는 것이었다.

그러나 내가 한참 동안 병 속을 물끄러미 바라보고 있을 때, 차는 급커브를 돌며, 바퀴로 돌덩이를 넘는지 한 번 커다랗게 바운드를 하였다. 몸의 자세를 잡느라고 엉겁결에 의자를 붙들 새도 없이, 한 손에 들었던 병이 창문 창살에 부딪쳐서 깨어지고, 내가 허겁지겁하는 통에 병은 갈라져서 팔소매와 무릎에 물과 모새가 쏟아지고, 자라는 두 놈은 창문 밖으로, 한 놈은 구두 코숭이 밑으로 굴러떨어져버렸다. 깨어진 유리 쪼박²¹을 붙든 채,

"스톱해주!"

하고 부르짖었으나, 운전수는 기관의 소음으로 나의 목소리를 듣

지 못하였고 같은 자리에 앉은 승객들의 표정이, '자라는 낫살이
나 먹은 양반이 무슨 자란가! 한강에두 흔한 게 자란데……' 하고
못마땅히 생각하는 것 같아, 그 다음에 다시 한번 불러본,
　"여 운전수 스톱!"
한 나의 목소리는, 더욱 당황하고 나직하여 차는 귀담아 들을 턱
이 없었다. 나는 다시 외쳐볼 기력도 없어서, 한참 어쩔 줄을 모
르고 깨어진 유리를 들고 멍청하니 앉아 있었을 뿐이었다.

　　　　　　　　　　　　　　　　　　（己卯六月二十一日於病床）

경영 經營

1

아홉시에서 아홉시 반까지, 현저동 사식 차입집 앞까지, 차 한 대만 꼭 보내게 해달라고, 며칠 전부터 신신부탁이지만, 바쁜 틈에 혹시 잊어버리지나 않을까 근심되어서, 최무경(崔武卿)이는 사무실을 나오려고 할 때에 다시 한번 자동차 영업소로 전화를 걸었다. 그러나 마침 말하는 중이었다. 다른 또 하나의 전화번호를 불러도 통화 중이었다. 수화기를 걸고 의자를 탄 채 바람벽에 걸린 시계를 쳐다보고, 캘린더를 무심히 스쳐보고, 그리고는 다시 수화기를 쥐었으나, 그때에 전화는 밖으로부터 걸려와서, 책상 밑에 달린 종이 요란스럽게 울었다.

"야마토 아파트 사무실이올시다"

하고 언제나 하는 버릇대로 먼저 지껄여보았으나 이내,

"네, 저올시다. 제가 최무경이에요. 안녕하신가요? 네, 지금 막 나가려던 참이었어요. 네? 내일루요."

그리고는 다시 대답을 이어 나아가지 못하고, 그저 들려오는 목소리에만 귀를 기울이고 있었다. 한참 만에야 그는 탁상 전화를 틀어쥐듯이 하고 입을 바싹 들여댄[1] 뒤,

"내일루 연기라지만, 그러다가 아주 틀어지는 거나 아닌가요?" 하고 따지듯이 물어본다. 그러나 한참 만에,

"글쎄요, 그렇다면 몰라두요. 무슨 본인의 잘못 같은 걸루 일이 시끄럽게 되는 건 아니겠지요? 네, 그럼 안심하겠습니다. 내일은 틀림없겠죠? 그럼 그렇게 알구 있겠습니다. 안녕히 계세요."

맥없이 전화를 끊고 멍청하니 의자에 기대어본다.

클라이맥스를 향하여 한장면 한장면 접쳐 올라가던 판에 필름이 뚝 끊어진 때처럼 허파의 공기가 쑥 빠져버리는 것 같다.

내일 이맘때까지 스물네 시간, 눈이 뒤집힐 듯이 바쁘던 며칠이 있은 끝에, 갑자기 찾아온 텅 빈 공간 같은, 예측하지 않았던 시간이다.

회전의자여서 분김에 발부리로 책상 다리를 차면, 몸은 핑그르르 돌아서 저절로 강 영감을 보게 된다.

강 영감은 꾸부리고 앉아서 손주딸이 날라온 벤또에 차를 부어서, 훌훌 소리가 나게 젓가락질을 하고 있었으나, 전화 받는 품으로 대강한 사연을 짐작은 하겠다는 듯이, 힐끗 젊은 여사무원의 얼굴을 쳐다보곤,

"그저 재판소 일이란 게 그렇다니께. 제에길."

그러더니 먹은 그릇을 덜그럭거리며 치우고 나선,

"그래, 또 무슨 까닭인구?"

하고 빠끔히 주름살이 구긴 얼굴로 무경이를 바라본다.

"전들 무슨 심판인지 알 수 있에요. 변호사의 말은 예심 판사가 아직 검사의 승낙을 못 받았단답니다. 언제는 검사의 승낙을 얻기에 힘이 들구 애가 씌었다더니. 나와야 나오는 게지, 변호사의 말이라구, 제멋대로 주워섬기는 걸 믿을 수가 있어야죠. 그렇다구 하나하나 따져볼 수도 없는 일이구……"

"아무렴, 그런 일이란 건 으레 그런 법인걸, 이편은 바쁘지만 저희들야 무어 바쁠 것 있어. 제 볼일 다 보구 생각나문 뒤적거려보는걸. 그러나 머, 낙심허실 것 없이, 여태 기대렸으니께 그깟것 하루쯤야, 또 그래야 만나 뵈시는 데 재미두 더 허구, 흐흐흐……"

이가 군데군데 빠져서 입김이 샌다. 선량한 늙은이의 얼굴을 보고 있으면 쓸쓸하고도 정다운 생각이 들어서, 무경이는 빙그레 웃음을 입술 위에 가지게 되는 것이다. 그러나 그런 웃음은 강 영감과의 오랜 생활에서 거의 습관처럼 되어진 것이기 때문에, 속으론 딴것을 희미하게 생각하고 있었다.

어떻게 할까? 집으로 가서 어젯밤의 되풀이를 또 한번 치를 것인가. 저녁은 외식을 하고, 나오는 분을 맞아다가 아파트에 안내한 뒤, 일러도 열한시나 자정이 되어야 집으로 돌아오게 될 것이라고, 아침에 나올 때에 일러두었는데…… 역시 간단히 무어든간 사먹고 가리라 생각하는 것이다.

무경이는 택시 영업소로 전화를 걸고 사무실을 나와서 구내 식당으로 들어갔다. 사무실에 강 영감이 있듯이 식당에는 산짱이라는 어린 소년이 있어서, 그는 이 안에 들어설 때마다 반가운 표정을 짓게 된다. 새로 빨아서 깨끗이 다린 흰옷을 입은 어린 소년은,

"어유, 최 선생님이 어쩐 일이유. 저녁 진지를 식당에서 다 잡수시구."

그의 뒤를 달랑달랑 쫓아오면서 생글거리기 시작한다.

무경이는 구석진 테이블에 앉아서, 눈이 마주친 손님들께 가벼운 인사를 나누는데, 상머리에 서서 나막신 끝으로 시멘트 바닥을 울리면서 말끄러미 무경이의 눈동자를 지키고 섰던 산짱은,

"사진 구경 가시려구. 어딘지 맞히리까?"
하고 똥그란 눈을 삼빡거린다.

"사진 구경은, 누가 산짱인 줄 아는 게군."

유쾌로운 얼굴로 백을 식탁에다 놓고 웃어보이니까,

"오오라, 참, 부민관, 내 참 음악횐 걸 깜빡 잊었네."

쉴 새 없이 핑글핑글 돌아가는 전기 시계를 펀뜻 쳐다보더니,

"늦었수. 어서 가세야지. 무어 잡수실려? 라이스모논 카레하구 하야시만 남았는데. 빨리 될 걸룬 카케우동."

무경이는 소년의 지껄이는 것이 재미나서,

"그럼 카케우동 하지."

마치 음악회나 가려는 것처럼 대답해 보내는 것이다.

음악회. 참말 음악회의 표를 미리 사서 간직해두었던 것을 지금서야 생각한다. 깜빡 잊었다. 첫날 치였으니까, 벌써 시효도 넘

었다.

백에서 속 갈피를 뒤적이니까 한편 구석에서 티켓이 나왔다. 일 년에 잘해야 한 차례씩이나 얻어들을 수 있는 교향악단의 밤이었다. 지금쯤은 차이코프스키의 파테티크가 연주되기 시작하였을 것을. 그는 요즘 며칠 동안 제정신이 어디로 팔려버렸던 것을 새삼스럽게 생각해본다. 그러나 기뻤다. 어떤 숭고한 일에 정성을 썼다는 만족이 그의 마음을 느긋하게 어루만져준다. 음악회 티켓 같은 것, 열 장 스무 장이 무효로 되어버려도 그는 도무지 아깝지 않다고 생각해보는 것이다. 음악회라면 하찮은 학생들의 연주회에도 빠지지 않고 쫓아다니던 것을……

우동이 왔다. 두어 젓가락으로 빨간 국물만 남는 깜찍한 우동 그릇이 오늘처럼 그의 마음에 합당한 때는 없었다. 그는 따끈한 국물을 마시고 식낭을 나왔다. 그 길로 삼층을 향하여 올라가는 것이다. 복도를 돌아서 그는 하나의 도어 앞에서 발을 멈춘다.

방 앞에 서면 언제나 감격이 새로워서 가슴이 울렁거린다.

이 년이 되어온다. 그런데 아직 예심 종결도 나지 않았다. 예심이 종결되기 전에 보석 운동을 하기란 여간 힘든 게 아니었다. 처음은 면회도 할 줄 몰랐다. 변호사를 대고 차츰 이력이 나서, 졸라보고, 떼를 쓰고, 계교도 꾸며보고, 갖은 애를 써서 면회도 비교적 잦아졌고, 그리고 두 달 전부터는 보석 운동에 손을 댈 욕심까지 가져본 것이다. 그러한 정성이 지금 여기에까지 이른 것이다.

핸드백에서 열쇠를 꺼내 잠갔던 문을 여니까, 쌍끗한 꽃의 향기가 몸에 안기는 것 같아서, 그는 그것을 함뿍이 들이마시면서 눈

을 감고 한참 동안 문지방에 선 채 움직이지 못했다. 서편 창으로
부터 맞은 언덕을 넘어가는 낙조가 푸른 문장에 비쳐서 은은한
광선이 꽃병이 놓인 나지막한 서가를 비스듬히 비추고 있다. 서
가에 두 칸대는 텅 비었으나, 가운데 칸대에는 신간과 새달의 종
합 잡지들이 가지런히 꽂혀 있다. 그 가운데 경제 연보가 두 책.
하얀 바람벽에는 흰 테두리 속에 들은 수채화가 한 폭. 흰 요를
깔아놓은 침대는 북쪽 바람벽에 붙어서 누워 있고, 침대 머리맡
에 전기 스탠드, 그 밑에 철필과 잉크를 놓은 작은 탁자. 양복장
과 취사장이 지금 무경이가 서 있는 옆으로 나란히 설비되어 있
으나, 물론 그 안에는 아무것도 들어 있지 않았다. 훤하게 유리알
이 발린 남쪽 창문을 옆으로 하고 간단한 응접 세트와 사무 탁자.
응접 테이블 위에는 화분이 하나.

무경이는 구두를 벗고 신장을 열어서, 거기에 들어가 있는 새
슬리퍼를 꺼내어 신고 방 안으로 들어선다. 이 커다란 건물 안에
서 그중 좋은 방이거나, 제일 큰 방은 아니지만, 조촐하게 독신자
가 들 수 있을 남향으로 된 아파트 한 칸이다. 침대 위에 놓인 옷
보퉁이를 한 옆으로 밀어놓고 그 옆에 털썩 걸쳐 앉아서, 그는 벌
써 한 주일째나 하루 두세 번씩은 해보곤 하는 마음과 눈의 작은
절차를 오늘도 세번째나 되풀이해본다.

무어 부족한 거나 없는가? 방 안을 쭉 돌려 살피는 것이다. 옷
보퉁이에는 새 잠옷이 있고, 침대는 이만했으면 쇠약한 몸을 편
하게 가로눕힐 만큼은 편안하고, 방 안의 장치도 설비도 만족할
정도는 아니지만 간소한 대로 정성을 다한 것, 오랫동안 새로운

228

지식에 굶주렸으니 그동안의 사회 정세의 변동이나 추세나 짐작
할 정도의 신간, 경제를 전문하던 터이니 경제 연보의 새것을 두
권, 그리고 복잡한 세계의 분위기나 두루 살피라고 종합 잡지를
사다 꽂았다. 꽃을 한 묶음 화병에 꽂고, 집에서 정성들여 기르던
꽃 화분을 하나 탁자에 준비하고…… 이만했으면 우선 그를 맞아
들이기에 시급한 준비는 된 것이라고 그는 거듭 생각하는 것이
다. 그는 한참 동안 입술 가에 만족한 웃음을 그리면서 앉아 있다
가, 갑자기 생각난 듯이 핸드백을 들고 그 안에서 사내의 회중시
계를 하나 꺼내었다. 커다란 크롬 껍질의 월샘[2]이 제깍 소리를 울
리며 기다란 쇠줄을 끌면서 나타났다. 손에 쥐어보면 묵직한 것
이 믿음성이 있다.

　오시형(吳時亨)이가 학생 시대부터 차고 다니던 것이다. 사건
의 취조가 끝나고 검사국으로 송치가 된 뒤, 검사 구류 기간 열흘
이 지나서 드디어 예심으로 회부가 되어 시형이가 영영 영어의
몸이 되어버렸을 때, 입고 들어갔던 옷가지와 함께 취하(取下)해
가져온 물건 중의 하나였다. 그때로부터 이 년 가까이, 이 묵직한
회중시계는 주인의 품을 떠나서, 언제나 무경이의 핸드백 속에서
시간의 흐름을 가리키고 있었다. 이 장침과 단침은 대체 몇천 번
이나 빤뜩빤뜩한 흰 판을 달리고 돌았는가? 초침이 한초 한초씩
시간을 먹어 들어가는 소리를 물끄러미 듣고 앉았다가 그는 시계
를 가만히 제 얼굴에다 부비어보았다. 차갑다. 그러나 가슴속에
선 누르고 참았던 감정이 포근히 끓어올라서, 이내 그의 볼 편의
체온은 크롬 껍질을 따끈하게 데우고야 만다. 가슴을 복받치는

울렁거리는 혈조를 가라앉히기 위해서 그는 한참이나 낯을 침대에 묻고 가만히 엎디어보았다.

어머니에게 저희의 관계를 승인시키기에 얼마나 애가 쓰였는가. 집과 인연을 끊듯이 한 시형이의 차입을 대고, 보석 운동을 하느라고 얼마나 발이 닳도록 뛰어다니고, 뼈가 시그러지도록 일을 하였는가. 그 때문에 직업에도 나서보았다. 재판소, 변호사, 형무소로 통하는 길을 미친년처럼 쫓아도 다녔다.

그는 가슴속으로 맑고도 숭고한 쾌감을 포근히 느껴보면서 침대에서 낯을 들고 시계를 백에 챙겨넣은 뒤 방을 나왔다. 내일, 내일 저녁이면, 그러한 정성이 하나의 보답을 받는다……

밖은 벌써 땅거미가 꺼멓게 기어들고 있었다. 아직도 채 식지 않은 공기가 바람에 불리어서 훈훈하게 움직인다. 그러나 땀발이 잡히려던 피부엔 넓은 언덕에서 흔들리는 저녁 바람은 선뜩하였다. 북아현정 쪽의 푸른 주택지를 잠시 바라보고 섰었으나, 오랫동안의 습관으로 거리 위에 나서면 그는 늘 바쁜 사람처럼 종종걸음으로 서두른다. 감영 앞, 종로, 안국동 이렇게 세 군데서나 차를 바꾸어 타는 것도, 어쩐지 분주한 듯이 서둘러대고 싶은 마음에 합당한 것 같아서, 오늘 저녁의 그에게는 다시없는 가벼운 흥분으로 즐겁게 느껴지는 것이다. 화동 골목까지 치마폭에서 휘파람 소리가 날 지경으로 활개를 치며 걸어 올라간다.

어머니보고도 같이 가시자고 말해보리라. 처음엔 믿음직 못하다고 한사코 나무랐으나, 그런 것 때문에 이 년 만에 돌아오는 그를 대견하게 맞아주지 못할 것이 무엇인가. 인제 누가 뭐래도 장래의 사위가 아닌가. 예식만 갖추면 아들 맞잡이, 단 하나의 어머니의 사위가 아닌가. 어머니도 요즘엔 은근히 기다리고 계셨다. 같이 가시자면 기뻐하실 것이다. 나오는 당자의 기쁨은 말할 것도 없을 게고……

제 집 대문을 들어설 땐 콧노래까지 흥얼거리고 있었다.

"엄마 있수?"

하고 응석을 담아서 불러본다. 꽃 화분이 쭈루니³ 얹히어진 높직이 층계가 진 선반 옆에 선 채 무경이는 어머니 방을 향하여 불러보는 것이다. 그러나 대답이 없다. 식모 방에서, 이 집에 들어온 지 겨우 한 달밖에 안 되는 식모가 툇마루로 뛰쳐나오며,

"아이구, 아가씨가 오셨네"

하고 얼굴에 크림이라도 바르고 있었는지, 당황히 옷 괴춤을 매만시고 섰다.

"마님은 손님이 오셔서 같이 나가셨는데, 인제 늦지 않게 곧 다녀오신다구서…… 그런데 아가씬 웬일이세요?"

"내일 저녁으로 연기야"

하고 대답해주곤 무경이는 곧바로 제 방문을 열었다.

"대야에 물 좀 떠놔! 그러구 밥 있어?"

식모는 댓돌에서 해진 고무신을 발부리에 꿰면서 뜰로 내려선다.

"네. 그래두 찬이 시원찮은데…… 아가씬 왜, 저녁, 밖에서 잡수신다구 하시군……"

수도에서 물을 받아서 놋대야를 대청으로 나르고 비눗곽⁴과 수건을 갖다 놓고는 부엌으로 들어간다.

무경이는 낯을 씻었다. 다시 제 방으로 들어가서 볼 편에 크림을 바르고 있는데,

"진짓상 이리루 드릴까요?"

하며 식모가 문지방 밖에서 엿보듯 한다. 안방 어머니 방에서 함께 모여서 먹는 것을 알고 있는 식모는, 밥은 역시 그곳에서 먹는 것을 정칙으로 생각하고라도 있는 것 같다.

"그래. 내 인제 건너갈게. 어머니 방으루 들여다 놔."

"찬은 머, 굴비허구 장아찌밖엔 없는데 어떡허실까……"

하고 걱정하는 것을,

"그게면 되지, 찬물에 풀어서 한 술 들면 될 걸 뭐."

분첩으로 볼 편을 두어 번 뚜들기고 무경이는 어머니 방으로 건너가서 상 앞에 주저앉았다. 밥술을 막 들려고 하는데, 길마리 머릿장 밑에 보지 않던 부채가 한 자루 있었다. 무경이는 그것을 잠시 물끄러미 바라다보았다.

"아이, 손님이 부채를 놓으시구 가셨네."

무경이의 눈길을 따라가 본 식모는, 대청마루에 엎드리듯이 턱을 받치고 주인 아가씨의 진지 드는 모양을 바라보려다가, 눈에 띈 부채에 대해서 그러한 설명을 들려주었다. 그러나 벌떡 상반신을 일으키더니 부채를 들어서 책상 위에 올려놓고 다시 뜰로 나가버렸다.

무경이는 술을 든 채 밥그릇으로 손을 옮기진 못하였다. 그는 술을 놓고 일어서서, 지금 식모가 챙겨놓고 나간 부채를 가져다 펼쳐보았다. 틀림없이 사내의 소유물이었다. 곱게 색채를 써서

그린 산수화가 있고, 위하곡대인청상(爲河谷大仁淸賞)이라고 쓴
밑에 청산(靑山)이란 화가의 낙관이 찍혀 있다. 이것으로 보아,
청산이란 화가가 그림을 그려서 하곡이란 분에게 선물로 보낸 부
채라는 것을 알 수 있었다. 이 부채의 임자는 하곡이란 아호를 가
진 분이다. 그리고 어머니는 이 하곡이란 분과 함께 외출하신 것
이다. 그런 것을 알 수 있었으나, 무경이는 첫째 하곡이란 분을
알지 못하였다.

'하곡? 하곡' 하고 입 안으로 두어 번 뇌어보았으나 그러한 아
호와 함께 나타나는 환상은 아무것도 없었다.

'낯도 잘 알고, 이름도 잘 아는 분이면서도, 내가 그이의 호를
모르고 있는지도 모르지.'

그렇게 생각하면서 부채를 다시 책상 위에 놓은 뒤에 밥상 앞으
로 돌아왔고,

"많지두 않은 찬에 어란을 잊었었네"

하구 변명하듯 하면서 가지고 들어온 식모의 손에서 접시도 그대
로 묵묵히 받아놓았으나, 어쩐지 마음은 말끔히 가시지 않았다.

어머니와 같이 나간 손님이 어떻게 생긴 분인가를 식모에게 물
어보려다 그것도 그만두었다. 그는 잠시 더 멍청하니 상 앞에 앉
아 있었으나, 식모에게 눈치 채일까 저어하며, 이내 밥통을 열고
물 대접에 밥을 말았다. 그리고는,

"나 혼자 먹을 게 나가 있어"

하고 식모도 밖으로 쫓아버렸다.

마른반찬에 얼러서⁵ 두어 술 떠넣고 그는 다시 방 안을 살펴보

지 않을 수 없었다. 장롱과 의걸이, 문갑, 책상, 책상 위의 성경책들, 모두 다 놓았던 자리에 놓여 있다. 그러나 책상 밑을 들여다보았을 때 무경이는 다소 마음이 뜨끔했다. 치렛거리로 놓아두던 놋재떨이에 피우다 버린 담배 꽁초가 하나 비비어 꽂혀 있기 때문이다. 손님은 담배를 피우는 분이었다는 것을 그것으로 알 수 있었다. 그러고 그것은 결코 대수롭지 않은 발견은 아니었던 것이다. 어머니의 아는 분으로서 담배를 피우는 이는 무경이의 기억 속에는 들어가 앉아 있지 않았다. 이십여 년 동안 예수교 풍속에 젖어온 분이고, 그 속에서 청상과부를 지켜온 어머니로서 끽연의 습관을 가진 사내 손님을 가지고 있었을 리 만무하다.

"다 먹었으니까 상 치워"

하고 외치듯 하고는 무경은 제 방으로 돌아와버렸다.

부채, 하곡, 담배. 이런 것이 함께 엉켜 돌면서 종시 그의 머리를 놓아주지 않는다. 그리고 이러한 그의 의심은 다시금 얼마 전에 경험한 한 가지 사건을 그의 머릿속에 불러내는 것이었다.

달포 전의 일이었다. 화창한 초여름의 공일날, 벌써 몇 해째의 습관에 따라 무경이는 오랜만에 만나는 휴일을 집에서 책을 읽었고, 어머니만 예배당에 가신다고 집을 나갔었다. 오정이 좀 넘으면 으레 예배당에서 돌아오셨으므로, 그는 돌아오시는 어머니와 함께 점심을 먹고, 잠시 본정이라도 다녀오려고 그 시간이 되기를 기다리고 있었다. 그러나 어머니는 어쩐 셈이신지 한시가 되어도 돌아오지 않았다. 강설이 길어져서 예배 시간이 오래 되는 것이라고 얼마를 더 기다렸으나 두시가 되어도 종내 돌아오지 않았다. 그래서 무경이는 혼자서 점심을 먹고 집을 나왔다. 안국동 네거리를 거진 나왔는데, 예배당 전도 부인을 길에서 만났다.

"오래간만이올시다"

하고 이 근년에 신통치 않아진 '타락된 교인'은, 목사나 전도 부인을 만나면 다소 면구스러워져서 그다지 기다란 인사를 늘어놓지 않는 습관이 있었다. 그러면 도회인답게 경우가 빠른 목사나 전도 부인도 이내 무경이의 태도를 눈치 채고, 그 이상의 긴 수작을 늘어놓으려고 하지 않았으나, 오늘만큼은 간단히 인사를 마치고 돌아서는데,

"어머님이 예배당엘 안 오셨게 무슨, 몸이래두 편치 않으신가 해서, 난 이따 저녁녘에 잠시 들러보려던 참인데……"

하고 무경이를 붙들어 세우려 들었다.

"아뇨, 별일 없으신데, 그리구 어머닌 예배당에 가신다구 오전에 나가셔서 여태 안 들어오셨는데요."

그러나 그 이상 이야기를 연장시키고 싶지 않아서,

"아마 도중에서 누굴 만나셔서 예배당에두 못 들르시구 어디 급한 일이 있어 그리루 가신 게구먼요"

하고 간단히 처치해버렸다. 그러니까 전도 부인도,

"글쎄 그러신 게구먼"

하고 가버렸다.

초여름의 태양이 쨍쨍하고 유쾌해서 전차도 안 타고 본정까지 걸어가면서도 무경이는 그것에 관해서 별로 깊은 생각은 품어보려 하지 않았다. 그래서 볼일을 보고 그는 두어 시간 만에 다시

집으로 돌아왔다. 어머니는 그때에도 돌아와 있지 않았다. 참말 무슨 일이라도 생겼는가 해서 궁금했으나, 어머니는 해가 질 녘에야 낯이 좀 발그레하니 그슬린 것처럼 되어서 총총한 걸음으로 돌아왔다.

"가정 심방에 같이 따라나섰다가 진력이 났다"
하고 묻기도 전에 어머니는 변명한다. 무경이는 깜짝 놀라 어머니의 낯을 건너다보지 않을 수 없었다. 가정 심방? 예배당에도 안 가셨던 분이 전도 부인과 목사와 함께 가정 심방이라니 어떻게 하시는 말씀일까? 어머니는 그때 옷을 벗어서 옷장 안에 들여 걸고 있었으므로 다행히 딸의 변한 눈초리와 놀란 표정을 눈치 채진 못하였으나, 무경이는 한참 동안 마루 위에서 움직이지 못하고 굳어진 조각처럼 서 있었다. 다시 어머니가 마루로 나오면서,

"난 김 장로 댁에서 저녁을 먹었는데 너희들이나 어서 먹어라. 그리구 애, 나 물 좀 다우"
하고 서둘러댈 때엔 무경이는 낯을 돌리고 딴 쪽을 향하여 일부러 어머니의 얼굴을 피하였다. 어머니의 하는 말이 지어낸 공연한 거짓인 거 아는 바엔, 당황하고 부끄러운 마음을 감추려고 벙뗑하니 서둘러대는 어머니의 표정을 정면으로 추궁하기가 겸연쩍은 것이다.

어머니는 어디를 갔었기에 이렇게 나를 속이시는 것일까. 따져 보면 아무렇지도 않은 일일 것 같으면서도, 홀어머니의 자식으로서 믿고, 의지하고, 응석을 부려오던 어머니인 만큼, 자기를 속였다는 그것 한 가지 사실만으로 그는 한없이 쓸쓸하고 슬퍼지는

것을 느끼게 되는 것이었다. 물론 그 뒤엔 그것을 깊이 기억하고 있지도 않았지만, 그때로부터 달포나 지내었을까 한 지금, 추측할 수 없는 사내 손님이 어머니와 같이 외출을 하였다는 사실에 부딪치면, 민첩한 처녀의 예감은 벌써 어떤 길하지 못한 사태에 대하여 생각의 촉수를 뻗어보게 되는 것이다.

무경이는 제 방에 와서도 일손이 잡히질 않아서 멍청하니 책상머리에 쭈그리고 앉아 있었다. 어젯밤처럼, 세상에 나올 오시형이를 생각하면서 즐거운 환상을 향락하고 있을 마음의 여유도 생겨나지 않는다. 상상력이 뻗을 수 있는 턱까지 공상을 거듭하면서 사정의 이면으로 파고들려 애써보나, 엉클어진 생각이 붙드는 결론은 언제나 그의 마음을 쓸쓸한 구렁텅이로 떨어뜨리고 만다. 그럴 때마다 그는 다투기나 하듯이 머리를 흔들었다. 설마 어머니가…… 그럴 리는 없다. 나 하나를 믿고 청춘을 짓밟아버린 어머니가 아닌가. 모든 잡념을 떨어버리고 유혹의 손을 물리쳐버리기 위해서, 젊은 감정과 정서를 송두리째 뜯어서 파묻어버리기 위해서 살림에 군색하지는 않은 처지면서 스스로 원하여 병자를 다루는 직업 가운데 자기의 위치를 선택하였던 어머니가 아니었던가. 스물다섯의, 서른의, 서른다섯의, 어려운 고비를 성스럽게 넘기고 사십의 고개를 이미 넘어버린 어머니가 설마 그럴 리야 있는가.

제 생각을 채찍질하고 제 마음에 모욕을 주면서 어머니가 돌아오는 것을 기다렸으나, 열한시가 가까워서 어머니의 발자국 소리가 대문 밖에 들릴 때엔, 그는 기계적으로 전기 스탠드의 줄을 낚아서 불을 끄고 캄캄한 방 속에 숨어서 어머니의 얼굴과 마주 대하기를 스스로 피하여버렸다. 식모가 어머니에게, 그가 일찍이 돌아오게 된 사연을 아뢰는 것을 귓결에 들으면서도, 그는 귀를 틀어막듯이 하고 방바닥에 엎드려서 숨을 죽이고 어깻죽지를 가느다랗게 떨고 있었다.

2

어디까지나 어디까지나 끝이 없이 뻗어나간 것 같은 붉은 벽돌의 높직한 담장에 위압을 느끼듯 하면서, 불광이 흐릿한 굳이 닫힌 출입구 앞에서, 최무경이는 벌써 한 시간 동안이나 왔다 갔다하고 있었다. 너무 일찍이 찾아왔었다. 그러나 다른 데서, 언제라고 꼭 작정이 없을 시간이 오기를 멍청하니 보내고 있을 수는 없어서, 그는 해가 거물거물할 때 아파트의 구내 식당에서 간단한 저녁을 먹고는 곧 영천행의 전차를 잡아타고 예까지 쫓아와서, 이렇게 혼자서 문이 열리기를 기다리고 있는 것이다. 사람의 내왕도 드문 언덕이었으나, 그가 와서 기다리고 있는 한 시간 남짓한동안엔, 오늘 검사국에서 간단한 취조를 마치고 새로이 이곳에 입소하는 피의자의 패거리와, 공판정이나 예심정에 취조를 받으러 나갔던 피고들을 태운 자동차가, 두세 차례나 이 커다란 문을 드나들었고, 낮일을 여태까지 보고 늦게야 집으로 돌아가는 간수들도 작은 문을 열고는 안으로부터 꾸부정하니 허리를 꾸부리고 불쑥 양복 입은 몸뚱어리를 나타내곤 하였다. 이럴 때마다 문 열고 닫는 소리는 깜짝깜짝 무경이의 신경을 때리고 가슴을 울렁거리게 하는 것이었다. 이 년 가까이 차입을 하느라고 드나든 관계로 그 중에는 안면이나 어렴풋이 있는 간수도 있었으나, 문밖에서 만나면 그들은 언제나 처음 보는 사람들처럼 무표정한 얼굴로 그를 지나치곤 하였다.

밖으로부터 들어갈 사람이 다 끝났으니까, 인제 안으로부터 석방되는 사람이 나올 시간도 되었을 게다, 혹시 오시형이를 석방하라는 검사와 예심 판사의 영장을 아까 재판소에서 돌아오던 간수 부장의 커다란 가방이 가지고 들어간 것이나 아닌가, 지금쯤은 오랫동안 친숙해진 미결감(未決監)의 한 방에서 영장을 받아들고 밖으로 나올 준비에 바쁜 것이나 아닌가. 이런 공상에 취하였다가, 덜커덩 하고 문에서 쇠 여는 소리가 나면 그는 깜짝 놀라서 그편으로 쫓아가 보곤 하였으나 그때마다 문으로 나타나는 것은, 간수이거나 사식집 사환 아이거나, 그런 사람들이어서 그는 번번이 속아 떨어지지 않으면 안 되는 것이었다.

아홉시가 넘어서 한참이 되니까 부탁하였던 자동차도 왔다. 자동차가 세⁶가 나는 요즘 같은 때에 오랜 시간을 기다리게 하는 것이 미안해서 그는 자동차에서 내려서,

"아직 시간이 멀었습니까?"

하는 운전사에게로 가까이 가며,

"인제 얼추 시간이 되었을 거야요. 미터를 돌려서 시간을 계산해주세요. 바쁘신데 자꾸 무리를 여쭈어서 죄송합니다. 그러나

머 딱히 정한 시간이 아니니까 따로 도리가 있어야죠. 대개 아홉 시 가량이면 나올 수 있다니까 인제 얼마 기다리지 않을 거예요."

자꾸만 시계를 불에다 비추어보면서 운전사에게 미안의 변명을 늘어놓아보는 것이었다. 아파트에서 특약하고 쓰는 곳이어서 안면이 있는 운전사는 아무 대꾸도 하지 않고 다시 운전대에 올라가선 카드를 들고 연필로 무엇을 끄적거려보고 앉았다. 미터의 시계가 짤각거리다가 딸깍하고 십 전 넘어서는 소리가 조용한 가운데서 무경이의 초조한 신경을 자극하고 있었다. 그러나 십 분이 넘고 이십 분이 되어도 아무러한 소식이 없었다. 이러다가 오늘도 또 헛물을 켜는 것이나 아닌가. 그렇게 생각하면 꼭 그럴 것만 같이 생각되어 그는 더욱더 초조하게 바지바지 타는 심정을 누를 길이 없었으나, 누구에게 물어볼 수도 없고, 저만큼 전찻길 있는 데까지 뛰어 내려가서 변호사한테 다시 전화를 걸어보고 싶은 조바심까지 생겨나는 것을 인내성 있게 안타까이 참아보고 있는 것이다.

그러고 있는데 아래쪽에서 어떤 양복 입은 신사가 하나 휘우청 휘우청 올라오고 있었다. 맥고자[7]를 벗어 들고 조끼 입지 않은 가슴을 부채질하면서 자동차의 옆을 지나다가 가벼운 양장으로 몸을 꾸민 무경이를 발견한즉, 그곳으로 가까이 오면서,

"당신 누구요?"

하고 퉁명스럽게 물었다. 미처 대답할 말이 없어서 멍청하니 서 있으려니,

"당신 이름이 무언가 말요?"

하고 신사는 다시 제 물음을 설명하였다.

"최무경이에요."

"최무경? 누구 나오는 걸 기다리구 있소?"

"네, 오시형이란 사람이 보석으로 나온다구 마중 왔습니다."

신사는 수첩을 꺼내 들고 불빛 밑으로 무경이를 오라고 하였다.

"나는 서대문경찰서 고등계에 있는 사람인데 성함이 누구라고 했지요?"

그리고는 무경이가 말하는 대로를 수첩에다 옮겨서 썼다.

"주소는 화동정…… ×십오번지."

그렇게 나직이 홍얼거리다가,

"오시형이가 당신의 무엇이 됩니까?"

하고 말한다. 무경이는 돌연한 물음에 잠시 말문이 막힐 듯이 되었으나 이내,

"약혼한 사람입니다"

하고 대답한다. 그러니까 형사는 한참 묵묵히 붓방아를 찧고 있다가,

"나이엔노 쓰마[8]와는 그럼 다른 셈이죠?"

하고 묻더니, 대답도 별로 기다리지 않고 무어라고 수첩에 기록하고 있었으나,

"연령은요?"

하고 또다시 질문을 던졌다.

"스물넷입니다."

"그럼 오시형이가 나오면 이 주소에 있게 되는가요?"

빠끔히 무경이의 낯을 건너다본다.

"아니올시다. 죽첨정에 있는 야마토 아파트 삼층 삼백이십삼 호실에 있게 되겠습니다. 바루 경찰서에서 마주 바라다 뵈는……"

그러나 형사는 연필을 든 채 머리를 끼우뚱하고 있다가 다시 무경이를 쳐다본다. 어째서 거처할 곳이 그리로 되었는가를 채 이해하기 곤란하다는 표정이었다. 그래서 무경이는,

"아직 예식을 올리지 않았다구 조선 풍속에 따라 그때까지 아파트에 드는 겁니다"

하고 설명을 첨부하였다.

"그럼, 이 아파트에는 아무도 같이 있지 않는 거지요?"

"네."

"그럼 좀 곤란한데요. 이렇게 되면 당신이 책임 있는 신원의 책임자가 되기가 힘들게 됩니다. 물론 자기가 저지른 사건에 대해서 개전(改悛)의 빛이 확실히 나타났으니까 재판소에서도 보석 같은 걸 허가한다고 생각합니다만, 일단 형무소 밖으로 나오면 책임은 그 시각부터 경찰에게로 옮겨지는 거니까요. 만약에 행방이라도 자세하지 않아지는 경우가 생기면 큰일이 아니어요? 똑똑한 인수자가 없으면 경찰서에서 당분간 신원을 보호해줘야 합니다. 주소가 다른 당신을 믿고 미가라[身柄]를 석방하기는 힘들지 않습니까. 형식상으로라도……"

"제가 낮에는 거기서 사무를 보고 있습니다"

하고 무경이는 다시금 생기는 난관을 넘어서려고 열심한 태도로

말해본다.

"그런 게야 무슨 조건이 될 수 있습니까?"

하고 미소를 띠더니 잠시, 어떻게 하나? 하는 자세로 머리를 끼우뚱하고 생각한다.

"모처럼 재판소에서 허락해서 세상에 나오는 분이고, 또 몸도 몸이려니와 그만큼 판사나 검사도 인격을 신용하고 석방하는 것이니까, 나오는 날로 불쾌스럽게 다시 유치장 잠을 재운다든가 해서야 피차에 유쾌하지 못한 일이 아닙니까? 그러니까 이건 법칙상 위법이지만 내일 안으로 아파트의 책임자라든가, 누구, 한 주소에 사는 분을 보증인으로 정해서 알려주시오. 그렇게 한다면 오늘 밤으로 최 선생을 신용하고 그대로 데려 내다가 맡겨버릴 터이니까요. 내일 아침에 보고서를 작성해서 주임께 바쳐야 하니까 그전에 알려주십쇼."

"아이, 고맙습니다. 내일 아침에 말씀하시는 대로 하겠습니다"

하고 마치 이 형사가 오시형이를 석방해주는 권리를 가진 거나처럼 무경이는 그에게 대하여 감사의 마음을 표하여보였다.

"그럼, 잠깐 동안 기다리십쇼. 대개 준비하고 있을 테니까 인제 들어가서 곧 데리고 나오죠"

하고 수첩을 접어 넣고 문 있는 데로 걸어가는 뒤에서, 무경이는 다시 공손히 머리를 수그리었다.

형사는 문지기 간수에게 안내를 구하고, 문이 열려서 이내 안으로 사라졌다.

"인제 곧 나온답니다. 경찰서에서 오질 않아서 이렇게 늦었던

가 봐요. 너무 기다리게 해서 미안합니다.”

무경이는 다시 운전사에게로 와서 사례의 말을 건네었다.

이러구러 한 십여 분이 지난 뒤에 형사와 함께 양손에 짐을 들고서 휘뚤거리며 시형이가 문 밖에 나타났다. 짐이 많아서 문 안에 섰던 간수가 몇 차례씩 내보내주는 것을 시형이는 허리를 꾸부리고 받아서 옮겨놓고 있다. 무경이와 운전사는 그편으로 쫓아갔다. 운전사는 무거운 책 꾸러미를 양손에 들고 그것을 자동차로 날랐으나, 무경이는 손으로 짐을 거들 생각도 미처 못 하고 그곳에 서 있는 오시형이를 잠시 멍청하니 바라보고 있다. 시형이도 흐릿한 불광 밑으로 잠시 무경이를 건너다보았으나, 이내 형사를 향하여,

“그럼, 그렇게 하죠”

하고 말하였다. 그러니까 형사는,

“최 선생, 틀림없도록 해주시오. 난 그럼 여기서 갑니다”

하고 무경이 쪽만 바라보며 맥고자를 잠깐 들었다 놓고 그곳으로부터 언덕 밑을 향하여 사라져 없어졌다.

짐을 차에다 옮겨 싣고 두 사람은 나란히 자리에 앉았다. 시형이는 흥분을 고즈넉이 숨기고 가만히,

“아, 저 불 봐라!”

하고만 말하였다. 차가 움직이었다. 무경이도 무슨 말을 건네야 할지 몰라서 덤덤한 채 앉았다가,

“불이 그렇게 신기해요?”

하고 웃는 표정으로 시형을 쳐다본다. 사내는 눈을 떨어뜨려 옆

에 앉은 애인의 눈길을 받아서 비로소 오래간만에 그의 얼굴을 자세히 바라보았으나,

"그럼"

하고 대답하곤, 이내 낯을 돌리고, 이어서 궁둥이께를 움칠거리면서 자리를 도사리고 창밖에 지나치는 거리의 풍경을 물끄러미 내다보고 있다.

무경이는 나직이 숨을 짚으며 앞을 바라본다. 왼편 옆구리에는 안에서 보던 책들이 어깨에 닿도록 쌓여 있다. 창고에서 풍기는 냄새가 옷 보퉁이와 책과, 그리고 시형이의 몸에서까지 흘러나오는 것 같았다. 흥분이 가슴속으로 가라앉고 안심과 만족이 포근히 떠오르는 것을 그는 향락하듯이 느끼고 있다. 이윽고 차는 커다란 아파트의 앞에 와서 멎었다.

강 영감이 자지 않고 기다리고 있다가 차 소리를 듣고 나와서 짐을 옮겨주었다. 그러나 승강기도 없는 수면 시간에, 짐을 삼층까지 끌어 올리는 것은 여간만 거추장스러운 일이 아니어서 그들은 강 영감의 생각대로 짐을 일단 사무실로 들여놓았다가 내일 아침에 끌어 올리기로 하였다.

자동차가 돌아간 뒤에 무경이는 오시형이를 강 영감에게 소개하고, 그를 삼층 아파트의 한 칸으로 안내하였다. 오래간만에 걷는 걸음이라고, 생각처럼은 쇠약한 것 같지 않았으나, 후들거리는 다리가 못 미더워 무경이는 시형이에게 높직한 층층계를 올라가는 동안 자기의 어깨와 팔을 빌려주었다. 삼층의 마지막 계단을 돌아 올라가면서,

　　"제칠천국(第七天國)' 같으네"

하고 무경이가 웃는 것을, 시형이는 벌씬하니 감회가 깊은 미소로 대하였고, 복도를 돌아서 어떤 방 앞에 마주 섰을 때, 잠시 동안 쭈루루니 나란히 하여 있는 문들로 하여 지금 다녀 나온 구치감을 연상하는 듯하다가,

　　"가만, 내 문을 열게."

　　사내의 어깨 밑에서 빠져나와서 쇠를 열고 잠갔던 문을 젖혔을 땐,

　　"이런 좋은 방을 다 준비했어"

하고 판장 문의 핸들께를 한 손으로 붙들고 의지하듯이 서 있었다.

　　"인제 불을 켤게요."

　　무경이는 가볍게 뛰어 들어가서 바람벽에 설치된 스위치를 켰다. 천장에서 드리운 불과 침대 옆 작은 탁자 위에 놓인 스탠드의 불이 일시에 켜져서 크지 않은 방 안은 구석구석까지 대번에 시형이의 두 눈 속에 들어왔다.

　　시형이는 잠시 동안 방 안과 방 안에 장식된 도구를 물끄러미 바라다보다가, 제 발을 굽어보며,

　　"이 년 전에 벗어놓은 구두를 맨발에 신었더니 발에 곰팡이가 묻었는걸"

하고 쪼그라진 구두 속에서 발을 뽑았다.

　　"가만 계세요. 내 걸레 갖다 드릴게."

　　먼저 방 안에 들어가서 문을 활짝 열어놓고 시형이가 들어오는 것을 기다리고 있던 무경이는 취사장께로 가서 낡은 타월에 물을

축여 들고 와서 발을 닦아주었다.

그리고는 신장에서 슬리퍼를 내놓고,

"이걸 신구……"

모시 적삼에 베 고의를 입은 사내를 이끌 듯이 해서 침대에다 앉히면서,

"어때요? 비둘기장처럼 또 좁은 방으로 모시는 건 안됐지만 무경이가 한 주일이나 걸려서 준비한 거래누"

하고 응석을 섞어서 제 두 손을 사내의 무릎 위에 얹는 것이다. 오시형이는 무릎 위에 놓인 손을 잡아서 만지면서,

"무경 씨껜 너무 수골 시키구 욕을 봬서 어떡허나"

하고 나직이 감격을 넣어서 말하였다.

"별소릴 다아."

그렇게 말하면서, 그때에 사내가 힘 있게 쥐어주는 손을 저도 꼭 쥐어보고는, 두 손을 쏙 뽑아서 호들갑스럽게 두어 발자국 물러나선,

"내가 뭐, 그런 소릴 듣겠다누"

하고 일부러 샐쭉해보인다. 그러나 그의 얼굴에 떠오른 칭찬에 대한 만족한 자긍은, 무엇을 쫓아가다가 놓쳐버린 때처럼 손 둘 곳을 모르고 멍청하니 쳐다보고 있는 젊은 사내의 눈에는 적잖이 교태를 띤 것으로 느껴졌다. 시형이는 아무 말도 입 밖에 내지 못하고 가슴속으론 우심한 갈증을 의식하면서 무경이의 눈만 쳐다보고 있었다. 눈을 바라보던 시형이의 눈이 입술로, 그리고 턱 밑으로 떨어져서 가슴패기로 이동할 때, 무경이는 영리하게 사내의

마음을 낚아채듯이 발딱 몸을 옮겨서 방 가운데 놓은 탁자 뒤로
돌아가며,

　"이게 무슨 꽃인지 아시죠? 제가 봄부터 여름 내내 손수 기른
거예요."

　코를 꽃 속으로 묻고 발름발름 향기를 맡듯 하다가, 시형이가
나직이 한숨을 짚은 뒤,

　"수국이지, 내가 그걸 모를라구"

하고 대답하였을 때, 다시 낯을 들면서,

　"아이, 수국을 다 아시네. 상당하신데."

　사내가 픽 하고 웃으면서,

　"그럼, 그것두 모를라구. 빨간 잉크를 부으면 빨개지구 푸른 물
감을 쏟으면 파래지구 한다는 걸……"

하고 침상에 앉은 채로 말을 받을 때엔,

　"아아주, 그런 식물학도 경제학에 있는감!"

　무경이는 기쁨이 온몸을 붙든 때처럼 다시 책상 옆으로 가면서,

　"이 테이블에선 편지 쓰구 공부하구, 저기선 세수하구 양치하
구, 또 저기에단 책을 쭈루루니 꽂아놓구……"

　양복장 있는 데로 가서는 잠옷 한 벌을 꺼내서 침상 위에 놓는다.

　"웬 돈이 있어 이렇게 호사를 하구 치레를 했어."

　시형이는 무경이의 애정에 대하여 감격하는 기쁜 마음을 그러
한 핀잔으로 표현하고 싶었다. 그것이 더 무경이의 마음에 드는지,

　"피"

하고 그는 침대에 앉으면서,

"아아주 주인인 체하시네. 허긴 인제 주인이지 머. 어머니도 금년부턴 진심으로 허락하셨으니까…… 인제 또 평양 댁의 허락이 있어야지만……"

또다시 시무룩해지다가 시형이의 왼팔이 제 어깨에 감기니까,

"평양 댁에서두 잘 말하면 허락하실 테지. 그렇죠?"

하고 낯을 들어 사내의 얼굴을 쳐다보았다.

"글쎄, 그 안에 있는 동안 아직 아버지 친필룬 한 번두 편지가 온 일이 없었구, 또 무언가 그전 그러던 약혼 이야기도 그러허고 있는 모양이니깐…… 그러나 그런 게 무슨 소용이 있수. 나를 그 속에 있는 동안 물질적으로나 정신적으로나 먹여 살린 게 무경 씨구, 또 그 속에서 이렇게 나를 내온 게 우리 무경인데……"

시형이는 감격 조로 말하였다. 그리고 안았던 팔을 그대로 꽉 디리[10] 싸면서 뜨거운 입김을 무경이의 얼굴에 퍼부었다. 오랫동안 기다렸던 감격 속에 휩쓸리듯이 취하여버리면서도, 무경이는 사내에게 입술만을 주고는 꽉 붙드는 두 팔뚝의 억센 포옹에서 빠져나왔다.

감정과 정서에 주리었던 사내는 미칠 듯한 어조로,

"왜? 왜 도망해? 내가 미덥지가 못해서 그리우?"

하고 침상에서 쫓아 일어났다. 무경이는 시형이의 감정과 신경의 상태에 깜짝 놀라면서, 그러나 열심스러운 낯으로,

"일어나지 마세요. 일어나면 전 가겠어요. 다시 거기 앉으세요"

하고 명령하듯 외친다. 이러한 기세에 질리어서 사내는 주춤하니 선 채 잠시 동안 자신의 마음을 돌아보는 태도였다. 시형이는 다

시 침상에 걸터앉는다. 흥분된 제 가슴의 불길을 끄려는지 낯을 슬며시 외면한다.

무경이는 시형의 낯에 수치심의 색조가 떠오르는 것까지 보고는 그 이상 더 사내의 태도를 지키고 앉았을 수가 없어서 창문께로 몸을 피하였다. 그의 가슴도 달락거리는 소리가 들리리만큼 한없이 뛰고 있었다. 맞은편 캄캄한 언덕의 주택지에는 불빛이 빤짝거린다. 하늘에도 까만 호라이즌[11] 위에 뿌려놓은 듯한 별들. 마포로 가는 작은 전차가 레일을 째면서 언덕을 기어 올라가는 것이 굽어보인다. 산뜻한 밤공기에 낯을 쏘이면서 천천히 가슴의 동계를 세어본다.

역시 그렇게 하는 것이 온당하다. 건강도 건강이려니와, 결혼식까지는 무슨 일이 있어도 우리는 이 이상 감정의 닻줄을 늦춰서는 아니 된다.

어느 새에 땀이 났었는지, 블라우스의 속 갈피를 스치는 바람에 등이 차갑다. 어떤 가볍지 않은 의무를 단행한 때처럼 그는 달콤한 자위 속에 안겨서 언제까지나 언제까지나 이렇게 높은 삼층의 들창으로부터 하늘과 길과 언덕을 바라보고 싶은 심리였다. 그런데 등 뒤에서,

"몇 시나 되었을까. 이 년 동안이나 시간을 모르구 지냈는데 밖에 나오니까 어느새 시간이 알구 싶어지는군그래."

하는 느직느직한 오시형의 소리. 깜짝 놀라듯이 제정신을 차리며 무경이는 몸을 돌렸다. 시형이의 다정스런 미소.

무경이는 금시에 두 눈을 반짝거리며 핸드백이 놓인 테이블로

쫓아간다. 백을 들고 와선 시형이의 앞에 마주 서며,

"내, 무어 드리려는지 아세요?"

하고 입술과 눈이 함께 생글생글 웃으려는 걸 꼭 참고 있다.

"거, 알 수 있나"

하고 능청맞게 대답하니까,

"피, 것두 몰라."

그리고는 백을 열고 크롬 껍질의 묵직한 회중시계를 꺼내서 기다란 쇠사슬의 한 끝을 쥐고 대롱대롱 쳐들어보이고,

"이거! 이걸 제가 이 년 동안이나 갖구 다녔에요."

침판을 들여다보고는,

"아유, 열한시 반, 이렇게 늦었어!"

그러나 시형이는, 학생 시대부터 졸업한 뒤 여기, 증권 회사 조사부에 취직한 후에까지 언제나 몸에 붙이고 다녀서, 그것을 꺼내볼 적마다,

"아유, 무겁지도 않은감!"

하고 무경이가 놀려먹던 것을 생각하고, 지금 소리를 내어 유쾌하게 웃고 있었다. 이윽고 무경이가 두 발을 모두고,[12]

"그동안 덕택에 지각도 안 하고 착한 사람이 되었습니다. 인제 관리인으로부터 소유자에게."

시계를 두 손으로 치켜들고 꾸뻑 인사를 한다. 시형이가 건네주는 물건을 기쁜 웃음과 함께 받으니까,

"보관료는 톡톡히 내셔야 해요"

하고 또다시 웃음 조로 다짐을 받고, 핸드백을 챙긴 뒤에 갈 차비

를 차렸다.

"내일 아침 이르게 들를게요. 허긴 시계가 없어져서 지각할는지두 모르지만…… 이내 불 끄구 푸욱 쉬이세요."

그러나 시형이는 시계를 놓고 뒤따라 일어섰다. 잊어버린 것을 채근하려는 듯한 성급한 표정이다. 구두를 신고 서 있는 무경이의 곁으로 쫓아올 때, 무경이는 그러나 그러한 것에는 일부러 신경이 미치지 못하는 척, 이내 도어를 열고 복도로 빠져나오면서 손가락을 제 입술에 대어 키스를 건넬 뿐, 이미 가라앉은 두 사람의 가슴에 다시금 불을 지르려 하진 않았다.

조용해진 아파트를 나와서 안전지대 위에 섰다. 전차를 기다리며, 삼층, 오시형이가 들어 있는 방을 쳐다보니 불이 꺼졌다. 무경이는 안심한 마음을 품고 돌아갈 수가 있을 것 같았다.

아침 일찍이 짐을 올려다가 방을 정돈해주고, 의사를 불러다가 건강 진단을 시키고, 어머니와도 정식으로 대면시키는 기회를 만들고, 옳지, 신원 보증인으로 아파트의 주인을 교섭해서 경찰서로 알릴 일이 무엇보다도 바쁘고……

안국동에서 전차를 버리고 그는 그러한 생각에 잠겨서 집을 향하여 걸었다. 길에는 사람의 내왕조차 드물다. 그는 집이 가까운 것을 느낀 뒤에야 비로소 젊은 여자가 거리를 걷는 시간으로선 지나치게 늦은 시각인 걸 생각하고 걸음을 재게 놀리며 골목 어귀를 휙 돌았다. 그때에 어떤 신사와 마주칠 뻔하고, 그는 깜짝 놀라 비켜섰다. 노타이셔츠에 회색 양복을 입고 파나마를 쓴 뚱뚱한 신사. 그는 잠시 손을 모자 차양에다 대고 실례의 인사를 표하고는 무경이의 옆을 돌아 큰 거리로 걸어 나갔다. 그러나 무경이는 움직이지 못하고 한참 동안 그 자리에 서서, 신사가 섰던 곳에 신사의 환영을 붙들어 세워놓고, 가슴이 받은 충격을 가라앉히기에 애를 쓰는 것이다.

골목 안에는 물론 저희 집만이 있는 것은 아니었다. 스무남은 집이나 남아 쭈루루니 문패가 달려 있다. 지금 골목을 나간 신사가 어느 집 대문으로부터 나온 사람인지, 혹시 집을 찾으러 골목 안에 들어왔다가 헛물을 켜고 돌아가는 사람인지, 그것은 모두 무경이에게는 알 수 없는 일인지 모른다. 그러나 무경이는 첫눈에 그 신사가 자기 집 대문에서 나오지 않았는가 하는 착각을 받았고, 그리고 지금 그 신사는 하곡이라는 아호를 가진 부채의 주인공이 아니었을까, 하는 엉뚱한 생각에 붙들려 있는 것이다.

무경이의 가슴은 다시 무거운 압력 속에서 불쾌스런 동계를 시작하였다. 대문이 저만큼 보인다. 문은 닫혀 있고, 문 등은 떼꾼하게 요강덩이처럼 달려 있고…… 언제나 즐거움을 가지고 드나들던 이 대문이 어쩐지 께름칙하게 느껴져서 견딜 수가 없다. 그러나 그는 그쪽을 향하여 걷지 않을 수 없었다.

대문을 미니까 달랑달랑 하는 종소리를 내면서 제대로 열리었다. 식모가 나왔다. 자던 눈이다.

"아가씨, 지금 오세요?"

무경이는 대답지 않고 대청으로 올라서서 어머니 방을 건너다보았다. 자리에 누웠다가 일어난다. 아무 구석을 맡아보아도 사람이 다녀 나간 기척이 없어서 그는 비로소 의심에 붙들렸던 가슴을 가라앉힌다. 그러나 제가 쓸데없는 억측에 붙들렸던 만큼 제 마음에 대하여 염증과 혐오감이 따르는 것은 어떻게 할 수도 없었다.

"지금 오니?"

하고 어머니는 푸른 등을 끄고 촉수가 강한 전등으로 실내를 밝힌다.

"네."

나직이 무경이는 대답할 뿐. 그러나 대청 한복판에 유쾌하지 못한 심화를 품고 서 있는 채 그는 움직이지 못한다.

"그래, 오늘은 나왔니?"

"네."

"응, 참 잘됐다. 그래 얼굴이 과히 못 되진 않았든?"

어머니는 자리에서 몸을 일으킨다. 잠옷도 입지 않고 얄따란 속옷만 입었다. 무경이는 머리가 헝클어진 어머니의 살을 처음으로 보기나 한 듯이, 안방으로부터 눈을 돌리고 캄캄한 제 방으로 뛰어 들어갔다. 어머니가 또다시 무엇이라고 묻는 소리가 들려왔으나, 캄캄한 암흑 속에 떠오르는 것은, 여자로서의 살의 냄새를 잃지 않은 군살〔贅 肉〕이 목과, 배와, 허벅다리에 알맞추 오르기 시작하는, 어머니의 육체뿐, 만복한 식욕이 지방이 많은 음식물을 대했을 때처럼, 늑지한 군침이 입 안에 돌고 비위가 불쑥 목구멍을 치밀어오르는 것을 무경이는 참을 수가 없었다.

3

이르게 나온다고 약속은 하였지만, 이러구러 집을 나온 것은 여느 때나 다름없는 오전 아홉시였다. 세탁해두었던 시형이의 여름 양복과 내의를 싸서 구두약과 함께 옆구리에 끼고 아파트에 이른 것은 반 시간이 넘어서였다. 잠시 사무실에 들렀다가 시형이의 방으로 올라가보니, 그는 잠옷 바람으로 강 영감이 급사와 함께 날라다 준 것이라고 책을 풀어서 서가에 꽂고 있었다.

"제가 차입하지 않은 것두 많은가 보오"

하고 무경이는 그의 뒤에 가서 본다.

"어머니가 가끔 부쳐준 걸루 그 안에서 구입해 보았으니까……"

그리고는, 마침 농이를 풀다가 맨 위에 놓여 있는 작은 암파문고를 툭툭 먼지를 털어서 보이며,

"그 안에서 읽은 것 중 내가 가장 감격한 책이 이게요"

하고 허리를 폈다. 무경이는 아무 말도 아니 하고 책을 받아 들었으나,

"아침을 잡수셔야지. 그리구 내의하구 양복을 가져왔으니까 이걸로 바꾸어 입으시구, 인제 의사를 청해다 진찰을 받으시구, 그러면 어머니도 보러 나오실 거니까……"

"아침은 강 영감이 안내해서 식당에 내려가 먹었구, 어머닌 내가 찾아가 뵈어야지."

“으응, 인제 나오신댔는데……”

보꾸러미를 탁자 위에 놓은 뒤에야 의자에 손을 짚고 서서 무경이는 시형이가 준 책을 보았다. 플라톤의 『소크라테스의 변명』 『크리톤』이란 책이었다. 무경이는 플라톤과 소크라테스의 이름을 들었을 뿐으로, 책의 내용은 알지 못하므로, 그대로 표지와 서문 같은 것을 들춰보고 있는데 오시형이는 잠옷채로 침상에 앉아서 혼잣말처럼 이야기를 시작하였다.

“소크라테스의 사정이 나의 그때 환경과 비슷한 탓이라구도 말할 수 있겠지만, 오히려 글의 내용에서 오는 감명은 그런 것과는 달리, 나의 환경을 완전히 잊어버리게 하는 데 있는 것 같기도 해. 읽고 나서 나의 정신이 나의 환경으로 다시 돌아오면, 오히려 소크라테스의 그 훌륭한 태도는 나의 경우에는 직선적으로 통하지 않는 것 같애 불쾌한 느낌까지 주었으니까……”

물론 무경이에게는 이해되지 않는 독백이었다. 무어라고 대꾸할까를 몰라 멍청하게 서 있으려니 그는 자리에서 일어서서 옷보퉁이를 끌렀다.

“허 허! 오래간만에 만나는 그리운 양복이로구나”
하고 그는 감개무량하게 나프탈렌 냄새가 풍기는 양복을 펼쳐 안았다. 그것을 잠시 보고 있다가 무경이는 경찰서에 신원 보증인을 통지한다고 아래층으로 내려갔다. 아파트의 주인은 이 집에 살지 않으므로, 대개 언제나 이 아파트에서 잠자리를 갖는 강 영감에게 부탁하여 보증인이 되어달랐다. 그것을 경찰서에 알린 뒤에 다시 그는 오시형이의 방으로 올라왔다.

시형이는 셔츠 밑에 양복 바지를 입고 다시 서가 앞에 서성거리고 있었다. 무경이는 신원 보증인에 대해서 결정한 대로를 알리고 구두약을 가져다가 꼬드러진 꺼먼 구두를 닦기 시작하였다.

"그래, 그 안에서 그 책을 다 읽었수?"

하고 솔질을 하면서 무경이가 묻는다.

"어째! 절반이나. 대부분이 불허가니까……"

"불허가?"

하고 깜짝 놀라기나 한 듯이 무경이는 구두 닦던 손을 멈칫하니 붙이고 시형이 편을 본다.

"경제 방면 서적은 전부가 불허가지."

그렇게 대답하면서 시형이는 다시 일어나서 침대에 걸터앉았다.

"그러나 생각해보면 다행이야. 경제학에 관한 서적을 읽었다면 생각을 돌려볼 길이 없었을는지 모르니까. 그런 의미에서 경제학은 나에게 있어서는 변통성 없는 완고한 학문인지도 모르지. 이렇게 무경 씨 얼굴을 명랑한 여름날 아침에 다시 볼 수 있는 건 철학의 덕분인 것이 사실이니까."

시형이의 말하는 투는 보통 대화 조가 아니고 어딘가 연설 같은 느낌을 주는 어조였다.

"경제학과 철학과의 차이가 있을라구요. 학문이야 같을 텐데……"

하고 무경이는 제 의견을 나직이 말해보았으나 시형이는 그러한 것에 개의치는 않고 다시 제 생각을 펼쳐보았다.

"내 자신이 서 있던 세계사관뿐 아니라, 통틀어 구라파적인 세계사가들이 발판으로 했던 사관은 세계 일원론이라구도 말할 수 있는 것인데, 이러한 경우에 동양 세계는 서양 세계와 이념을 달리하는 것이 아니라, 동양 세계는 대체로 세계사의 전사(前史)와 같은 취급을 받아온 것이 사실이었죠. 종교사관이나 정신사관뿐 아니라 유물사관의 입장도 이러한 전제로부터 출발했단 말입니다. 그러니까 동양이란 하등의 역사적 세계도 아니었고 그저 편의적으로 부르는 하나의 지리적 개념에 불과했었단 말입니다. 그러나 만약 이러한 세계 일원론적인 입장을 떠나서, 역사적 세계의 다원성 입장에 입각해본다면, 세계는 각각 고유한 세계사를 가지고 있다는 것을 알 수도 있고 증명할 수도 있지 않은가. 현대의 세계사의 성립을 이러한 각도에서 이해하려고 한다면 우리가 가졌던 세계사관에 대해서 중대한 반성을 가질 수도 있으니까……"

물론 남이 말하는데 구두를 닦고 있을 수도 없어서, 그대로 귀를 기울이고는 있으나 무경이로선 시형이의 하는 말을 어떻다고 생각할 준비가 없었다. 그래서 그저 뻐끔히 그의 얼굴을 바라보고 있을 뿐이었다. 그러나 시형이는 혼자서 제 자신에게 타이르기나 하듯이 창문을 바라보며 이야기에 열을 올려서 제 이론을 전개해보고 있었다.

"가령 동양이라든가 서양이라든가 하는 개념도 로마의 세계에서 성립된 것이고, 또 고대니, 근세니 하는 특수한 시대 구분도 근세의 구라파 사학에서 성립된 구분이니까, 이런 것에서 떠나서 동양과 동양 세계를 다원 사관의 입장에서 새로이 반성하고 성립

시킬 필요가 있지 않은가. 이것은 동양인의 학문적인 사명입니다. 동양인 학도가 하지 않으면 아니 될 의무입니다."

그는 말을 뚝 끊었다. 그리고는 자리에서 일어났다. 창문께로 가서 오래간만에 맛보는 흥분을 고요히 식히고 있다. 무경이는 구두를 신장 안에 넣고 약과 솔을 치운 뒤에 수도에 손을 씻었다.

"의사를 부르지요. 너무 흥분하셔도 몸에 좋지 않을 텐데……"
하고 말하니까 시형이는 몸을 돌리고 소리 나는 편을 향하였다. 그러나 무경이의 물음에 대답하려 하지 않고 그는 창백해진 낯으로 이렇게 말하였다.

"독일이 파란,[13] 노르웨이, 덴마크를 무찌르고 화란,[14] 백이의[15]를 정복하고 불란서를 항복시켰다는 건 결코 작은 사실이 아니니까. 이러한 세계사의 변동에 제휴해서 동양인도 동양인다운 자각이 있어아 할 기야."

그리고는 침대로 가서 몸을 눕히었다.

무경이는 무어라고 말할까를 몰랐다. 본시부터 오시형이가 어떠한 사상을 가지든 그것에 간섭할 생각이나 준비는 저에게는 없다고 생각하여왔다. 그에게는 오직 안에 있는 사람을 건강한 채로 하루라도 이르게 구하여내는 것만이 임무라고 생각되어졌었다. 그러니까 지금 오시형이의 열의 있는 독백을 들어도 그것에 관하여 이렇다 할 의견을 건네려 하진 않았다.

그러고 있는데 도어에 노크 소리가 들리고 어머니가 들어왔다.

시형이는 자리에서 일어나서 양복 윗저고리를 두르고 무릎을 꺾어 절을 하였다.

“그만두시게. 고단한데 안 하면 어떤가. 그래, 그 안에서 얼마나 고생을 했었나. 어디 몸이 과히 말쨌[16] 데나 없나?”

“네, 건강은 아무렇지두 않은 모양입니다. 밖에 계신 분들께 너무 폐를 끼치구 근심을 시켜서 되려……”

“온 별말을 다 하시지. 이러니저러니 해도 안에서 고생하는 사람에게다 대겠나.”

무경이는 바룩바룩 웃으면서 어머니와 시형이의 옆에 서 있다가,

“어머니, 그게 뭐유?”

하고 손에 든 것을 물어본다.

“이거 말이냐? 지금 한약국에 들러서 약을 한 제 지어갖구 오는 길이다. 건강이 아무렇지 않다구 해도 그대로 두어야 쓰겠니. 몸을 보하구 그래야지. 그러구 아침은 일러서 할 수 없다 쳐도 저녁일랑은 집에 와서 먹게 하구, 약두 여기 가스 불이 있다군 하지만 그걸로 어디 대릴 수 있겠니. 다리가 처음은 고단하겠지만 내일부터래두 집에 와서 약을 자시구 끼니두 별건 없지만 집에서 자시게 해야지…… 남의 눈도 있구 해서 한집에 있진 못하지만 운동삼아서…… 그렇지 않니, 무경아?”

시형이가 황송한 낯으로 사양의 말을 건네려 하는데 무경이는 이내 어머니의 말을 받아서,

“참, 그렇게 하시지. 아침두 전 일러서 시간에 대어 먹지만 오선생님은 어머님이랑 같이 좀 늦게 잡숫게 하시지. 그리구 거기서 책이라도 보시면서 노시다가 점심 잡숫구, 약 잡숫구, 저녁 잡

숫구 밤에만 여기 와서 주무시지…… 그렇게 합시다. 며칠은 다리가 아파서 걸어다니기 힘들 테니까 오늘은 그저 요 근방에나 조끔씩 걸어보시구……"

저희들끼리 사귄 사이라고 불만해했고, 그 다음은 '믿지 않는 사람'이라고 꺼려 했고, 그가 법망에 걸려 들어간 때에는 더욱더 완고하게 무경이의 생각을 탓하였다. 그러나 다른 일로는 어머니의 성미에 거역한 적이 없는 무경이도 이것만은 귀를 기울이려 하지 않았다. 차입을 대기 위하여 처음으로 직업 전선에 나서는 것을 보고 어머니는 깜짝 놀랐다. 얼마간 모녀 새에는 의까지 상하였다. 그러나 무경이는 들으려고 하지 않는 것이다. 밥과 옷은 여전히 집에서 얻어먹고 입고, 제가 버는 봉급으론 오시형이를 위하여 책과 밥을 차입하는 것이다. 이렇게 하기를 이 년. 드디어 어머니는 딸의 열성에 탄복한 것이다.

어쨌든 어머니의 오늘 태도를 무경이는 감동된 낯으로 바라보았다. 이러한 날이 꼭 찾아올 것을 믿기는 하였지마는 그동안 제가 겪은 곤욕이 큰 만큼, 지금 눈앞에 그러한 장면을 친히 경험하고 있으면, 그의 가슴속엔 짜릿한 전류가 흐르도록 기쁜 감격을 자아내는 것이다.

"오정에 너 나올 수 있건 어디서 같이들 점심이라두 먹자. 요 근방엔 어디 식당 같은 게 없니?"

어머니는 시형이의 방을 나가면서 딸에게 말하였다. 무경이도 문지방에 선 채,

"이 부근에야 무어 벤벤한 게 있나요. 종로나 본정으로 나가야

지. 그럼 내 자동차로든가 전차로든가 모시구 나갈게, 어디서 시간 약속 하고 기다리시구료."

그래서 결국 본정 입구에 있는 양식당으로 시간을 정하고 그들은 방을 나갔다. 방을 나갈 때 시형이는 종잇조각에 적은 것을 주면서,

"전보 한 장 급사 시켜서 쳐주시오. 집에, 나왔다는 소식이나 알려야죠"

하고 무경이에게 말하였다. 무경이는 어머니를 따라 아래층으로 내려왔다.

"틈나는 대루 박 의사를 좀 와달랠까요? 그렇잖으면 데리구 나가서 뵈든지."

딸이 어머니에게 의사의 진찰을 상의하니까,

"사정을 아니까 와달래도 오실 거다"

하고 어머니는 대답하였다.

*

일이 밀려서 다섯시를 칠 때까지 잡념에 머리를 쓰지 않은 것은 오히려 다행한 일이었다. 무경이는 점심을 먹고 돌아와서는 오시형이를 삼층으로 데려다 주고 줄곧 사무에 골똘하였다. 그러나 한 가지 일이 끝나고 다른 일로 손을 옮길 때마다, 자꾸만 어머니의 약속이 머리를 스치곤 하는 것은 어떻게 뿌리쳐버릴 수도 없었다. 일이 바빠서 이내 머리를 털어버리고 장부 정리와 숫자 계

산에 정신을 묻었지마는 다섯시를 치는 소리에 장부를 접고 고개를 들면 다시 어머니의 말이 머리에 떠올랐다.

유쾌하고도 가벼운 흥분 속에 점심을 먹고 나오는데, 시형이를 앞세워놓은 뒤에서 어머니는 무경이에게 나직이 귀띔하듯이 말하였던 것이다.

"너, 오늘 몇 시에 나올 수 있니?"

"네시면 나오지만 일이 좀 밀려서 다섯시나 넘어야 퇴근할 거예요."

"그럼, 다섯시 반까지 경성호텔로 좀 나오너라. 이야기할 것도 있구……"

"혼자서?"

"응, 너 혼자만 나오너라."

이야기는 그것뿐이었다. 그리고 지금 다섯시 치는 소리를 듣고 장부를 접어 꽂은 뒤에도, 어머니의 이야기란 것을 도무지 상상할 수가 없는 것이다. 무엇 때문에 호텔로 나오라는 것일까. 저녁이나 같이 먹으면서 이야기하자는 뜻인 건 추측할 수 있지마는, 점심에 외식을 하였는데 다시 또 저녁을 사준다는 것도 이상하고, 단둘이 언제나 집에서 만나 조용히 이야기할 수 있으면서 새삼스럽게 장소를 밖으로 잡은 것도 알 수 없는 일이다. 오시형이와의 결혼에 대해서 무슨 색다른 이야기라든가 의논이 있는 것일까. 도무지 어인 영문인 걸 상상할 수가 없었다.

"밖에 일이 있어서 나가는데 저녁은 오늘까지만 이 식당에서 잡수세요. 양식보다도 저녁 정식은 화식을 잘하니까 화식 정식으로 잡수세요. 내 일곱시나 여덟시경에 들를게……”

시형이에겐 그렇게 말해놓고 무경이는 아파트를 나와 전차를 탔다. 호텔에 이르니까 로비에 어머니 혼자 앉아 있었다. 무경이는 그의 앞에 가서 아무 말도 건네지 않고, 힐끗 어머니의 표정을 엿보면서 의자에 앉았다.

“오신 지 오래유?”

하고 물으면서 다시 어머니의 낯빛을 살피니까, 시계를 쳐다보고는,

“응, 조금 지냈다.”

그리고는 이야기를 시작하거나, 식당으로 들어가잔 말도 없이 그대로 낯을 좀 외면하고 멍청하니 유리창을 바라보고 앉아 있는 것이다. 어려운 말을 시작하기 전에 사람들이 항용 가지는, 자리 잡히지 않은 태도였다. 얼굴엔 무표정을 의장하지만 속에는 여러 가지 궁리가 오락가락하고 초조한 조바심까지 문풍지처럼 바람에 떨고 있는 것이다.

무경이는 질식할 듯한 시간을 오래 끌고 나아가기가 안타까웠다. 무슨 어렵고 놀라운 이야기라도 쏟아져나오기를 기다리는 긴장된 자세가 오랫동안 계속해 나아가면 신경은 피곤에 시달려서 관자놀이께가 쑤시는 것 같은 착각까지 느껴진다. 그는 드디어 결심한 듯이 낯을 들고,

“무슨 말인지 어서 하시구려”

하고 어머니를 쳐다본다.

“응?”

하고 낯을 돌렸으나, 다시,

"응, 인제 좀 있다가……"

그러고는 무경이의 뚫어지게 바라보는 눈초리를 피하여 낯을 외면한다. 그러나 무엇을 생각하였는지 어머니는 결심의 표정으로 낯빛이 해쓱해진 얼굴을 다시금 무경이에게로 돌리면서,

"이야기랄 건 별로 없구, 어차피 네게 알려야 할 일도 있구…… 그래서 오늘 누굴 네게 소개하련다"

하고 더듬더듬 말하였다. 이야기를 끝마치고 난 어머니의 얼굴에 흥분 탓인지 혹은 부끄러움 때문인지 붉은 혈조가 볼 편과 눈 가상에 엷게 떠오른 것같이 보여졌다. 이야기한 것을 따지자면 내용은 분명치 않았으나, 그런 것을 천착해볼 겨를도 없이, 어머니의 태도와 표정에서 무경이는 대번에 사건의 핵심을 이해하는 것이었다. 그러나 그것이 무엇인지를 딱히 제 머릿속에 깊이 의식하지도 못했을 때에, 유리 밖으로 층계를 올라오고 있는 한 사람의 신사를 발견한 어머니의 두 눈은 벌써 당황의 빛이 농후해진 표정 속에서 저윽이 침착성을 잃고 있는 것처럼 무경이에겐 느껴졌다.

아래층 클락[17]에 모자와 단장을 맡겼는지, 맨머리 바람에 바른 손으로 단장 들던 버릇으로 부채를 약간 치켜서 들고 흰 양복 입은 신사는 그들이 앉아 있는 곳으로 가까이 왔다. 기품 있게 갈라 재운 머리는 짧게 다듬은 수염과 함께 희끗희끗 흰 것이 섞여 있었다. 무경이는 얼른 그의 부채를 보았다.

어머니가 자리에서 일어났을 때 오십을 넘어 얼마가 되었을 점

잖은 사내는,

"오래 기다리셨지요"

하고 미소를 띠어 어머니께 인사한 뒤에 다시,

"아, 이분이 무경 양이시군. 이야기론 늘 들었었지만 여태 뵈온 적이 없었군요. 난 정일수(鄭一洙)라구 합네다. 바쁜데 나오시라구들 해서……"

하고 무경이를 바라보았다. 무경이는 지금 자기가 경험하고 있는 사태와 입장을 엉겁결에 의식하면서 굳어진 몸 자세대로 고개만 약간 수그려보인다. 그러니까 정일수 씨는 옆에 와 서 있는 보이에게,

"준비가 되었지요?"

하고 물은 뒤,

"자, 그럼, 저리루들 들어가시지."

무경이와 어머니에게 뜰 안을 가리키었다.

따로 떨어진 방 안에서 그들은 광동 요리를 먹었다. 일이 고되지나 않은가, 아파트란 것도 새로 생긴 경영 형태지만 요즘 주택난과 하숙난이 심하니까 상당히 중요성을 띠겠다든가, 야마토 아파트엔 방이 얼마나 되는데 그것이 전부 꼭 찼는가, 하는 등속의 이야기로부터, 건축난, 주택난에 대해서 말이 옮아가고, 그러는 동안에 저녁이 끝났다. 그러한 정일수 씨의 말에는 어머니가 가끔 대꾸를 하였을 뿐, 무경이는 묻는 말이나 마지못해 나직이 대답하는 정도로 침묵을 지키지 않을 수 없었다. 먹는 것이 끝나니까 정일수 씨는 시간 약속이 있다고 먼저 나가고 모녀간만이 잠

시 더 방 안에 남아 있었다. 무경이는 음식도 많이 먹지 않았으나, 단둘이 되었어도 혼자서 무엇을 생각하고 있는지 별로 이야기를 건네려 하진 않았다. 물론 어젯밤 집 앞에서 부딪칠 뻔하였던 그 신사는 아니었다. 그러나 정일수 씨가 하곡이라는 아호를 가진, 산수 그린 부채의 주인인 것은 틀림없는 사실이었다. 점잖고 단정하고 기품이 있는 신사의 얼굴을 께름칙하게 생각하여보기는 이것이 처음이라고 그는 막연히 제 심리를 뒤적여보고 앉아 있다. 어머니는 혼잣말하듯이 뜨적뜨적이 이야기를 시작하였다.

"네겐 너무 돌연스레 된 일이 돼서 서먹서먹하구 어인 셈판인 걸 모를 게다. 그러나 벌써 오래 전부터 있어왔던 이야기다. 내가 세브란스에 있을 때니까 십 년이나 되지 않니. 그때부텀 여태껏 사람을 다릴 놓아서 말을 붙이구, 또 스스로 대면해서 말하는 걸 나는 십 년을 여일하게 거절해왔었다. 사람이나 그 집 내력이야 무어 하나 탓할 데 없는 분이지만 내가 널 두구 새삼스레 무슨 결혼을 하겠니…… 그랬더니 어쩐 셈판인 걸 나도 모르겠다. 너희들 사일 허락하구 나니 마음이 갑재기 탁 풀려버리는구나…… 자식들이 있다지만 다 장성들 해서 시집보낼 텐 시집 보내구 아들은 세간까지 내서 딴살림을 배포해주었단다…… 나이두 인저 사십을 넘으니까 어찌 된 일인지 늙은 몸을 의탁하구야 살아갈 것만 같구나. 어쭙잖게 생각지 말구 에미 하는 짓을 웃구 쓸어쳐버려라. 너희들 예식이나 올려주군 천천히 어떻게 채비를 대일까 한다만……"

어머니는 죄지은 사람처럼 딸의 눈치를 살펴가며 간단히 그렇

게 말하였다. 무경이는 여태껏 제가 품고 있던 생각이 다른 감정
으로 뒤바뀌는 것을 경험하고 묵묵히 앉아 있다. 눈시울이 따가
워서 손수건으로 그것을 묻혀내었다. 마흔둘! 아직도 어머니는
젊다.

　나는 왜 좀더 이르게 어머니의 행복에 대해서 생각해보지 못하
였을까. 딸 하나만으로 젊은 어머니가 행복될 수 있으려고 얼마
나 많은 무리(無理)가 그곳에 감행되었을까. 그렇던 나마저 어머
니의 옆을 떠나면서 어째서 나는 어머니의 행복에 대해선 터럭만
큼도 생각함이 없었을까. 스물에 홀몸이 되셔서 나 하나만을 위
하여 청춘을 불사르고 화려한 꿈을 짓밟아버린 어머니가 아니냐.
이제 무슨 염치로 나는 어머니에 대해서 심술이나 투정을 부리려
고 하는 것일까. 어머니도 나머지 여생을 행복하게 보내셔야 한다.

　무경이는 눈물을 숨기지 않고 낯을 들어 어머니를 건너다보았
다. 젊은 시절의 사진처럼 어머니의 얼굴엔 아름다운 살결이 아
지랑이에 싸여 있는 것같이 눈물 어린 눈에는 비치어졌다.

　"엄마!"
하고 소리를 내어서 무경이는 어머니의 무릎에 낯을 묻었다.

　어제 좀 지나치게 걸었더니 발바닥이 솔고 다리가 아프다고 시
형이는 식당에서 아침을 먹고는 이내 침대에 누워서 잡지와 신간
서적을 뒤적거리고 있었다. 내일부터나 화동 집으로 약과 밥을
먹으러 가겠다고 그는 말하고 있다.

　무경이는 사무실에서 임금 전표를 정리하면서, 어떤 기회에 어

머니와 정일수 씨와의 결혼 이야기를 시형이에게 전달할 것인가
하고 가끔 생각에 잠겨보곤 한다. 펜을 전표 위에 세운 채 가만히
생각해본다. 이치로 따져보거나, 여태껏의 어머니의 생애를 생각
해보거나, 무경이로 앉아 응당히 기뻐하고 찬성해드릴 일임에 틀
림없었으나, 하루를 지내놓고 어머니가 없는 곳에서 문득 생각이
그곳에 미치면, 가슴이 뚱 하고는 지그시 심장을 압박하는 가슴
의 동계가 마음을 한없이 설레게 하는 것이다. 그리고는 누를 수
없는 심술이 두 눈에 심지를 꽂아놓는 것이다.

'내가 왜 이럴까. 어머니와 나와의 평화하고 행복된 생활을 먼
저 파괴하고 나선 것은 내가 아닌가. 어머니의 고백에 의하면 어
머니는 십 년 동안 나와의 행복을 지키기 위해서 정일수 씨에게
고집을 세웠다고 한다. 나는 어머니를 위해서 무엇을 했나. 기독
교의 신앙과 풍속 가운데서 안온한 생활을 이어나가려는 어머니
의 마음을 슬프게 교란시킨 것은 내가 아닌가. 기독교율에 의탁
해서 젊은 정열을 희생하고 속세적인 행복에서 자기를 격리시킨
뒤, 그 가운데서 성실한 생활을 설계해보려던 어머니에게 있어,
딸이, 단 하나의 딸이 예수교의 교율을 거역했다는 것은 얼마나
타격적이고도 슬픈 일이었을까. 어머니의 결혼이 만약 유쾌치 못
한 성사라면, 그것의 원인을 이룬 것은 다른 사람이 아닌 내가 아
닌가?'

이렇게 수없이 자기 자신을 탓하면서, 이러한 생각을 고스란히
그대로 그에게 들려주면, 처음에는 놀라고 수상쩍게 생각할는지
모를 시형이도, 마지막에는 모든 것을 깊이 이해하게 될 것이라

고 생각하는 것이다. 그렇게 생각하고 나면 그는 일시 유쾌한 상
상을 머리에 그려보게 되기도 한다.

우리 결혼식이 있은 뒤엔 또 한 쌍의 신랑 신부의 혼례식이 있
을 텐데, 그게 누구일는지 아세요? 그게 바로 우리 엄마라나, 하
고 말하면 아마 오시형이는 깜짝 놀라 경동을 할 것이다. 생각하
면 우습기도 해서 그는 혼자 발씬하니 웃고 다시 장부를 들친다.
"허허어, 생각하면 생각할수록 기쁜 일이렷다"
하고 멋도 모르는 강 영감은 시형이가 출감한 것에다 둘러붙여서
무경이의 웃음을 놀리려 들었다. 그때에 시계가 열한시를 쳤다.
그것이 다 치는 동안을 기다려서 무경이는 등을 돌리고,
"제가 무엇 때문에 웃는 줄이나 아시구 그러세요"
하고 말하였으나, 그때에 사무실 밖에 한 사람의 신사가 자동차
를 내려서 들어온 때문에, 강 영감도 무경이도 함께 이야기를 중
단하고 그편으로 시선을 돌렸다.

신사는 아파트의 현관을 들어서서 그대로 위층으로 뻗어 올라
간 층계를 잠시 바라보듯 하였으나, 이내 사무실 쪽으로 낯을 돌
리고 가까이 오면서,
"이 아파트에 오시형이라는 사람 있습니까?"
하고 밭게 앉은 강 영감에게 물었다.
"네, 삼층 삼백이십삼 호실에 계십니다. 삼층에 올라가셔서 그
저 이십삼 호실만 찾으시면 되겠습니다"
하고 무경이가 의자에서 일어서면서 사무적으로 대답하였다. 신
사는 흘낏 무경이의 낯을 건너다보았으나, 이내 의식적으로 시선

을 피하듯 하고, 막연히 사무실의 구멍을 향하여 사의를 표하듯 모자 끝에 손을 댄 뒤, 흰 단장 끝으로 복도의 바닥을 짚어서 위의를 갖춘 뒤에 알맞추 비대한 몸을 층계 위로 옮겨놓았다. 무경이는 첫눈에 오십을 넘었을까 말까 한 이 신사의 풍채에서 평양서 부회 의원과, 상업회의소에 공직을 가지고 있다는 오시형의 아버지를 간파하였다. 그럴수록 신사의 태도에는 자기에 대한 어떤 모멸감이 들어 있는 것 같은 느낌을 털어버릴 수는 없었다. 무경이는 그의 찾아옴이 너무 돌연스럽고, 그의 태도에서 오는 위압과 모멸감이 너무 몸에 부치는 것 같아서 의자에 앉을 염도 못하고 멍청하니 그곳에 서 있었다.

"오 선생의 춘부장 되는 양반이신가?"
하고 묻는 강 영감에게 무어라고 대답해주어야 할 것인가 당황했으나,

"그런가 봐요"
하고 새파랗게 질린 채 나직이 대답해줄밖에 딴 도리가 없었다. 자기네들의 사정을 알고 있기는 하지만 상세한 집안 내용까지는 모르고 있는 강 영감이었다. 무경이와 시형이와의 관계를 평양 있는 그의 아버지는 인정치 않으려고 하던 것, 그는 그대로 도지사를 지냈다는 지명 있는 명사의 딸과 약혼설을 진척시키고 있는 것, 이러한 미묘한 사정은 아무것도 모르고 있는 강 영감이다. 그러니까 시형이의 아버지의 방문과 그의 태도에서 받는 충격에 대해서 그는 아무것도 이해할 길이 없을 것이다.

무경이는 가만히 자리에 앉아서 다시 펜을 들었으나 머리를 사

무에 물을 수는 없었다.

이 년 동안 친필로는 편지도 안 하였다던 아버지가 전보를 받고 아들을 찾아왔다. 물론 부자간의 정의로 당연한 일임에 틀림은 없으나, 사상과 여러 가지 가정 문제로 의견을 달리하던 부자가 오늘 이 년 만에 만나서 다시 아름답지 못한 충돌이나 거듭하지 않을 것인가. 그동안 아버지는 아버지대로, 아들은 아들대로 제가 가졌던 생각과 태도와 고집에 대해서 반성하는 곳도 양보하는 곳도 생겼을 것이다.

아버지는 과연 아들의 결혼 문제를 순순히 허락할 만한 준비를 가지고 올라온 것일까. 불안과 궁금증과 초조와 공포심과 의혹이 뒤섞이고 합치고 엇갈려서 무경이는 고개를 푹 수그린 채 정신없는 사무를 보고 앉아 있다.

한 삼십 분 만에 시형이의 아버지는 층계를 내려왔다. 그러나 단장도 모자도 두고 잠시 다니러 나오는 모양이었다. 얼른 눈을 유리창 밖으로 돌렸으나 그의 태도와 무표정한 얼굴로부터는 아무러한 암시도 받을 수가 없었다. 두 사람 사이에 이야기는 순조롭게 진척이 된 모양같이 느껴지기도 하였다. 그러나 그는 맨머리 바람으로 어디를 나가는 것일까. 그는 나갔다가 한 십 분 만에 다시 돌아와서 역시 사무실 쪽은 보고 못 본 척, 무표정한 얼굴에 위엄기만을 나타내고 층계를 올라가버렸다. 무경이는 어디다가 발을 붙이고 공상의 줄을 뻗어볼 수가 없었다. 그런데 또다시 한 이십 분 만에 자전거 탄 양복장이가 샘플을 보꾸러미에 싸가지고 아파트를 들어와서 꾸뻑 인사를 하고 위층으로 올라가려 하였다.

"어디로 가십니까?"

하고 강 영감이 소리를 치니까, 양복점원은 멈칫하고 층계에 한 발을 올려놓은 채 이편을 바라보며,

"삼층 이십삼 호실입니다"

하고 말하였다. 이편에서 별로 말이 없으니 점원은 그대로 위층을 향하여 올라가버렸다. 열두시의 사이렌이 울었다. 양복장이는 주문을 받았는지 인사성 있게 웃어보이면서 사무실을 지나 밖으로 나갔다. 그러나 그와 엇바뀌듯이 하여 이번에는 구둣방에서 찾아왔다. 자전거 뒤에다 커다란 트렁크를 두 개나 싣고 온 양화점원은 모자를 벗고 공손히 사무실 앞에서 안내를 구하였다. 강 영감은 신이 나서 대답하였다. 양화점원이 올라가는 것을 물끄러미 바라보고는 무경이 쪽을 돌아보면서,

"아버지가 오시드니 양복 짓구 구두 사구 한 벌 미끈히 채려 내 세우실 모양이군"

하고 반갑게 웃었다. 무경이는 펜대를 든 채,

"그런가 봅니다"

하고만 대답한다. 그는 지금 속으로 적잖이 불안스런 사태를 한 갈피 한 갈피 분석해보듯이 뒤적여보고 앉아 있는 것이다.

아까 시형이의 아버지가 맨머리 바람으로 밖에 나갔던 것은 양복점과 양화점을 부르러 갔던 것임에 틀림없다. 여기서는 멀리 떨어져 있는 두 상점을 부르기 위하여 그는 전화를 걸었을 것이다. 전화를 걸러 밖으로 나갔던 것이다. 그는 어째서 일부러 전화를 걸러 밖으로 나갔던 것일까? 사무실 전화를 쓰지 않고 일부러

밖으로 나간 것은 무슨 때문일까?

여기까지 생각해보고 무경이는 잠시 멈칫하더니 물러선다.

나를 피하기 위하여, 나의 낯을 대하기가 싫어서 나 있는 사무실의 전화를 쓰지 않기 위해서, 그는 밖으로 딴 전화를 찾아 나갔던 것임에 틀림없다!

이렇게 단정하기엔 여러 가지 주저가 따라왔다. 무경이로 앉아 차마 그렇게 생각해버릴 수가 없는 것이다.

그것은 무엇을 의미하는가. 오시형이의 아버지는 무경을 모욕하는 것으로 된다. 무경이와 시형이와의 관계를 인정하지 않겠다는 증거로 된다.

그래서 무경이는 생각을 딴 데로 돌려보려고 애쓰는 것이었다. 그러나 시형이의 아버지가 밖으로 나갔던 것을 무엇으로 설명할 수 있을 것이며, 그의 무경이에 대한 태도를 어떻게 생각해볼 수 있을 것인가.

정식으로 대면이 있기 전에 며느리 될 사람을 이런 처소에서 만나는 것을 꺼리는지도 모르지. 직업이 나쁜 것은 아니나 역시 그들의 습관으로 보아 이러한 처소에서 며느리 될 여자와 낯을 대한다는 것은 아름답지 못한 일일는지도 모르지. 그래서 그는 일부러 사무실 쪽을 못 본 척, 무경이의 존재를 무시하려고 애쓰는 것인지도 모르지.

한참 만에 구둣방 점원도 나가고, 또 얼마 뒤엔 오시형이의 아버지도, 이번엔 모자와 단장을 쓰고 들고 시형이의 방으로부터 내려와서 밖으로 나갔다. 시형이는 그의 아버지가 나간 뒤 십 분

지나서야 아래층으로 내려와서 사무실에 얼굴을 나타내었다.

"아버지가 오셨어!"

그렇게 말하고는,

"이거 구두두 한 켤레 얻어 신었는걸! 이게 온 오십오 원이라니!"

번쩍 다리를 들어서 보이었다.

"어제 전보를 보시구 오신 게로군요"

하고 천연스럽게 무경이도 대꾸하면서 자리에서 일어났다.

"아침 차에 내리셨답니다."

"그럼 어디 여관에 들으셨게?"

"저, 무언가 비전옥에!"

무경이는 앞서서 사무실을 나와서 식당으로 갔다. 점심을 주문해놓구 두 사람은 삐끔히 마주 쳐다보았다. 묻고 싶은 사연이 한두 가지가 아니었으나 무경이는 그것을 토설하기가 어쩐지 무서운 생각이 났다.

"아버지가 종내 꺾이었지. 아무 말씀 없이, 몸이 과히 상한 데나 없니 하구 물으시던데……"

하고 벌쭉벌쭉 웃어서, 무경이도 따라 웃었다. 그러나 무경이는 제 질문을 꾹 눌러서 억제하며 다시 시형이의 말을 기다리려는 자세를 취한다.

"부자간의 정이란 우스운 건가 봐"

하고 시형이는 혼잣말처럼 지껄이었다.

"이 년 동안이나 편지 한 장 없으시던 분이 나왔다니까 그날로 쫓아오신 걸 보면."

　무경이는 그러한 말에도 별로 대꾸하지 않았다. 주문한 점심이 와서 두 사람은 덤덤한 식사를 마치었다. 다 먹고 나서 차를 마시며 시형이는 다시,

　"아버지가 시굴로 내려가자는군그래"
하고 무경이의 낯을 건너다보았다. 무경이는 그때에 가슴이 뚱하고 물러앉는 것 같은 충격을 경험하였으나 애써 낯색을 헝클지 않으려고 노력하면서 입에 가져가던 찻종만 그대로 들고 있다.

　"몸두 쇠약했는데 서울 있어가지구야 치료가 되겠니, 집에 가서 몸이나 좀 추세거던 어데 온천이라도 가서 정양을 해야지, 그리군 또 재판소에서도 이런 데서 주소도 일정치 않구 옛날 친구라도 내왕이 있구 그러면 앞으로 예심 종결이나 공판에도 지장이 생기지 않겠느냐구……"

　아버지의 말을 옮기듯 하고는 찻종으로 눈을 가리며 훌쩍 차를 마셨다.

　무경이는 마음이 좀 진정되는 것을 느꼈으나 시형이의 말에 대해서 무어라고 대꾸할 만한 기력은 생기지 않았다. 그들은 식당을 나왔다. 테이블을 돌아 나오려고 할 때에 무경이는 가벼운 현기증을 느끼고 잠시 탁자 언저리를 붙든 채 서 있다가 간신히 시신경에 힘을 주면서 시형이의 뒤를 따라 복도로 나왔다.

　복도에 나와서는 곧바로 층층계를 향하여 걸었다. '제칠천국' 같다고 하던 계단을 하나하나 올라가면서 무경이는 덤덤히 생각에 잠긴다. 아파트에 들어와서 침대에 걸터앉는 시형이의 낯을

보고야 무경이는 의자에 앉으면서,

"도흰 공기도 나쁘구 그런데, 갈 데만 있으문야 조용한 데루 가셔야죠. 그리구 재판소에서도 역시 서울서 빈둥거리는 것보다는 가정이 있는 곳으로 가 계시는 걸 좋아할 거예요"
하고 비로소 명랑한 어조로 말하였다. 시형이는 힐끗 무경이의 웃는 낯을 건너다보았으나, 그의 심정을 모를 만큼 둔감도 아니란 듯이 침대에 눕더니,

"옛날과는 모든 것이 다른 것 같애. 인제 사상범이 드무니까 옛날 영웅 심리를 향락하면서 징역을 살던 기분도 없어진 것 같다구 그 안에서 어느 친구가 말하더니…… 달이 철창에 새파랗게 걸려 있는 밤, 바람 소리나, 풀벌레 소리나 들으면서 잠을 이루지 못할 때엔 고독과 적막이 뼈에 사무치는 것처럼 쓰리구……"

그렇게 가느나랗게 녹백처럼 말하고 있었다. 무경이는 돌아서서 창밖을 바라보는 척하면서 수건으로 가만히 눈을 닦았다.

*

그렇게 하고 사흘째 되는 날이다. 한 달을 두고 가물던 날씨가 물크고¹⁸ 무덥고 그러더니 드디어 장마가 시작되었다. 비가 내리다간 그치고 그쳤다간 또 맥없이 내리고 하는 오후에, 오시형이는 저희 아버지를 따라 평양으로 떠났다. 종내 그들은 무경이를 정식으로 알려고도 소개하려고도 하지 않았으나, 무경이는 그런 것에 개의하지 않고 정거장까지 나가서 시형이가 떠나는 것을 보

았다.

정거장을 나와서, 아주 영영 돌아오지 않을 사람을 떠나보낸 것 같은 슬픈 심회를 가슴에 지니고 비 내리는 전차에 올라탔다. 후줄근히 젖어서 물이 흐르는 우장 외투를 그대로 입은 채 그는 사무실에도 들르지 않고 곧바로 시형이가 들었던 방으로 들어가는 것이다.

새 양복과 바꾸어 입은 뒤 아무렇게나 벗어 던지고 간 세탁한 낡은 시형이의 양복이 침대 위에 뒹굴고 있었다. 신장을 여니까 무경이가 손수 닦았던 꼬드러진 낡은 구두도 초라하게 들어 있었다. 테이블 위에는 수국의 화분, 며칠째 물을 못 먹고 그것은 희끄무레하게 말라들고 있었다. 다시 물감을 부어도 빨개질 것 같지도 파래질 것 같지도 않게 시들어버리고 있었다.

시형이를 위하여 얻었던 방이었다. 시형이를 맞기 위해서 저금 통장을 빈텅이를 만들면서 장식해보았던 방이었다. 그는 인제 가버리고 여기엔 없다.

시형이를 위하여 나섰던 직업 전선이었다. 시형이의 차입을 대기 위해서 선택하였던 직업이었다. 시형이도 나오고 인제 직업도 목적을 잃어버렸다.

무경이는 가만히 앉아서 빗발이 유리창 위에 미끄러지는 것을 물끄러미 바라보고 있다. 회색빛의 멍한 하늘이 얼룩하게 얼룩이 져서 보인다.

어머니에겐 정일수 씨가 생기고, 인제 나는 어머니에게도 필요하지 않은 딸이 되었다.

울고 싶은 생각도 나지 않는다. 그저 제 몸에서 빈 껍질만 남겨 두고 모든 오장과 육부가 몽땅 빠져나가는 경우가 있었으면 하고 막연히 그런 경지를 생각해보고 있었다.

그런데 똑똑 노크 소리가 나고 급사가 문을 열었다.

"주인님이 나오셔서 장부 좀 보시잡니다."

급사의 말에 그는 정신을 차려 몸을 일으키었다. 그는 문에 쇠를 잠그고 층계를 내려갔다. 내려가면서 점점 제 다리에 기운이 생기는 것을 느꼈다.

'방도, 직업도, 이제 나 자신을 위하여 가져야겠다!'

그런 생각이 사무실을 들어설 때에 그의 마음속에 이루어지고 있었다.

맥_麥

1

삼층 이십이 호실에 들어 있던 젊은 회사원이 오늘 방을 내어놓았다. 얼마 전에 결혼을 하였는데 그동안 마땅한 집이 없어서 아내는 친정에, 그리고 남편인 자기는 그전에 들어 있던 이 아파트에 그대로 갈라져서 신혼 생활답지 않게 지내오다가 이번에 돈암정 어디다 집을 사고 신접 살림을 차려놓기로 되었다 한다. 오후 여섯시가 가까운 시각, 아마도 회사의 퇴근 시간을 이용하여 양주가 어디서 만난 것인지 해가 그물그물해서야 회사원은 색시 티가 나는 아내와 함께 짐을 가지러 트럭과 인부를 데리고 왔다. 인부가 한 사람 있다고는 하지만 삼층에서 밑바닥까지 세간을 나르고 그것을 다시 트럭에 싣고 하기에는 이럭저럭 한 시간이 걸렸다. 최무경이는 아파트의 사무원일 뿐 아니라 회사원이 있던 방이 바로 제가 들어 있는 옆방이어서 여자의 몸으로 별로 손을 걸고 거들어줄 것은 없다고 하여도 짐이 다 실리는 동안 아래층 사무실에 남아 있어서 그들의 이사하는 모양을 바라보고 있었다. 사무실에서 일을 보는 강 영감이 제법 위아래로 오르내리며 짐을 챙겨도 주고 양복장이며 책장이며 탁자며 하는 육중한 것을 한 귀를 맞들어서 인부와 회사원과 함께 운반에 힘을 돕기도 하였다.

짐을 대충 실어놓고 회사원은 아내와 함께 사무실로 들어왔다.

"부금(敷金) 일백오 원 중에서 이번 달 치가 오늘까지 이십팔 원, 그것을 제하고 칠십칠 원이올시다."

미리 준비해두었던 지폐를 손금고에서 꺼내어 최무경이는 그것을 회사원에게로 건네었다. 회사원은 한 손으로 받아서 약간 치켜들듯 하여 사의를 표하고 그것을 그대로 주머니에 넣으려고 한다.

"세어보세요."

그러한 말에 회사원은, 무어 세어보나마나 하는 표정을 지어보였으나 다시 어떻게 생각하였는지 넣으려던 지폐를 꺼내서 불빛에다 대고 손가락에 침도 묻히지 않으면서 한장 두장 세어보고 있다.

"꼭 맞습니다"

하고 낯을 들었을 때 무경이는 펜과 영수증을 놓으면서,

"영수증이올시다. 사인하고 도장 쳐주십시오. 수입 인지는 아파트 쪽에서 한턱내었습니다"

하고는 회사원의 아내를 바라보며 웃었다. 젊은 아내는 무경이의

웃음에 따라서 흰 이를 내놓고 웃었다.

"고맙습니다."

영수증을 받아서 서류와 함께 금고에 챙긴 뒤에 무경이는 두 신혼부부의 낯을 새삼스레 쳐다보았다. 행복에 넘친 듯한 얼굴들이다. 진부한 형용사지만 역시 행복에 넘쳐 있는 표정이라는 말이 제일 적절할 것처럼 무경이는 생각하는 것이다.

"저어 돈암정 바로 삼선평이올시다. 거기서 바른쪽으로 향해서 들어가면 새로 분할한 주택지가 있습니다. 큰 골목으로 접어들어서 다시 셋째 번 골목 둘째 집이 저희들 집이올시다. 사백오십 번지의 십칠 호. 한번 교외에 산보 나오시는 일이 계시건 찾아주시기 바랍니다."

아무리 총명한 사람일지라도 이러한 지도의 설명을 잊지 않을 사람이 없을 것이건만 사람들은 노상에서 만난 친구들께 곧잘 이러한 방식으로 저희 집의 주소를 가르쳐준다. 그러나 듣는 사람도 또 지금 말하는 설명을 모두 머릿속에 챙겨넣기나 한 듯이,

"네 네, 한번 나가면 꼭 들르겠습니다"

하고 대답하는 것이었다. 무경이가 들르겠다는 말을 진심으로 믿는 것인지 아마 그들 자신도 딱히 그러한 모든 것을 의식하면서 건네는 인사는 아닐 것이나 두 부부는,

"고맙습니다"

하고 가지런히 인사를 하였고 다시 회사원은 문밖으로 아내가 나가버린 뒤에도 문턱 안에 남아서,

"덕택에 참 내 집이나 진배없는 생활을 할 수 있었습니다"

하고 사례를 말하였다. 두 사람은 어둠의 장막이 내려 드리우려는 길 위로 가벼운 발걸음을 옮겨놓으며 무어라 나직이 소곤거리고 있었다. 그것을 최무경이는 한참 동안 바라보고 서 있었다.

강 영감은 빈방의 뒷설거지를 마치고 비와 쓰레기통과 바께쓰를 들고 위층에서 내려왔다. 물을 담았던 바께쓰에는 버리고 간 찻그릇, 곱푸[1] 등속, 낡은 모자 같은 것이 그득히 들어 있었다. 신접살림이라 무어든간 새로 준비했을 것이니 홀아비 살림 때에 쓰던 것으로 소용이 없을 것은 공연히 짐이나 된다고 이렇게 내버려두고 가는 것이리라, 강 영감은 그것을 모아다가 넝마 장수에게 팔기도 하고 저희 집에 가져다 쓰기도 하는 것이었다. 장부를 정리하고 저녁이 늦어서 손수 지을 수도 없으므로 무경이는 식당으로 갔다. 돔부리[2]를 거의 다 먹었는데 전화가 왔다고 강 영감이 부른다.

"방이 있냐구 물어서 한 방 비었다구 했는데……"
하고 식탁에까지 와서 강 영감은 여사무원에게 말한다.

"어떤 사람입니까?"
차를 마시면서 무경이는 묻는다.

"글쎄, 그건 물어보지 못했는데 하여간 나가서 전화 받아보시지. 여자 목소리던데."

"여자요? 또 여급이나 그런 사람이 아닌가요? 그런 사람들이건 애초에 방이 없다구 거절허실 걸 갖다."

무경이는 앞서서 식당을 나왔다. 사무실로 와서 책상 위에 내려놓은 수화기를 들면서,

"여보세요, 오래 기다리게 하여서 미안합니다. 네 야마토 아파 트입니다. 거기 어디신지요? 네? 명치정 청의 양장점이오? 네에 네, 그럼 방을 쓰실 분은 바로 양장점에 계신 선생님이신가요?"

잠시 저편의 설명에 귀를 기울인다.

"대학의 강사 선생님이시라구요? 네 그럼 친히 오셔서 방을 보 시지요. 방세는 삼십오 원, 정지 가격이올시다. 부금을 석 달 치 전 불하기로 되었습니다. 그럼 들러주십시오. 네에 네, 고맙습니다."

대학 강사로 논문 쓸 것이 있어서 임시로 몇 달 동안 방을 구한 다고 한다. 전화를 건 분은 대학 강사의 무엇이 되는 여자인가. 그러나 그런 것을 오래 생각하지는 않고,

"지금 찾아오마 했는데 방 구경 시키구 마음에 든다면 저에게 알려주세요. 전 그럼 방에 올라가 있겠습니다"

하고 사무실을 나왔다. 강 영감은 지금서야 벤또를 먹고 있었다.

무경이는 제가 쓰고 있는 삼층 이십삼 호실로 올라왔다. 대학 선생이 책이나 읽고 글이나 쓰고 있으면 뒤숭숭하지 않아서 좋을 것이라고 생각해보면서 그는 회사원이 조금 전에 나가버린 옆방 의 앞을 지났다. 잠갔던 문을 열고 스위치를 넣어서 제 방에 불을 켰다.

방 안에 들어와서는 언제나 하는 버릇으로 손을 씻었다. 슈트의 웃저고리를 벗고 얄따란 스웨터로 바꾸고는 가볍게 화장을 고친 다. 오래지 않아 삼월이라지만 밤은 역시 추웠다. 스팀의 마개를 조절해서 방 안의 온도를 맞추고는 잠시 침대에 걸터앉아본다. 아까 아파트를 나간 회사원의 두 부부가 생각히었다.[3] 그들은 행

복에 취하여 있는 듯이 보이었다. 남의 눈에 그렇게 보였을 뿐 아니라 당자들도 그렇게 생각하고 있을 것이다. 트럭을 먼저 앞세워놓고 나란히 서서 문밖으로 나가던 두 사람의 뒷그림자…… 그러나 그는 문득 생각해보는 것이다.

'그들은 끝끝내 행복할 수 있을 것인가. 젊은 회사원은 그의 아름다운 아내를 끝끝내 사랑할 수 있을 것인가. 그들의 사랑과 신뢰는 언제나 무슨 일을 당하여서나 변함이 없이 굳건한 것으로 지니어나가고 지탱해나갈 수 있을 것인가?'

쓸데없는 군걱정이었으나 최무경이는 역시 그것을 믿을 수가 없는 것이라고 생각해보는 것이었다.

누가 그것을 증명할 수 있으랴! 저 회사원이 앳되고 어린 꽃 같은 색시를 언제나 변함없이 사랑하리라고 누가 감히 증명할 수 있을 것이랴!

이렇게 해서 최무경이는 조금 아까 행복된 낯으로 아파트를 하직하고 돈암정의 새집으로 총총히 마음을 달리던 젊은 부부의 앞날에 불길한 예언을 던져보고 앉았는 것이다.

'안온한 일생을 평정하게 보내는 부부가 이 세상에는 얼마든지 있는 것을 나는 안다. 그러나 누가 아내의 마음을 보증할 수 있으랴! 누가 남편의 사랑을 보증할 수 있으랴! 아니 누가 감히 저 자신의 마음을 보증할 수 있으랴!'

그는 떠오르는 흥분을 고즈넉이 맛보면서 머리를 털고 침대에서 일어났다.

'나는 혼자서 산다. 혼자서 살아갈 수 있다.'

바람벽에 걸린 어머니의 사진을 쳐다본다. 무경이와 함께, 어머니가 시집가던 작년 가을에 박은 사진이었다. 둘이 다 뭉틀 하고 서서 어딘가 쓸쓸해 보인다. 어머니는 흰옷으로 몸을 단장하였다. 무경이도 금박이 자주 고름에 치렁치렁하는 남치마를 입고 나들이옷으로 몸을 가꾸었다. 스물에서 마흔두 살까지의 이십여 년을 혼자서 딸 하나만을 데리고 살아오던 어머니도 정일수 씨에게 시집을 갔다. 생각해보면 혼자서 살겠다는 자기의 마음도 또한 보증할 수는 없으리라고 되새겨진다. 그러나 인제 다시 누구를 사랑하고 누구와 함께 그는 새로운 생활을 설계해볼 수 있을 것인가. 상처가 너무도 컸다. 아직도 완전히 끝이 났다고는 보아지지 않는 만큼 보증할 수 없는 저의 마음을 채찍질하면서라도 그는 지금 '혼자서 사는' 것을 다시금 또 다시금 결심하지 않으면 안 되는 것이었다.

지난여름의 일이다. 이 년 가까이 입감해 있던 오시형이를 그는 백방으로 서둘러서 보석을 시켰다. 오시형이와 무경이의 관계는 양쪽 편 집이 모두 반대하였다. 어머니는 오랜 장로교인으로서 오시형이가 '믿지 않는 사람'이라고 꺼려 하다가 그가 사건에 걸려서 입감한 뒤에는 더욱더 완강히 그와의 결혼에 반대하였다. 한편 오시형이네 집에서는 그의 아버지가 극력으로 반대하였다. 물론 평양서 부회 의원을 지내면서 상업회의소에도 얕지 않은 지위를 가지고 있는 그의 부친이 반대하는 것은 아들이 선택한 최무엇이라는 여자뿐만이 아니었다. 대학을 졸업하고 서울서 증권회사 조사부 같은 데 취직해 있는 아들의 태도에 반대였고 사상이나 생활 태도 전체에 대해서 그는 아들의 생각과 뜻이 맞지 않았다. 그는 우선 아들이 평양으로 내려와서 자기 앞에서 친히 일을 보기를 희망하였고 자기가 생각하고 있는 도지사를 지냈다는 저명 인사의 총명한 규수와 약혼을 할 것을 바라고 있었다. 그는 그의 생각하는 길이 아들을 출세시키는 최단 거리라고 믿는 것이었다. 그래서 부자가 서로 옥신각신하던 통에 뜻밖에 아들이 그만 온당하지 못한 사건에 걸려서 입감을 하게 되었다. 이것은 아들의 장래를 자기의 연장으로서 설계해오던 아버지에게 있어 놀라운 일이었을 뿐 아니라 그의 명예와 지위를 위해서는 치명적인 사건이 아닐 수 없었다. 아버지는 세상을 향해서 당황하였다. 그는 노하였다. 그는 드디어 아들과의 관계를 통히 끊어버리듯 하였다. 나이라도 많으면 늙은 마음이 자식을 생각하는 정의에 이겨나가질 못할 것이나 그는 오십 전후의 정정한 장년이어서 아들의 고생 같은 것은 보고 못 본 척할 수 있었다.

이렇게 해서 이 년이 흘렀는데 이 이 년 동안 무경이는 오시형이를 위하여 직업에 나섰고 어머니의 마음을 움직여서 오시형이와의 관계를 인정하게 하였을 뿐 아니라 보석 운동이 주효해서 그에게 다시금 태양의 빛을 쐬게 만들었다. 지금 무경이가 쓰고 있는 야마토 아파트의 삼층 이십삼 호실은 보석으로 출감하는 오시형이를 위하여 무경이가 준비해두었던 방이었다.

그러나 오시형이가 출감하면서 동시에 연달아서 뜻하지 않았던 사건이 튀어나왔다. 우선 오시형이는 그전에 포회했던 사상으로부터 전향을 하였다. 그의 전향의 이론을 그 자신의 설명으로 들어보면 경제학으로부터 철학에의 전향이요, 일원 사관으로부터 다원 사관에의 그것이라 한다. 이러한 결과로 하여 학문상으로 도달한 것이 동양학의 건설이었고 사상적으로도 세계사의 전환에 처하여 시시각각으로 변하는 국제 정국에 대처해서 하나의 동양인으로서의 자각이 있어야 한다는 것이다. 그러나 사상이나 학문 태도가 변하였다든가 전향하였다고 하여서 그들의 사이에 어떠한 틈이 생길 리는 없는 것이었다. 본시 최무경이는 오시형이가 어떠한 사상을 품게 되든 그런 것에는 깊이 개의하지 않는 것이라고 믿어왔고 또 그러한 것에 대해서 깊이 천착(穿鑿)하고 추궁할 만한 준비나 여유가 없다고 생각해왔다. 그러므로 오시형이의 이러한 전향이란 것이 어떠한 정신적인 내용을 가지고 있는 것인지 또 그러한 내면적인 정신상의 문제가 자기와의 관계나 혹은 생활 태도 같은 것에 어떠한 영향을 줄 것인지에 대해서는 아무러한 생각도 가지지 못하였다. 그는 변함없는 애정이면 그만이었고 자기가 그동안 실천한 불요불굴한 행동에서 오는 자긍과 도취로 해서 통히 그런 것에 생각이 미치지도 못하였다. 그러나 오시형이의 내면 생활은 무경이가 생각하는 것보다는 좀더 복잡한 과정을 경험하고 있었다. 이 년 동안 독방 안에서 경험하는 내면 생활에 대해서 밖의 사람은 단순한 해석밖에는 가지지 못한다. 아버지, 여태껏 무슨 큰 원수나 되듯이 생각하여오던 오시형이의 아버지가 아들의 출감을 듣고 상경하여 아파트를 찾아왔을 때에 시형이의 내부 생활의 복잡한 면모는 하나의 표현을 보였다. 그는 당장에 아버지와 타협한 것이다. 인정과 격리되어서 애정에 주린 생

288

활을 영위하던 사람이 죽일 놈 살릴 놈 하던 아버지의 돌변한 태도에 부딪쳐서 감격과 흥분을 맞이한 때문만은 아니었다. 아들과 아버지의 사이란 하나의 혈통이니까 커다란 불화가 있었다 해도 칼로 물을 벤 것과 진배없어서 그들은 언제나 다시 화합해야 할 핏줄을 가졌다고만 해석하는 데도 다소간의 불충분은 없지 않을 것이다. 그런 것과 관련을 가지면서도 결정적인 원인을 지은 것은 오시형이의 가슴에 아버지까지를 포함시켜 그가 여태껏 상대해오던 일체의 '대립물'을 받아들일 만한 준비가 되어 있었다는 점일 것이다. 여하튼 그는 아버지를 따라서 평양으로 내려갔다. 그러나 그것뿐만은 아니었다. 오시형이의 출감과 전후해서 무경이는 또 하나의 돌발 사건을 맞이하게 되었다. 그것은 어머니의 결혼이었다. 어머니가 어떤 남자와 교제를 가지고 있다는 것을 눈치 챘을 때 무경이는 커다란 실망과 함께 여자다운 질투와 어머니의 육체적인 체취에 대해서 늑지한[4] 구역을 느꼈다. 그리고 어머니를 잃어버리는 데 대해서 누를 수 없는 서러움을 경험하였다.

단 하나의 어머니도 잃어버리고 단 하나의 애인도 잃어버렸다. 직업에는 오시형이의 차입을 위하여 나섰던 것이요, 아파트의 방은 보석으로 나오는 그를 맞이하기 위하여 얻었던 것이었다. 의지하였던 것도 믿었던 것도 사랑하던 것도 희망하는 것도 일시에 없어져버린 것이다. 산다는 것의 의미와 생존의 목표를 어디서 찾아볼 수 있을까 하여 그는 잠시 동안 멍청하니 공허해진 제 가슴을 처치해볼 길이 없었다.

그러나 그는 희망을 잃지 않고 살아 나아가겠다는 하나의 높은 생활력 같은 것을 천품으로서 가지고 있었다. 그러한 생활력은 제 앞에 부딪쳐오는 어떤 어려운 문제라도 꿰뚫고 나아가야 한다는 강력한 의지력으로 나타날 때가 있었다. 사람은 제 앞에 다닥쳐오는 어려운 문제를 회피하지 않고 그것을 맞받아서 해결하고 꿰뚫고 전진하는 가운데서 힘을 얻고 굳세지고 위대해진다고 생각해본다. 어떻게도 할 수 없는 난관에 부딪히고 함정에 빠져서 그가 생각해본 것은 모든 운명의 쓴 술잔을 피하지 않고 마셔버리자 하는 일종의 '능동적인 체관(諦觀)'이었다. 그는 우선 어머니와 오시형이를 공연히 비난하고 시기하고 질투하지 않으리라 명심해본다. 자기 자신을 그들의 입장 위에 세워보리라 생각했다.

오시형이는 이 년 동안 옥중에서 충분한 사색과 반성을 가질 수 있었을 것이다. 그의 생각은 섬세해지기도 하였고 치밀해지기도 하였고 풍부해지기도 하였을 것이다. 그는 자기의 정신상 갱생을 사상과 학문상의 전향에서 찾으려 하였고 그의 육체와 생명은 다시금 빛 없는 생활에 얽매이지 않기를 본능적으로 갈망하고 있을 것이다. 아버지와의 관계에 있어서도 좀더 원만하고 원숙해지리라 명심하고 있을 것이다. 사실 그는 가정이 있는 평양으로 내려가는 것이 건강에나 또는 당국 관계에 있어서도 편리할 것이라고 믿지 않을 수가 없었을 것이다. 오시형이가 아버지를 따라 평양으로 가는 것, 그것은 그의 금후 생활을 영위하기 위해서 반드시 필요한 일이라고도 생각되어진다. 그렇다면 이까짓 방 같은 것이 합체 무엇이며 무경이의 마음이 다소 섭섭해지는 것 같은 것이

하상 무엇이냐고도 생각되어진다.

어머니의 입장도 이와 마찬가지였다. 어머니는 이십 전에 홀몸이 되어서 자기 하나만을 믿고 살아왔다. 자기가 어떤 사내와 결혼하면 어머니는 누가 모시며 어머니가 마음을 의지할 사람은 장차 누구일 것이냐? 어머니의 신뢰와 애정을 거역하고 나선 것은 딸이었다. 딸의 문제를 허락하였을 때 어머니가 그를 믿고 팽팽하게 당길 수 있었던 닻줄을 팽개쳐버리면서 갑자기 독신 생활에 대해서 신념을 잃어버렸다는 것도 넉넉히 이해할 수 있지 아니한가. 그렇다면 딸의 마음이 서운해질 것을 염려치 않고 어머니가 장래의 생애에서 행복된 설계를 가지려 하였다고 그것을 탓할 수는 없는 노릇이었다. 오시형이는 그의 앞날을 위하여 영위함이 있어 마땅한 일이며 어머니는 어머니의 남은 생애를 위하여 설계함이 있어 마땅한 일이 아니냐. 그러면 뒤에 남아 있는 최무경이 자기 자신은? 그는 생각해본다.

'나는 나 자신을 위하여 생활을 가져보자!'

이것이 그를 구렁텅이에서 구하여낸 결론이었다.

시형이를 위하여 얻었던 방에는 제가 들기로 하였다. 어머니가 결혼하여 정일수 씨와 동거하게 되었을 때 어머니와 무경이가 살던 집은 팔아버렸다. 마침 가옥 시세가 가장 댓금[5]이던 때라 그리 새집은 아닌 것인데 한 칸에 칠백 원씩 받아서 일만오천 원의 거액이 무경이의 저금 통장에 기입되었다. 살림도 간단히 추려서 대부분은 어머니한테 맡겨두고 신변에 필요한 몇 가지와 취사 도구의 간단한 것만 아파트로 옮겨왔다. 아직도 아버지의 명의대로 남아 있는 칠십 석 남짓한 땅은 으레 무경이에게 상속이 되었으나 정일수 씨한테 관리시키고 일 년에 이천 원씩을 받아다가 저금 통장에 기입시키기로 작정하였다. 한집 안에 살기를 권하다가 그들의 뜻을 이루지 못한 정일수 씨와 어머니는 될수록 무경이에게 편의를 도와주려 힘썼고 딸에 대한 그들의 애정을 극진히 표시하려고 애썼다. 무경이는 전과 다름없는 여사무원의 직업을 그대로 가지고 있었다.

그러나 이러한 조처를 대어놓고도 오시형이와의 애정에 대한 신뢰만은 덜지 않으려고 생각하였다. 하기는 시형이가 아버지와 타협하고 평양으로 내려간다는 고백을 들었을 때에 이 사건을 통해서 맨 먼저 느낀 것은 여자다운 직관력만이 날카롭게 간파할 수 있는 애정의 동요였다. 평양에는 진척시켜오던 약혼설이 있다. 도지사를 지낸 저명인사의 영양이 있다. 무경이는 고백 뒤에 어물거리는 그림자로서 그것을 눈앞에 그려보았던 것이다. 그러면서도 그들은 한가지로 그 문제에 대하여는 아무러한 이야기도 나누려 하지 않았다. 무슨 일이 있어도 오시형이의 마음만은 변하지 않으리라고 믿었던 것일까. 또는 아무리 따져놓고 약속을 굳게 하여두어도 흐르는 수세는 당해낼 재주가 없는 것이라고 단념해버렸던 것일까. 어떤 날 어머니는 딸에게 이런 말을 물었다.

"시형이 아버지가 그 무슨 도지사의 딸이라든가 허구 약혼하라던 건 그 뒤 무슨 이야기가 없다든?"

이 날카로운 질문을 받고 무경이는 잠시 당황했으나,

"무슨 별 이야기 없던데요"

하고 대답하였다. 그러나 어머니는 마음을 놓을 수가 없다는 듯이 또다시 무어라고 입을 나불거리다가 여러 번 주저하던 끝에,

"글쎄, 그렇다면 좋거니와. 손수 올라와서 데리구 가는 바엔 그런 이야기두 있었을 법헌데. 그럼 무어 너허구 결혼에 대해서두 안즉 이렇다 할 의사 표시는 없은 셈이로구나"

하고 나직이 말하였다. 무경이의 가슴속에서는 꿍 하고 물러앉는 것이 있었다. 당황해지는 제 마음을 부둥켜 세우며,

"마음대루 허라지요. 도지사 딸한테 장갈 들려건 들구 귀족의 딸한테 장갈 들려건 들구……"

어머니는 이러한 딸의 언행에서 적지 않은 경악을 맛보았으나 그 이상 이야기를 이어나가지는 못하였던 것이다.

서울을 떠난 오시형이한테서는 내려간 지 일주일이 지나서 한 장의 편지가 왔다. 윤택이 있는 다정스런 문구는 하나도 없고 적지 않이 고민이 섞인 생경한 문구로 적혀 있었다.

지금 내가 생각하고 있는 것은 나의 장래에 대한 것이오. 내가 어떻게 하면 정신적으로 재생하여 자기를 강하게 하고 자기를 신장시킬 수 있을까 하는 문제입니다. 일찍이 나는 비판의 정신을 배웠습니다. 그러나 이러한 자기 자신에 대한 비판만 되풀이하고 있으면 그것은 곧 자학이 되기 쉽겠습니다. 나는 자학에 빠져버리고 싶지는 않습니다. 뿐만 아니라 외부 세계에 대한 준열한 비판만 있으면 모든 것이 그대로 이루어지리라는 요즘의 지식인들의 통폐에 대해서는 나는 벌써부터 좌단(左袒)[6]을 표명할 수가 없

었습니다. 비판해버리기만 하는 가운데서는 창조는 생겨나지 않을 것이기 때문입니다. 그러므로 설령 그러한 결과 도달하는 것이 하나의 자애(自愛)에 그치고 외부 환경에 대한 순응에 떨어지는 한이 있다고 하여도 나는 지금 나의 가슴속에 자라나고 있는 새로운 맹아에 대해서 극진한 사랑을 갖지 않을 수는 없겠습니다. 새로운 정세 속에 나의 미래를 세워놓기 위해서 지금까지 도달하였던 일체의 과거와 그것에 부수[7]되었던 모든 사물이 희생을 당하고 유린을 당하여도 그것은 또한 어떻게도 할 수 없는 일일까 합니다.

물론 결혼에 대한 문구는 아무 데서도 찾아볼 수 없었다. 무경이는 애정에 대한 것만은 변치 않았고 또 앞으로도 변치 않으리라고 생각하여보았다. 그러나 무경이는 어떤 급처를 마치 보자기로 송곳을 싸들고 있는 것 같은 위태로운 심리로 가만히 덮어놓고 있는 것도 희미하게 느끼지 않을 수는 없었다. 보자기를 조금만 힘을 주어서 잡아당기면 날카로운 송곳이 보자기를 뚫고 벌처럼 폐부를 찌르기를 사양치 않을 것이다. 그것을 잘 알고 있기 때문에 보자기를 어름어름 가만히 덮어놓아보는 것이다. 그러나 이러한 상태는 오래 지속될 수 없었고 또 무경이의 성격이 그러한 상태에 어물어물 박혀 있도록 철부지도 아니었다. 드디어 오시형이의 편지 내용이 결코 추상적인 문구만이 아니고 실상은 생생한 구체적 사실의 진행을 그러한 추상적인 문구로 표현하여놓은 데 불과하다는 것이 명백히 밝혀질 시기가 왔다.

그 뒤 무경이의 몇 장의 편지에 대해서 오시형이에게선 도무지 회답이 없었다. 그러다가 어느 날 짤막한 편지가 한 장 왔는데 그것은 정양하러 어느 온천으로 간다, 통신 관계가 빈번한 것은 여러 가지로 재미롭지 않아서 아무에게나 여행한 곳은 알리지 않기로 되었으니 양해하라는 내용의 글이었다.

오시형이가 자기의 사상을 정비하고 정신을 통일시키는 데 방해가 되고 장애가 될 만한 이야기는 될수록 삼가서 편지를 쓰던 무경이었다. 그의 문제를 그 자신이 처리하고 있는 데에 다른 사람의 수작이 하상 무슨 관계냐고 무경이도 생각해보았던 것이다. 그로 하여금 그의 문제를 처리케 하라! 새로운 사상의 체계를 세워서 생명의 구원을 받게 하라! 그것이 무경이의 진심이었다. 그러나 이 편지가 내용하는 것은 무엇인가. 그런 것과는 관계없이 최무경이라는 석 자의 이름과 그 이름으로부터 오는 기억 속에서 해방되겠다고 하는 하나의 전혀 별개의 사실이 아닌가.

무경이는 보자기를 뚫고 올라온 송곳 끝이 제 심장을 쓰라리게 찌르고 있는 것을 느끼며 얼마를 보내었다. 가을이 왔다. 겨울이 왔다. 새해가 왔다. 봄이 닥쳐왔다. 물론 오시형이의 소식은 그대로 끊어진 채로. 그러나 이러한 가운데서 그가 가진 것은 '혼자서 산다'는 억지에 가까운 결심과 자기도 누구에게나 지지 않을 정신적인 발전을 가져보겠다는 앙심이었다. 나도 나의 생활을 갖자! 나의 생각을 나의 입으로 표현할 만한 자립성을 가져보자! 오시형이의 영향으로 경제학을 배우던 무경이는 또 그의 가는 방향을 따라 '철학을 배우리라'는 방침을 정하는 것이다. '너를 따르고 너를 넘는다!' 이러한 표어 속에 질투와 울분과 실망과 슬픔과 쓸쓸함과 미움의 일체의 복잡한 감정을 묻어버리려 애쓰는 것이 었다.

무경이는 어머니의 사진 앞에서 머리를 털어버리고 이내 테이블로 왔다. 그는 몇 달 전부터 암파의 『철학강좌』를 읽어내려오고 있었다. 알 듯한 곳도 모르는 대목도 많은 것을 이를 악물고 시험 공부 하듯이 대들었으나 날이 거듭될수록 어쩐지 제가 점점 어른 처럼 되어가는 것 같은 느낌을 금할 수 없었다. 그것이 무한히 반가웠다. 책을 접고 침대에 누우면서 또는 아침에 침대에서 일어나서 책을 들면서 그는 언제나 '나는 어른이 되어간다'는 생각을 되풀이하면서 빙그레 웃고 하였다.

아홉시를 친 지 한참을 지나서 강 영감의 발자취 소리와 하이힐이 복도를 울리는 소리가 들리더니 옆의 방문을 열고 무어라고 중얼거리는 말소리가 희미하게 들려왔다. 방을 보러 온 것이라고 생각하면서도 무경이는 그대로 책상 앞에 걸터앉아 있었다.

논문을 쓰는 동안이라면 무슨 논문인지는 모르나 길대야 삼사개월의 기간이 아닐까. 삼사 개월밖에 들어 있지 않을 사람에게 순순히 방이 비었다고 말한 것은 제 입으로 한 말이었으나 되새겨보면 이상한 일이 아닐 수 없었다. 주택난이 우심한 요즘에 일이 년의 장기간 동안 떠나지 않고 눌러 있을 손님을 골라서 두기도 그다지 어려운 일은 아닐 터인데…… 하고 역시 제가 한 대답이 경솔하였던 것을 느끼지 않을 수 없는 것이다. 지금 거절하여도 결코 늦지는 않는다고 생각해보면서도 사람을 오래놓고서 어떻게 점잖은 사이에 무책임하게 신의 없는 소리를 뱉어놓을 수 있을까고 망설여보는 무경이었다. 실인즉 그는 철학 공부를 시작하면서 은근히 대학이라는 존재에 대해서 마음이 움직이었고 읽은 책 가운데 모를 대문이 많으면 많을수록 학자라는 존재에 대해서 어떤 흠모의 마음이 은근히 동하게 되어 있었던 것이다. 이랬거나 저랬거나 주판 알처럼 사무에 밝은 그가 특별한 천착도 없이 방을 허락한 데는 이러한 요즘의 그의 심경이 은연히 움직인 데 까닭이 있다고 보지 않을 수 없을 것이다.

무경이의 방문에서 노크 소리가 난다. 뜨적뜨적이 두 번씩 두들기는 건 강 영감의 노크다. 그는 책상 앞에서 떠나서 문께로 갔다.

"방 보시구 마음에 든다는데……"

하고 나직이 귀띔하듯이 말하였다. 무경이가 신을 신고 복도로 나가니까 양장한 여자는 앞서서 층계를 내려가고 있었다. 그의 뒤를 따라 강 영감과 무경이도 아래층으로 내려왔다.

"이리로 들어오시지요"

하고 무경이는 복도로부터 사무실 안으로 안내하였다. 삼십이 넘었을 짙은 화장을 한 아름다운 중년 부인이었다. 양장점을 경영하는 여자이니만큼 옷도 기품이 있게 몸에 붙도록 지어 입었다. 화장이 좀 지나치게 야단스러워서 무경이와 같은 여자의 눈에는 마치 여배우나 여급과 같은 직업의 여자와 얼른 분간을 세우기 힘든 인상을 주었다.

"아파트에서 일 보는 사람입니다. 최무경이라고 여쭙니다"

하고 인사를 드리니까,

"문란주(文蘭珠)올시다. 밤늦게 소란스레 굴어서 미안합니다."

그러나 열시 전이니까 그다지 늦은 밤도 아니란 듯이 맞은 바람 벽에 걸린 시계를 힐끗 쳐다보고는,

"방이 마음에 듭니다. 오늘 밤으루 이사해두 괜찮겠지요?"

한다.

"그러시지요. 원체는 한두 달 계실 손님에겐 방을 거절하라는 것이 아파트의 정칙인데……"

하고 열적은 소리기는 하지만 한마디 끼어보지 않고는 태평할 수가 없었다.

"논문 쓰는 동안이라군 하지만 또 오랫동안 빌려놓구 이용하실 는지두 모르지 않어요. 동경 같은 데선 소설 쓰는 사람들이 자기 주택 외에 모두 아파트 한 칸씩을 빌려갖구 있다던데요."

그리고는 익숙한 매무시로 호호호 하고 웃어넘긴다. 웃음을 알 맞추 끊고는,

"그럼 곧 이사하겠습니다. 시키킨[8] 같은 건 내일 아침에 치르기루 헐까요?"

"그렇게 하시지요. 아침은 될수록 이른 편이 좋겠어요. 그럼"

하고 강 영감을 향하여선,

"영감님 좀 늦으셔두 이사하시는 것 보아드리구 방문 잠그십시오. 그리구……"

다시 문란주 편을 향하여 낮을 돌리고는,

"특별히 규칙이랄 건 없지만 여러 사람이 단체 생활을 한다구 무어 이런 걸 만들어둔 게 있습니다. 참고삼아 틈 있거든 보아주

십시오. 또 그리군 오시는 선생님의 성함자도……"

하고 인쇄물과 카드 조각을 내놓았다. 문란주는 연필을 들어 종이에 이관형(李觀亨)의 석 자를 써주고 인쇄물을 받아서 들고는 사무실을 나갔다.

"그럼 또 뵈옵겠습니다."

"안녕히 가세요."

한 여자는 밖으로 나가고 또 한 여자는 위층으로 올라갔다. 그때에 연회에서 늦게야 돌아오는 회사원의 한 패가 밖으로부터 몰려 들어오며 강 영감에게,

"곰방와."

"아아 늦어서 미안합니다"

하고 중얼거리는 소리가 들려왔으나 이내 또 아파트 안은 조용해졌다. 무경이는 다시 제 방에 들어와서 문을 잠그고 책상 앞으로 갔다.

2

테이블과 양복장 같은 것은 방에 붙은 것이 있으니까 새로이 끌어들일 턱이 없다면 그럴 수도 있는 노릇이지만 참고 서적도 많을 것이요 침구라든가 신변 도구 같은 것의 운반으로 하여 적지 않이 시간을 잡아먹을 이사일 줄 예상하였고 어련히들 주의야 하겠지만 동숙인들이 잠든 시간에 혹시 안면 방해가 되는 일이나

없을까고도 생각해보았던 만큼 자정도 되기 전에 발자국 소리 외엔 별반 요란스러운 음향도 없이 아주 쉽사리 간단하니 반이나 끝난 듯싶어졌을 때엔 무경이는 일변 안도하면서도 다소 실망을 느꼈다.

하기는 집이 서울 안에 있으니까 간단한 가방깨나 날라오고 뒷날 차차 소용되는 대로 짐을 날라들일는지도 모를 것이므로 무경이는 그런 것을 오래 생각지는 않았다. 이관형이와 문란주의 관계가 어떻게 되는 것인가를 상상할 수가 없어서 다소 궁금하다면 궁금하였으나 이사 오는 사람이나 동숙인의 가정 관계를 소상히 알고 싶다는 필요하지 않은 악취미에서 벗어난 지도 이미 오래인 그이므로 이사가 끝나고 한참 있다가 하이힐이 복도를 지나 층계를 내려가버리는 것을 듣고는 그런 것에도 별반 오래 머리를 쓰지는 않았다.

하룻밤이 지나고 아침이 되어도 물론 새로운 일이 생겨날 리 만무였고 여느 때보다 출근하는 사람이 많은 이 집안은 아침이 가장 뒤숭숭한 시간이라 문소리 발자국 소리 말소리 같은 것이 어느 방 어느 사람의 것인지를 분간할 수도 없는 것이었다. 무경이는 어느 날이나 진배없이 일찌감치 일어나서 물을 끓여 세수를 하고 간단히 아침을 지어 먹었다. 아홉시가 출근 시간이므로 그때가 되기까지는 방 안에서 책을 읽었다. 아홉시 치는 것을 듣고야 사무실로 나갔다. 무경이가 나가는 것과 교대해서 사무실을 치워놓고 스팀에 석탄을 지피는 일을 끝막은 강 영감이 일단 집으로 돌아간다. 열시가 되어 점심 벤또를 끼고 강 영감이 나타나고 조금 있다가 주인이 나타났다. 무경이에게 이 년 동안이나 일을 맡겨준 주인은 오전 중에 아무 때나 잠시 얼굴을 내놓고 장부나 검사해보고는 다시 나가버리는 것이었다. 그래도 무경이는 그가 들어올 때를 기다려서 장부를 정비해두었다가 하루 동안의 일을 소상히 보고하였다.

"어제 삼층 이십이 호에 있던 회사원이 나가고 밤 안으로 이관형이라고 하는 대학 강사가 새로 들어왔습니다. 나간 사람의 보증금 중에서 이번 달 치를 제하고 지출한 것이 이게고……"

하면서 그는 전표를 가리킨다.

"새로 들어온 사람의 회계는 아직 보지 않았으나 오전 중에 계약이 끝날 것입니다. 오늘 들어온 걸루 헐라구요. 그리구 이건 각각 이번 달 치 방세들하고 또 이 지출은 전등료."

주인은 가느다란 도장을 들고 하나하나 장부와 전표 위에 인장을 눌러 치우고는 아무 말 없이 입금 중에서 얼마를 남겨놓고 사무실을 나갔다. 식당을 한번 돌고 복도를 삥 시찰하듯 하고는,

"그럼 난 나가우"

하구 뚱뚱한 몸을 길 위로 옮겨놓았다. 주인이 나간 뒤 얼마가 지나서 보일러를 돌아보고 온 강 영감이,

"어젯밤 새루 들어온 양반 회계 끝났었나?"

하고 물었다.

"글쎄 여태 아무 소식두 없구먼요."

강 영감은 숙직실 앞으로 가다가 멈칫하고 서면서,

"그 양반의 직업이 무엇이라구 허셨지?"

하고 돌아본다.

"대학 강사랍디다. 왜요?"

"대학 강사."

그렇게 다시 나직이 뇌기만 하고는 그 이상 이야기를 잇지 않았
으나,

"그 한번 채근해보시지"
하고 무경이 앞으로 걸어왔다.

"글쎄, 오늘 일찍이 회계를 보기루 일러두었는데 세상 물정에
어두운 학자님이시라 그런 건 통히 잊어버린 게로구면요. 그럼
영감님 수고스럽더래두 한번 올라가보시구려."

강 영감은 잠시 눈을 꿈뻑꿈뻑하고 서 있었다. 오래지 않아 봄
이라는데 그는 여태 털 떨어진 방한모를 귀밑에까지 푹 눌러쓰고
보일러 칸으로 드나든다. 바지 위에 작업복이 낡아서 푸르등등한
놈을 껴입고 웃저고리 위에도 털 떨어진 체부[10] 옷을 단추가 두 개
나 떨어진 대로 껴입고 있었다. 신발만은 아파트의 손님이 신다
가 내버린 틀어진 깃도[11] 단화였다.

"그럼 내 올라가보지."

모자를 벗어서 놓고 맹숭맹숭하게 갓 깎은 머리를 갈구리 같은
손으로 한번 써억 젖혔다. 그리고는 슬근슬근 복도를 걸어나갔다.

무경이는 강 영감의 태도에서 마땅치 않아 하는 눈치를 느낄 수
있었으나 제 비위에 맞지 않을 때엔 가끔 있는 일이므로 공연한
오해일 것이라고 생각해본다. 연세가 연세인지라 자기가 못마땅
히 생각하여도 남의 앞에서 그런 것을 경솔히 지껄이지는 않는

성미였다. 그저 꿈벅꿈벅 눈을 감았다 떴다 하는 것이 그러할 때
의 표정이었다. 어젯밤 찾아왔던 양장한 여자를 물끄러미 쳐다보
면서도 강 영감은 그런 표정을 지어보였었다. 역시 그런 것이 원
인이 되어서 일종의 오해까지도 품어보게 된 것일 게라고 생각은
해보는 것이나 아침 일찍이 회계를 보자고 언약해놓고서 일언반
구의 이렇다 할 말이 없는 것도 심상치 않은 일이거니와 열한시
가 되어오는데 식당에도 내려오는 기척이 없으니 어느새 취사 도
구를 정비해놓고 아침을 손수 지어 먹은 것인가 도무지 어인 일
인지 감감 동정을 알 수가 없었다. 양장한 여자가 그런 사연을 통
히 전달하지 않았다고 생각할 수도 없고 그랬었다면 그 양장한
여자라도 이르게 얼굴을 보이어야 하는 게 아니냐고도 노상히 생
각되어지지 않는 바는 아니었다.

　그러고 있는데 한참 만에 강 영감이 적이 뚜우한 낯짝을 하고
어슬렁어슬렁 위층으로부터 내려왔다. 하회[12]가 궁금한데도 이내
입을 열지 않았다. 대단 불유쾌한 표정이었다. 잠시 책상 언저리
를 빙빙 돌다가 혼잣말로,

　"고오연 친구여 젊은 사람이!"

하고 한마디 툭 뱉었다. 무경이는 종시 말썽이 생기나보다고 내
심 걱정이 되면서도,

　"왜요?"

하고 입술 위엔 웃음을 그려본다.

　"흥, 그 사람이 대학교 선생이라구? 온 참!"

　또 한번 그렇게 뇌더니 무경이의 앞으로 와서 이야기를 털어놓

기 시작하였다.

"당최 어떻게 된 사람인 걸 알 도리가 있어야지. 자아 이거 보겠나. 늘 하는 본새로 떵떵떵떵 그 노크라는 걸 허지 않았나. 대여섯 번 겹쳐 해두 도무지 하회가 없겠다. 그래서 또 한번 커다랗게 뚜들겼더니 그제야 누구인지 들어오시오, 점잖다면 점잖고 또 거만하다면 거만하달 대답이 들리길래 문을 비틀어보았더니 참말 문을 잠그지는 않았어. 그래서 낮을 문틈으로 들여보내려구 허는데 방 안에 자옥한 연기 그대루 곰을 잡을 작정인지 그냥 담배 연기가 눈을 뜰 수 없게시리 가득히 찼더란 말이여. 그러나 나야 또 무어 글이래두 쓰면서 딴 정신이 없어서 담뱃내 찬 것두 모르는 줄 알었지. 침대에 번뜻이 자빠 누웠는 줄이야 알었을 도리가 있나. 그 입은 것허며 그 머리라 낯짝이라……"

차마 입에다 옮길 수 없다는 듯이 주름살 진 표정을 잠시 쭈그려뜨려보이고 말을 끊었다가,

"내 벌써 어젯밤부터 꼬락서니를 보고서 콧집[13]이 찌그러진 줄 알았었지만. 자아 어젯밤 최선생 올라간 뒤에 그 양반들 이사 오던 꼬락서니 좀 보았나. 그저 가방 하나만을 들고 차에서 내려서 껑충껑충 들어오는데 그 야단스런 부인네는 조꼬만 보꾸레미를 하나 들고서 앞서서 뛰어 들어가고 이 대학 선생이란 양반은 모자를 썼겠다. 무어 벤벤한 양복깨미나 허긴 낡아빠진 외투는 꺼칠허게 뒤집어썼으면서두…… 어쨌든 벌써 콧집이 틀려먹은 걸…… 그런데 이 사람이 오늘은 번뜻이 침대에 누워설랑은 그저 담배만 죽여대인 모양이지. 그래서…… 저 여기 규칙대루다 보증

금 석 달 치허구 한 달 치 선금일랑을 치르셔야 허겠는뎁쇼 하고
말했을 것 아니여. 그랬더니 그저 암말 않고 나가 있어 한마디뿐
이라. ……아니올세다, 규칙대루 헌다면 보증금과 선금 치른 뒤
에야 이사하는 건뎁쇼. 선생님껜 특별히 규칙 위반으루다 대접해
드린 것이올세다. 이렇게 또 한번 공순히 설명해드렸는데두 그러
게 잔말 말구 내려가 있으라는군그래. 부애가 나서 견뎌 배길 도
리가 있나. 아니올세다. 규칙대루 이행허시기 싫은 분은 부득불
방을 내기루 되어 있는뎁쇼. 허구서 한번 을러놓았드니 허허어
거 참! 영감은 소용없으니 주인을 보내래눈! 돈은 사무실에 내려
오셔서 치르게 되었는뎁쇼. 허구서 또 한번 빈정거렸더니 벌떡
일어나면서 잔말 말고 나가서 주인을 보내! 허구 호령이겠지. 난
당최 그 입은 것 허며 낯바대기가 무서워 수작을 걸기두 싫여서
엥이 문을 찌끈 닫고 내려와버렸지. 거 참! 그 무슨 오라질 대학
교 선생이람! 대체 어저께 왔던 그 여편네가 잡년이야, 그게 바루
여급 아냐, 술집에서 술 따르는 그렇잖으면 활동 사진 박히는 광
대 년이든지……”
　“양장점 경영하는 부인네랍니다.”
　별로 변호해준다는 의식은 없었으나 좀 과장하는 버릇이 있는
강 영감인지라 무경이는 나직이 그렇게 설명해주었다.
　“양장점?”
　“네 부인네들 양복 짓는.”
　그랬더니 강 영감은 기가 좀 사그라지는지,
　“양장점을 허는지 무얼 허는지 모르지만……”

하고 숙직하는 방으로 갔다.

"수고하셨습니다. 내 그럼 올라가 만나보지요. 허긴 나도 주인
은 아닌데."

무경이는 농담을 지껄여서 가볍게 취급해버리며 사무실을 나왔
으나 물론 강 영감의 보고는 그를 적지 않게 불쾌하게 만들었다.
이십이 호실 앞에 서니까 제법 마음이 긴장되었다. 노크를 하니
까 강 영감의 이야기처럼 참말 '누구신지 들어오시오' 하는 느린
목소리가 들려왔다. 남자가 혼자 들어 있는 방이라 주저도 되었
지만 가만히 핸들을 비틀고 얼굴보다 스커트 자락과 구두를 먼저
안으로 들여보냈다. 찾아온 사람이 여자라는 것을 알고 그에 합
당한 예의를 갖추라는 예고로서 하는 것이다. 잠시 동안을 두고
밖에서 기다리는데 연기에 찬 방 안의 공기가 문틈으로 새어나왔
다. 이윽고 그는 얼굴을 나타내고 열어젖힌 문으로 몸을 완전히
방 안에 들여세웠다. 그러나 침대 위에 누워 있는 사내는 그대로
번뜻이 천장을 바라보며 담배만 피우고 있을 뿐 이편 쪽으로 눈
길도 보내지 않았고 그러니 무경이가 구두나 스커트를 먼저 들여
놓았다든가 하는 세밀한 기교도 알아줄 턱이 만무하여 통히 들어
온 사람이 젊은 여자라는 것에도 생각이 미치지 않는 모양이었다.
알따란 차렵이불을 배퉁이께로부터 발치 위에 덮었고 상반신은
여자의 것이기 확실한 화려하고 화사한 가운을 두르고 있었다.

"아이 연기."

나직이 그렇게 말하면서 사내의 귀에 들리도록 인기척을 만들
었다. 사내는 뻐끔히 머리를 들어보았다. 여태껏 여자인 줄은 몰

랐었던지 이윽고 벌떡 자리에서 상반신을 일으킨다. 머리가 뒤설켜서 구숭숭한데 면도를 넣은 지 오래된 얼굴 전체에는 지저분한 반찬 가시 같은 수염이 쭉 깔렸다. 얼굴은 해사했으나 몹시 창백한 것 같았다. 옆구리에 놓았던 것인지 빵 조각이 침대에서 굴러 떨어진다.

사내는 자기의 모양 하며 옷주제 하며가 여자의 앞이라 다소 부끄러웠었던지 잠시 당황하는 듯한 표정을 지어보았으나,

"아파트의 주인은 안 계시고 제가 그 대리를 맡아보는 사람입니다."

하는 침착한 젊은 여자의 목소리를 듣고는 다시 무뚝뚝한 낯색으로 표정을 고치고,

"당신네 집에선 어째 손님에 대한 예의가 그렇습니까"

하고 외면을 한 채 항의 비슷한 트집을 쏟아놓기 시작하였다.

"글쎄올시다, 여러 분을 대하게 되는 관계상 소홀하게 되는 수도 많으리라고 믿습니다마는 지금 올라왔던 영감님께서 어떤 실수를 하셨던가요?"

무경이도 지지 않고 따질 것을 따져놓자는 뱃심이었다. 사내는 잠시 말을 끊었으나,

"집세고 보증금이고 치르면 될 거 아닙니까. 손님에게 무례한 짓을 하지 않고도 받을 돈은 받을 수 있지 않아요?"

"그야 그렇겠습지요. 그러나 말씀하셨던 언약이 잘 지켜지지 않고 또 어젯밤에 하신 말씀과는 잘 부합되지 않는 곳도 있으니까 아마 영감님의 욱된 생각에 그만 실수가 된 것 같습니다."

"언약이 잘 지켜지지 않았다든가 어젯밤에 하던 말과 부합되지 않는 곳도 있다니 대체 내가 당신네들과 무슨 굳은 맹서를 하였단 말이오?"

무경이는 잠시 말을 끊었다. 사내는 침대에 다리를 뻗고 앉은 채 자기는 문지방에 선 채 이런 다툼을 서로 건네고 있는 것이 우습기도 하였지만 아파트를 대표해서 이야기하는 이상 따질 대로는 따져본다고 다시 생각한다.

"선생님과는 지금이 초면이니까 그런 약속이 있었을 리 만무하지만 어저께 오셨던 부인네의 말씀을 신용하고 방을 빌려준 것이지 본시부터 선생님을 친히 뵈옵고 언약이 된 것은 아니었습니다."

사내의 자부심을 다소 건드려주는 말투였다. 사내는 침대에서 내려 섰다. 양복 위에 여자의 가운을 입은 품이 어쩐지 우스웠다.

"대체 어떤 내용의 언약입니까. 손님에게 아무런 무례한 짓을 하여도 움찍달싹 않겠다는 약속이라도 했었던가요?"

사내는 면바로 무경이를 쳐다보았다.

"어제 부인네의 말씀에는 손님의 직업은 제국대학의 강사요, 방을 빌리는 목적은 논문을 쓰시는 데 있다 하였고 방세와 보증금은 오늘 새벽에 치르기로 되어 있었습니다."

사내는 갑자기 말문이 막혀버렸다. 말문이 막혀버렸을 뿐 아니라 몸 자세에서도 기운이 쑥 빠져버리는 것이 옆의 사람의 눈에도 현저하게 보이었다.

그는 가만히 외면하고 침대 옆으로 가 섰다.

"대학 강사"

하고 나직하니 외우듯 하는 것이 들려왔다. 그러나 그는 이내 다시 몸을 돌리어 이편 쪽을 보면서,

"내 직업이 대학 강사라든가 내가 이 방 안에서 논문을 쓴다고 말했다면 그건 거짓이었으니까 내 입으로 취소하겠습니다. 그러나 중요한 건 결국 보증금과 방세 문제 아냐요. 남에게 방해되는 일이 아닌 이상 논문을 쓰든 글을 읽든 그런 것에 관계할 필요는 없을 테구 또 직업 같은 것두 대학 강사라야 된다는 규정이 있을 턱은 없을 거구……"

"글쎄, 그렇게두 말씀하실 수 있겠지요."

"그럼"

하고 사내는 양복 주머니에다 손을 넣었다.

"돈은 오늘 안으루 해드릴 터이니 또 그때까지 믿으시기 힘들다면 나를 인질루 잡아두는 겸 내가 몸에 지니구 있는 소지품이라군 이 금시계가 하나 있을 뿐이니까 이걸 그럼 그때까지 맡어두십시오."

"온 별말씀을! 여기가 무어 전당폰 줄 아십니까?"

"그럼 어떡하라는 겁니까? 몇 시간의 여유도 헐 수 없으니 당장에 나가라는 말입니까?"

이렇게 저윽이 난처한 장면이 벌어지려 할 때에 마침 층계에서 발자국 소리가 나고 어저께 왔던 양장한 여자가 커다란 물건 꾸러미를 들고 또 한 사람 운전사에게 이불 보퉁이 같은 짐을 들려 갖고 올라오고 있는 것이 무경이의 곁눈에 띄었다.

"아이 안녕하십니까. 늦어서 죄송합니다"

하고 문란주는 문지방에 서 있는 최무경에게 인사하였으나 그들의 소 닭 보듯 하고 서 있는 엉거주춤한 몰골을 보고는,

"어째 이러십니까. 무어 말썽이 생겼습니까?"

무경이를 향해서 유쾌한 웃음을 보내면서 일변 운전사의 손에서 보꾸러미를, '영치기' 소리를 내어서 옮겨놓고 눈살을 찌푸리고 뚜우해서 서 있는 사내에겐,

"왜 이렇게 장승처럼 서 있수."

그러나 곧 무경이 쪽을 보면서,

"내 인제 곧 내려갈게요"

하고 말하였다.

무경이는 어떻게 또다시 이야기를 이어나갈 멋도 없고 부인네에게 지금 지낸 사연을 옮겨 들려주고 따져볼 맛도 없어서 그대로 멍청하니 서 있었고 또 이관형이라고 하는 방 안의 사내도 어떡하라는 것이냐고 따지는 것도 한낱 실없는 일이었다는 생각이 든 것처럼 시무룩해서 침대에 가서 벌떡 누워버린다. 어이가 없어서 무경이는 그대로 문을 닫아주고 아래층으로 내려왔다. 사무실에 돌아오니까 강 영감은 보이지 않았다. 그는 마음이 불쾌하고 노엽다느니보다도 우스꽝스런 생각이 들어서 견딜 수가 없었다. 대체 어떻게 된 판국인지 저도 한몫 끼긴 하였으나 정신을 차릴 수가 없는 것 같다.

이관형이라는 사내는 어떠한 부류의 사람일까, 모양이나 차림은 그 지경이지만 물론 강 영감이 보는 바와 같은 인상만을 주는 사람은 아니었다. 그렇다고 대학 강사가 아닌 것도 확실하고, 그

러면 문란주는 어째서 거짓 직업을 주워 부르면서 하필 대학 강사를 골라 대게 되었던 것일까. 회사원이래도 그만이요, 광산가래도 그만이요, 그 밖에 어떠한 직업으로 손쉽게 불러댈 것이 많은 중에서 하필 대학 강사였던지 알 수 없는 일이었다.

문란주가 내려왔다. 그는 사무실로 들어오면서 대강한 사연은 들었는지,

"늦게 와서 미안합니다"

하고만 말하고는 상냥스럽게 웃어보였다. 오늘도 역시 화장은 짙게 이쁘장스럽게 하였다. 눈과 입술과 턱밑으로 자세히 보면 퍽 솜씨 있고 능숙한 화장이었다. 그는 그 이상 아무 말도 않고 핸드백을 열어서 지갑을 꺼냈다. 가느다란 흰 손가락 끝이 빨간 에나멜이어서 이상스레 연약하고 화사스런 인상을 주었다.

"보증금이 서 달 치니까 일백오 원이시죠! 그리군 일 개월분 방세가 삼십오 원, 일백사십 원이면 되겠지요?"

무경이는 별로 대꾸도 하지 않고 펜을 들어 서류를 꾸미고 돈을 세어서 금고에 넣었다. 그러고는 숙박기를 꺼내서 정식으로 이관형이의 이름을 기록하였다.

"직업은요?"

하고 새삼스럽게 물어놓고는 직업란 위에 펜대를 세운 채 가만히 기다려본다.

"글쎄, 직업이 생각해보니 우습게 되었군요"

하고 머리 위에서 문란주가 말하였다. 시방 위층에서 그것 때문에 말썽이 있었던 것인지,

"실상인즉요, 얼마 전꺼정 대학에 강사루 있었는데 그만 그 방면에서 실패를 하셨답니다. 그래서 어저께는 그냥 대학 강사라구 했었는데 그러니 지금이야 따져 말하자면 무직이지요. 당자두 무직이 좋다니까 그대루 무직이라구 적어두세요. 연령은 스물일곱 아니 작년에 스물일곱이었으니까 지금은 이십팔……"

3

독신용의 방이 서른여섯에 가족용의 두 칸씩 맞붙은 방이 스물다섯이나 되어서 백 명이 훨씬 넘는 식솔이 살고 있는 집이고 보니 들고 나는 사람의 얼굴을 하나하나 따져서 기억해둘 수도 없고 또 그 이상 그 사람들의 성품이나 생활 습속 같은 것에 대해서 눈여겨볼 겨를이나 흥미도 없었으므로 일단 사람을 들여놓은 뒤에는 특별한 일이나 없으면 그다지 밀접한 교섭은 이루어지지 않았다. 하기야 무경이가 한집 안에서 자고 먹고 하였고 또 출입구가 있는 옆에 사무실이 있어서 손님들 측으로 보면 눈에 익은 존재였으나 무경이 편으로 보자면 한 달에 한 번씩 방세나 받고 난방비나 전등료나 급수료 같은 것이나 받아 치우면 규칙을 문란하게 하지 않는 이상 아무러한 교섭이나 간섭 같은 것을 가지게 될 리 만무하였다. 사무실 밖에서 상서롭지 못한 일로 무경이가 그들과 직접 대면하는 일은 거의 없어 그런 때마다 강 영감이나 주인 자신이 나서서 처리해왔으므로 무경이는 복도에서 만나도 오래된 사람이 아니고는 그대로 인사조차 나누지 않고 지내는 사람이 많았다. 이관형이도 응당히 그러한 사람 중의 한 사람이 되었을 것임에 틀림이 없다.

그러나 며칠 동안 한집 옆방에 같이 지내면서 그의 낯을 다시 대해본 적도 없었으나 어쩐지 그의 생각만은 이내 머리에서 떠나지 않았다. 들어오는 날부터 교섭이 이상해졌고 또 사람 된 품이 보통 평범한 사람이 아니라는 것도 이유가 되겠지만 하루 한두 번씩 그를 찾아오는 문란주를 주목해 보는 때마다 역시 이관형의 존재는 언제나 머리에 떠올랐다. 그래서 자기 방으로 돌아갈 때엔 대체 이 사람은 나의 옆방에서 하루 종일 무엇으로 소일을 하는고 하는 생각을 가지게 되곤 하였다.

대학 강사에서 실패한 사람. 그대로 대학 강사래도 모르겠는데 그것에서 실패히고 그리고 수염을 지저분하게 기르고 여자의 가운을 걸치고 번뜻이 침대에 누워서 담배만 피우고 빵 조각이나 씹다가는 머리맡에 팽개쳐두고…… 이런 것이 가끔 이상하고도 우스꽝스러워서 무료할 때마다 때때로 머리에 떠오르곤 하는 것이다. 그런데 또 강 영감은 강 영감대로 문란주가 나타나는 것만 보면 으레,

"양복점 주인 아씨가 또 오셨군, 대학교 선생 심방하러"
하고 말하곤 하여서 무경이는 책상에 머리를 묻고 사무에 열중하다가도 그들의 관계로 생각이 미치게 되었다.

"영감님은 그 여자완 기 쓰구 해봅니다그려"
하고 웃는 말로 하면,

"흥"

하고 콧방귀를 뀐 뒤엔,

"무어 그럴 일도 없지만 난 그 부인네와 사내의 관계가 이상스러워서 그러지 않나. 친척이라든가 그런 관계는 아니여, 내 눈은 속이지 못하지. 대학교 선생이라구 뻐기면서두 내 눈이야 어디 속였나."

무경이의 대답이 없어도 입 안으로,

"심상하잖어! 내 눈이야 속이나."

그렇게 중얼거리면서 보일러 칸으로 내려가는 것이다. 그래서는 무경이도 영감이 이끄는 대로 문란주와 이관형이의 관계로 생각을 달리게 되는 수가 있었는데 남들의 남녀 관계에 젊은 여자가 무슨 참견이냐고 낯을 붉히면서도 가끔 그러한 것을 천착해보고 앉았는 제 자신을 발견해보게 되는 것이었다.

이관형이가 이 집으로 이사를 온 지 엿새째 되는 날이었다. 여느 날처럼 출근 시간에 사무실로 내려가니까 그와 교대해서 제집으로 가는 강 영감이,

"거 이상허지. 하루에 한두 번씩은 꼭 오군 허는 그 양복점 아씨께서 어제는 결근을 허셨어. 밤에나 올런가 했더니 거 웬 셈일까"

하고 혼잣말처럼 중얼거렸다. 무경이는 그저,

"그래요"

하고만 대답하고 그러한 이야기에 깊이 생각을 묻지는 않았다. 그런데 오정이 넘고 한시가 되었을 때였다. 사무실 안에서 별로

할 것도 없고 하여 잡지를 들고 앉았는데 이 집에 이사 온 지 처음으로 이관형이라는 그 사내가 휘우청휘우청 층계를 내려오고 있었다. 머리와 낯바닥은 그대로였으나 옷은 양복뿐으로 물론 여자의 가운 같은 것은 둘렀을 리 만무하였다. 무경이는 잡지를 든 채 그의 거동을 눈여겨보았다. 그는 층계를 내려오더니 우선 복도를 한번 쭉 살펴본다. 아래층은 절반 이상이 식당과 당구장과 목욕탕이 되어 있으므로 그런 것을 패 쪽을 따라서 하나하나 살펴보는 것이었다. 그리고는 흥미가 있는지 느린 다리를 이끌며 패쪽[14] 밑으로 가서 기웃기웃 방 안의 설비 같은 것을 엿보듯 하더니 다시 제 방으로 올라갔다. 한참 만에 그는 편지 봉투를 하나 들고 내려와서 이번에는 곧바로 사무실로 들어왔다.

그는 문 안에서 꺼뜩 머리를 수그리었다. 무경이도 자리에서 일어나서 인사를 빈았다.

"전화 좀 빌려주십시오."

무경이는 아무 말 않고 전화통을 옮겨주었다. 그는 다시 전화번호 책을 찾아서 뒤적거리더니,

"여기서 가까이 대두구 쓰는 용달사[15]가 없습니까?"

하고 묻는다.

"있습니다."

그리고는 번호를 가르쳐준 대로 번호를 부르고 메신저 하나만 보내달라고 말하였다. 전화를 끊고는 메신저가 오는 동안 제 방에 올라가 있을 것인가 여기서 기다릴 것인가를 망설이는 듯이 잠깐 주춤하고 서 있다.

"여기 앉으시오, 곧 올 겁니다. 그리구 전화는 삼층에두 하나 설비해놓았으니까 스위치를 돌리시구 인제부터 거기서 이용하시지요."

"아, 네에, 그렇습니까. 미처 몰랐습니다."

이관형이는 의자에 앉았다. 무경이는 사내와 낯을 마주 대하고 앉았기가 면구스러워서 잡지에 눈을 묻었으나,

"거 어째 이발소가 없습니까?"

하고 사내가 물어서 그는 얼굴을 들었다. 그리고는 사내의 시선과 부딪쳐서 이상스럽게 웃음이 나오려고 하는 것을 참았다. 인제 이발할 생각이 나는 게로군 하고 생각해보니 웃음이 나왔던 것이다.

"이발소는 처음에 시작했으나 요 바루 맞은편에 오래된 이발소가 있어서 도무지 영업이 되질 않았답니다. 이 집 사람들만 가지구야 영업이 성립되겠어요. 일백이삼십 명 된다구 허지만 그 중엔 부인네두 많구 한 사람이 두 번씩 깎는다 쳐두 한 달에 오륙십 원 수입밖에 더 되겠어요. 이발사 한 사람을 채용해두 수지가 맞들 않습니다. 그래 가까운 데 이발소두 있고 해서 폐지를 했답니다."

"하하아 그렇겠군요."

이관형이는 감탄하는 듯이 목을 주억거렸다.

"그 이발소 자리는 오락장이 되었지요, 바로 목욕탕 옆방."

"예에."

그러고 있는데 메신저가 들어와서 이관형이는 편지를 그에게 맡겼다.

“이 윤 선생이 안 계시다면 아무한테두 보이지 말구 그대루 갖구 돌아와”

하고 타일렀다.

“돌아오건 좀 제 방으로 보내주십시오.”

부탁하고 이관형이는 위층으로 올라갔다. 한 사십 분 걸려서 메신저가 돌아왔다. 윤 아무개한테 편지를 전한 모양이었다. 그리고 또다시 한 삼십 분 지난 뒤에 둥실둥실하게 생긴 멀끔하고 정력적인 젊은 신사가 아파트를 찾아와서 이관형이를 물었다. 무경이는 그에게 방을 가르쳐주면서 이 사람이 아까 용달을 보냈던 윤 아무개가 아닌가 하고 생각하였다.

인제 오래인 잠을 깨어나서 차차 움직이기 시작하는구나 하고 생각해보면 어쩐지 이관형이의 거동이 탈피 작용을 하고 있는 동물처럼 생각되어 웃음이 났다. 그러나저러나 대학 강사가 되었다가 실패하곤 저런 판국을 경험하게 되는 것인가 하고 생각하면 어떤 엄숙한 인생의 문제에 부딪치는 것 같아서 마음이 적지 않이 침울해졌다. 그럴 때마다 그는 오시형이를 생각해보게 되었다. 사내들이란 어떤 커다란 문제 앞에 서면 저렇게 평상되지 않은 행동을 가지게 되는지도 모른다. 그러다가 아주 그러한 구렁텅이에 굴러 떨어져버리면 타락자가 되고 낙오자가 되어버리고 마는 것일까. 이관형이의 오늘 행동이 그러한 구렁텅이로부터 정상된 생활 상태로 복귀하려는 사람의 몸부림 같아서 그는 지금 아까와 같이 웃음이 떠오르지도 않는 것이다.

얼마 해서 윤 아무개는 나갔다. 한참 뒤에 이관형이가 다시금

층계 위에 나타난 것은 그때에 마침 강 영감이 사무실에 있어서,

"어유 저 사람이 어떻게 된 셈인가, 목욕할 생각을 다 내구."

참말 밖을 내다보니까 이관형이는 수건을 들고 복도에 내려서

고 있었다. 잠시 목욕간을 넘겨다 보고는 이편 쪽으로 낯을 돌리

고 사무실로 들어온다.

"이거 자주 들러서 사무 보시는 데 죄송합니다. 미안하지만 은

행 시간이 넘었구 해서 말씀 여쭙는데 소절수[16] 한 장 바꾸어주실

수 없을까요?"

시계는 세시 반이 넘었다.

"글쎄, 얼마나 쓰시려는지요. 돈이 많지는 못한데."

"천원짜리지만 우선 있는 대루 돌려주시지요. 적어두 좋습니다."

"한 이백 원."

"네, 그게문 충분합니다."

그는 양복 안주머니에서 소절수 한 장을 꺼내서 무경이에게 넘

겼다. 윤갑수라는 사람의 소절수였다. 무경이가 금고를 여는 동

안 이관형이는 무료히 서 있다가, 문득 강 영감을 발견하고,

"일전 일루 영감께선 여태 노하셨습니까?"

하고 처음으로 소리를 내어 껄껄 웃었다. 강 영감은 관형이가 웃

는 바람에 적지 않이 겸연쩍어져서,

"온 천만에 말씀을, 고만 일에 노헐 나입니까"

하고 제법 여태까지의 일은 잊어버린 듯이 대답하였으나 그래도

그다지 마땅하지는 못한 것인지 슬며시 문을 열고 복도로 빠져나

갔다.

그걸 보고 무경이도 함께 미소를 입술 가에 그려보았다.

"이백 원이올시다. 세어보십시오. 그럼 이 소절수는 맡아두었다가 내일 찾아다 드리지요. 식산은행[17]이시죠?"

관형이는 돈을 받아서 넣으며,

"고맙습니다."

그리곤 휙 낯을 돌리다가 시계 밑에 붙여놓은 길쯤한 거울 속에 비친 제 얼굴에 놀란 듯이 여자가 옆에 있는 것도 불구하고 잠시 그것을 들여다보고 있었다. 그가 손으로 터거리를 한번 쓱 쓸어본다. 그리고는 무경이를 곁눈질하고 씨익 하니 웃었다.

"면도를 빌려드릴까요?"

그러니까 사내는 머리를 긁적긁적 긁으며,

"에이 뭐 면도는요"

하고 데석[18]을 썰레썰레 털었다. 그러나 잠시 더 멍청하니 서서 거울을 바라보다가,

"제 면도가 아마 여기 있을 거예요."

그러니까 힐끗 무경이를 본다. 남의 남자에게 면도를 빌려준다는 것도 생각해보면 수상쩍은 일이어서 나직이 변명하듯이 서랍에서 면도를 찾으며 중얼거린다.

"이사 올 때 잊었다가 핸드백에 넣었더니 배가 불러서 꺼내두었었는데…… 여기 있습니다. 잘 들는지 모르지만 써보시지요. 전 통히 쓰지 않습니다."

그래서 이관형이는 면도를 얻어 들고 비눗곽을 타월로 잘라 맨 것을 디룽궁디룽궁 휘저으며, 욕탕 있는 데로 갔다. 그 뒷모양이

우스워서 무경이는 욕탕 안으로 사라질 때까지 그것을 창문 너머로 바라보고 있었다.

네시가 가까워서 사무실은 강 영감에게 맡겨놓고 무경이는 다녀온 지도 얼마 되고 하여 어머니한테로 갔다. 어머니와 정일수 씨는 장충단 이편 앵구장이라는 주택지에 살고 있었다. 가면 언제나 반가워하고 쓰다듬어줄 듯이 고맙게 친절히 해주었으나 한시간쯤 앉았노라면 으레 인제 아파트의 사무원은 그만두는 게 어떠냐는 권면(勸勉)이 퉁겨나오곤 하였다. 먹을 것이 없니 입을 것이 없니 방 한 칸을 빌려갖고 사는 건 살림이 간편해서 네 말마따나 좋을는지 모른다 쳐도 무엇 때문에 남에게 구속받는 생활을 하면서 뭇사람의 시중을 드느냐 하는 것이 언제나 판에 박은 듯이 나오는 어머니의 말이었다. 어머니나 정일수 씨가 그렇게 생각하는 것도 무리는 아니었고 무경이 자신조차도 그러한 생각을 먹어볼 때가 있으므로 그런 말이 나올 때마다 그는 그저 좋은 말로 어루만져두는 것이었으나 오늘은 기어이 속 시원히 동경 같은 데로 학교나 가보는 것이 어떠냐는 말까지 나오고야 말았다.

무경이는 저녁도 얻어먹지 않고 붙잡는 어머니를 바쁜 일이 있다는 핑계를 대서 뿌리쳐버리고 앵구장을 나섰다. 교외에 나가 보면 봄이 한걸음 한걸음 닥쳐오는 것이 눈에 띄었다. 그는 해질 무렵의 거리를 걸으면서 생각에 잠긴다.

어머니와 아버지는 오시형이와 자기와의 관계가 이미 파탄이 나버린 지 오래다고 생각하고 있는 것이 분명하였다. 입 밖에 내지는 않았으나 속 시원히 공부나 더 해보라는 권면 뒤에는 벌써 그러한 눈치가 숨겨져 있는 것을 알 수 있었다. 사실 오시형이와 나와의 관계는 남들이 생각하듯이 완전히 끝이 나버린 것일까, 시형이가 들었던 방과 시형이를 위하여 얻었던 직업을 이렇게 놓아주지 않고 있는 것은 남들이 보듯이 쓸데없는 고집에 불과한 것은 아닌 것일까.

맥이 풀려서 그는 지나가는 자동차를 잡아타고 아파트로 돌아왔다. 돌아와서 빈방 안에 앉아보아도 마음은 그대로 침울하였다.

시형이의 애정을 인제는 믿지 않는다고 제 마음에 타일러온 것은 벌써부터의 일이었다. 그러나 그렇게 스스로 타이르고 뇌어보고 하는 것을 지금 새삼스럽게 인정하려 들면 역시 마음은 어느 귀퉁이에선가 도리질을 계속하는 것이다.

사람의 일이 설마 그럴 수야 있을까. 설마 그럴 수야. 이 설마에 매달려서 그것을 생활의 유일한 기둥으로 나는 생각하고 있는 것이나 아닐까.

그는 머리를 털고 일어나서 전등을 켰다. 열심히 방을 정돈하였다. 문을 열어젖히고 활짝 먼지를 털고 걸레를 치고…… 그러면 가슴이 좀 후련해졌다. 그는 식당으로 가서 오래간만에 정식을 먹었다. 거의 다 먹었는데 이관형이가 아주 딴판인 모습으로 식당엘 들어오고 있는 것이 보였다. 손님이 더러 있어서 그는 이내 무경이를 발견하지는 못하였으나 식당 안에 들어와본 것이 처음인지 방 안을 한번 휘둘러 살피다가 무경이가 밥을 먹고 앉았는 것을 발견하였다. 옷은 별것이 아니었으나 면도를 하고 안 하는데 사내의 얼굴이란 저렇게 달라지는 것인지 불빛 밑이라 낯빛은

의연히 창백했으나 그럴수록 부드럽게 감아서 말린 머리카락 밑
에 백석[19]이란 형용이 들어맞을 온후하면서도 날카로운 얼굴 모습
이 뚜렷하게 드러나보이는 것이었다. 면도를 빌려주기 잘했다고
생각하면서 밥 먹던 손을 놓고 그가 가까이 오는 것을 맞아주듯
하였다.
　“진지 잡수러 오십니까?”
　“네, 처음으로 식당을 좀 이용해보려고요. 참 면도는 선생님이
안 계셔서 제 방에 가져다 두었는데 선생님께선 오늘 늦게까지
사무 보십니까?”
　이관형이는 옆의 테이블에 앉으며 말을 건네었다.
　“저두 이 집에서 기거합니다. 바로 선생님 옆방인걸요.”
　그걸 여태 몰랐다는 듯이 사내는 ‘네에’ 하고 놀라면서,
　“그런 걸 모르구 일주일 가까이 지냈으니……”
　따라온 보이에겐,
　“나도 저 선생님이 잡숫는 걸루 갖다 주게”
하고 일러놓곤 무경이의 시선과 마주쳐서 허허어 하고 웃었다.
　“그러시면 이십삼 호든가 사 호든가!”
　“네, 이십삼 호요.”
　“그래서 면도가 다 있으셨군그래.”
　그리고는 또 웃어보였다. 식사 끝이 화려한 것 같아서 무경이는
유쾌하였다.
　“전 그럼 먼저 실례하겠습니다”
하고 관형이의 시킨 것이 오기 전에 그는 자리를 떴다. 방으로 돌

아와서 찻잔을 부시고 가스에 물을 끓였다. 불을 밝히고 마음을 가라앉히어 책이나 읽으리라 생각하는 것이다. 한참 만에 주전자의 물이 끓어서 그는 잔을 내어놓고 홍차를 만들었다. 그러고 있는데 노크 소리가 났다. 문을 여니까 이관형이었다.

"면도 가져왔습니다. 난 또 남의 방에 잘못 들어오진 않나 하구서……"

"그대루 두시구 쓰실 걸 그랬지요. 그러나저러나 좀 들어오세요. 지금 막 홍차를 만들던 중입니다. 들어오셔서 한잔 잡수세요. 립톤이 좀 남은 게 있어서, 자아 방은 누추하고 좁지만."

관형이는 문지방에서 잠시 머뭇머뭇하였으나,

"방을 아주 깨끗이 정돈하셨군요. 이렇게 청결해야만 되는 건데 우리 같은 사람은 도시 이런 아파트 생활에 부적당합니다."

침대가 있는 데아 취사징이 있는 데는 모두 두터운 커튼을 쳐서 여자의 방 같은 화사한 색채는 그다지 눈에 띄지 않았다.

"그럼 한잔 얻어먹을까. 오래간만에…… 이거 너무 실례가 많습니다."

그리고는 문을 닫고 방 안으로 들어섰다. 응접 의자로 안내하고는 조그만 앞치마를 스웨터 위에다 두르고 무경이는 홍차를 만들었다.

"선생님 공부하십니다그려."

하고 놀란 듯이 뒤에 놓은 서가와 그 옆에 쌓아놓은 많은 서적을 굽어본다. 무경이의 것 외에 오시형이가 미결감에서 보던 것이 대부분 그대로 있어서 서적은 의외로 많았다.

“그저 허는 시늉이나 합니다.”

“아니 거 대부분이 철학이 아닙니까.”

그는 참말로 놀라는 표정을 지어보였다. 차를 가져다 앞에 놓아도 무경이의 얼굴만 감탄하는 낯으로 뻐언히 쳐다보고 있었다.

“너무 그러시지 마세요. 부끄럽습니다.”

그러나 열심히 공부한다는 칭찬을 받는 것은 그다지 불쾌한 일은 아니었다.

“어서 식기 전에 차 드세요.”

관형이는 깊이 감동된 듯한 얼굴로 가만히 앉았었으나 이윽고 차를 들어서 맛보듯이 입술로 가져갔다. 무경이도 마주 앉아서 차를 들었다.

“선생님은 대학에서 무엇을 가르치셨에요?”

“나요?”

그러고는 찻종을 놓았다.

“일정에 대학 강사라구 사칭했던 건 취소하지 않았습니까.”

그러나 입술은 빙그레 웃고 있었다.

“그렇게 놀리시지 마십시오.. 그때엔 사정이 그렇게 되어서 실례를 했었지만.”

무경이도 그때의 일을 회상하면서 그렇게 말했다.

“가르쳤달 것까진 없지만 영어를 좀 강의했습니다.”

“그럼 영문학이 전공이세요?”

“네, 선생님의 철학으루 보면 아주 옅은 학문이올시다.”

“온 천만에, 제가 또 철학이니 무어 벤벤히 공부헌 줄 아시구 그러세요. 저 책두 대부분 제 것이 아니랍니다. 어찌어찌 그렇게 될 사정이 있어서 요즘 좀 뒤적거려보지만."

관형이는 다시 서가 있는 쪽을 돌아다본다.

"니체, 키에르케고르, 베르그송, 뒤르켕, 딜타이, 하이데거, 세렐, 페기, 오르테가, 짐멜, 슈미트, 로젠베르크, 트레루치, 듀이……"

그렇게 책 이름의 밑을 따라가며 입속으로 중얼중얼하다가,

"어유우 이거 머 굉장한 거물들이 아주 뭇별처럼 찬연히 빛나고 있습니다그려. 모두 세계 정신을 제가끔 떠받들고 구라파를 구해보겠다는……"

그러고는 낯을 돌려 찻잔을 다시 들면서,

"나도 인제 저 사람들을 좀 공부해야지……"

저의 여태껏의 생활이 엉망이었던 것을 부끄러워하는 낯으로 가만히 그렇게 뇌었다. 그러나 무경이는 어쩐지 낯이 간지러웠다. 책은 쪼르르니 꽂아놓았지만 저는 아직 그 뭇별처럼 빛나는 구라파의 사상가들이 무엇을 하는 사람인 것도 알고 있달 자신이 없었다. 자기를 무슨 큰 공부꾼이나 되듯이 착각하고 있는 젊은 학자를 눈앞에 앉혀놓고 그는 난데없는 부끄러움을 맛보고 있다. 그럴수록 오시형이의 생각이 난다. 그이에게 구원을 준 사람은 그의 말에 의하면 저 철학자와 사상가들이라 한다. 하긴 저 사람들은 오시형이의 애정까지도 무경이에게서 빼앗아갔지만.

그런 것을 마음속으로 생각해보다가 무경이는 낯을 들었다.

"선생님, 제가 하나 여쭈어볼 말씀이 있습니다."

"무어 말입니까? 저는 그런 방면은 아무것도 모릅니다."

무경이는 그러한 사내의 겸사의 말엔 귀도 기울이지 않고 열심스러운 태도로 물어본다.

"동양학이라는 학문이 성립될 수 있을까요?"

동양학은 어떻게 해서 오시형이를 저토록 고민 속에 파묻히게 만드는 것일까, 동양학으로 가는 길이 무엇이관데 그것은 오시형이와 최무경이의 관계를 이토록 유린하고 무시해버릴 수 있는 것일까. 그의 질문에는 학문과 애정의 문제가 함께 얽혀져서 마치 그의 생활의 전체를 통솔하고 지배하는 열쇠 같은 것이 간축되어 있는 것이다. 사내들 세계는 알 수 없는 수수께끼라 한다. 사실 그는 오시형이가 평양으로 내려간 뒤부터 그를 이해하고 있달 자신이 없어졌다. 지금 그의 앞에 앉아 있는 이관형이라는 사내 역시 정체를 붙들 수 없는 사람이 아닌가. 이렇게 마주 앉아 있는 것을 보면 교양 있고 얌전한 지식인 같다. 그러나 한편으론 문란주와 같은 나이 먹은 여자와 강 영감의 말은 아니지만 심상하지 않은 관계를 맺어놓고 질서 없는 비위생적인 생활도 버젓하게 벌여놓을 수 있는 사람.

무경이의 묻는 말에 처음은 농담조로 받아넘기려다가 그의 태도가 지나치게 진지한 데 눌리어서 이관형이도 잠시 제 머리를 정리해보듯 한다.

"전문 부분이 아니어서 상식적인 것밖에는 대답할 수 없겠습니다. 그리구 그런 정도로도 잘못된 해석이나 또 엉터리 없는 추상이 많을 줄 압니다마는…… 내 생각 같애선 서양 사람이 자기네

326

들의 학문적 방법을 가지고 동양을 연구하는 것과 동양인이 구라파의 학문 세계에서 동양을 분리할 생각으로 동양을 새롭게 구성해보려는 노력과 이렇게 두 가지루다 나누어서 생각해볼 수가 있는데 어느 것이나 독자적인 학문을 이룬다든가 하는 것은 어려운 일인 줄 생각합니다. 서양학자가 구라파 학문의 방법을 가지고 동양을 연구한다고 그것을 동양학이라고 말한다면 그것은 지역적인 의미밖에 되는 게 없으니까 별로 신통한 의미가 붙는 것이 아니고 그저 편의적인 명칭에 불과할 것이요, 또 동양인인 우리들이 동양을 서양 학문의 세계에서 분리해서 세운다는 일에도 정작 깊은 생각을 가져보면 여러 가지 곤란이 있을 줄 압니다. 가령 동양학을 건설한다지만 우리들의 대부분은 구라파의 근대를 수입한 이래 학문 방법이 구라파적으로 되어 있지 않겠습니까. 대학에서 공부한 사람의 거의가 구라파적 학문의 방법을 배운 사람들이니 그 방법을 버리고 동양을 연구할 수는 없지 않습니까. 그렇지 않다면 동양이 가지고 있는 고유의 학문 방법으로 동양을 연구하여야 할 터인데 내가 영국 문학을 한 사람이라 그런지 사회과학이나 자연과학이나 철학이나 심리학이나 구라파적 학문 방법을 떠나서는 지금 한 발자국도 옴짝달싹 못 할 것입니다. 그러니까 니시다 같은 철학자도 서양 철학의 방법을 가지고 일본 고유의 철학 사상을 창조한다고 애쓴다지 않습니까. 한동안 조선학이라는 것을 말하는 분들도 우리네 중에 있었지만 그 심리는 이해할 만하지만 별로 깊은 내용이 없는 명칭에 그칠 것입니다. 요즘에 율곡 같은 분의 유교 사상을 서양 철학의 방법을 가지고 연구해보려는 분들이 생기고 있는 모양이지만 이런 의미에서 본다면 동양학의 성립이란 애매하고 또 내용 없는 일거리가 되기 쉽겠습니다."

"그러나 서양 학자들이 동양을 연구하는 데는 좀더 다른 의미도 들어 있지 않을까요? 말하자면 서양의 몰락과 동양의 발견이라든가 하는."

"네 잘 알겠습니다. 요즘 그렇게들 말하는 분이 많습니다. 그리고 물론 그것은 결코 거짓이 아니겠지요. 구라파 정신의 몰락이라든가 구라파 문화의 위기라든가 하는 소리는 이 쭈루루니 책장에 꽂혀 있는 뭇별 같은 사상가들이 오래 전부터 떠들어오는 말이고, 구라파 정신의 재생이나 갱생책을 생각해보는 과정에서 동양을 발견하는 일이 많다고도 말할 수 있겠는데 그러나 그들은 결코 구라파 정신을 건질 물건이 동양의 정신이라고는 믿지 않고 있습니다. 뿐만 아니라 그들은 한가지로 세계를 건질 정신은 역시 구라파 정신이라고 깊이 확신하고 있습니다. 이것은 서양 사람으로서는 물론 당연한 일이고 우리 동양 사람은 감정적으로래도 항거하구야 견뎌 배길 일이지만 그러나 구라파 학자의 동양 발견이라는 것은 그 이상의 것은 아닙니다. 서양 학자가 동양에 오면 도시의 근대 건축이나 그런 것에는 조금도 감탄하지 않고 고적이나 유물 앞에서는 아주 무릎을 친답니다. 그를 안내한 동양 학자는 이것을 설명해서 서양 사람들은 위안으로밖엔 감탄하지 않는다고 말합니다. 유물이나 고적에서 서양을 건져낸다든가 세계 정신을 갱생시킬 요소를 발견하고 감탄하는 것은 아니란 것입니다. 이런 점은 우리 동양 사람이 깊이 명심할 일입니다."

무경이는 가만히 듣고 앉아 있다. 그러나 마지막으로 오시형이의 이론을 그대로 옮겨서 또 한 번 질문을 던져본다.

"앞으로의 현대의 세계사를 구상해보는 데 있어서 서양 사학에서 떠나 다원 사관에 입각하여 여러 개의 세계사를 꾸며놓는 것은 어떨까요?"

학문적인 술어가 마음대로 입에 오르지 않아서 그는 더듬더듬 자기의 의사를 표현해놓는다.

"동양에는 동양으로서 완결되는 세계사가 있다, 인도는 인도의, 지나는 지나의, 일본은 일본의, 그러니까 구라파학에서 생각해낸 고대니 중세니 근세니 하는 범주를 버리고 동양을 동양대로 바라보자는 역사관 말이지요. 또 문화의 개념두 마찬가지 구라파적인 것에서 떠나서 우리들 고유의 것을 가지자는 것. 한번 동양인으로 앉아 생각해볼 만한 일이긴 하지요마는 꼭 한 가지 동양이라는 개념은 서양이나 구라파라는 말이 가지는 통일성을 아직껏은 가져보지 못했다는 건 명심해둘 필요가 있겠지요. 허기는 구라파 정신의 위기니 몰락이니 하는 것은 이 통일된 개념이 무너지는 데서 생긴 일이긴 하지만. 다시 말하면 그들은 중세를 가지고 있지 않습니까. 그 중세가 가졌던 통일된 구라파 정신이 아주 깨어져버리는 데 구라파의 몰락이 있다고 하지 않습니까. 그러나 그들이 그들의 정신의 갱생을 믿는 것은 통일을 가졌던 정신의 전통을 신뢰하기 때문이겠습니다. 불교나 유교는 이러한 정신적 가치로 보면 훨씬 손색[20]이 있겠지요. 조선에도 유교도 성했고 불교도 성했지만 그것이 인도나 지나를 거쳐 조선에 들어와서 하나도 고유의 사상이나 문화의 전통을 이룰 만한 정신적인 힘은 가지고 있지 못하지 않았습니까. 허기는 그런 불교나 유교의 탓이라기보다는 우리 조상들의 불찰이기도 하지만.”

어느 한 귀퉁이를 비비고 들어가볼 틈새기도 없을 것 같았다. 이관형이의 이러한 생각을 듣고 있으면 그가 비위생적인 생활 태도를 가지는 데도 어딘가 이해가 가는 듯이 느껴졌다. 동양인으로서 동양을 저토록 폄하(貶下)하지 않을 수 없는 것도 하나의 비극이라고 생각되어지기도 하였다. 그는 잠시 오시형이의 편지를 생각해보았다. 비판만 하면 자연히 생겨나리라고 생각하는 것이 요즘의 지식인들의 하나의 통폐라고 말하면서 비판보다도 창조가 바쁘다고 한 것은 이러한 것을 두고 말하였던 것일까.

잠시 말을 끊고 앉아 있던 이관형이는 주머니를 뒤져서 담배를 꺼냈다.

“미안하지만 담배 한 가치만 피웁시다.”

그러고는 성냥을 그어서 담배를 붙였다. 한 모금 깊숙이 빨고는,

“요즘 내가 가장 사랑하는 말이 하나 있습니다. 반 고흐라는 화가의 말인데.”

다시 한 모금을 빨아 마신 뒤에,

“인간의 역사란 저 보리와 같은 물건이다. 꽃을 피우기 위해서 흙 속에 묻히지 못하였던들 무슨 상관이 있으랴, 갈려서 빵으로 되지 않는가. 갈리지 못한 놈이야말로 불쌍하기 그지없다 할 것이다. 어떻습니까?”

그러고는 또 한번 뜨적뜨적이 그것을 외고 있었다. 무경이도 그

의 하는 말을 외어가지고 다소곳하니 생각해본다. 그러나 한참 만에,

"그게 어떻단 말씀이에요. 흙 속에 묻히는 것보다 갈려서 빵이 되는 게 낫다는 말씀입니까. 그렇잖으면 흙 속에 묻혀서 많은 보리를 만들어도 그 보리 역시 빵이 되지 않는가 하는 말씀입니까?"

하고 물어보았다. 이관형이는 싱글싱글 웃으면서,

"여러 가지루 해석할 수 있을수록 더욱더 명구가 되는 겁니다, 해석은 자유니까요."

"그럼 전 이렇게 해석할 테에요. 마찬가지 갈려서 빵가루가 되는 바엔 일찍이 갈려서 가루가 되기보담 흙에 묻히어 꽃을 피워 보자."

이관형이는 여전히 싱글싱글 웃었다.

"구라파 정신이 막다른 골목에 처했을 적에 그들이 니힐리스틱하게 던져본 말입니다. 이렇게 구라파가 몰락해버리는데 정신을 신장해보는 사업에 종사해본들 무엇 하랴, 이건 하이데거 같은 철학자의 해석이랍니다. 선생님의 해석은 건강하고 낙천적이고 미래가 있어서 좋습니다."

"선생께선 그런 사상을 가졌으니께 대학에서두 실패를 보신 거예요."

"대학에서 실패를 보구 그런 사상을 가졌다는 편이 진상에 가깝겠지요."

"영국 문학을 하셨구 그런데 바로 그 정신의 고향인 자유주의

와 개인주의의 영국이 지금 망하게 되었으니께 선생님이 그런 생각을 가지게 되시죠."

관형이는 담배를 껐다.

"그런 것만도 아닙니다. 대학에서 실패한 건 되려 자유주의적이 못 되기 때문이었구, 또 내 정신의 고향이 결코 영국인 것도 아닙니다. 우린 동양 사람이 아니어요. 대학에서 몇 년 배웠다구 그대루 영국 정신이 터득된다면 큰일이게요. 오히려 병집은 그 반대인 데 있습니다. 구라파 문화를 겉껍질루만 배운 데. 그럼 내 자신의 이야기를 하지요. 그러나저러나 내 자신의 이야기를 털어놓는다고 하면서도 여태 서루 통성두 없었군요. 저는 이관형이라고 부릅니다."

그래서 무경이도 제 이름을 가르쳐주고 인사를 하였다. 그러고는 마주 보며 웃었다.

"그러면 내 정신의 비밀을 들어보십시오…… 아까 동양을 여행하는 외국 사람들이 우리 서양식 건축과 문명을 구경하고는 감탄은 샘스러 그저 누추한 모방품을 본 듯이 유쾌하지 못한 낯짝을 한다는 의미의 말씀을 드렸지요. 바로 그 서양식 건축 같은 가정이 우리집이라구 해두 과언이 아닙니다. 내 아버지는 서울서두 손꼽이에 들 수 있는 무역상입니다. 말하자면 부르주아올시다. 아버지의 세 자식은 모두 근대적인 교육을 받았습니다. 나는 보시는 바 영문학을 하였고 내 누이동생은 음악 학교를 나왔고 내 끝동생은 금년 봄에 삼고(三高) 독문과를 나옵니다. 모두 문화의 가장 찬연한 정수를 전공했습니다. 우리 가정은 그것 자체로 하나의 현란하고 난숙한 부르주아의 가정이올시다. 그런 의미에선 티피컬한 가정이라구 해두 과언은 아니겠습니다. 그런데……"

그는 잠시 숨을 돌리듯 하며 말을 끊었으나 다소 침울한 빛이 눈 가상에 떠올랐다.

"그런데 우리 조선이 근대를 받아들인 상태를 이것과 대조해보면 우리집 가정의 타입이 더 뚜렷해지리라고 생각합니다. 개화가 있은 지 가령 칠십 년이라고 합시다. 이때부터 구라파의 근대를 수입해왔다고 쳐도 실상은 구라파의 정신은 그때에 벌써 노쇠해서 위기를 부르짖고 있던 때입니다. 우리들은 새롭고 청신하다고 받아들여온 것이 본토에서는 이미 낡아서 자기네들의 정신에 의심을 품고 진보라는 개념 자체에 회의를 품어오던 시대입니다. 그러니까 우리는 남의 고장의 노후하고 낡아빠진 문명과 문화를 새롭고 청신하게 맞아들인 것입니다. 구라파가 결딴이 났다고 우리들의 눈을 부실 때엔 벌써 이미 시일이 늦었습니다. 받아들인 문명과 문화는 소화도 하지 못하고 있는데 벌써 구라파 정신은 갈 턱까지 가서 두 차례나 커다란 전쟁을 경험하고 있습니다. 나 같은 사람이 영국 문학을 하였으나 조금씩조금씩 깊은 이해를 가져보려고 노력하면 노력할수록 나는 어떻게도 할 수 없는 그들의 답답한 정신 세계에 자꾸만 부딪치게 됩니다. 우리 아버지란 그러한 아들을 가지고 있는 상인입니다. 무역상이라고 하니까 앞으로 자유주의 경제가 완전히 통제를 당하고 보면 당연히 결딴이 나겠지요. 지금은 상업적 수단이 있어서 되려 시국을 이용하고 있는지도 모르지만. 우리들은 이층에서는 양식을 잡숫고 아래층에 와서는 깍두기를 집어 먹는 그런 사람들이요, 또 그 정도로 아주 될 대로 되어버려서 모두 권태와 피로를 경험하고 있습니다. 노인네들 말대로 하면 우리집도 장차 쇠운에 빠지고 말 것이 분명합니다. 누이동생은 음악이 전공이지만 그것에 몰두할 수 없은 지 오래고, 고등학교 다니는 학생은 벌써 학문이나 학업에 권태를 느껴온 지 오랩니다. 내 매부는 비행가였었는데 이 용기 있고 참신한 청년은 얼마 전에 향토 비행을 하다가 울산 부근에서 안개를 만나 불시 착륙하였으나 바위와 충돌해서 비행기와 함께 세상을 떠났습니다."

"얼마 전에 신문에 났던?"

"네 아마 그것이겠지요. 그러한 가운데 나는 살고 있습니다. 그런데 또 한 가지 이상한 건 작년부터 약 일 년 가까이 내 주위에는 참말 아무짝에도 쓸모가 없는 사람들이 욱적거리고 있었습니다. 가령 문란주 같은 여자가 그 중의 한 사람입니다. 이 사람은 약 일 년 전에 우연히 알게 된 사람인데 처음부터 나는 이 여자를 데카당스의 상징처럼 느껴왔습니다. 그 사람이 들으면 노할는지 모르고 또 그 자신 그렇지 않은 사람인지도 모르나 나는 그를 볼 때마다 퇴폐적이고 불건강한 것의 대표자처럼 자꾸 느껴진 것입니다. 그러니까 나는 자꾸 그를 피하고 물리쳐왔지요. 또 오늘 나를 찾아와서 소절수를 주고 간 양반, 이분은 내 아저씨뻘 되는 분인데 몸도 건장하고 정력도 좋고 돈도 먹을 만치는 있고 한 청년신삽니다. 그는 하나의 정복욕을 가지고 있습니다. 그러나 그 정복욕은 여자를 정복하는 데만 쓰였습니다. 그는 그 방면에 레코드 홀더가 된다고 스스로 말하고 있습니다. 또 백인영이라는 은행가가 있었는데 이 양반은 잔재주를 너무 부리다가 그것 때문에 은행에서 실패했습니다. 그의 첩은 바로 저 문란주의 지기지우(知己之友)입니다…… 이런 분위기 속에서 나는 일 년 동안 싸워왔습니다. 그러나 그렇던 내가 교내의 파벌과 학벌 다툼에 희생이 되어서 아주 실패를 보게쯤 되었습니다. 요 얼마 전입니다. 나는 그날 술에 취하였습니다. 술에서 깨어보니까 문란주네 이층에 가 누웠습니다. 이야기를 들으니까 명치정에서 문란주가 오뎅 해서 한잔 먹고 나오는데 내가 비틀거리고 오더라나요. 나는 사오일 동안 이층에서 번뜻이 누웠었습니다. 아주 기력이 없고 수족을 놀리기도 싫어진 겁니다. 무슨 정신에 집에는 여행 가노라는 엽서는 띄워놓았지요. 나는 집에 들어가기도 싫어졌습니다. 또 문란주 씨네 집에 그대로 묵고 있는 데도 싫증이 났습니다. 그래서 옮아온 것이 이 아파트올시다. 이사하자 막 늙은 영감과 또 최 선생과 말다툼을 하였고……”

“잘 알겠습니다”

하고 무거운 머리를 들어 관형이에게 인사를 하듯 하고 무경이는 일어서서 다시 가스 불을 열어놓았다.

“그러나 나 같은 사람은 비위생적인 데도 철저히 빠져 있을 수 없는 사람인 모양입니다. 빵가루가 되기보담 어느 흙 속에 묻혀 있기를 본능적으로 희망하는 인물인지도 모르지요. 그것이 더 비극이지만.”

물이 사르르 하고 더워오는 소리가 들려온다.

　“실상은 저도 그것과는 다르지만 그 비슷한 정신적 비밀을 가지고 있습니다.”

　남의 신변의 비밀을 듣고 나니 어쩐지 제 비밀도 털어놓아야 할 것처럼 생각되어졌다.

　그러나 이관형이는,

　“그러시겠지요. 요즘 청년치고 그런 것 가지고 있지 않은 분이 쉬웁겠습니까”

할 뿐 그 이상 이야기를 듣고 싶은 표정은 없었다. 무경이는 일어나서 홍차를 한 잔씩 더 만들었다. 차를 쭉 마시고는,

　“이거 이야기가 너무 길어졌습니다. 공연히 방해되셨지요?”

　관형이는 의자에서 일어났다.

　“그럼 안녕히 주무십시오”

하고 인사하였을 때 방을 나가려는 사내는 작은 약병을 꺼내 잘랑잘랑 흔들면서,

　“잠이 안 오면 이걸 먹고 잡니다.”

　그러고는 시니컬하게 웃어보였다. 이관형이를 보내고 난 뒤 책을 펴놓았으나 물론 읽혀지진 않았다. 침대에 들어가 누워도 잠도 이내 오지 않았다.

　늦게야 잠이 들었으나 아침은 또 이르게 눈이 뜨였다. 침대에 누워서 일어나기가 싫다. 어젯밤에 들은 이관형이의 이야기를 생각한다. 인간의 역사란 보리와 같다고! 비밀을 털어놓고 샅샅이 들어보면 그러한 생각에 찬성을 하건 안 하건 이해는 가질 수가

있다. 오시형이도 지금 그런 것을 생각하고 있는 것일까. 그러한 정신 세계를 헤매고 있는 것일까. 이관형이보다 복잡하면 복잡하였지 단순할 것 같진 않아 보인다. 그럴수록 그를 만나고 싶다. 만나서 모든 것을 들어보고 싶다. 그는 지금 어디 있는 것일까.

그러나 오시형이를 만나고 싶다는 그의 욕망은 곧 이루어질 수 있게 되었다. 오시형이는 지금 무경이가 사는 이 서울에 올라와 있다고 한다.

아침도 먹기 전이었다. 어디서 전화가 왔다고 하여서 그는 전화통 있는 데로 갔다. 오시형이를 보석시켜준 변호사한테서 온 것이었다. 오시형이가 공판에 올라왔을 텐데 어디서 유하는지 모르느냐는 전화 내용이다. 무경이는 당황하였다. 차마 모른다고 말하기는 창피하였으나 역시 그렇게 대답할밖에 도리가 없었다.

오늘이 공판인데 좀 상의할 일이 있다고 하면서 변호사는 전화를 끊는다. 오늘이 공판? 그러면서 어째서 오시형이는 나에게 그런 것조차도 알려주지 않는 것일까. 서울에 올라왔으면서 어째 여관도 알리지 않고 한 번 찾아도 오지 않는 것일까.

아침을 먹을 수 없었다. 사무실에는 잠시 나갔다가 머리가 아프다고 들어와버렸다. 아무리 생각하여도 공판정으로 찾아가볼밖에 도리가 없었다. 시간은 퍽 지났을 것이지만 그는 이내 아파트를 나와서 재판소로 달려갔다. 정정(廷丁)[21]에게 물어서 공판정에 들어가니까 재판은 퍽 진행이 되어 있었다. 방청객이 더러 있었으나 그런 것엔 눈이 가지도 않았다. 공범 여섯이 앉아 있는 앞에 머리를 청결하게 깎은 국민복 입은 청년이 서 있었다. 그것이 오시형이었다. 심리는 얼추 끝이 날 모양이었다.

"피고가 학문상으로 도달하였다는 새로운 관념에 대해서 간명히 대답해보라."

재판장은 온후한 얼굴에 미소를 그리고 질문을 던진다. 서류 위에 법복 입은 두 손을 올려놓고 그는 오시형이를 내려다보고 있다.

"구라파 사람들은 역사에 대한 하나의 신념을 가지고 있다고 생각합니다. 그들은 역사란 마치 흐르는 물이나 혹은 계단이 진 사다리와 같은 물건이라고 믿고 있습니다. 맨 앞에서 전진하고 있는 것은 구라파의 민족들이요, 그 중턱에서 구라파 민족들이 지나간 과정을 뒤쫓아 따라가고 있는 것은 아시아의 모든 민족들이요, 맨 뒤에서 쫓아오고 있는 것은 미개인의 민족들이라는 사상이 그것입니다. 고대에서 중세로 그대로 현대로 한 줄기의 물처럼 역사는 흐르고 있다 합니다. 그러니까 설령 그들이 가졌던 구라파 정신이 통일성을 잃고 붕괴하여도 새로운 현대의 세계사를 구상할 수 있고 또 구상하는 민족들은 자기들이라고 생각하고 있습니다. 이것이 역사에 있어서의 말하자면 일원 사관일까 합니다. 그러나 이러한 생각에서 떠나서 우리의 손으로 다원 사관의 세계사가 이루어지는 날 역사에 대한 이 같은 미망은 깨어지리라고 봅니다. 역사적 현실은 이러한 것을 눈앞에 보여주고 있습니다."

"그러면 피고의 그러한 생각으로 현재 진행되고 있는 전쟁과 세계사적 동향은 어떻게 포착할 수 있다고 생각하는가?"

피고는 말을 끊고 숨을 돌리듯 하고는 다시 이야기의 머리를 잠깐 돌려보듯 하였다.

"저의 사상적인 경로를 보면 딜타이의 인간주의에서 하이데거로 옮아갔다는 느낌이 듭니다. 하이데거가 일종의 인간의 검토로부터 히틀러리즘의 예찬에 이른 것은 퍽 깊은 감명을 주었습니다. 철학이 놓여진 현재의 주위의 상황으로부터 새로운 문제를 집어올린다는 것은 최근의 우리 철학계의 하나의 동향이라고 봅니다. 와츠지(和辻) 박사의 풍토사관적 관찰이나 타나베(田邊) 박사의 저술이 역시 국가, 민족, 국민의 문제를 토구(討究)하여 이에 많은 시사를 보이고 있습니다. 제가 과거의 사상을 청산하고 새로운 질서 건설에 의기를 느낀 것은 대충 이상과 같은 학문상 경로로써 이루어졌습니다."

재판장은 만족한 미소를 입가에 띠었다. 무경이도 숨을 포 내쉬었다. 그러나 바로 그때였다. 피고석 뒤에 놓인 방청석으로부터 젊은 여자가 약간 허리를 드는 것이 그의 눈에 띠었다. 이윽고 재판장은 오후에 심리를 계속하고 일단 휴식에 들어간다는 선언을 하였다. 젊은 여자는 완전히 일어섰다. 흰 두루마기를 입은 키가 날씬한 여자였다. 무경이는 가슴이 뚱 하고 물러앉는 것을 느꼈다. 그 여자의 옆자리엔 오시형의 아버지, 그리고 그 옆자리엔 어떤 늙은 신사. 피고석으로부터 돌아온 오시형이는 긴장한 얼굴을 흩뜨려놓으며 그 여자가 서 있는 곳으로 가는 것이 보였다. 무경이는 뒤숭숭해진 공판정의 소음에 앞서 복도로 나왔다. '그 여자이다! 도지사의 딸!' 그리고 이것으로 모든 문제는 끝이 나는 것이 아닌가. 복도 가운데 서보았으나 몸을 유지할 수가 없어서 그

는 허덕대고 걸어본다. 뜰로 나왔다. 날이 쨍쨍하다. 몹시 현기증
이 난다.

어떻게 그래도 용하게 아파트는 찾아왔다. 문밖에서 지금 막 아
파트를 나오는 문란주와 만났다. 그는 겨우 인사를 하였다.

"사무실에서 들으니까 몸이 편하지 않으시다더니……"
하고 말하는 문란주의 얼굴도 핏기가 없어 보인다.

"네, 그래서 병원에 다녀옵니다."

문란주는 잠깐 동안 가만히 서 있었으나,

"그럼 잘 조리하세요"
하고 걸어 나갔다. 데카당스의 상징 같다고 하는 문란주와 그는
차라도 마시고 싶은 충동을 느껴보았으나 그대로 제 방으로 올라
왔다.

'인제 나는 어떻게 할 것인가?'

침대에 누우니까 처음으로 눈물이 나서 그는 실컷 울었다. 그런
데 얼마가 지나서 노크 소리가 났다. 뚜들기는 품으로 보아 어젯
밤에 찾아왔던 이관형이의 것이 분명하다.

"네에"
하고 대답해놓고는 낯을 고치고야 문을 열었다.

"어젯밤은 실례했습니다. 어데 편하지 않으시다고요."

"아뇨, 괜찮습니다."

"글쎄, 그러시면 다행이지만……"

잠시 말을 끊었다가,

"지난 생활을 청산해보려고 어데 훨훨 여행이나 떠나보렵니다.

방은 그대루 두고 다녀와서 정리하기루 하겠어요. 우리집엔 실상
은 아저씨한테 돈 취해갖고 지금 경주 방면에 여행하는 중이라고
알려두었는데 헛소리를 참말로 만들어볼까 합니다."

"그럼 경주로 가십니까?"

"뭐 작정은 없습니다. 휘 한 바퀴 돌아보면 마음이 좀 거뜬해질
까 해서 보리알을 또 한 번 땅 속에 묻어볼까 허구서."

그는 껄껄거리며 웃었다. 아까 다녀 나가던 문란주의 얼굴이 눈
앞에 떠올랐으나,

"잘 생각하셨습니다. 그럼 어저께 소절수를 마저 찾아드리지
요."

"죄송합니다."

소절수를 찾으러 강 영감을 은행으로 보내고 무경이는 사무실
의자에 혼자 앉아 있었다.

'나두 어데 여행이나 갈까?'

'아예 어머니 말마따나 동경으루 공부나 갈까?'

그런 것을 생각해보았으나 원기도 곧 솟아나지 않았다.

등불

인문사 주간 족하[1]

소설을 다시 쓰게 되어, 전화로 선생과 너무 경솔히 승낙했던 주제와 제재에 관해서, 정작 붓을 들고 이야기를 꾸며보려고 하니, 여간 곤란이 가로막혀 있는 것이 아니었습니다. 작금 양 년 간에 걸쳐 소설가였던 내가 살아가는 방식이 다소 특이해졌다 하여, 그 새로운 생활 신념과 체험에서 오는 바를 소설로 작품화시켜보라는 것이 본시부터의 선생의 희망이었고, 또 그런 점에서 나는 나대로 오랫동안 붓을 들 염을 하지 못하고 있었는데, 일이 이렇게 되어, 칠팔 년 동안 자나 깨나 맡아오던 원고지 냄새를 일 년 만에 다시 맡게 된 즐거움은 누를 수 없는 바이오나, 흰 종이 와 만년필만 들고서 두 주일 동안을 그대로 보내지 않을 수 없으리만큼 소설 쓰는 일이 힘든 것이 되어버린 것도 사실인가 싶습니다. 그래서 일시는 선생과의 약속을 어길까고도 생각했으나 집필 복귀에 이르기까지의 선생의 여러 가지 노력과 우정에 새로이 용기와 책임을 느껴, 지금 다음과 같은 구김살 있는 이상한 기록을 꾸며놓아보았습니다. 소설인지 아닌지는 나도 딱히 단언키 힘드오나, 본래 소설은 시나 수필이나 논문이나 희곡 아닌 모든 것 위에 붙이는 허물없는 이름 같아서, 문단의 습속에 숨어 이것도 소설 축에 넣어보리라 생각했습니다. 꾸미는 것의 곤란은 결국 나의 부족한 재주 탓이겠길래 길게 이야기하려 하지 않사오나, 한마디 미리 양해를 빌고 싶은 것은, 여기에 쓰인 기록은 적어도 절반은 사실이요, 그 나머지는 인물이며 사건이며가 전혀 허구요, 일인칭으로 된 주인공, 장유성도 작자와 비슷한 인물이라는 것이 타당하리만치, 그렇지 않은 부분이 더 많이 섞이었다는, 그 것입니다. 소설인 바에 그럴 것은 당연한 일 같으오나, 나의 생활 환경에 관해서 대충의 이해를 가지실 선생께 대해서는 이러한, 구태여 쓰이는 군소리가 용서될 수 있으리라 믿었습니다. 원고 마감 날짜를 너무 넘긴 것은 거듭거듭 죄송 만만.

김 군에게 보내는 회신

김 군의 편지를 받고 회답을 쓴다면서 벌써 일순[2]이 넘었구려. 김 군이 생각한 것처럼 역시 시간의 부족입니다. 아침 아홉시 출근에 오후 다섯 점 퇴근입니다. 요즘의 아홉시는 그닥 이른 시각은 아니오나 겨울의 아홉시는 그리 늦은 시각은 아닙니다. 이제 곧 여덟시 출근이 되겠지요. 다섯시에 일을 마치고 정리하고 회사를 나서는 시간이 다섯시 반, 집에 오면 여섯시, 낯 씻고 발 닦고 저녁 먹고 석간 신문의 제목만 주르르 훑어보아도 일곱시가 넘습니다. 아침 일곱시 전에 일어나려면 수면을 충분히 취하는 나로서는 열시 반부터는 자리를 펴야 합니다. 가족들과, 특히 어린것들과 같이 노는 시간을 없이해버리고 이내 내 방으로 건너온대도 내가 자유롭게 쓸 수 있는 시간은 세 시간밖에는 남지 않습니다. 세 시간이라는 시간이 어떤 시간이라는 것을 나는 처음으로야 알 수 있었습니다. 잡지에 난 소설 한 편을 읽는 데 세 시간이 걸리더군요. 좀 긴 놈은 꺾어서 그 이튿날로 넘겨야 할 만큼 세 시간이란 길지 않은 시간이었습니다. 어데서 사람을 기다릴 때 십 분 이십 분이 그토록 지루하던 것을 생각해보고 사람의 심리와 신경이 변덕스럽고 부질없다는 것을 새삼스럽게 느끼는 듯하였습니다. 그러나 이렇게 나에게 주어진 세 시간이라는 시간이 나의 자유에 맡겨져 있다 하여도 거기에는 여러 가지 조건이 끼지 않을 수 없습니다. 가령 내가 여기서 내 시간이라고 하는 것은 독서하는 시간을 주로 말하고 있는 것인데 이러한 세 시간이나마 전부가 독서에 쓰이게 되느냐 하면 그런 것은 아니기 때문입니다.

회사의 일에 서투른 나는 회사에서 오늘 한 일을 반성해보는 시간과 내일 하여야 할 일에 대하여 준비해두는 시간이 꼭 필요합니다. 이러이러한 일을 오늘은 꼭 하여보리라고 머릿속에 일정표를 꾸미고 나갔던 일이 절반도 시행되지 않은 일이 많습니다. 실무적 능률과 실행력이 부족한 나를 매일처럼 발견합니다. 탁상일기나 메모에는 그 전날 기록되었던 것이 그대로 그 이튿날로 옮겨 쓰이고, 그 다음날로 밀리어 일주일이 가도록 끝을 못 내는 일이 수두룩합니다.

사람을 대하는 일, 없는 물건을 구하는 일, 갖추어야 할 물품을 조사하는 일, 가격을 정하는 일, 사들인 물품의 금액을 계산하여 기입하는 일, 문서의 수송 정리와 전화를 받는 데 이르기까지의 가지각색의 일반 서무적인 잡무 등. 그러나 일에 생소하고 서투른 나에게는 이렇게 쭈루루니 세어 내려가면 별로 신통치도 않아 보이는 사무들이, 익숙한 분에게는 실로 지극히 간단하고 단순한 일들이, 하나라고 복잡하고 혼란스럽지 않은 일이 없습니다. 가령 사람을 대하는 일 하나를 두고 말하여보아도, 사람은 영업 종목에 따라 다르고, 층에 좇아 구별되고, 성질마다 같지 아니하여, 실로 천차만별, 이에 따라 나의 대하는 태도와 마음씨도 각각 다르지 않으면 상담(商談)은 제대로 성립되기가 힘듭니다. 수만 원 거래 있는 큰 원로 상점의 출장원과 방한모 눌러쓰고 간혹 두루마기 위에 노끈조차 잘라매고 달려드는 새끼나 볏짚이나 목면(木綿) 장수쯤 구별해서 대해내기 식은 죽 먹기라고 첩경 생각되기 십상이나, 정작 이것을 갈라서 승강이를 하려면 그리 녹록한 일은 아닙니다. 큰 상점의 출장원들도 대판과 동경이 다르더군요. 의자에도 앉지 않고 실없이 그런뎁쇼만 찾아내는 허수름한 친구들도 사람을 업어 넘기는 데는 나는 재주를 가졌더군요. 이만하

면 잘한 장사라고 열심스럽게 다루어서 정한 것이 얼마 안 가서
엄청난 가격으로 엎이었다는 것을 발견하는 등사는 참말로 부지
기수요, 죽어가는 소리로 호소하는 지함(紙函) 제조업자에게 쓸
데없는 동정심을 기울였다가 창피당하는 일조차 드문하게[3] 있는
일입니다. 그렇다고 엎어두고 속지 않겠다고 바득바득 애를 쓰며
앉아 있는 꼴은 당자 자신이 생각해보아도 보기 흉한 일이요, 벌
써 한 번 보아 그 사람의 마음을 붙들고 몇 마디 안짝에 타당한
상담을 끝내려면 비범한 재능과 오랜 경험이 필요한 것이, 사람
의 심보를 꿰뚫어보는 날카로운 안광을 갖추는 동시에 시세의 변
동과 물건의 좋고 나쁨을 구별하고 지실[4]하는 식견이 또한 절대로
필요한 때문입니다.

　김 군! 숙련(熟練)의 아름다움이라는 것을 생각해본 적이 있으
시겠지. 문학에 있어서의 일종 기술적인 연마에서 오는 아름다
움, 그림이라면 메티에[5]의 아름다움 같은 것, 흡사히 그런 것과도
대등할 만한 아름다움을 나는 회사의 사무실 안에서 가끔 생각해
보고 앉았습니다. 수수하게 단장한 어린 여사무원의 흰 손가락이
까만 염주알 같은 주판알을 재치 있게 토겨[6] 내려가는 모양을 나
는 때때로 멍하니 바라볼 때가 있습니다. 가느다란 펜대를 촛가
락 같은 손 새에 끼고 십만 단위에서 일 리까지 이르는 기다란 층
계를 거침없이 오르고 내려서, 일 푼 일 리가 틀리지 않게 합계를
매겨 내려가는 것을 바라보다가, 나는 언뜻 건반 위에 뛰노는 양
금가[7]의 손을 연상하고 있는 나를 발견할 때가 있었습니다. 나는
내가 쓰는 주판을 가만히 쥐어봅니다. 청요릿집 같은 데서 흔히

보는 밤알 같은 주판은 아니지만 그래도 알이 좀 굵직하여 맞직한 무게 있는 주판입니다. 알이 손끝에 묻어 다니지 말라고 특별히 손수 선택해서 산 것입니다. 그래도 틀릴까 저어하여 전표 하나 계산해서 합계 매기는 데 두번 세번 되풀이해서 놓아봅니다. 승법(乘法)과 제법(除法)은 남몰래 슬쩍 필산을 하지요. 가장 답답한 것은 장부책 한 페이지 합계해내는 데 하나 놓고 둘 놓고 한 번 따지고 두 번 따지고 굼벵이 기듯 매겨나가도 첫 번과 둘째 번이 서로 틀리고 세번째 네번째가 맞지 않아서 참말로 진땀이 나게 초조하고 안타까울 때가 있습니다. 이것은 누가 보아도 아름다움과는 거리가 먼 풍경입니다. 부끄러움을 느껴 마땅한 일입니다. 나는 하루바삐 이 부끄러움에서 떠나야 할 것을 생각하고 있습니다.

커나란 상부와 전표를 대조해가며 문부[8] 검열을 하고 있는데 한 사람의 허수름한 상인이 찾아와서 그 사람과 나직한 말씨로 상담을 주고받고 있을 때에 전화가 따르릉 웁니다. 급사가 받아서 건네줍니다.

"여보십시오. 전화 바뀌었습니다. 아, 네에 네, 안녕하셨습니까. 오래간만입니다."

저편 쪽에서 하는 말을 듣는 동안 한편 손으론 들었던 담배를 슬며시 끄면서,

"그거 시방 얼마나 가지고 계십니까. 네에, 네 이백 킬로…… 다 썼으면 싶은데…… 가격은요? 킬로에…… 거 좀 값이 세지 않습니까."

잠시 동안 듣고만 있다가 혀를 한번 차보이고는

"소견대로 하십시오. 그렇지 수형으루. 네에 네 물건 곧 보내십시오. 일간 저녁이나 같이 하십시다."

수화기를 얹고는 상인을 향해서

"이거 미안합니다."

한편으로는 다시 계속되는 상인의 이야기를 들으며 메모에 두어 자 끼적끼적 써서 땡땡 종을 친 뒤,

"물건 온 건 받고 세 번에 나누어서 수형 쓰시오. 오십 일……"

다시 담배를 붙여 들고 역시 아무 말 없이 상대자의 이야기를 듣고 있다가, 문득,

"그런 장사 어디 있소. 요즘 같은 때에."

그리고는 싱글싱글 웃으면서 보던 장부를 뒤적뒤적, 그러는 동안도 손님은 연해 지껄여댑니다. 듣는 척 안 듣는 척 혼자 지껄이는 대로 내맡겨두고 저 하는 일만 보고 앉았다가, 그러나 두 귀로는 한 마디도 흘리지 않고 상대방의 수작을 듣고 있는 표적으로, 그는 드디어 전표 뭉치를 장부 속에 끼운 채로 절칵 소리가 나게 닫아버리면서,

"참 맥두 딱허긴 합니다. 셋으루 하려건 두고 그것으루 안 되려건 그만둡쇼."

선뜻 낯을 들고 엉거주춤히, 어디 소변이라도 보러 가려는 것처럼 의자에서 궁둥이를 일으킬락 말락.

김 군! 나는 옆에서 이것을 바라보면서 성인(成人)의 원숙하고 침착한 아름다움은 이런 종류의 것이 아닐까 하고 생각해볼 때가

있습니다. 장사하는 회사에 다니는 이상 그 회사에서 영위되는 장사에 대해서 한 사람 몫의 지식과 수완을 가져야 하는 것은 당연한 일입니다. 주판도 잘 놓아야 하고, 장부 조직도 알아야 하고, 자기 부서이든 아니든 언제 어느 때에 맡겨도 대차 대조표나 결산 보고서쯤 어렵지 않게 꾸며 바칠 실무적 수완을 가져야 되리라 생각합니다. 원가 계산 같은 데도 깊은 관심을 가져서 경리와 경영의 핵심을 붙드는 것도 필요한 일인 줄 압니다.

*

그러나 이렇게 쓰다 보니 이야기가 이상한 데로 발전을 하여 전혀 자기의 궤도를 잃어버렸구려. 김 군의 편지에 곧 회답을 쓰지 못했다. 그것은 나의 시간의 부족 탓이다. 그런 변명을 늘어놓는 동안에 이야기의 꼬리는 하마 자기의 머리를 잃어버릴 뻔하였습니다.

시간의 부족, 물론 틀림없는 사실이지만, 간단한 엽서 한 장 쓸 수 없으리만치 시간이 없었다면 그것도 또한 심한 엄살이요, 역시 이유는 좀더 복잡한 데 있었던 것입니다. 김 군의 편지에는 한두 마디의 엽서 회답으로 쓰러칠 수 없을 깊은 내용이 들어 있는 듯이 생각된 때문에, 안 쓰면 말되 이왕 쓰게 되면 아무렇게나 어물거려 늘어놓고 안연해버릴' 수는 없다 생각한 것입니다.

김 군은 나의 현재 생활에 분개 비슷한 동정심을 기울이면서, '문학자의 전업(轉業)'이라는 문제에 대하여 하나의 의견을 말했다고 생각합니다.

그러나 이러한 군의 의견에 좌단을 표명할 수는 없었습니다. 가령 작가의 직업 문제를 두고 말하여볼지라도, 우리 문학의 선배들이 한글로 된 새로운 문학을 개척하여 이럭저럭 사십 년, 어려움과 고난으로 덮인 이 짧지 않은 역사는 결코 호사스러운 작가 생활에 의하여 열린 것은 아니었습니다. 학교에, 신문사와 잡지사에, 인쇄소에, 혹은 상점에, 회사에, 혹은 관청에, 또는 혹은 공장에, 농장에 시간과 정력을 제공하고 그 여가에 우리 문학의 역사는 지어진 것입니다. 이것은 구차하고 가난한, 빈약한 역사이었으나 그만큼 높은 정신에 의하여 이룩된 전통입니다. 문학을 뜻할 때는 누구나 우선 굶을 각오를 하고 나섰던 것입니다.

최근 오륙 년 동안 글만을 가지고 생활을 세워본다고 몇몇 작가가 서재에 파묻혀서 원고지와 싸웠다고 하여도, 다른 곳에 따로 이 직을 받들지 않은 사람은 단 사오 명에 지나지 않았고, 겨우 입에 풀칠이나 하기 위하여 우리 사오 명의 작가는 소처럼 일하지 않을 수 없었습니다. 쓰고 싶지 않은 잡문을 쓰고 마음에 내키지 않는 통속 소설에 붓을 들고 때로는 신문 기자도 꺼리는 명사 방문에까지 나섰습니다. 지금 돌이켜보아, 우리(나)의 써버린, 오륙 년 동안의 소설과 논문과 잡문 중에서 몇 편이나 골라 잡아 부끄러움이 없을는지 볼 편에 불이 붙는 듯합니다. 종일토록 원고지와 씨름하고 남는 것은 그저 몸을 가눌 수 없는 피로뿐. 만약 천 장의 원고지 중에서 단 한 장이라도 골라 잡아 남길 만한 것이 있다면 우리는 그 천 장을 다 그만두고 단 한 장을 위하여 애쓰고 그 한 장만을 써놓아도 그만이었던 것을. 그러나 이것은 우리 문학의 숙명이요, 우리 문학자의 운명이었습니다. 쓰기 위해서만 독서했고, 쓰기 위하여서만 쓸 목적을 세우고만 체험했다 말해도 과언이 아니었지요.

물론 이것은 바른길이 아니었습니다. 그러므로 우리의 문학은 깊이가 없고 우리의 작가는 모두 소견이 좁습니다. 완전한 인생이 되기도 전, 스물이 넘자 이내 문단에 나온 작가들이 쓰는 데 쫓기어 충분한 정신적 양식을 섭취하지 못한 폐단은 결코 적지 아니합니다. 문학을 기르고 키워나가자는 열심스러운 정성이 밑받이가 되었다면 우리들의 이러한 남작(濫作)과 과로가 용서될는지, 여하튼 시방 생각하여도 잔등이 선뜩 하는 만용이었습니다.

그제나 이제나 변함없는 나의 생활 신념은 주어진(부여된) 환경 속에서 최선을 다하여 살아나간다는 성실, 그것뿐입니다. 나의 조부는 내 이름을 유성이라 지어주셨는데 생각해보면 이것은 적이 교훈적입니다. 내가 일생 동안 지킬 수 있고 또 자식에게나 후배에게 부끄러움 없이 권할 수 있는 단 하나의 온건하고 존귀한 생활상 모토입니다.

회사의 동료들 중에도 나에게 김 군과 같은 동정심을 기울이려는 분이 없지 않았으나 그러나 나는 그것을 달가워하지 않았습니다. 소설가가 시세를 잘못 만나 주판을 따지고 앉았으니 웬만한 실수나 잘못은 관대히 보아줄 게라는 그러한 동정심은 회사로서는 온당한 처분이 아니거니와 나로서는 유쾌치 않은 대웁니다. 소설가였거니 하는 생각이 한 가닥에라도 나타난다면 나의 인격이나 수양의 부족 탓입니다. 일에 익숙지 못하고 장사 방면에 아무런 재능도 경험도 없는 나인 줄은 알면서도 만년 견습 사원의 칭호는 기분이 허락질 않습니다. 회사는 결코 실업자 구제소여선 아니 되니까요. 자선 사업의 혜택을 받을 만치 자기의 능력이 노쇠했다고 생각하기에는 우리들은 너무 젊으니까요. 문제는 안한〔安閑〕한 생활 태도에 있지 아니하고 생명의 충실감을 가지는 곳에 있으니까요.

여기까지 쓰고 보면 아마 내가 이 편지 서두에 나의 회사원 생활의 일단을 지루하도록 자세하게 기록한 까닭을 양해하실 수 있으시겠지. 그것은 나의 생활 신조였습니다.

그러나 김 군의 편지를 한번 다시 검토해보면 김 군은 혹시 문학의 우월감을 지나치게 가지고 있는 것이나 아닌지요. 문학에 종사하는 것만이 인류 복지에 공헌하는 유일의 길이라고 생각지는 않으시는지. 만일 그렇게 생각한다면 그것은 말할 것도 없이 문학의 편견입니다. 군이 만약 시방 경영하는 농장일과 문학 하는 일과를 대비해서 거기에 현격한 차별을 둔다면 그것은 온당하지 못한 생각입니다. 문학 하는 일이 천한 일이 아님은 말할 것도 없거니와, 농장일이나 장사일도 그만 못지않게 소중한 일입니다. 물론 이러한 환경 속에서 아무런 조력이나 격려도 없이 문학을 키워나가는 사업에 종사하려면 문학에 대한 높은 우월감과 남모르는 즐거움과 긍지감과 사명감과 자부심이 없이는 한 시각도 자기의 정신을 부지해나갈 수가 없을 것입니다. 그래서 우리들의 선배는 가난을 두려워하지 않았고 세속적 욕망에 붙들리지 않았고 일표음 일단사[10]로 오히려 긍지를 느꼈습니다. 그러나 이러한 긍지의 뒤에는 반드시 다른 사업에 대해서 깊은 양해와 존경을 표시할 수 있을 만한 겸허한 마음의 여유를 준비해두지 않아서는 안 될 것입니다.

도대체 싫은 일에 종사하고 있다는 자각은 첫째론 자기 자신에 대한 큰 정신적 손실입니다. 또 둘째로는 그를 용납하고 있는 장소로서도 커다란 손실입니다. 자기가 새로운 환경과 운명 앞에 선 것을 깨달았을 때엔 거기에 대응할 만한 마음의 태세를 정비하는 것이 무엇보다도 필요한 일입니다. 부여된 환경, 자기의 주위를 이루고 있는 환경의 조건을 냉철히 판단하여, 그 속에서 최선을 다하여 살아나갈 수 있는 길을 발견하는 것이 가장 바르고 현명한 태도입니다. 자기를 퇴폐에서 구하고 정신적 이완(弛緩)으로부터 지킬 수 있는 유일의 심적 태도는 이렇게 해서 발견되는 길을 헛눈을 팔지 않고 성실히 걸어나갈 만한 굳은 결의와 용단입니다. 그 다음에 남는 것은 실행뿐.

그러므로 문학에 대해서 불 같은 열의와 칼날 같은 결벽성을 가지고 있는 군에게는 군이 종사하고 있는 직업, 농장의 경영에 금후로 전력을 다하여 힘쓰라고뿐 부탁하고 싶습니다. 이 길이 곧 문학 하는 정신에 통하는 길이라는 것을 현명한 군은 어렵지 않게 발견할 것입니다. 그리고 군과 같은 분들이 문학의 다음 세대가 될 것이라 굳게 믿어 의심치 아니합니다. 농장일에 전심한다고 문학을 잊을 정도의 정신에게는 문학의 후대를 의탁할 수는 없을 것입니다.

  언제나 한번 군의 농장을 구경 갈 수 있을는지 혹시 군이 사는
시골 가까이로 출장이라도 갈 일이 생기면, 하고 나는 그런 기회
를 기다릴 뿐입니다. 그러면 서로 건강에 유의합니다. 이만.

문우 신 형께 부치는 글

  "세 번이나 불렀는데 못 알아보시더군."

  신 형은 화신 앞을 건너고 있는 내게로 쫓아와서 나의 어깨를
가볍게 두들기고 그렇게 말했습니다. 오래간만이어서 나도 반가
웠으나 세 번이나 불러도 알아듣지 못한 변명은 별로 늘어놓지
않고 형과 함께 가까운 찻집으로 들어갔던 것입니다. 나는 그때
어떤 한 가지 생각에 골똘해서 귀와 눈은 반 이상 기능을 잃고 있
었습니다. 생각이란 별것이 아닙니다. 신 형과 만나기 약 일 분
전까지 나는 파출소 안에 서 있었습니다. 지나가는 떠떠방[11]의 장
작을 잘못 샀던 일로 회사를 대표해서 호출을 당했었는데, 일은
무사히 해결이 났으나 한 이십 분 동안 순사 앞에 기착하고 서서
다른 군소리 없이 그저 열심스러이 용서해달라고만 빌었던 것입
니다. 본시부터 일거리가 될 만한 과실이 아니었던 탓인지 일은
무사히 끝이 나서 나는 그곳으로부터 물러나올 수가 있었는데 외
투를 입고 길 위에 내려서면서 문득, '나는 언제부터 이렇게 아무
잡념 없이 빌어 모시는 데 철저해질 수 있었는가' 하는 의문에 붙
들렸습니다. 그것은 나를 놀라게 하기에도, 적막하게 만들기에도

충분한 의문이었습니다. 오륙 년 전까지도 나는 나 자신의 소행의 탓으로 가끔 경관 앞에 취조를 받은 일이 있었는데, 그때에는 한 번도 지금과 같은 태도를 취하지 않았기 때문입니다. 그래서 나는 길을 건너면서도 신경을 여러 곳에 쓰지 못하고 형이 세 번씩이나, '장 형, 장 형' 하고 불렀다는 것도 미처 알아들을 수 없었던 것입니다. 이러다가 나는 불과 몇 년 안짝에 일찍이 내가 미워하고 경멸하던, 양심도 체면까지도 마멸된 한 사람의 저급한 장사치가 되는 것이나 아닐까, 징글스럽다느니, 뻔뻔하다느니, 체면 불고라느니, 심지어는 철면피라느니 하는 등등으로 형용하여 우리들이 조금도 동정하려 하지 않던 그러한 인간으로, 나 자신도 모르는 새에 되어버리는 데, 그다지 오랜 시일과 직업적 분위기가 필요치 않게 되는 것이나 아닐까. 환경에 따라 사람은 아무렇게라도 될 수 있다고 흔히들 말하여왔으나 나 암줄라 그런 부류에 속하지 않으면 안 되는 것일까. 빌었다는 사실이 큰 것이 아니다, 잘못하고 비는 것은 당연한 일이다, 나 자신이 불과 일 년에 그토록 변하였다는 데 나는 놀라고 적막했던 것입니다.

물론 형을 만난 그 당시에나 또 그럭하고 얼마가 지난 지금에나, 이런 이야기를 늘어놓아 형의 양해를 구할 필요는 없는 일이나 혹여 나의 표정의 침울이 형께 불쾌를 주지나 않았는가, 나는 형과 갈라져서 솔찬히 미안한 생각에 붙들려 있습니다.

차탁에 앉은 형과 나는 그전에 하던 버릇대로 커피를 시켰습니다.

"과히 바쁘지 않습니까."

"그저 그렇지요, 근무 시간을 지켜야 하니까요."

차가 오기 전에 나는 잠시 자리에서 일어나서 전화를 걸었습니다. 서무부장을 부르고, 무사히 끝나서 지금 밖으로 나왔는데 노상에서 아는 이를 만나 잠시 다방에 들렀으나 곧 들어가겠노라고 아뢨더니, 한 오 분 전에 구니모토라는 분한테 급히 만나고 싶다는 전화가 왔으니 그리로 다녀서 들어와도 무방하다는 말이었습니다. 그래서 나는 다시 대흥합명으로 전화를 걸고 사장실을 찾았는데 구니모토 쇼오켄 씨는 언제나 점잖은 가라앉은 목소리로 틈 있으면 들르라고 말하였습니다. 인제 한 십 분 뒤에 들르겠습니다, 고 약속하고 나는 다시 자리로 돌아왔습니다. 차를 한 모금씩 마셨습니다. 그전과는 딴판인, 설탕 비린내가 풍기는 커피였으나 아무도 그런 것에는 투정을 하려 하지 않았습니다.

"잡지는 순조로이 잘 나오게 됩니까."

"그저 어떻게 꿰어 매듯 하여 간신히 종이를 변통해대고 있지요, 종이만큼 원고도 귀합니다, 국어 원고에 비해서 조선말 원고가 얻기가 더 힘듭니다, 소설들을 통 안 쓰니까요."

그럴 리가 없다고 생각해보며, 신 형은 필시 소설 쓰기를 그만둔 나를 빗대고 하는 말일 게라고 생각해보며, 나는 그대로 아무 대꾸도 하지 않고 덤덤히 앉았었습니다.

"쓰는 분들은 대체로 어떤 것들을 주제를 삼고들 있는지."

나는 오랫동안 잡지에 나는 동료들의 작품을 구경하지 못한 때문에 그러한 미안스러운 질문을 하였습니다.

"소극적인 인생 태도를 가지고 오던 분은 역시 애조〔哀調〕나 실의(失意)나 쇠멸(衰滅)의 정조 같은 것을 그전처럼 취급하고 있지만 그것으로 어느 때까지 쓸 수 있을는지요, 또 시대적인 감각을 가졌다는 분들은 모두 시국 편승이라고 욕먹어 마땅할 천박한 테마로 일시를 호도하는 현상이지요. 가장 딱한 것은 내선 일체의 이념을 작품화한다고 곧 내선인간의 애정 문제나 결혼 문제를 취급하는 태돕니다. 이런 주제는 퍽 흔합니다. 되려 일상생활에서 출발하는 편이 자연스럽고 시국으로 보아도 좋을 것인데. 그러니까 아직 시대와 겨누어서 하나의 확고한 작품 세계를 발견했다고 볼 작가는 없는 셈이지요."

"시일이 짜른[12] 탓이겠지요."

나는 형의 설명에 간단히 그렇게만 대답하였으나, 내가 다시 쓴다면 나는 무엇을 쓸 것인가, 그런 것을 내심으로 막연히 생각해보고 앉았었습니다. 내시 사람인 여급이 조선 청년을 따르는 이야기를 나도 쓸 수 있을 것인가 하고도 생각해보았습니다. 그런 것을 써서 제법 옳은 작품을 만들 재주는 없다고 생각했습니다. 자기와 내면적 관련이 없는 사람과 사람과의 관계를 객관적으로 묘사하는 수법을 익힌다고 일 양 년 간 주장도 하고 쓰기도 해보던 나이었으나 역시 그러한 재료에는 자신이 가들 않았습니다. 형도 아시다시피 내가 본격적으로 작가 생활을 해본다고 결심하던 당초에 나는 작가 자기의 주체적 검토라는 과제를 들고 나섰습니다. 그때에도 지금보다 못지않게 나의 내면 생활은 커다란 시련 속에 영위되어 하나의 위기를 지나가고 있었는데, 이러한 때 나는 무엇보다도 자기 자신을 추구하고 자기 자신을 검토하는

사업이야말로 필요하다고 생각했던 것입니다. 자기 고발의 문학
이란 나의 내적 심리와 내부적 체험에 관련을 가진 주장이었습니
다. 그 뒤 모럴론에서 풍속론으로 들어가며 나는 일시적인 안정
기를 경험하였습니다. 장편 소설을 쓸 수 있은 창작 심리의 근거
는 여기에 있었습니다. 가끔 신문 소설을 쓸 수 있을 정도로 마음
은 안정된 듯하였으나, 그실 나의 문학은 이상한 물결의 윗면을
흘러내리고 있었습니다. 문학 자체로 보나 작자의 정신 생활로
보나 이것이 틀림없는 타락의 길이었던 것은 지금 숨길 수 없는
진상으로 되었습니다. 수많이 씌어지는 소설이 차차로 나의 영혼
과 절연하고 나의 정신 생활과 별반 밀접한 교섭을 가지려 하지
않았습니다. 붓을 던질 기회를 얻은 것은 나로서도 나의 문학으
로서도 천재일우의 기회였습니다. 나는 지금 이것을 행복이라고
표현하고 싶습니다. 붓을 던지고 나서, 나는 깊은 휴식을 취하였
습니다.

'내가 다시 소설을 쓴다면' 하고 자문하면서, 나는 역시 또 한
번 자기 자신의 검토로부터 출발할 것이라고 쓸쓸히 생각하고 있
었습니다. 시련을 부르고, 시련 속에 뛰어들고, 자기의 주위를 함
께 구할 수 있는 길을 구하여 헤매는 사업이, 곧 문학 하는 사업
이 되게끔 하고 싶다고 생각해보고 있었습니다. 나의 영혼과 관
계없고, 나의 정신 생활을 윤택하게 만드는 데 아무 도움도 주지
않는 문학은 피하리라 생각해보고 있었습니다.

"단재 더러 만나십니까."

단재란 신 형과 나와의 우정을 생각할 때 반드시 끼어야 할 동

료가 아니었습니까.

"도무지 못 만납니다."

"나두 도무지 못 만납니다."

나는 잠시 문단 화려할 시대에 셋이서 가끔 이렇게 커피를 마시다간 그 뒤엔 꼭 술집을 순례하던 버릇을 회상하였습니다. 단재는 세상을 피하여 은둔해서 사는 선비의 심경을 가장 경모하는 분이요, 어느 편인가 하면 신 형은 이러한 단재와는 생활 태도가 반대였습니다. 나는 나대로 신 형과 단재 새에 중재자처럼 자처했었고, 뿔뿔이 헤어져서 일 년, 가끔 이렇게 노상에서 만나면 우리는 그냥 서먹서먹한 이방 사람들처럼 침묵하고 갈라집니다. 이날도 나와 신 형은 옛제와는 딴판인 커피를 마셔버리고는 피차에 바쁜 일이 있다고 그대로 갈라져버리지 않았습니까. 잡답한[13] 거리에 나와 이투 깃을 세우고 전차 있는 데로 걸어가는 형의 키가 그전보다도 훌쩍 길어진 것 같다고 그런 생각을 해보며, 매일처럼 사람 사귀는 일로 바쁘게 날을 보낸다면서 혹은 신 형은 지금 정신적으론 깊은 고독 속에 살고 있지나 아니하는가 문뜩 그런 실없는 상념에 붙들려보았습니다.

촉탁 보호사 구니모토 쇼오켄 씨와 나

이창현 씨, 창씨하여 구니모토 쇼오켄 씨는 몇 번밖에 만나뵈지 못했고, 또 만났다는 것도 짧은 시간에 지나지 못하곤 하였으나,

나에게는 퍽 친절히 해주는 분입니다. 다른 같은 급의 실업가들 처럼 사회사업에 관계하지도 않았고 기부 같은 것을 크게 하여서 신문지에 좋은 사진을 박아 돌리는 일도 없는 한편, 작첩을 한다 거나 유행 가수를 기른다든가 하는 등의 스캔들도 만들지 않는 분이었으나, 역시 대흥합명의 총대장이 될 만치 큰 인물이라고 생각되었습니다. 그러한 분이 보호 관찰 사업에 협력하는 것은 당연한 일이고, 또 그런 분이 나의 촉탁 보호사가 된 것은 퍽 다행한 일이었다고 생각합니다.

처음 관찰소에서 이창현 씨가 내 보호사로 되었다는 통지를 받고 얼마 뒤에 나는 씨를 대흥 비루[14] 사장실로 찾았습니다. 미리 전화를 걸어두었더니 응접실에 기다리는 몇 사람의 손님을 뒤로 돌리고 씨는 나를 사장실로 안내해들였습니다.

"소설을 쓰신다지요, 좋은 사업을 하십니다"
하고 씨는 말하였습니다.

"나는 사상도 모르고 또 문학은 더욱 잘 모릅니다. 되려 그 방면으론 노형한테 가라침을 받아야 헐 것 같습니다."

나는 별로 대꾸도 하지 못하고 황송해하는 태도만 표하였습니다. 씨는 나에게 차를 권하며 자기는 담배를 새로이 붙여 물었습니다. 바쁜 시간 안에서 이만큼 여유 있고 침착한 태도를 가질 수 있다는 것을 생각하고 나는 가벼운 압박감 같은 것을 느끼는 듯하였습니다.

"당국에서 나 같은 사람에게 이런 직함을 준 것은 공장도 몇 군데 가지고 있고, 여기저기 회사에도 관계해 있으니까 직업 알선 같은 데 힘써달라는 의미가 크지 않은가 생각헙니다. 노형같이 생활이 안정되어 있고 또 좋은 사업에 종사허는 분에게는 나는 별반 소용이 없는 인물이지요."

그리고는 곱게 다듬은 수염을 약간 움직이어 씽긋이 미소하는 듯하였습니다. 잘못하면 거만하게 빈정거림같이 들릴 이러한 말이 나에게는 퍽 솔직한 느낌을 주었습니다.

"유위한 젊은이들이 직업이 없어 형편이 거북허다면 벤또 싸들고 쏘다니며 취직 알선할 만한 열성은 가져서 마땅헐 것 같고……"

머리에는 희끗희끗 흰 것이 섞였으나 혈기는 되려 왕성해 보여서 불그레한 피부가 육십 대의 아름다움을 곱게 지니고 있었습니다. 바쁘실 텐데 이만 물러가겠노라고 소파에서 일어났을 때, 죽첨정[15]에 내 집이 있는데 그리로 놀러 오라고 씨는 손수 친절히 길을 가르쳐주었습니다.

그럭하고 일 년 동안은 나는 나대로 씨는 씨대로 바빠서 만날 기회가 없이 지났는데 작년 사월 내가 여러 가지 관계로 직장을 가지는 것이 꼭 필요해졌을 때, 나는 씨를 죽첨정 저택으로 방문했습니다. 대흥 비루로 전화를 거니까, 시방은 조용히 만날 시간이 없는데 마침 오늘 저녁은 한가할 것 같으니 저녁 전에 내 집에 와서 같이 저녁이나 먹자고 말했습니다. 조선식으로 꾸민 커다란 아늑한 사랑에 조선 옷을 입고 앉아서 씨는 나에게 조선 음식을 권하였습니다.

음식이 들어오기 전에 용건이 있건 어서 듣고 싶다는 눈치였으므로, 나는, 최근의 문단 사정과, 씨와 내가 서로 이렇게 상종하게 될 수 있은 근본적인 관계, 다시 말하면 보호관찰법이니 예방구금법이니 등등 그러한 것을 얽어서, 요즘 내가 품은 생활상 결의를 솔직하게 전하였습니다.

"좋습니다, 그런 명확한 신념을 가지셨다면 좋습니다. 생활의 중요성을 그만큼 착실히 아신다면 염려 없습니다."

씨는 나의 말을 조용한 낯으로 듣고 있다가 그렇게 말하였습니다.

"어데 작정한 데가 있습니까."

나는, 아직 결심뿐으로 누구에게도 이런 이야기를 전하지 않았다고 말하였습니다.

"내 알아보지요, 내게 맡기시오."

나는 씨의 친절에 가벼운 흥분을 느끼며,

"아무 데고 좋습니다. 딴 방면에 가는 바에 먼첨 투족[16]한 분과 같이 갈 재주는 없는 일이고, 사오 년 견습하는 동안 한 사람 몫의 일을 해낼 수 있을까만이 문젭니다."

그때에 상이 들어와서 용담은 그것으로 간단히 끝이 났습니다.

음식을 먹으면서는 나의 고향 이야기를 물었습니다. 경치 같은 것을 재미나게 듣고 한 번 꼭 가고 싶다고 말했습니다. 상을 물릴 무렵 해서는 이야기의 머리가 우연히 연극으로 뻗쳐져서, 나는 씨가 '노'[17]와 '가부키'[18]와 춤 같은 데 깊은 지식이 있는 것을 알았습니다.

"여학교 나오고 들어앉은 작은딸년이 졸라서 가끔 틈을 내어 사진 구경도 가지요."

그리고는 얼마 전에 본 영화 이야기도 하였습니다.

어디서 전화가 온 것을 기회삼아 나는 씨에게 사의를 표하고 저택을 나왔습니다.

"친구들헌테 부탁해보지요. 내락을 얻으면 곧 통지해올리리다."

식후에 오는 고즈넉한 생리적 만열과 약간의 흥분을 안고서 나는 큰 거리로 내려오는 비스듬한 언덕을 가벼운 걸음걸이로 걸었습니다.

사흘 뒤에 이창현 씨한테서 속달이 왔는데 아무개에게 내락을 얻었으니 내일 오전 중으로 가보라는 기별과 도장을 찍은 간단한 소개장이 같이 들어 있었습니다. 예정한 날짜에 소개장을 들고 가서 나는 시방 다니는 회사 서무부 구매계에 쉽사리 취직이 되었습니다. 생각하면 퍽 고마운 일이었습니다.

*

종로에서 문우 신 형과 갈라진 뒤, 대흥 비루는 가까운 곳에 있었으므로 나는 도보로 잡답한 사람의 물결을 헤치며 걸어갔습니다. 이창현 씨는 사원에게 서류를 들고 무슨 지시를 하고 있었으나 급사를 시켜 나를 응접실로 안내했습니다.

"바쁘시지, 과히 고단허지나 않소."

웃는 낯으로 응접실 문을 열면서 씨는 그렇게 말했습니다.

"얼마 전에 장 군네 회사의 사장을 만나서 군의 근무 상태는 들

었지요. 사장도 만족해헙디다. 문사라기에 실무적 책임이 없고
기분적이면 다른 사원에게도 영향하는 바가 없을까 해서 처음은
의구를 품었었는데 그 뒤 그런 근심은 아주 없어졌노라고 웃으면
서 말허는 것이 퍽 호감을 가지고 있는 듯헙디다. 자 편안히 앉으
시지, 오늘 반공일[19]두 되고 그래서 점심이래도 같이 헐까 해서."
　우리 회사엔 반공일이 없다고 말하니까,
　"아 참 반공일이 없었던가, 그래 그랬었지, 그럼 점심은 어떻게
했소."
　"전 간단히 먹었습니다."
　"허허 그럼 틀렸군그래."
　"죄송합니다."
　"인제 곧 들어가봐야지요. 그럼 여기서 간단히 이야기허지. 다
른 게 아니라 군의 일상 생활에 관해서 간단한 보고를 해야겠는
데, 취직헌 뒤 사장을 통해서 근무 상태 같은 것두 잘 들어 알지
만, 얼굴이래도 한번 친히 보구서 헐라구……그래 건강은 어떠시
오."
　"규칙 생활을 해서 그런지 한 관이나 중량이 늘고 결근 지각이
없을 만큼 몸도 건강해진 것 같습니다."
　"네에 참 잘되셨소. 나 보기에도 전보다 되려 혈색이 좋아진 것
같소. 장사를 해보면 다른 것 허든 것이 싱거운 일 같애지지 않습
디까, 허 허 허"
하고 나직이 웃었습니다.
　"가정 안에도 별고 없으시고."

“네에 아무 일 없습니다.”

고개를 꺼뜩꺼뜩 해보이고는

“그럼……”

하고 잠시 말머리를 끄는 듯하다가,

“바뿌실 텐데 가보시지, 언제 틈 보아 내 집으로 놀러 오시오, 그리구 시국도 점점 긴박해가는데, 아니 헐 말이지만 언행 같은 데도 특히 주의허시고, 그럼 가보시지.”

응접실 밖에까지 따라 나와서 일 년 동안에 얼마나 달라졌는가를 점검하듯이 나의 동정을 다시 한번 훑어보았습니다. 씨의 얼굴에 안도의 빛이 흐른 것 같아서 나도 파출소와 신 형 만났던 일 같은 것을 모두 잊어버리고 가볍게 엘리베이터를 탈 수 있었습니다. 비로소 공복과 가벼운 피로를 온몸에 느꼈습니다.

누님 전 상서

보내주신 선이 옷과 창이 양말은 어저께 받았습니다. 첫돌이라면 몰라도 두 돌째인데 해마다 무슨 옷을 지어 보내십니까. 입히어보고 옷이 꼭 맞는 데 아내도 저도 놀랐습니다. 아이를 길러보지도 못한 분이 어떻게 옷을 그토록 몸에 맞게 지을 수 있으시는지, 참말 귀신 같다고 감탄합니다. 한 돌 때엔 한 돌에 맞게, 두 돌 적엔 두 돌에 맞게……

선이도 좋아합니다. 하루 종일 벗지 않다가 밤에 잘 때에야 벗어놓았습니다. 오늘 아침에도 일찍이 일어나는 길로, 큰엄마 때때, 큰엄마 때때, 하고 옷장을 가리키며 졸라서, 쥐가 쉬이 물어 갔다고 속이고야 단념을 시켰습니다.

창이는 양말을 받고, 너는 큰애가 되어서 어른이니까 양말을 떠 보내셨다고 하니까, 한 차례 신고 거리에 나가 한바탕 뛰어다녀 보고야 벗어두었습니다. 큰어머니 어디 계시냐고 물으면, 평양이 라고 틀림없이 대답합니다. 언제 봤느냐고 물으면, 박람회 때, 그 댐엔 할머니 환갑 때 시굴서, 하고 대답하고, 밤 보내는 큰어머 니, 하고 뒤이어 첨부해서 모두 웃습니다. 못하는 재롱이 없습니 다. 벌써 다섯 살 아닙니까.

저번 아버지 생신에도 성천 다녀오셨다지요? 저는 편지밖에 늘 못 드립니다. 우리 동기간 누님께서 맨 맏이시라고 그렇게 아들 대신으로 근행을 하시는 것, 고마우면서도 한낱 부끄럽기 짝이 없습니다. 스물한 살에 제가 그렇게 된 뒤로부터 십여 년이라는 긴 동안 두 분께 드린 것은 기쁨 대신에 그저 슬픔과 근심과 불안 뿐이 아니었습니까. 시방 삼십이 넘어서 직업에 나섰다니까, 어 느 친구더러 웃으시는 말씀으로, 인제 지각이 좀 나는 게라고 하 셨답니다. 늦게 지각이 나서 직업에는 나섰으나 고향 가서 두 분 을 친히 모셔볼 기약이 망연하오니 죄송하고 부끄러울 따름이올 시다.

우리 가족은 모두 무고합니다. 늘 염려해주시고 기도해주시는 덕분인 줄 압니다. 고정한 수입이 생겨서 생활의 계획을 세울 수 있는 것이 좋다고 합니다. 적으면 적은 대로 일정한 계획을 안심하고 세울 수 있는 것이 살림하는 안사람들에겐 즐거움인 것 같습니다. 지난 오륙 년 동안 빈약한 붓 한 자루로 가족의 입에 풀칠을 한다고 모진 애를 썼으나, 거기까지 가족을 이끌고 오기에도 나의 노력은 결코 평범치 않았습니다. 문학 한다는 사업은 고상하고 높은 목적 밑에 행하여지는 일이다, 이 존귀한 일을 위해서 나의 모든 것을 희생한다, 내가 희생을 무릅쓰고 나갈 때에 나의 가족이 가장(家長)을 따라서 희생을 당하여야 하는 것은 이 또한 어쩔 수 없는 일이다. 나는 이런 뱃심으로 가족을 이끌고 나왔습니다. 아내도 아이들도 모두 여기에 이끌리어 아무런 불만 없이 오히려 긍지를 느껴가며 긴 동안을 불안한 살림 밑에 시달렸습니다. 단 하나 아름답고 높은 문학 하는 목적 밑에……

이제 내가 문학을 떠나 직업에 나섰을 때 가족에게 오랫동안 요구해오던 희생의 높은 목표는 그림자를 감추었습니다. 나는 문학 한다는 것을 떼어버린, 그저 그것뿐인 한 가정의 남편이요 아버지입니다. 나는 그러한 관계의 변화를 명확히 깨달았습니다. 가정의 질서를 유지해가기 위하여 이러한 새로운 관계를 깊이 인식하는 것이 필요하다고도 생각했습니다. 새로운 깊은 인식이란 무엇입니까. 저 자신이 이제는 가족을 위하여 희생되어야 할 차례라는 깊은 각오였습니다. 이런 생각을 가질 때 나의 책임감은 갑자기 눈을 떴고, 동시에 나의 두 어깨는 무거운 짐으로 하여 허리가 굽어질 지경이었습니다.

시골과 저희 외가에서 자라나는 전실 소생의 두 아이를 합치면 나는 어느 동안에 네 자식의 아비였습니다. 큰아이는 국민학교

오학년이 됩니다. 뼈가 시그러지도록 일하여도 내가 그들을 위하여 어질고 좋은 아버지가 될 수 없을 것을 생각하였을 때, 하늘이 나에게 요구하는 바 희생이 결코 적은 것이 아님을 깊이 깨달았습니다.

아이들은 제가 취직한 처음에는 마루를 뛰놀 수 있고, 방에서 방으로 드나들 수 있고, 고함지르며 양금 칠 수 있고, ……마음대로 그럴 수가 있다고 퍽 좋아했답니다. 아내의 말에 의하면, 창이는 아버지가 낮에 없어서 좋다고, 늘 없었으면, 하고 말했다가 어머니한테 핀잔을 들었다고 합니다. 기를 펴고 떠들며 놀아낼 수 있는 것이 자유스러워 좋았던 모양입니다. 그러나 얼마 지나서 곧 아이들은 아침 일찍이 나갔다간 저녁 늦게야 돌아오는 그들의 아버지를 그리워했습니다. 아버지의 돌아오는 시각을 시계 바늘을 쳐다보며 기다립니다. 대문 여는 소리가 나면 모두 현관 마루로 뛰어나옵니다. 큰놈은 고무신을 거꾸로 들고 나와서 잠가두는 현관문을 엽니다. 그리고는 내가 외투 벗고 모자 거는 동안 한 다리씩 양복 가랑이를 붙안고, 아부지, 아부지, 하고 소래기를 지릅니다. 옷 벗는 데도 쫓아오고 조선 옷으로 갈아입는 데도 따라오고, 낯 씻는 것 발 씻는 것, 심지어는 변소에까지 따라 들어온다고 법석을 댑니다. 가끔 제가 연회 같은 것이 있어서 밤늦게 돌아와 보면, 아버지 올 때까지 자지 않는다고 잠옷도 입지 않고 자리 밖에서 놀다가 피곤해서 옷 입은 채로 누워 있곤 합니다. 저녁을 먹을 때엔 서로 무르팍에 올라앉는다고 야단들입니다. 저녁 먹고 같이 놀다가 제 방으로 건너오려면 놓아주지 않고, 어르고 달래서 아이들 방을 나오면 따라서 아버지 글방에까지 나옵니다. 그리고는 그림책을 보자고 조릅니다. 시끄러워 죽을 지경인 때가 많으나, 읽으려던 책을 접어 치우고 아이들과 함께 노는 것이 즐거운 때도 많습니다.

요즘 며칠 동안 창이는 아버지와 같이 잔다고 일찍이 잠옷으로 갈아입곤 제 방으로 건너옵니다. 하는 수 없어 저도 자리를 펴고 창이와 함께 이불 속으로 들어갑니다. 드러누우면 터무니없는 질문의 홍수가 쏟아집니다. 끝이 없는 질문입니다. 대답에 궁할 때가 많습니다.

"칼라는 드럽는데 넥타인 왜 드럽지 않어"

하고 창이가 묻습니다.

"칼라는 희구 넥타이는 알롱달롱 빛깔이 있어서 드럼을 타지 않으니까 느럽지 않는다."

제 대답입니다.

"아니야, 넥타이는 칼라 속으루 들어가니깐 안 드러워."

아버지는 영락없이 졌습니다. 그 밖에, 구름은 왜 하늘에 있느냐, 달은 왜 밤에만 뜨느냐, 아버진 무엇 하러 회사에 가느냐, 소설은 왜 통 안 쓰냐, 선이는 왜 자지가 없느냐…… 등등, 그러다간 가만히 아버지의 턱을 만져보며, 창이하구 엄만 수염 없는데 아버지만 왜 있어, 하고 묻기도 합니다.

"시끄러워 그만 묻구 인제 눈 감구 자자."

가슴팍 속으로 목을 끌어안으면 그럼 잘게 이야기를 해달라고 조릅니다. 졸림에 붙들려서 이야기의 뜻도 모르고 그저 한참 동안 한곳만 뚫어지게 바라보다간 그대로 눈을 감아버릴 것이 선하여도 아버지는, 그러마, 이야기를 들려주마고 등을 두들기며 이야기를 시작합니다.

하느님은 여태껏 하느님한테 쫓겨나서 쓸없지 않은[20] 일 같은데 엄벙부려[21] 뒹구는 바른 팔을 부르시었다. 쫓겨났던 하느님의 바른 팔은 어서 가봐야겠다고 덤비면서 하느님 보좌 앞에 엎드렸다. 하느님은 인제야 나의 죄를 용서하실 게라고 바른 팔은 생각했던 것이다. 아름답고 젊고 힘이 있는 바른 팔을 무릎 앞에 보셨을 때, 하느님은 바른 팔을 용서해주시려고 생각했었다. 그러나 이내 옛날 일을 다시 생각하고 그편으론 얼굴도 돌리지 않은 채 이렇게 명령하였다.

"지상으로 내려가거라. 네가 본 인간의 모양 그대로, 내가 충분히 관찰할 수 있도록 발가숭인 채 산 위에 서는 거다."

어려운 이야기였던지 창이는 곧 눈을 감습니다. 그러나 나는 혼자서 좀더 중얼거려봅니다.

그렇게 하려면, 지상에 이르자 아무개나 젊은 여자가 있는 곳으로 가서 이렇게 말하라. 나직한 귓속말로,

"나는 살고 싶다."

나는 창이만을 자리 속에 남겨두고 혼자서 일어나 다시 옷을 갈아입고 책상 앞에 앉습니다. 아이의 숨 쉬는 소리가 들립니다. 큰 불을 끄고 스탠드의 불만 켭니다. 책상과 책과 글자만이 불광 안에 듭니다. 그 불광이 따스한 것 같은, 그런 포근한 느낌을 가슴으로, 온몸으로 느낍니다.

꿀

"내가 다시 소생해서 이렇게 오늘 저녁으로 전선에 나가게 된 것은 말하자면 팔순이 가까운 그 할머니 덕분이지요"

하고, 1950년 8월 하순의 어떤 날, 낙동강 전선에서, 얼마 아니 격하여 있는 합천 관기리 야전 병원에서 한나절을 나와 같이 지낸 부상병 동무는 다음과 같이 이야기를 계속하였다.

*

아까도 말씀 드렸습니다만 안의 전투를 결속지을 무렵에 나는 다른 두 동무와 함께 거창을 돌아 적의 후방 종심[1] 깊이 침투하여 적정(敵情)을 정찰하고 돌아오라는 임무를 띠고 본대를 떠났던 것입니다.

당시 안의에서 괴멸의 운명에 봉착하였던 적들은 거창읍에서 합천 땅으로 들어서며 봉산 묘산을 거쳐 합천읍으로 나가 황강을 따라 낙동강 본류를 넘을 것이 예상되면서, 도중 몇 군데의 방어 진지에서 패주하는 병력을 수습할 방도로 완강한 저항을 시도하리라고 추측되었지요. 우리들의 정찰 임무는 거창군 양곡리에서 합천 권빈리에 이르는 지역에 집결 중인 적 병력의 수량, 화력 및 그 배치 등이었습니다.

부대를 떠나자 이내 교전 지대를 돌아 적중 깊숙이 드는 것임으로 세 사람은 임무를 분담하고 세심한 위장을 갖출 것이 필요하였습니다. 그래서 동행 셋 중 두 동무는 권총을 휴대하고 농민처럼 변장하였고 나는 인민군 전사복 위에 국방군의 웃저고리를 껴입고 전사모 위에 철갑모를 눌러쓰고 미국식 자동총으로 무장하였었지요.

셋이 모두 사민의 복색을 하는 것이 적중에 들기는 편하지만 일행이 전부 권총만으로 무장하는 것은 다소 허전하였고 큰 무기를 메자면 역시 사복보다는 군복이 자연스러운데 안팎으로 융통성 있게 써먹자고 나는 철갑모를 쓰고 국방군 웃옷 밑에 우리 전사복을 받쳐 입게 되었던 것입니다. 물론 모두 부대장 동무의 지시로 한 것이지만.

복색 자체가 말하듯 두 동무에 대해서 나는 마치 호위와 같은 부차적 임무를 띠게 되었습니다. 거창 조금 못미처 하고리에서 셋은 길을 갈랐지요. 한 동무는 거창을 북으로 우회하여 남하면으로 들어갔고, 다른 한 동무는 거창 남쪽으로 무림을 꿰뚫고 남상면에 들어가는 대신 나는 동무들이 돌아오는 동안 국군복을 입고 민정을 살피면서 거창 부근에 묻혀 있었지요.

이리하여 두 동무는 양곡리에서 권빈리에 이르는 지역에 집결 중인 적군 주력의 적정을 각각 정찰한 뒤 미리 작정하였던 시간에 하고리에서 거창읍에 이르는 작정한 지점에서 나와 다시금 만날 수 있었습니다. 먼동이 트자 한 사람 국방군에게서 호송되는 두 사람 사민을 가장하여 피란민들에 섞여서 우리들은 무사히 산등에 올라설 수 있었습니다.

무명 6고지를 넘어선 곳에 마침 아늑한 샘물 터가 있어서 세 사람은 여기서 수집한 정보를 종합할 겸 휴대 식량으로 아침 요기를 치르기로 했습니다. 나는 총을 풀숲에 눕히고 두 개의 웃저고리를 모두 벗어젖히고 셔츠 바람으로 땀을 들일 수 있었지요.

그것은 참말로 상쾌한 아침이었습니다. 안개가 벗어지면서 멀리 흰 바위틈을 돌아 흘러내리는 푸른 냇물을 쫓아 굽이굽이 휘감긴 하이얀 신작로가 군데군데 소나무 가지에 가리어서 숨었다 나타났다 하는 것을 아득히 높은 곳에서 굽어보는 것입니다. 바위틈에서 흘러나오는 샘물 맛은 말도 말고 아침 맛도 별미였고 담배 맛도 각별했지요.

자아 인제 단숨에 본대로 달려가자고 막 우리들은 자리를 뜹니다. 두번째 옷을 꿰면서 내가 먼저 자리에서 일어났습니다. 일어서서 사위로 눈을 돌리자 아뿔싸 하고 멈칫 단추 꿰던 손을 멈추었습니다. 우리 있는 쪽을 향하여 몰려오는 한 소대 가량의 적의 부대를 발견한 때문입니다.

"오백 메타 전방에 적병 일 소대 가량 출현."

셋이 모두 그쪽을 바라보고 일시에 다시 몸을 숨겼지요. 필시 안의 전투에서 패하고 허둥지둥 산줄기를 타고 후퇴 지점으로 몰려가는 것이 틀림없이 전의는 상실한 패잔병일 것이나 우세한 적을 상대로 싸우는 것이 우리들의 임무가 아니므로 우리는 흩어져서 각각 안전하게 본대로 돌아갈 것을 결정했지요. 두 동무가 우선 골짜기를 따라 풀숲으로 빠져나갑니다. 나는 두 동무가 착탄 거리에서 벗어날 때까지 이들을 엄호할 임무가 있으므로 바위를 안고 전방을 주시하면서 차츰 비스듬히 하향선을 긋고 적이 오는 방향에서 떨어져나갑니다.

그런데 겁을 집어먹고 허둥대는 패주병일수록 귀는 초롱처럼 밝은가 보지요. 앞서서 오던 몇 놈이 우뚝 서며 두리번거립니다. 나는 바짝 땅 위에 배를 붙였지요. 놈들 중의 한 놈이 손짓을 합니다. 다행히 내가 발견된 것은 아닙니다. 그러나 손가락의 방향을 더듬으면 잔솔 포기와 가당나무 숲을 흔들며 산 밑을 빠져 내려가는 무명 중의에 농립을 쓴 두 동무의 그림자가 보입니다.

"남로당패다!"

하고 한 녀석은 카빈을, 또 한 녀석은 엠원을 들어서 연발로 쏘아댑니다. 그러나 이곳저곳서 공연한 총소리를 낸다고 꾸짖어대는 소리가 연방 들려옵니다.

"빨리, 빨리!"

서로서로 지저귀며 우르르 몰려서 선두에 섰던 놈들은 벌써 산고지를 타고 넘어갑니다. 총도 없이 맨손으로 뛰는 놈으로, 철갑모도 웃저고리도 없이 셔츠 바람으로 두리번거리는 놈으로, 어떤 놈은 숫제 군복 웃옷을 벗어버리고 배적삼을 걸친 놈도 있어서, 그 행색이 가지각색이지요.

그런데 질색할 일이 생겼습니다. 오십 미터 가량 간격을 두고 뒤따라오던 십여 명의 적병은 저희들 총소리에 놀래어 우르르 내가 엎디어 있는 쪽으로 산개하여 굴러떨어지듯 몸을 숨기며 총부리를 겨눕니다. 놈들은 총소리의 유래도 모르고 제풀에 놀랐을 뿐 아니라 빨리 가자고 서두르는 앞서간 놈들의 떠드는 소리에조차 착각을 가집니다. 잔뜩 긴장한 놈의 눈에 나의 철갑모가 보이고 이어서 내가 겨눈 총구에 놈의 총신이 후들후들 떨립니다. 그 순간 눈먼 총탄이 무수히 내가 엎드린 바위에 부딪칩니다. 드디어 나도 방아쇠를 닥쳤지요. 침착한 묘준[2]에 우선 두 놈이 침묵합니다. 그러나 유리한 위치에 산개한 적병들이 집중 사격으로 쏘아대는 총탄 속에서 잠시는 눈을 뜰 새도 없습니다. 다리께가 후끈합니다. 연이어 어깻죽지가 망치로 후려 맞는 듯 쩡 하고 울립니다.

한 놈, 또 한 놈, 두 놈의 시체가 굴러떨어지는 것을 보자 왼팔에 더운 것이 쭈르르 흘러내리는 것을 뿌리치듯 하며 나는 벌떡 일어섭니다. 뱀이 꼴려서 고성으로 구령을 던지며 자동총을 한바탕 휘둘러댑니다.

"이 분대는 좌측으로 돌고 삼 분대는 적의 측면으로 돌 것이며 일 분대는 정면에서 추적할 것!"

우수수 갈팡질팡 흩어지며 달아나는 적병의 그림자가 차츰 희미해지면서 나는 마침내 몇 발자국을 못 걷고 소나무 긁[3]에 엎드러졌지요. 엎드린 자세를 그대로 유지할 수 없어서 노곤해진 육체는 두 고패⁴를 떼굴떼굴 굴러납니다. 사위가 갑자기 조용해집니다.

'나는 이대로 죽는 것일까?'

막연히 그런 생각이 나서 흐려지는 눈자위에 힘을 주며, 노동당 만세, 공화국 만세, 김 장군 만세를 입속으로 불렀지요. 마지막 만세가 입 안에서 느리게 읊조려지는 것을 남의 의식처럼 느끼면서,

'죽어선 안 된다. 죽지는 않는다.'

그렇게 나 자신에게 타일러보려고 무진 애를 쓰는 것이나 그럴수록 의식은 자꾸만 희미해져갑니다. 드디어 나는 모든 감각을 잃어버리고 말았지요.

얼마나 그런 상태가 계속되었는지요. 내가 왼편 어깨와 오른 다리에 참을 수 없는 동통을 느끼며 다시 정신을 돌이켰을 때, 소나무의 그림자가 기다랗게 나의 옆을 두세 줄 건너간 것이 보였습니다.

참말로 이러다가는 아무도 모르는 개죽음을 할밖에 별도리가 없겠다고 나는 기를 쓰고 이를 악물며 총을 짚고 일어서봅니다. 그러나 도저히 일어나서 걸어갈 기력이 나지 않습니다. 피가 흥건히 흘렀다가 말라들기 시작하는 땅 위에 다시 쓰러졌지요. 갑자기 목이 타올랐습니다. 해가 넘어가기 전, 바람 한 점 없는 무더운 순간입니다.

어디에 아까의 샘물 터가 있는 것일가? 그것을 찾아 헤매느니 차라리 골짝을 따라 신작로 가에 나서려고 생각합니다. 물과 인

가를 찾는 외에 부대와 만나야 살 수 있다는 강한 욕망이 앞을 섭
니다. 기어도 보고 미끄럼 타듯 지쳐도 보고 하면서 죽을힘을 다
하여 움직입니다. 멀리서 포 소리가 나지만 포의 종류도 분간할
수 없고 소리 나는 방향이 어디인지조차 알 수 없습니다.

'두 동무는 돌아가서 임무를 훌륭히 완수했을 것이다.'

'살아야 한다! 찬물로 목을 축이고 길 쪽으로 나가서 우리 군대
가 거창을 향하여 진군하는 것과 만나야 한다!'

땅거미가 지기 시작한 때, 소로에 나섰고 그곳서 한 마장⁵ 가량
을 다시 기어서 나는 어느 쓰러져가는 초가집 앞마당에서 기진했
습니다. 인가가 있으니 마실 물이 있을 것이나 우물이나 냇물을
찾아볼 기력이 없습니다. 누가 있으면 들어서 알라고 힘껏 소리
를 친다는 것이 아이구 하는 느린 신음 소립니다. 인기척이 있는
듯싶으나 아무도 나타나지 않습니다. 부엌 토방을 미처 넘지 못
하고 한 손에 총을 잡은 채 번뜻이 누워버릴 수밖에 없습니다.

전신의 피로가 찬물에 씻은 듯이 시원히 풀려나갑니다. 불그레
한 노을이 한옆으로 비낀 넓디넓은 하늘이 차츰차츰 나의 눈 위
에 가까워지다가 그대로 그것이 명주 이불처럼 나의 전신을 가볍
게 덮어주는 것 같습니다.

펄떡 정신이 듭니다. 확실히 인기척이 난 것에 귀가 번쩍 뜨인
겁니다. 총신을 짚고 몸을 뒤척이려 합니다. 어깨와 다리에 무서
운 동통!

"거 누군기오?"

하는 가느다란 목소리.

군댑니다, 물 한 모금만 주십시오, 부상한 군댑니다 하며 가까스로 쳐다보는 눈에 방 아랫목에 동그라니, 그러나 터럭보다도 가볍게 앉아 있는 표주박만한 늙은 할머니. 얼굴이 온통 주름살로 욱여들고 까맣게 탄 이마 위에 가르마를 한 뼘이나 밀어던지고 은실 같은 머리카락이 얼깃살[6]처럼 갈라붙어 있지요.

"군대몬 와 거창 쪽으로 안 가고 아침 내로 신작로가 메게 거창읍으로 밀려갔는데."

필시 나를 국방군으로 아는 모양이지요. 나는 다시 방 있는 편 댓돌 봉당까지 기어갑니다.

"할머니 국방군이 아닙니다. 인민군댑니다."

조용히 할머니는 나를 굽어봅니다. 팥알만큼 반짝이는 두 눈에서조차 도시 표정을 찾아볼 수가 없습니다.

"내사 구신 다 된 늙은 거라 아무것도 모르니더."

다시 얼굴을 돌려 산자 같은 수수깡이 앙상하게 드러난 윗목 바람벽께를 바라봅니다. 찬 서릿발이 이마와 두 눈 가에 비수처럼 스칩니다.

"할머니 리승만네 군대가 아닙니다. 국방군이 아니라 인민군댑니다."

힘을 다해 외치듯 하고는 기운이 지쳐 댓돌 밑에 머리를 부딪고 엎드려버렸지요.

할머니는 일어서는 것 같았습니다. 나는 그때에야 나의 웃옷이 국방군의 것임을 깨달았으나 그것을 활짝 벗어버릴 기력이 없습니다.

“빨갱인 게오?”

문지방에 서서 묻는 것이 확실합니다. 그러나 선뜻 대답할 수 없었습니다. 할머니 입에서 나오는 냉랭한 그 말이 어쩐지 섬찍하게 느껴졌던 때문이지요.

“남로당팬기오?”

또다시 나직이 가느다랗게 묻는 것이나 눈을 감은 채 역시 이내 대답이 나지 않습니다. 나는 거의 애원하듯 머리를 들고 눈을 뜨며,

“할머니……”

그렇게만 불러보았지요. 할머니는 나를 물끄러미 내려다보다가 소리 나지 않게 방에서 나왔습니다. 그는 나의 옆으로 가까이 옵니다. 이윽고 그는,

“에구 이 피, 어데 다쳤노.”

그렇게 오므라든 입속으로 읊조리듯 하며 나의 군복께를 만집니다. 옷을 두 겹으로 입은 것을 그때야 비로소 똑똑히 압니다.

할머니는 내 몸을 곁들어서 부축하여 일으킵니다. 방이 누추하지만 안으로 들어가잡니다. 그리고는 혼잣말로 며칠째 우물이란 우물은 국방군 것들이 죄 바닥을 냈으니 어디 시원한 냉수가 있어야지라고 나직이 한숨집니다.

나를 안아서 방 가운데 눕히고는 자기도 따라 내 옆에 앉으며 노랑개란 것들이 개 몰리듯 쫓긴다고 아침 한나절 갈팡질팡했는데 어디서 이렇게 상처를 입었느냐고 묻습니다.

부대보다 앞서 거창까지 들어갔다 나오는 길이라니까, 할머니는,

“거창요?”

하고 놀란 듯이 갑자기 눈을 크게 뜹니다. 눈 가장자리로 모여들었던 잔주름이 일시에 치켜올라갑니다.

“아 거창!”

그는 무엇을 생각하는지 내 옷소매를 잡은 채 멍하니 앉아 있습니다. 아 거창요, 하고 뇌면서 할머니는 내 옆에서 소리도 없이 일어납니다. 그는 아무 말 없이 방 안에서 나가버리는 것입니다.

나는 다시 답답한 얼마 동안을 아무것도 없는 봉당 내 풍기는 빈 방 안에 혼자 누워서 보낼 수밖에 없었지요. 그때에는 목이 타는 것보다도 온몸에 아픔이 젖어들어 거의 의식을 잃을 성싶습니다. 쿡쿡 쑤시는 아픔이 가쁜 숨결처럼 가슴께를 뚜드립니다.

‘어디로 갔을까? 거창읍이 어떻다는 것일까?’

불길한 생각조차 머리를 스쳤으나 인제 모든 것이 될 대로 되라고 한편으론 거의 자포자기에 가까운 체념이 가슴을 지그시 누르고 지나가기도 합니다. 골짜기 너머로 물매암이 소리가 자지러지게 들려왔으나 그것조차 어쩐지 구성지기 그지없더군요.

펀뜻 고향 생각이 납니다. 할머니, 어머니, 누이동생, 그들은 지금 내가 이렇게 하염없이 죽을 경지에 헤매고 있는 것을 알고 있는 것일까? 살그머니 꿈결처럼 들려오는 할머니의 발자취 소리. 나는 일시 그것이 내가 고향에 두고 온 할머니의 발자취 소리로 혼동합니다.

번쩍 눈을 뜹니다. 내가 누워 있는 옆에 할머니가 서 있습니다. 그것은 틀림없는 표주박처럼 작다란 아까의 그 할머니였지요. 두 손에 무엇을 들었던 것을 방바닥에 놓고 그는 부엌으로 나가 한 양푼 냉수를 떠갖고 들어옵니다.

"자아 은자 저인 좀 채려보소."

목소리는 가느다랗게 야위었으나 아까와는 딴판인 인정이 풍기는 음성인 것을 나는 이내 느낄 수 있었지요.

파초 잎을 아무렇게나 그린 팔각이 난 푸르딩딩한 단지기[7]와 그 옆에 중의 동냥 자루 같은 자루 주머니와 그리고 외올 무명 한끝이 베치마 앞자락 밑에 가지런히 놓여 있습니다. 찬 곳에서 갑자기 꺼내온 것이 분명한 것이 단지기에는 서릿발이 잡힙니다.

단지기 뚜껑을 열어놓고 소복이 담겨 있는 산청 가운데로 놋숟가락을 푹 박습니다. 그리고는 잽싸게 꿀을 떠서 냉수 그릇에 옮깁니다. 물에 알맞추 꿀을 떠놓고는 그 숟갈로 다시 자루에서 미숫가루를 퍼냅니다. 한 손으로 양푼을 누르고 익숙한 솜씨로 숟갈을 젓습니다.

"자아 이거로 좀 드이소, 먼저 기운을 돌리야 되니이더."

아프지 않은 팔로 가슴을 고이며 두 손으로 받쳐주는 손 양푼에 입을 댑니다. 입술에 닿는 놋그릇이 선뜩 찹니다. 단숨에 반 양푼을 마시고는 잠시 숨을 돌렸으나 그러나 이내 다시 입을 대어 벌떡벌떡 소리를 내어 들이켜버립니다. 이마에 땀을 주욱 뿜으며 나는 다시 덥석 누워버렸지요.

'살았다!'

속으로 우선 그런 생각이 들었습니다. 생기가 금시 샘솟듯 솟아납니다.

‘인저 나는 살았다!’

그때 우르르 밖에서 발자국 소리가 소란스럽게 달려듭니다. 가슴이 섬찍했으나,

“어서 다 들오소”

하는 할머니 목소리에 안심이 되었지요.

“이 동뭅니까?”

씨근거리는 높은 숨결들이 서너 너덧 맞부딪칩니다.

“아아.”

감격한 외마디 소리를 제가끔 지르며 숨결 높은 장정들이 누워 있는 나를 가운데로 하고 쭉 둘러섭니다. 나는 눈을 크게 떴습니다. 모든 것을 한눈에 또 대번에 보아버릴 듯이.

“동무!”

다리께를 타고 넘으며 그 중의 하나가 불쑥 손을 내밉니다. 그들은 이 동네 노동당원들이라고 하면서 며칠 전에 모두 동네로 돌아왔다고 하였습니다.

나는 그에게 내 오른손을 맡기며 어쩐지 울컥 솟구쳐 올라오는 눈물을 참을 길이 없었습니다.

“기다리고 기다리던 우리 군대의 동무는 첫 분이십니다.”

또 하나의 얼굴이 그렇게 외치듯 하며 내 눈 앞에 크게 확대되어 보이었으나, 넘쳐흐르는 눈물에 어리어 나는 드디어 그의 얼굴도 아무의 얼굴도 얼굴의 표정들도 분간할 수 없었지요. 성한 몸으로 늠름히 나타났어야 할 군대 대신에 출혈에 새파랗게 질린 양초 가락 같은 부상병이 한 팔 한 다리로 간신이 엎어지고 기고

하면서, 하루를 천추처럼 몇 해째 눈이 빠지게 기다리던 그들 앞에 나타났다는 것은 이 어이 기구한 일이 아니겠습니까?

"여보게들 그만두소. 어서 상처를 이거로 처매고 떠날 채비를 해야지."

그들이 손목을 놓는 대로, 그들이 외올 무명을 끊어서 상처를 동이는 대로 아픔도 괴로움도 모두 잊어버리고 나는 그저 흘러내리는 눈물에 얼굴을 적실 뿐이었지요.

출혈엔 꿀물 이상이 없다느니, 이제 여기서 이십 리만 가면 우리 군대의 선발대와 만나게 되리라느니, 곧 달이 뜰 것이라느니, 군대와 만나는 대로 급히 손쓰면 요맛[8] 상처는 이내 아문다느니 서로 두런거리는 것을 마치 응석받이 아이처럼 누워서 몸을 맡기고 귓결로 들으며, 그러나 나는 할머니와의 나직한 대화를 흘려버릴 수는 없었습니다.

아아니 이 꿀과 미숫가룬 다 웬 겁니까? 하는 어느 동무의 물음에 할머니는 나직이!

"그 일 있인 뒤로 가아가 혹시 들르더라도…… 그때 꿀을 찾기로"

라고만 대답하는 것이었으나, 그 일 있은 뒤라니 무슨 일인지? 혹시 그 애가 들르더라도라니 그 애가 누군지? 모두 그 당시의 나로서는 풀 수 없는 수수께끼들이 아니겠습니까?

물론 뒤에 부락 동무들한테 들어서 안 일이지만 할머니는 금년에 일흔여덟에 나시는데 면에는 아들네 양주와 손자까지 도합 네

식구가 살아왔답니다.

아들은 1946년 10월 항쟁 때 농민 폭동의 선두에 섰다가 놈들의 흉탄에 쓰러졌고 손자는 1948년 2·7 구국 투쟁 때 산으로 올라가서 빨치산이 되었답니다.

동무들이 말하는 대로 하면 그때 열아홉의 이 청년 빨치산은 군당 빨치산에 소속되어 금룡산 덕유산을 근거지로 소백산맥의 등을 타고 5·10 단선 분리와 8·25 총선거 투쟁 등을 거쳐 줄기차게 싸워 나아갔고, 여수 순천 항쟁을 계기로 그 이듬해 이른 봄부터는 지리산 유격대의 휘하에 들게 되었다 합니다. 겨울과 봄에 걸쳐 놈들의 가혹한 소위 토벌 작전의 어려운 시련에서 단련된 유격대들은 대열을 정비하여 작년 1949년 이맘때 드디어 저 유명한 도읍 작전인 거창읍 진격을 신호로 소백산맥과 노령산맥을 근간으로 또한 한편으론 호남 평야 일대에 퍼져나간 야산대의 활발한 투쟁에까지 그렇듯 광대한 유격 지구를 이루었던 것이 아니겠습니까?

그것은 여하튼 거창 진격이 있은 뒤 경찰놈들은 유격대원의 어머니를 데려다가 아들의 거처를 대라고 갖은 고문을 다하였으나 끝내 자기 아들이 거창 진격 얼마 전에 집을 다녀간 사실조차 깊이 가슴속에 품은 채 놈들의 혹독한 심문에는 일찍이 남편이 그러했던 것처럼 목숨을 조국 앞에 바치는 것으로 유일의 대답을 삼았답니다.

그러니 남은 가족은 할머니 한 사람뿐으로 되었지요. 할머니의 '그 애'란 빨치산 동무를 가리킴일 것이요, '그 일'이란 거창 진격 사건과 아마도 며느리의 사건을 함께 몰아서 말함일 것이요, 거창이라는 말 자체에서 할머니가 받는 충격이 큰 것 역시 그 탓인가 합니다. 빨치산 동무는 정보 수집차 고향에 들렀다가 밤을 타서 잠시 집에 들렀던 모양이고 할머니의 대답에서 미루어보면 그때에 지나는 말로 꿀이나 미숫가루가 없는가고 물었던 것 같다 합니다. 이래 일 년 동안 꿀과 미숫가루를 독 속에 넣어 깊이 묻어놓고 기다리는 빨치산 손자는 나타나지 않고 그 동무 대신에 인민군대의 첫번째 군인으로 내가 그곳에 나타난 셈이 되었지요.

"동무! 인민군대 동무!"
하고 어깨와 다리의 상처를 처매고 난 부락 동무들은 이미 그때에는 어둡기 시작하는 방 가운데 우중충하게들 늘어선 채 나를 정색해서 부릅니다.
감사합니다. 동무들! 하고 나는 오른손을 허공에 들어 사의를 표하려 하나 그들이 나를 찾는 것은 그런 것에 있었던 것은 아니었던 모양이지요.
"우리는 동무를 모시고 우리 군대의 선발대가 진격해 나오는 방향으로 맞받아 출발할랍니다. 야전 병원이나 후방 병원으로 한시 바삐 모시고 가는 것이 무엇보다 시급한 일일 게요."
나는 오직 동무들의 분초를 다투는 조처에 눈시울이 뜨거워질 뿐이었습니다.
할머니는 벌써 마당에 나가 들것에 멜빵을 매고 배기지 않게 깔개를 깔고 하며 부산하게 움직입니다. 동무들은 나를 맞들어 뜰 가운데로 나릅니다. 달이 솟으려고 사위가 우련하니 밝아옵니다.

"할머니!"

내미는 나의 손길에 할머니의 말려올라간 베옷 자락이 스쳤고 이내 작다란 그의 손이 나의 손 속에 들었습니다.

"할머니!"

나는 다시 또 아무 말도 건네지 못하고 덤덤히 이미 팔순이 가까웠을 그의 얼굴만 쳐다봅니다. 달빛이 팔십 년 동안의 고난의 자국인 잔주름들을 파란 망사로 감추어줍니다.

"어서 속히 나사서 싸움터에 나서야지."

할머니는 내 곁에 서서 그렇게 대답합니다.

"꼭 낫습니다. 나아서 곧 전선에 나서겠습니다."

이윽고 나를 눕힌 들것은 동무들의 어깨에 들려서 소로를 거쳐 신작로로 나섭니다. 들것 옆에 밭게 섰던 할머니의 상반신조차 네 동무가 앞으로 전진함에 따라 나의 시야에선 벗어져나가고 나는 오직 뭇별이 비 오듯 하는 가이없는 파란 하늘을 바라볼 수 있을 뿐입니다. 걸음에 맞추어 북두칠성과 은하수가 우쭐우쭐 춤을 추며 저편 가로 느리게느리게 이동합니다.

이렇게 하여 우리들은 그날 밤 자정 안으로 진격하여오는 우리 군대의 척후대와 만났고 나는 곧 접수과로 넘어가서 응급 처치를 받고 그 뒤 군의 소로 야전 병원으로 전전하여 오늘날에 이른 것입니다. 한 번도 후방 병원에 후송되지 않은 것은 전선과 떠나기 싫은 나의 고집에서였지요.

그러니 내가 이렇게 몸을 고쳐가지고 오늘 저녁으로 다시 본대

를 따라 낙동강 전선에 나서게 된 것은 말하자면 그 팔순이 가까
운 할머니 덕분이지 않습니까?

나는 부상병 동무의 이야기를 귀기울여 듣고 나서 이 짤따란 이
야기가 남기고 가는 여운을 따라가노라고 잠시 아무 대꾸도 건네
지 못하였다. 이야기를 끝마치면서 그는 무연히 읊조리듯 하는
것이었다.

빨치산의 청년 동무는 그 뒤 한 번쯤 자기 집에 들러볼 수 있었
는지? 혹여 아직도 팔순의 할머니는 표주박처럼 빈 방을 지키고
앉아서 영웅적인 자기 손자가 나타나는 날을 조용히 기다리고 있
지나 않는지?

공장 신문

* 조선일보에 연재한 작품(1931년 7월 5일~7월 15일).

1 벤또 べんとう. 도시락.

2 마코 담배 이름.

3 타탸 줄 자음과 모음을 결합하였을 때, 'ㅌ'에 해당하는 줄.

4 낭하(廊下) 복도.

5 정녕(丁寧)하다 틀림없이 확실하다.

6 배합사 원료를 섞는 기술자.

7 화부 불 때는 일을 맡은 사람.

8 자락자락 손뼉을 가볍게 여러 번 칠 때 잇따라 나는 소리. 또는 그 모양.

9 귀쌈 '귀싸대기'의 잘못. '귀싸대기'는 귀와 뺨의 어름을 낮잡아 이르는 말.

10 고주(雇主) 고용주.

11 삿귀 '삿자리'의 귀퉁이. '삿자리'는 갈대를 엮어서 만든 자리.

12 부시다 그릇 따위를 씻어 깨끗하게 하다.

13 손뼉 손바닥과 손가락을 합친 전체 바닥.

14 해뜩해뜩 다른 빛깔 속에 하얀 빛깔이 군데군데 뒤섞여 있는 모양.

15 노둔(駑鈍)하다 둔하고 어리석어 미련하다. 여기서는 '둔하다'의 뜻으로 쓰임.

16 벌 넓고 평평하게 생긴 땅.

17 미농지(美濃紙) 닥나무 껍질로 만든 질기고 얇은 종이의 하나.

18 또글또글 낟알이나 열매 따위가 단단하게 여문 모양. 또는 별 따위가 반짝반짝 빛을 내며 떠 있는 모양. 여기서는 '선명하게' 정도의 뜻으로 사용됨.

공우회

* 1932년 2월에 『조선지광』에 발표된 작품.

1 클클하다 마음이 시원스럽게 트이지 못하고 좀 답답하거나 궁금한 생각이 있다.

2 농이 '노끈'의 사투리.

3 거이 '게'의 사투리.

4 반동이 〈북한어〉 보통 동이의 절반 정도 되는 자그마한 동이.

5 간조 かんじょう. 봉급.

6 가제 '갓'의 사투리.

7 이댐 '이다음'의 사투리.

8 송국(送局) 수사 기관에서 피의자를 사건 서류와 함께 검찰청으로 넘겨 보내는 일.

9 말새낭 '말사냥'의 사투리. '말사냥'은 이웃에 놀러 다니는 일. 마을.

10 장(壯)하다 기상이나 인품이 훌륭하다.

11 버룩버룩 〈북한어〉 입을 크게 벌리고 흡족하게 자꾸 웃는 모양.

남편 그의 동지

* 1933년 4월에 『신여성』에 발표된 작품.

1 켕기다 단단하고 팽팽하게 되다.

2 감심(感心)하다 깊이 마음에 느끼다.

3 직각(直覺) 보거나 듣는 즉시 그것이 무엇인지를 앎.

4 사루마다 さるまた. 남자용 팬티.

5 형적(形跡) 남은 흔적. 여기서는 '모양' '모습'의 의미로 사용됨.

6 근사(近似)하다 거의 같다.

7 배가(倍加) 갑절 또는 몇 배로 늘어남.

8 구렁치 '구렁'의 사투리인 듯함.

9 뭉트럭뭉트럭 '뭉턱뭉턱'의 사투리인 듯함.

10 절수(切手) 일제 강점기에 '우표'를 이르던 말.

11 클클하다 마음이 시원스럽게 트이지 못하고 좀 답답하거나 궁금한 생각이 있다.

12 삽삽하다 태도나 마음 쓰임이가 마음에 들게 부드럽고 사근사근하다.

13 본정(本町) ほんまち. 일제 강점기 때, 서울의 한 지명. 지금의 충무로 근방.

14 신마치 しんまち. 신정(新町). 지금의 묵정동(墨井洞) 지역. 일제가 유곽 지대로
만든 곳이다.

15 아노 온나 돗테모 스고이요 あのおんなとってもすごいよ. 저 여자 정말 대단한데.

16 터석터석 '퍼석퍼석'의 뜻인 듯함.

17 빠가 바보 · 멍청이를 뜻하는 일본어 '바카(ばか)'의 한국식 발음. 상대를 욕하
는 말.

18 모 스미마시타 もうすみました. 이제 끝났습니다.

19 척하다 '야위다'의 평북 사투리.

물

* 1933년 6월에 『대중』에 발표된 작품.

1 구십 도 화씨 90도. 섭씨로 환산하면 약 32도.

2 협착(狹窄)하다 차지하고 있는 자리가 매우 좁다.

3 땀때 '땀띠'의 사투리.

4 열독(熱毒) 더위 때문에 생기는 발진.

5 말룩하다 '볼록하다'의 뜻인 듯함.

6 하이칼라 high collar. 양복에 입는 와이셔츠의 운두가 높은 깃. 여기서는 서양식
유행을 따르던 멋쟁이를 이르는 말.

7 강담(講談) 강연이나 강의식 말투로 하는 이야기. 야사 등 대중에게 흥미있는 이
야기를 주 제재로 하였음. 『강담전집』은 그런 이야기를 묶어 발행한 책.

8 횡와허가 가로 누울 수 있도록 허가를 받는 일.

9 타구(唾具) 침이나 가래를 뱉는 그릇.

10 속수국어독본(速修國語讀本) 일본어를 빠르게 익힐 수 있도록 만들어진 독본. 독본은 글을 읽어서 그 내용을 익히기 위한 책이다. 일제 강점기에 여러 종의 책이 간행되었는데 여기서 말하는 책이 정확히 무엇인지는 알 수 없다.

11 새채기 '사타구니'의 사투리.

12 다무시 たむし(田蟲). 백선(白癬). 쇠버짐.

13 연상 '연방'의 잘못. '연방'은 '잇따라 자꾸'의 뜻.

14 치분(齒粉) 치마분(齒磨粉). 가루로 된 치약.

15 숫게 '숫제'의 잘못. '숫제'는 '아예 전적으로'의 뜻.

16 옴약 옴에 바르는 약. '옴'은 옴벌레가 기생하여 일으키는 전염성 피부병.

17 나니 하나시데이루카 なにはなしているか. 뭐라고 떠들고 있는 거야?

18 째끗 '삐끗'의 사투리.

19 세이자 せいざ(正坐). 몸가짐을 바르게 하고 앉음.

20 각기(脚氣) 비타민 B_1이 부족하여 일어나는 영양실조 증상. 말초신경에 장애가 생겨 다리가 붓고 마비되며 전신 권태의 증상이 나타나기도 한다.

21 알리었다 '알다'에 피동접미사 '리'가 붙은 말. '알려지다'의 뜻.

22 바께스 バケツ. 'bucket'의 일본어식 표기. 손으로 들 수 있도록 손잡이를 단 통. 양동이.

23 되 부피의 단위. 한 되는 한 말의 1/10. 약 1.8리터.

24 패통 교도소에서 재소자가 용무가 있을 때에 담당 교도관을 부를 수 있도록 벽에 마련한 장치.

25 헴 '셈'의 사투리.

26 사슴 '가슴'의 사투리.

27 디리 '들입다'의 사투리.

28 딜대다 '들이대다'의 사투리.

29 실컨 '실컷'의 사투리.

30 쪽 여뀟과의 한해살이풀. 잎은 염료로 쓴다.

31 헤텅하다 '잡히는 것이 없어 아쉬운 느낌이 듦'이라는 뜻으로 보임. '허청(虛廳)'에서 온 말인 듯함.

32 지리가미 ちりがみ(塵紙). 휴지.

남매

* 1937년 3월에 『조선문학』에 발표된 작품.

1 경종(警鐘) 위급함을 알리는 종. 여기서는 자전거에 달린 종을 말함.

2 율모기 뱀과의 하나.

3 자갯돌 '자갈'의 평안 사투리.

4 쟁골 '자행거를'의 준말. '자행거(自行車)'는 예전에 '자전거'를 이르던 말.

5 돌각담 돌로 각이 지게 쌓은 담.

6 흙받기 자전거나 자동차 따위의 바퀴 뒤에 덧대어 튀어오르는 흙을 막는 장치.

7 경( )치다 혹독하게 벌을 받다.

8 멘서기 '면서기'의 사투리.

9 해 것.

10 누 '누이'의 사투리.

11 민하다 '맹하다'의 사투리.

12 다랑이 '타라이(たらい)'의 한국식 발음. '타라이'는 '대야'를 뜻한다.

13 꿍맹이 확인 안 됨. '메'와 비슷한 것을 이르는 듯함. '메'는 묵직하고 둥그스름한 나무토막이나 쇠토막에 자루를 박아 무엇을 치거나 박을 때 쓰는 물건.

14 코르덴 누빈 것처럼 골이 지게 짠 옷감.

15 당꼬 쓰봉 당꼬 바지. 탄광 일을 하던 노동자들이 입던 바지로 무릎 아래를 잡아 매어 일하기 편하게 만든 바지.

16 하쿠라이 はくらい(舶來). 외국제.

17 새박드리 새벽부터.

18 마루키 まるき(丸木). 성씨의 하나. 여기서는 면장을 말하는 듯함.

19 빵 '판'의 구어. 여기서는 '셈으로' '값으로'의 뜻.

20 풍기다 날리다. 여기서는 '푸드덕거리다' 정도의 뜻으로 사용됨.

21 밸 창자를 뜻하는 '배알'의 준말. 여기서는 자전거 체인을 말함.

22 흐더분히 '실컷' '늘어지게' 정도의 의미인 듯함.

23 추다 '치다'의 사투리.

24 하물하물 매우 말랑말랑한 것이 힘을 받아 하늘거리며 흔들리는 모양.

25 매얼음 매우 단단하게 꽁꽁 언 얼음.

26 졸망구니 졸망졸망한 조무래기.

27 가상 '가장자리'의 사투리.

28 알린알린 '알른알른'의 잘못. '알른알른'은 물이나 거울 따위에 비친 그림자 따위가 조금씩 자꾸 흔들리는 모양.

29 귀걸이 귀가 시리지 않도록 귀에 거는 물건.

30 싸릿가치 '싸릿개비'의 사투리. '싸릿개비'는 싸리의 한 줄기나 그것을 가늘게 쪼갠 한 도막.

31 먼발 먼발치.

32 거먹곰 '검은 곰'의 사투리.

33 쇳내 몹시 숨이 차거나 힘들 때 목 안이 타는 듯한 느낌. 또는 그런 때에 나는 단내.

34 누치 잉엇과의 민물고기.

35 상통 얼굴을 속되게 이르는 말.

36 매츠럽다 '매끄럽다'의 사투리.

37 태 맞다 금이 가다.

38 헤번덕거리다 희번덕거리다

39 배래기 물고기의 배 부분.

40 어름거리다 우물쭈물하다.

41 마름 마름과의 한해살이풀.

42 가래 가랫과의 여러해살이풀. 민간에서 해독제로 쓴다.

43 뀀챙이 '꿰미'의 사투리인 듯함.

44 소래기 '소리'를 속되게 이르는 말.

45 소랭이 '작은 대야'를 가리키는 듯함.

46 수탠 '숱하게는'의 사투리인 듯함.

47 께다 '꿰다'의 사투리.

48 찔게 '반찬'의 사투리.

49 물수채 〈북한어〉 지붕 면의 물을 모아 땅으로 흘러내리게 하는 배수 구조.

50 지트럭거리다 '지분거리다'의 뜻인 듯. '지분거리다'는 짓궂은 말이나 행동 따위로 남을 자꾸 귀찮게 하다.

51 자겁(自怯) 제풀에 겁을 냄.

52 물계(物—) 어떤 일의 처지나 속내.

53 채다 어떤 사정이나 형편을 재빨리 미루어 헤아리거나 깨닫다.

54 치탁거리다 '툭탁거리다'의 사투리.

55 거리채 한집 안에 여러 채의 집이 있을 때 거리 쪽으로 낸 채를 뜻하는 듯함.

56 도모 시쓰레이 どうもしつれい. 정말 실례했습니다.

57 오소레오오이데스 おそれおおいです. 송구스럽습니다.

58 얏코상 후루에테이야가라 やっこさん, ふるえていやがら! 녀석, 벌벌 떠는 꼴이
란.

59 반타(半打) 한 타의 반. 타는 열두 개 한 묶음.

60 다스 ダース. 물건 열두 개를 묶어 세는 단위. 타(打)로 순환.

61 차비(差備) '채비'의 원말.

62 조반(朝飯) 아침밥.

63 발쎄 '벌써'의 사투리.

64 발샛길 '샛길'의 사투리인 듯함.

65 닝큼닝큼 머뭇거리지 않고 잇따라 빨리.

66 덩지 좀 작게 뭉쳐서 쌓인 물건의 부피. 여기서는 그런 물건을 뜻함.

소년행

* 1937년 7월에 『조광』에 발표된 작품.

1 발한산(發汗散) 병을 다스리기 위해 몸에 땀을 내게 하는 가루약.

2 층층대(層層臺) 돌이나 나무 따위로 여러 층이 지게 단을 만들어서 높은 곳을 오르
내릴 수 있게 만든 설비. 층층다리.

3 휘끈휘끈 '휙휙'의 사투리.

4 좌장(坐欌) 낮게 만든 진열장을 말하는 듯함.

5 쥐깨 '주근깨'의 사투리.

6 내토(內吐)하다 안에 있는 느낌 따위를 밖으로 드러내다 정도의 의미인 듯함.

7 더구리 '딱따구리'의 평북 사투리.

8 쩌개다 크고 단단한 물체를 연장으로 베거나 찍어서 두 쪽으로 벌려 갈라지게

하다.

9 개암탕 '감탕'의 사투리. '감탕'은 갯가나 냇가 따위에 곤죽처럼 풀어져 깔려 있는
진흙.

10 거분하다 몸의 상태가 가볍고 상쾌하다.

11 군입질 아무것도 먹지 않으면서 그냥 입을 다시는 일.

12 감물다 입술을 감아들여서 꼭 물다.

13 문대기다 '문대다'의 사투리. '문대다'는 여기저기 마구 문지르다.

14 장곡천정(長谷川町) 일제 강점기 때 서울의 한 지명. 지금의 소공동.

15 목달이 양말이나 장화 같은 신발의 목에 달린 부분.

16 남덩 '남정(男丁)'의 평안도식 발음.

17 나쎄 그만한 나이를 속되게 이르는 말.

18 까치다리 무릎을 세우고 앉는 모양인 듯함.

19 카모 かも. 이기기 좋은 상대 또는 이용하기 좋은 사람. 봉.

20 떼꾼하다 눈이 쑥 들어가고 생기가 없다.

21 간복(間服) 봄이나 가을에 입는 옷.

22 닛카 쓰봉 ニッカーズボン. 무릎 아래를 졸라매게 된 헐렁헐렁한 반바지. ニッ
カーボッカ(knicker bockers).

23 노 노상. 언제나 변함없이 한 모양으로 줄곧.

24 칸즈메 かんづめ. 통조림.

25 문(文) 길이의 단위. 신발의 크기를 잴 때 쓴다. 1문은 약 2.4cm이다.

26 헤늉 '시늉'의 평안 사투리.

27 다옥정(茶屋町) 지금의 다동(茶洞).

28 서린정(瑞麟町) 지금의 서린동(瑞麟洞).

29 산도야지 '산돼지'의 사투리.

처를 때리고

* 1937년 6월에 『조선문학』에 발표된 작품.

1 스왈로 swallow. 제비.

2 치근스럽다 끈질기게 괴롭히는 모양.

3 주릿대 주리를 트는 데 쓰는 두 개의 붉은 막대기. '주리'는 지난날 죄인을 심문할 때 두 다리를 한데 묶고 그 사이에 두 개의 주릿대를 끼워 비틀던 형벌.

4 청이불문(聽而不聞) 듣고도 못 들은 체함.

5 반득거리다 자꾸 반득반득하다. '반득'은 물건의 바닥이나 거죽이 뒤척임에 따라 비치는 광선의 상태가 갑자기 바뀌는 모양.

6 닝글닝글 '능글능글'의 사투리. 엉큼하고 능청스러운 모양.

7 창장(窓帳) 창에 치는 휘장. 커튼.

8 으슬으슬 '슬금슬금'의 뜻으로 쓰인 듯함.

9 천군만마(千軍萬馬) 썩 많은 군사와 말을 이르는 말.

10 나무글기 '나무그루'의 사투리. 나무의 밑동이나 그루터기를 이르는 말.

11 패트런 patron. 예술·사업 따위의 후원자.

12 인치키 いんちき. 사기 도박, 협잡.

13 와사(瓦斯) 'gas'의 일본식 차자 표기.

14 몽치 짤막하고 단단한 몽둥이.

15 염집 '여염집'의 준말. '여염집'은 일반 백성의 살림집.

16 굴신자재(屈伸自在) 몸을 움직임에 막힘이 없이 자유로움.

17 생불(生佛) 살아 있는 부처.

18 활량 '한량(閑良)'의 변한 말. '한량'은 돈 잘 쓰고 잘 노는 사람을 비유적으로 이르는 말.

19 달아가다 '닫다'와 '가다'의 합성어. 뛰어가다.

20 영창(映窓) 방을 밝게 하려고 방과 마루 사이에 낸 두 쪽의 미닫이.

21 들이뜨리다 안쪽으로 아무렇게나 막 집어넣다.

22 가시다 물 따위로 깨끗하게 씻다.

무자리

* 1938년 9월에 『조광』에 발표된 작품.

1 양조소(釀造所) 양조장.

2 요로시이 よろしい. 좋아.

3 기척 〈북한어〉 구령어로서의 '차렷'을 이르던 말.

4 거반(居半) 거의 절반. 거지반(居之半).

5 이저 '이제'의 사투리.

6 분경(紛競) 분쟁(紛爭).

7 하가키 はがき. 우편 엽서.

8 놀면서 박자 맞추어 부르는 구호인 듯. 정확한 의미는 재구할 수 없었음.

9 점직하다 부끄럽고 미안하다.

10 꺼꿉 서다 '허리를 깊이 숙이고 서다'는 의미인 듯함.

11 모루 대장간에서 불린 쇠를 올려놓고 두드릴 때 받침으로 쓰는 쇳덩이.

12 쯔꾸루까 つくるか. 만들려고?

13 요시 よし. 좋아.

14 걸다 거칠어지고 빛이 진해지다.

15 강 잇는 강으로 이어진.

16 장달음 줄달음질.

17 오래 한동네의 몇 집이 한골목이나 한이웃으로 되어 사는 구역 안.

18 시악(恃惡) 자기의 악한 성미로 부리는 악.

19 포달스럽다 보기에 암상이 나고 악을 쓰고 함부로 욕을 하며 대들 듯하다.

20 괴침 '고의춤'의 사투리. '고이춤'은 고의나 바지의 허리를 접어서 여민 사이.

21 가시 음식물에 생긴 구더기

22 진(盡)하다 다하여 없어지다.

23 뒤상 '늙은이'의 사투리.

24 생게두 '아직도'의 사투리.

25 새박 '새벽'의 사투리.

26 샛문 방과 방 사이에 있는 작은 문.

27 복닥재 겨 따위의 껍질을 태우고 남은 재.

28 최최하다 몹시 초라하다.

29 카후에 구로네코 カフエ くろねこ(黑猫). 카페 흑묘(黑猫). '카페'는 일제 강점기
   때, 여자 종업원이 손님을 접대하는 술집을 겸한 음식점. 지금 카바레의 전신
   (前身).

30 요리 より. ~로부터.

31 치치 기토쿠 스구 고이오 토우토 ちちきとくすぐこいおとうと. 부친 위독 급히 올
   것. 동생.

32 초벽(初壁) 벽에 종이나 흙을 애벌로 바르는 일. 또는 그렇게 바른 벽.

33 성복제(成服祭) 초상이 나서 처음으로 상복을 입을 때에 차리는 제사.

34 밤 경(經)하다 밤을 지내다. 죽은 사람을 장사 지내기 전에 가까운 친척이나 친
   구들이 관 옆에서 밤을 새워 지키다. 경야(經夜)하다.

35 밤대거리 주로 광산에서, 밤낮 교대로 일하는 경우 밤에 일하는 대거리.

36 구럭 '망태기'의 잘못.

37 뒤솟다 '뒤어쓰다'의 평안 사투리. '뒤어쓰다'는 눈알이 뒤쪽으로 몰려서 흰자위
   만 나타나게 뜨다.

38 곤색 こん〔紺〕색. 진남색.

39 세루 セル. 양복지의 하나인 서지(serge)를 일본어화한 'セル地'의 준말.

40 오카미 おかみ. 요정 · 여관 따위의 여주인.

41 고시마키 여자가 일본 옷을 입을 때, 아랫도리의 맨살에 두르는 속치마.

42 간탕후쿠 간편한 여자용 여름 원피스.

43 노상히 '확실히' 정도의 뜻인 듯하나 불확실함.

44 어마지두 무섭고 놀라서 정신이 얼떨떨한 판.

45 삼우제(三虞祭) 장사를 지낸 후 세번째 지내는 제사.

46 삭단제(朔單祭) 매월 음력 초하룻날에 지내는 제사. 삭다례(朔茶禮).

47 졸곡제(卒哭祭) 삼우제를 지낸 뒤에 지내는 제사.

48 자박 '조각'의 사투리.

49 떠꿍 '뚜껑'의 사투리.

50 감발 버선이나 양말 대신에 발에 감는 좁고 긴 무명천. 발감개.

51 지카다비 노동자용 작업화.

52 버룩하다 귀, 코, 그릇 따위의 전이 밖으로 벌어지다.

녹성당

* 1939년 3월에 『문장』에 발표된 작품.

1 의걸이 장롱 위는 옷을 걸 수 있고 아래는 반닫이인 장롱.

2 마스쿠 아리마스 アスク あります. 마스크 있습니다.

3 구리세링 グリセリング. 글리세린.

4 가리 액 カリ 液. 칼리 액. '칼리'는 칼륨염을 이르는 말.

5 생철 안팎에 주석을 입힌 얇은 철판. 양철.

6 마치 못을 박거나 두드릴 때 쓰는 연장. 망치보다 작고 가벼움.

7 도리우치 とりうち. とりうちぼう의 준말. 사냥 모자.

8 전반(剪板) 종이를 도련할 때 쓰는 좁다랗고 얇은 긴 나뭇조각.

9 옹구 새끼로 망태처럼 엮어 만든 농구(農具).

10 경언(京言) 서울말.

11 제금 '자바라'의 사투리. '자바라'는 놋쇠로 만든 타악기.

12 깽매기 '꽹과리'의 사투리.

13 갱지니 확실치는 않으나 '경자(磬子)'인 듯함. '경자'는 놋으로 주발과 같이 만들어 복판에 구멍을 뚫고 자루를 달아 뿔망치 따위로 쳐서 소리를 내는 기구임.

14 이무 '이미'의 사투리.

15 시체(時體) 그 시대의 풍습. 유행을 따르거나 지식 따위를 받음. 또는 그런 풍습이나 유행.

16 진소리 쓸네없이 지질하게 하는 말.

17 턱아리 '턱주가리'의 사투리. '턱주가리'는 아래턱을 속되게 이르는 말.

18 대받다 붙을 정도로 가깝다.

19 구조(口調) 어조(語調).

20 노유(老幼) 늙은이와 어린아이.

21 주르니나란히 물건들이 줄지어 나란히 있는 모양을 나타내는 말인 듯함.

22 긇다 '그르다'의 잘못.

23 '8'을 뜻하는 '하치(はち)'가 '벌'이라는 뜻이 있어 한 농담임.

24 활멱 활의 둥글게 굽은 부분. '활목'이라고도 한다.

25 료야쿠 쿠치니 니가시 りょうやく くちに にがし. 양약은 입에 쓰다.

26 기홀병원 아마도 '구휼(求恤)병원'을 말하는 듯함.

27 건넌집 〈북한어〉 이웃하여 있는 집들 가운데 한 집 또는 몇 집 건너서 있는 집.

28 꿰달리다 '맞붙다'의 의미인 듯함.

29 산약(散藥) 수약(水藥) '산약'은 가루약, '수약'은 물약.

30 붙하다 '시작하다'의 사투리.

31 쓰러치다 '쓰러뜨리다'의 사투리.

32 비양청 빈정거리는 투.

33 나타(懶惰) 나태(懶怠).

34 광이 '괭이'의 옛말.

35 절게살이 '머슴살이'의 사투리.

36 트리퍼 Tripper(독). 임질.

37 붕카이소오지 ぶんかいそうじ. 분해소제(分解掃除).

38 오카케사마데 おかげさまで. 덕분에. 남의 친절·호의에 감사를 표하는 인사말.

길 위에서

* 1939년 7월에 『문장』에 발표된 작품.

1 모새 '모래'의 사투리.

2 서물거리다 '서성거리다'의 뜻으로 사용한 듯함. 본래 '서물거리다'는 어리숭한 것이 눈앞에 떠올라 자꾸 어른거리다의 뜻.

3 뒷데석 '뒤통수'의 사투리.

4 몸뚱아리 '몸뚱이'의 사투리.

5 종형(從兄) 사촌 형.

6 바라크(baraque) 막사(幕舍). 판자나 천막 따위로 임시로 간단하게 지은 집.

7 고공(高工) '고등공업학교'를 줄여 이르는 말.

8 유카타 ゆかた. 아래위에 걸쳐서 입는 두루마기 모양의 무명 홑옷.

9 달름하다 어울리지 않게 혼자 오똑하다.

10 암파문고 일본의 유명한 출판사인 암파에서 출판하는 문고판 책.

11 두기다 '포개다'의 사투리.

12 동계(動悸) 심장의 고동이 심하여 가슴이 울렁거리는 일.

13 아이코오모노 あいこうもの. 애호물.

14 천어(川魚) 냇물에 사는 물고기.

15 월계관 일본 술의 이름인 듯함.

16 발론(發論) 제안 또는 의논거리 따위를 말하여 드러냄.

17 후미키리 ふみきり. 건널목.

18 오야카타 おやかた. 우두머리.

19 세멘 콩쿠리 セメンコンクリ. 시멘트 콘크리트.

20 뭉키다 여럿이 한데 뭉치어 한덩어리가 되다.

21 쪼박 〈북한어〉 조각.

경영

* 1940년 10월에 『문장』에 발표된 작품.

1 들여대다 안쪽으로 바싹 다가서 대다.

2 월샘 American Waltham 시계 회사. 미국 메사추세츠 주 동부의 월샘에 있는 세계적으로 유명한 시계 회사.

3 쭈루니 많은 것들이 가지런하게 줄지어 있는 모양.

4 곽 〈북한어〉 마른 물건을 넣어두는, 뚜껑이 있는 작은 그릇.

5 어르다 '어우르다'의 준말.

6 세(勢) 세력. '세가 나다'는 세력이 커짐을 뜻함. 여기서는 자동차를 찾는 사람이 많아졌음을 의미함.

7 맥고자(麥藁子) 맥고모자. 밀짚이나 보릿짚으로 만들어 여름에 쓰는 모자.

8 나이엔노 쓰마 ないえんのつま. 내연의 처.

9 제칠천국 일제 강점기에 '전당포'를 이르던 말.

10 디리 '들입다'의 사투리.

11 호라이즌 horizon. 수평선. 지평선.

12 모두다 '모으다'의 사투리.

13 파란(波瀾) '폴란드'의 음역어.

14 화란 '네덜란드'의 음역어.

15 백이의(白耳義) '벨기에'의 음역어.

16 말째다 건강·기분 따위가 썩 좋지 않다. '순서에서 맨 끝'을 나타내는 '말(末)'째에서 온 듯함.

17 클락 Clerk. 호텔의 사무원. 여기서는 그런 사무원이 일하는 장소를 의미함.

18 물크다 '묽다'의 사투리. 물기가 많다.

맥

* 1941년 2월에 『춘추』에 발표된 작품.

1 곱푸 コップ. 네덜란드어 'kop'의 일본식 표기. 잔. 컵.

2 돔부리 どんぶり. 덮밥.

3 생각히다 '생각나다'의 잘못.

4 늑지하다 '느끼하다'의 사투리.

5 댓금(大―) 물건 값의 높은 시세.

6 좌단(左袒) 왼쪽 소매를 벗는다는 뜻으로, 남을 편들어 동의함을 이르는 말. 『사기(史記)』의 「여후본기」에 나오는 말이다.

7 부수(附隨) 주된 것이나 기본적인 것에 붙어서 따름.

8 시키킨 しききん. 전세 보증금. 부금.

9 곰방와 こんばんは. 저녁 · 밤의 인사말.

10 체부(遞夫) 우편 집배원.

11 깃도 キッド. kid. 송아지나 새끼 염소의 가죽.

12 하회(下回) 윗사람이 내리는 회답. 또는, 어떤 일이 있은 다음에 벌어지는 일의 형태나 결과. 여기서는 후자의 뜻.

13 콧집 〈북한어〉 코를 이룬 살덩어리. '콧집이 찌그러지다'는 일이 앞으로 잘되기는 틀렸다.

14 패쪽 〈북한어〉 어떤 사물의 이름, 성분, 특징 따위를 알리기 위한 나무. 쇠붙이 따위의 쪽.

15 용달사(用達社) 상품이나 물건 따위를 전문적으로 배달하는 일을 하는 기업체.

16 소절수(小切手) 은행에 당좌 예금을 가진 사람이 소지인에게 일정한 금액을 줄 것을 은행 따위에 위탁하는 유가 증권. 수표.

17 식산은행 조선식산은행(朝鮮殖産銀行). 1918년 설립된 특수 은행. 후에 한국산업은행에 흡수되었다.

18 데석 '고개'의 사투리인 듯함.

19 백석(白晳) 얼굴빛이 희고 잘생김.

20 손색(遜色) 다른 것과 견주어보아 못한 점.

21 정정(廷丁) 일제 강점기에 법원의 사환을 이르던 말.

등불

* 1942년 3월에 『국민문학』에 발표된 작품.

1 족하(足下) 같은 또래 사이에서, 상대편을 높여 이르는 말. 흔히 편지를 받아보는
사람의 이름 아래에 쓴다.

2 일순(一旬) 한달을 셋으로 나눈 그 하나. 열흘 동안을 이른다.

3 드문하다 시간적으로 잦지 않다.

4 지실(知悉) 모든 형편이나 사정을 자세히 앎. 또는 죄다 앎.

5 메티에 métier 어떤 직업에 기본적으로 필요한 전문적인 기술상의 재치나 손재주.
작가의 경우에는 창작 전문가로서의 기교를 말하고, 화가의 경우에는 스케치, 재
료와 용구의 취급에 따른 효과에 관한 지식 따위를 이른다.

6 토기다 '튀기다'의 옛말.

7 양금가(洋琴家) 피아노 연주자.

8 문부(文溥) 나중에 자세하게 참고하거나 검토할 문서와 장부.

9 안연(晏然)하다 차분하고 침착하다.

10 일표음 일단사(一瓢飮一簞食) 표주박에 든 물과 대나무 밥그릇에 담은 밥이라는
뜻으로, 청빈하고 소박한 생활을 이르는 말.

11 떠떠방 명확하지 않으나, 가게를 차리지 않고 돌아다니면서 물건을 파는 사람들
을 뜻하는 듯하다.

12 짜르다 '짧다'의 사투리.

13 잡답(雜沓) 사람들이 많이 몰려 북적북적하고 복잡함. 또는 그런 모양.

14 비루 빌딩의 일본식 표현.

15 죽첨정(竹添町) 지금의 충정로 일대.

16 투족(投足) 발을 내디딤. 또는 직장이나 사업에 들어섬.

17 노(能) '노가쿠'라고도 하는 일본의 고전 예술 양식의 하나이다. 피리와 북소리
에 맞추어 노래를 부르면서 춤을 추는 가면 악극이다.

18 가부키(歌舞伎) 일본 전통극. 양식화된 연기를 보여주는 대중적 극 양식으로 에
   도 시대에 집대성되었다.

19 반공일(半空日) 오전만 일을 하고 오후에는 쉬는 날.

20 쓸없지 않은 '시답지 않은'의 의미인 듯함.

21 엄벙부리다 엄벙거리다.

꿀

* 1951년 4월에 『문학예술』에 발표된 작품.

1 종심(縱深) 예전에, 앞뒤로 늘어선 대형·진지·방어 지대 따위의 전방에서 후방
   까지의 거리를 이르던 말.

2 묘준(準) 쏘아 맞힐 대상을 겨눔.

3 긁 '그루'의 사투리. '그루'는 나무나 곡식 따위의 줄기 밑동.

4 고패 굽은 길의 모퉁이. 고팽이.

5 마장 거리의 단위. 오 리나 십 리가 못 되는 거리.

6 얼깃살 얼레빗의 빗살.

7 단지기 '단지'의 사투리.

8 요맛 '요만'의 평북 사투리.

9 작다랗다 길이, 넓이, 부피 따위가 꽤 작다.

홑눈과 겹눈
― 김남천의 소설 세계

채호석

1

모든 존재는 자기 시대에 구속되어 있다. 그가 알고 있는 모든 것, 세상을 보는 방식, 그리고 그가 꿈꾸는 새로운 세상, 이 모든 것은 자신이 살고 있는 세계에 의해 규정된다. 그런 점에서 모든 존재는 시대의 자식이다.

그러나 모든 존재가 시대의 자식이라고 해서 모두 그렇게 생각하고 행위하지는 않는다. 많은 사람들은 마치 자신이 보편적인 존재처럼 사유한다. 자신의 생각과 행위가 시대의 표준이거나, 혹은 인간의 보편적 특성으로 생각한다. 그런 존재들은 동시대의 사람들을 자기 식으로 평가할 뿐만 아니라 그 이전에 있었던 모든 존재들에 대해서도 마찬가지로 이해한다. 일종의 '시대착오'이다. 이러한 시대착오를 벗어나기 위해서는 자신을 자신이 살아가고 있는 시대 속에 자리매김하여야 한다.

그러나 자칫 이러한 자리매김은 시대의 구속성을 도저히 벗어날 수 없는 것으로 생각하게 만들 수 있다. 그리하여 시대에 맞춰, 시대의 흐름에 몸을 싣고, 지배 이데올로기를 마치 자신의 생각인 양 행동하게 된다.

시대 구속성을 인정하고 자신의 시대를 바르게 바라보면서도, 세계의 변화 가능성을 믿는 사람들이 있다. 우리는 그런 사람들을 '진보적'이라고 부른다. 세계의 변화가 필연적이라고 믿지는 않아도, 세계는 변화시킬 수 있다고 믿는 존재들. 그들은 어떤 방식으로든지 세계의 부정성을 인식하고, 그 부정성을 넘어서기 위해 노력한다. 자신의 시대 속에서 살아가면서도 시대에 맞서는 존재들.

그러나 그들을 세계는 쉽사리 용납하지 않는다. 이 세계 속에서 삶에 어려움이 없는 자들, 아니 이 세계 속에서만 참되고 아름다운 삶을 살아갈 수 있다고 생각하는 존재들은 변화를 거부하며, 세계를 바꾸고자 하는 사람들을 받아들이지 않는다. 그들을 변화시켜 이 세계 속에서 안주하며 살아가게끔 노력하며, 그것이 안될 경우 세계로부터 격리시켜버린다.

세계의 폭력에 제대로 맞서기 위해서는 세계의 강고한 힘을 알지 않으면 안 된다. 그렇지 않고서는 세계를 변화시키고자 하는 노력은 벽에 부딪히고, 그러고 나면 곧바로 세계에 굴복하게 된다. 젊은 시절 한때 세계를 변화시키고자 했던 많은 사람들이 세계의 폭력에 부딪혀 너무나 쉽게 굴복하고 만다. 그리고 말한다.

세상살이의 어려움을 알지 못했다고. 세계가 눈앞에서 금방이라도 뒤집힐 것처럼 생각했었다고. 조급했다고.

세계를 변화시키고자 하는 열망에 들떠 있을 때, 세계는 단순하게 보인다. 나는 이를 '홑눈으로 보는 세계'라고 생각한다. 그러나 어느 순간 이 열망이 산산이 깨어질 때, 세계가 단순하지 않으며 녹록하지 않다고 느낄 때, 세계가 홑겹이 아니라 여러 겹이 중첩되어 있다는 것을 느낄 때, 비로소 '겹눈으로 보는 세계'가 열린다. 타자의 존재를 인정하고, 타자의 삶의 방식이 나의 삶과 근본적으로 차이가 있음을 느끼게 된다. 몇 개의 공식이나 도덕률로 세계가 파악될 수 없음을 느끼게 되는 것이다. 겹눈으로 세계를 볼 수 있을 때, 비로소 '어른'이 된다고 할 수 있다.

그리 길지 않았던 김남천의 삶과 문학은 '홑눈에서 겹눈으로' 나아가는 과정이 아니었을까 생각한다. 1911년 평북의 작은 마을에서 태어나 1950년대 초반 숙청될 때까지 40년에 채 미치지 못하는 삶(숙청된 후 그가 어떻게 살았는지 어떻게 죽었는지는 확인된 바 없다. 그의 삶은 숙청으로 마감되었다고 보아도 될 것이다)은 '겹눈'을 갖추는 어려움을 잘 보여주고 있다. 아마도 김남천은 시대의 희생자였을지도 모른다. 그러나 시대 속에서 시대에 맞서고자 하는 그의 노력은 그를 영원한 패배자로 만들지는 않았다고 생각된다.

2

김남천이 본격적으로 문단에서 활동하기 시작한 것은 1930년대 들어서이다. 평양고보에서 문학에 뜻을 두고 습작 활동을 했던 김남천에게 변화가 시작된 것은 일본 유학 시절이다. 회고를 통해 보건대, 프로 문학에 대한 관심은 그리 크지 않았던 것처럼 보인다. 기껏해야 고리키 정도를 읽었다고 할까. 물론 그의 회고 모두를 전적으로 믿을 수는 없다. 발언이 극히 제약된 시대에 나온 회고이기 때문이다. 그러나 그렇다고 하더라도 회고 속에는 감춤 속에서 드러내는 어떠한 기미도 발견할 수 없어, 그의 말을 신뢰하지 않을 이유는 없어 보인다.

김남천이 프로 문학에 뜻을 둔 것은 일본에 가기 직전이었던 것으로 보인다. 김남천이 호세이(法政) 대학에 입학하였던 1929년도 일본의 문단은 이미 볼셰비키화가 한창 진행되고 있던 시기였다. 회고에 따르면 김남천은 도일 직전에『문예전선』을 구독하였고 그리고 이 잡지의 영향 아래 일본으로 건너갔다. 도일한 김남천은 안막·임화 등과 합숙 생활을 하였고, 이들을 묶어주었던 울타리는 조선공산당 재건 운동을 위한 합법적 출판 조직이었던 '무산자사'였다. 그리고 이때부터 본격적으로 조선공산당 재건 운동에 참여한다. 그리고 1930년에는 조선으로 나와 평양 고무공장 대파업에도 참여한다. 이로 볼 때, 이 시기 그의 지향은 문학이라기보다는 정치에 있었음을 알 수 있다.

물론 정치를 지향하면서도 문학 활동을 하지 않은 것은 아니다. 그러나 이 당시의 문학 활동이란 전적으로 정치적 변혁을 위한 '수단'으로서의 문학에 지나지 않는다. '문학의 볼셰비키화'라는 슬로건 아래서 문학은 '당의 슬로건을 대중의 슬로건'으로 만드는 하나의 도구였으며, 문학자는 '전위의 눈으로 세계를 보라'는 명제에 구속되어 있었기 때문이다. 그렇기 때문에 이 시기는 '정치 중심의 정치·문학 일원론'의 시기였다고 할 수 있다. 이 시기에 씌어진 대표적인 소설인 「공장 신문」과 「공우회」는 바로 이러한 맥락 속에서 이해하여야 한다.

전위로서의 자기 규정과 밀접한 관련을 갖고 있는 소설이 「공장 신문」과 「공우회」이다. 「공장 신문」은 당시 프로 문학의 볼셰비키화의 요구에 가장 걸맞는 소설로 평가되고 있다. 왜냐하면 무엇보다 우선 '전위의 활동을 이해하게 한다'는 요구에 충실하기 때문이다. 이전에 있었던 파업으로 활동 분자가 검거된 이후, 주인공은 어용 노조가 장악하고 있는 공장에서 어용 노조를 폭로하고 새로운 조직을 만들고자 한다. 그러나 구체적으로 어떻게 해나가야 할지에 대해서는 아는 바 없다. 그렇기 때문에 공장 외부에 존재하는 '전위'와 어떻게든 연결하였으면 한다. 그리고 '타탸 자 열한 획수'의 사나이, 물론 이전부터 알고 있었던 사나이가 자신의 모습을 드러내고, '공장 신문'이라는 방식으로 어용 노조를 폭로하기에 이른다. 이 소설이 당대의 요구의 일부분을 적극적으로 수용하고 있음은 물론이다. 그러나 이 소설은 지극히 제한되어 있다. 무엇보다 먼저 '공장'이라는 공간 안에 완전히 갇혀 있다. 공장이 현실 세계의 축소판이어서 '알레고리'로서 작동한다면 모를까, 그렇지 않고서는 소설의 공간은 매우 협소하다. 이 공장이라는 공간이 의미를 갖기 위해서는 '공장'이 노동과 자본의 모순이라는 당대 모순이 핵심적으로 드러난 공간이어야 할 뿐만 아니라, 주변으로 확산될 수 있는 공간이어야 한다. 그러나 이 소설에서 '공장'은 그렇지 못하다. 결정적으로 공장 안의 이 세계는 단조롭다. 무엇보다 소설의 육체라고 할 수 있는 현실이 거의 그려져 있지 못하다. 소설은 이미 주어져 있는 결론, '전위'의 활동으로 인한 당면 과제의 해결로 성급하게 나아간다. 대중의 동요도, 어용 노조의 움직임도 그려져 있지 않다. 단지 '공장 신문' 하나로 모든 문제가 풀린다. 물론 그 뒤에 그 방법을 제시한 '전위'가 있다. 「공우회」는 「공장 신문」보다는 조금 더 풍부해 보인다. 적어도 거기에는 공장 노동자들의 일상적 삶의 일부분이 들어가 있기 때문이다. 지난 파업 이후 지도부의 일부가 검거되고 난 후, '공우회'라는 새로운 조직을 결성해나가는 과정을 그리고 있는 「공우회」 또한 소설의 진행에 어떤 주저도 없다. 이런 현실이란 지극히 단선적인 현실이다.

「공장 신문」과 「공우회」의 현실이란 홑눈으로 본 현실이다. 현실의 복잡한 부분은 사상되어 단순해진다. 이런 세계가 지극히 허약한 세계임에는 틀림없다. 현실 속에서는 어느 누구도 이러한 세계를 경험하지 않기 때문이다. 그러기에 이런 소설들은 '리얼리즘'의 외피를 쓰고 있지만, 리얼리티라고 말하기보다는 오히려 '리얼리티라는 이름의 가상'에 지나지 않는다. 김남천 또한 이러한 세계의 허약함을 금방 깨닫는다. 그 계기는 바로 카프 제1차 검거에 따른 옥중 생활이었다.

3

카프 제1차 검거는 여러 요인이 함께 작용한 결과이다. 첫번째 는 1931년 만주 사변에서 비롯한 소위 '15년 전쟁'의 시작이다. 다른 한편으로는 카프 및 사회주의 운동의 급진화이다. '볼셰비 키화'라는 슬로건에서 보이듯이, 카프는 정세의 변화에 따른 급진 노선을 택하였다. 1920년대 말의 세계 대공황은 마르크스의 예언 이 현실 속에서 그대로 나타나는 듯이 보였다. 자본주의의 멸망 은 눈앞에 다가온 것으로 느껴졌고, 이런 분위기 속에서 사회주 의로의 강제적 이행이라는 노선 또한 힘을 얻었다.

카프 제1차 검거의 여파는 대단히 심각하였다. 조직이 거의 궤 멸된 것은 물론이거니와, 제국주의 공권력에 의한 검거는 문학인 들에게는 커다란 충격이었다. 수백 명이 검거되었음에도 불구하 고 기소된 문인이 거의 없었다는 것도 이를 잘 보여준다. 기소가 아니라 검거라는 움직임만으로도 충분한 효과를 나타내었다. 게 다가 일본에서도 수많은 공산주의자들이 전향의 길을 걸었던 것 이다.

이 제1차 검거에서 유일하게 기소된 문인이 바로 김남천이다. '조선공산주의자협의회 사건'이라는 이름으로 당대의 유명한 마르크스주의자였던 고경흠과 함께 기소되었던 것이다. 이후 병보석으로 풀려나지만 이것은 김남천에게 결코 작지 않은 경험이었다. 이전에 썼던 자신의 소설에 대한 반성, 문인 가운데서는 유일하게 기소되었다는 자부심, 그리고 또한 '전향'에서 오는 부끄러움 등은 새로운 길을 모색하지 않으면 안 되게 만들었다. 「물」과 「남편 그의 동지」, 그리고 미완인 것으로 보이는 「생의 고민」에서 이 시기의 김남천의 내면을 읽어낼 수 있다.

여름의 감옥 안에서 경험하는 '목마름의 고통'을 그리고 있는 「물」에서 김남천은 '감옥'이라는 공간이 갖는 의미를 추구하지는 않는다. 다만 그 속에서의 경험을 기술하고 있을 뿐이다. 그것은 한편으로는, 그 '감옥'의 의미는 말하지 않아도 알 만한 것이기 때문이며, 다른 한편으로는 감옥 안의 경험에 매몰되어 있기 때문일 것이다.

이 작품 속에는 어떤 계급 대립도 나타나 있지 않다. 오직 생생한 '체험'만이 드러나 있을 뿐이다. 어쩌면 이는 그만이 유일하게 기소되었다는 자부심 때문일지도 모른다. 전위적인 활동의 결과 감옥에 갔다면 그 감옥 속에서 겪은 일이란 그 자체가 전위의 삶이기 때문이다. 당대의 비평가인 임화가 이를 놓칠 리 없었다. 임화는 김남천에 대해 경험에 매몰되어 있으며, 살아 있는 인물을 그리기 위해 사회적 존재로서의 인간을 놓치고 생물적 존재로서의 인간만을 그리고 있다고 비판하였다.

임화의 비판은 물론 타당하다. 그러나 '육체'의 문제, 즉 생물학적으로 구속되어 있는 육체의 문제 또한 중요하다. 김남천이 의식적으로 그려낸 것은 아닌 것으로 보이지만, 「물」 속에는 이념을 넘어서는, 혹은 이념의 인간을 결국 패배시키는 '육체'가 드러나 있기 때문이다. 이념이란 이러한 육체적 한계를 넘어서는 것이지 않으면 안 된다. 생물학적 요구에 따른다면 일상인과 다를 바 없기 때문이다. 그럼에도 불구하고 김남천은 이 작품 속에서 육체에 의한 패배를 적나라하게 드러내고 있다.

「남편 그의 동지」에는 이와는 다른 측면에서 기존의 '전위적인 존재'들에게 칼날을 들이대고 있다. 「물」과는 달리 「남편 그의 동지」에서 감옥은 이념으로 가득 찬 공간이며, 한 치의 흔들림이 없는 공간이다. 그러나 그 속에서 믿음을 가지고 있는 '남편'이란 현실을 알지 못하는, 진짜 현실에는 눈을 감고 그를 받아들이지 않으려는 맹목적인 인간에 불과하다. 아니면 허위의 인간일 터이다. 이러한 감옥에 갇힌 전위가 갖는 맹목성, 혹은 현실 감각의 부재가 아내의 눈을 통해 비판된다는 사실은 의미심장하다. 아내, 혹은 여성이란 배제되었던 존재들이기 때문이다. 이처럼 이들 소설은 「공장 신문」과 「공우회」의 세계를 유지하지 못하고, 곳곳에서 균열의 지점을 드러내고 있다.

4

1934년 카프 제2차 검거 이후 카프는 더 이상 어떠한 활동도 할 수 없었다. 1935년 김남천이 종로경찰서에 카프 해산계를 제출한 것은 실상 이를 재확인하는 것에 지나지 않았다. 그럼에도 불구하고 카프의 해산은 김남천에게는 충격일 수밖에 없었다. 임화와 벌였던 「물」을 둘러싼 논쟁에서 김남천이 제시한 유일한 길이 '조직의 재건'이었기 때문에 김남천에게는 더욱 큰 충격이 아닐 수 없었다.

비평을 통해 다각도로 모색을 하기는 하였지만, 김남천은 1937년에 이르기까지 수년 간 소설을 쓸 수 없었다. 비평이야 논리이고, 논리는 추상적 세계에서 이루어질 수 있는 것이었지만, 소설이 씌어지기 위해서는 '현실'이라는 육체를 갖지 않으면 안 되었기 때문이다. 일련의 모색을 통해 고발 문학론을 들고 나오면서 김남천은 비로소 소설을 쓸 수 있었다.

김남천이 내세운 고발 문학론이란 전향한 자기 자신을 비롯한 세계에 존재하는 일체의 부정적인 것들을 고발하는 것이다. 한편으로는 자신의 부정성을 폭로함으로써 새로운 존재로 태어나기 위함이었으며, 다른 한편으로는 세계의 부정성을 고발함으로써 세계가 변화하지 않으면 안 됨을 말하기 위함이었다. 이제야 김남천은 '감옥' 혹은 '공장'이라는 제한된 공간을 벗어날 수 있었던 것이다. 그리고 이제 현실은 자신이 견지하고 있었던 마르크스주의라는 신념을 검증하는 무대였으며, 마르크스주의는 공식이 아니라 현실을 바라보는 방법론이 될 가능성을 갖게 되었다.

1937년 소설을 다시 쓰기 시작한 김남천은 두 가지 주제를 중심으로 소설을 쓰기 시작한다. 하나는 소년을 주인공으로 내세우는 소설이다. 그리고 다른 하나는 전향한 사회주의자들을 비판하는 소설들이다.

김남천이 소년을 주인공으로 내세우는 이유는 "현대 사회에서 아직도 통일성을 상실하지 않고 자기 분열을 경과하지 않은 인물이 있다면 그것은 어린아이나 소년이라고 생각"했기 때문이다. 이런 기획은 두 가지를 목적으로 한 듯하다. 하나는 아직은 '순수한'(나는 '순수함' 또한 하나의 이데올로기에 지나지 않는다고 생각하지만) 소년의 눈을 통해 현실의 더러움들을 선명하게 드러내는 것이다. 그리고 다른 하나는 소년의 장래에서 어떤 가능성을 찾아보고자 하는 것이다. 「남매」가 전자에 속한다면, 「소년행」이나 「무자리」는 후자에 속한다고 하겠다.

「남매」의 주인공인 봉근은 아직 어리다. 주정뱅이 의붓아버지 밑에서 살아가면서도 어린 봉근이 세상을 밝게 살아나갈 수 있는 것은 누이 계향 때분이다. 비록 생활고로 인해 기생이 되기는 했지만, 자신이 좋아하는 사람이 생긴 이후에는 돈 때문에 몸을 팔지는 않기 때문이다. 이런 누이에게서 봉근은 어떤 청신한 아름다움을 발견한다. 그리고 이 청신함이야말로 돈에 의해 지배되고 있는 현실의 속악함을 일거에 뛰어넘을 수 있게 하는 힘이다. 하지만 그런 누이마저 결국 자신이 원하지 않는 사람과 몸을 섞었음을 알게 될 때, 봉근이가 믿었던 세계는 무너지고, 봉근은 그런 세계로부터 탈출할 수밖에 없게 된다.

이 소설 속에서 세계는 오로지 돈에 의해 지배되고 있으며, 이는 '매춘'이라는 형식으로 나타난다. 누이 계향이 기생이 되는 것은 물론 매춘이지만, 남편을 일찍 보낸 어머니가 어린 남매를 데리고 살아나갈 수 있는 마지막 방식이란 '재가'뿐이다. 새로운 사랑을 위한 재가가 아니라 먹고 살기 위한 재가란 결국 누이 계향의 매춘과 다를 바 없는 것이다.

「소년행」은 「남매」의 속편이다. 봉근이 가출한 8년 뒤, 약방 점원으로 일하고 있는 봉근은 누이를 만나게 된다. 이미 누이는 이제 더 이상 어떠한 청신함도 가지고 있지 않다. 사회주의 한다고 꺼떡대다가 이제는 금광을 쫓아다니는 병걸에 붙어 술집이나 하나 내볼까 할 뿐이다. 봉근은 누이에게서 느꼈던 청신함을 어린 기생 연화에게서 발견한다. 봉근이 연화에게 느끼는 감정은 '풋사랑'이라고 할 만한 것이다. 그러나 이 '풋사랑'은 봉근이나 연화에게나 그러할 뿐, 누이와 병걸에게는 '난봉'에 지나지 않는다. 바로 이 '풋사랑'과 '난봉'의 대립을 통해서 김남천은 기생 누이의 매춘만이 아니라 '전향/변절'이라는 '매춘' 또한 함께 비판하고 있는 것이다. 「소년행」이 의미를 갖는 것은 바로 여기까지이다. 봉근이 자전거를 타고 달리면서 오토바이와 경주하는 것은 사족에 지나지 않을 뿐만 아니라 과장된 전망이기 때문이다.

「무자리」는 이와는 조금 다른 결말을 보인다. 「소년행」이 「남매」의 속편이기는 하지만, 「무자리」가 좀더 실질적인 속편이 아닌가 생각한다. 「무자리」에서는 「소년행」에서 보이는 어떤 과장된 전망도 없기 때문이다. 「무자리」에서도 누이는 기생으로 나온다. 하지만 누이에게 어떤 '가치'가 부여되지는 않는다. 다만 누이는 주인공 운봉이 자신의 미래의 삶을 책임져줄 수 있는 것으로 믿는 존재일 뿐이다. 운봉은 누이의 말을 믿고 상급 학교에 진학하기를 꿈꾼다. 아편쟁이 아버지에게서는 아무것도 바랄 것이 없기 때문이다. 그러나 아버지가 죽고 누이가 내려오는데, 누이는 임신한 터로 동생을 돌보아줄 여력은 없는 형편이다. 소년 운봉은 자신의 미래를 스스로 결정한다. 광산에 다니는 동네 형 학구에게 광산의 일자리를 부탁하는 것이다.

바로 이 점이 이 소설의 핵심이다. 운봉은 상급 학교를 꿈꾼다. 그러나 이것은 진정한 선택이 아니다. 그것은 일반적으로 바람직하다고 할 수 있는 '규정된' 욕망이기 때문이다. 김남천이 선택한 것은 운봉이 학교로의 진학을 포기하고, 새로운 진로를 찾는다는 것이며, 그것도 운봉이 '독자적'으로 자신의 책임하에 자신의 삶을 건설하고자 하는 것이다. 그 선택의 결과는 어떨지 모른다. 그러나 중요한 것은 스스로 택했다는 사실이다. 그것은 최선의 선택임과 동시에 또한 현실적인 선택이다. 거기에는 어떠한 낭만성도 개입하지 않는다. 그리고 이러한 선택이야말로 '어른'이 되어가는 하나의 중요한 과정으로서의 의미를 갖는다. 그리고 이 '성숙'의 문제는 한참 후에 모습을 바꾸어 다시 한번 나타난다.

김남천이 택한 또 하나의 소설의 방식은 전향한 지식인의 내면을 그리는 것이었다. 대표적인 작품이 바로 「처를 때리고」이다. 「처를 때리고」는 앞시기의 「남편 그의 동지」와 이어지는 것으로 「남편 그의 동지」를 극대화한 것이라고 할 수 있다. 「처를 때리고」에서는 아내의 목소리가 훨씬 적극적일 뿐만 아니라, 그에 응하는 남편의 목소리까지 함께 들어가 있다.

이 소설에는 세 개의 시각이 혼재한다. 남편의 시각, 아내의 시각, 그리고 마지막으로 작가의 시각이 있다. 이 세 가지 시각은 각기 독자적인 발언을 한다. 서로 엇갈리는 남편과 아내의 발언은 하나의 사태를 보는 두 가지 시각을 드러낸다. 이 두 가지 시각을 택함으로써, 이 작품은 아내와 남편이 세상을 보는 관점의 차이, 아니 오히려 두 개의 다른 사태를 보여준다. 아내의 눈으로 보는 사태와 남편의 눈으로 보는 사태는 서로 다르다. 김남천은 이 두 시각으로 사태의 '본질'을 드러내고자 한다. 각기 나름의 현실을 살아간다. 이 두 개의 현실이 맞부딪치는 지점에 '진짜' 현실이 있다. 이러한 형식이 갖는 독특함은 일방적인 해석의 위험을 경계하고 있다는 것이다. 그러나 좀더 큰 효과는 이로써 현실을 바라보는 데 우월한 시각이 존재하지 않는다는 사실을 드러내주는 것이다.

「처를 때리고」에서 작가의 전망은 직접적으로 드러나지는 않는다. 남편과 아내 두 사람의 시각 어느 쪽에도 속하지 않는 곳에 이 작품의 전망이 있다. 현실의 본질을 작가의 상대적으로 우월한 입장에서 조망하지 않고, 주어진 사태에 임한 인물들의 입장과 시각을 통해서 드러내고자 하는 이러한 방법이란, 작가의 절대적인 위치를 부정하고자 하는 것이기도 하다.

그런데 주의 깊게 살펴보면 김남천은 단지 지식인의 전향을 비판하고 있지는 않다. 그보다는 오히려 '지식인' 자체를 비판하고 있다. 전향했다는 사실이 비판되는 것이 아니라 지식인이기 때문에 전향할 수밖에 없었다는 논리를 만들고 있는 것이다. 그렇기 때문에 이는 단지 과거에 대한 비판도, 전향한 현재에 대한 비판

418

도 아닌 '지식인'이라는 존재 자체에 대한 비판이 된다. 문제는 이렇게 나아가면 실상 어떠한 대안의 가능성도 없다는 점이다. 이미 존재 자체가 가능성을 막아버렸기 때문이다.

그렇다면 남은 가능성은 이미 존재 자체가 가능성을 갖고 있지 못한 기존의 지식인들(김남천 자신을 포함한)이 아닌 새로운 지식인상을 모색하는 것이다. 장편『사랑의 수족관』이나「길 위에서」가 이런 모색을 잘 보여주고 있다.

새로운 지식인들은 기술 공학을 전공한 지식인들이다. 이들은 김남천보다는 한 세대 아래로 나온다. 물론 나이로 따지면 큰 차이가 나지는 않지만, 급격하게 변하고 있는 식민지 조선의 현실에서 몇 년 차이란 대단히 큰 경험의 차이를 낳기 때문에 서로 '다른' 세대로 받아들이고 있는 것처럼 느껴진다. (참고로 말하자면 이는 1930년대 후반의 세대 논쟁에서도 어느 정도 작용한다. 김남천을 비롯한 '기성 문인'들이 두 차례의 방향 전환과 두 차례의 검거를 겪을 때, 신세대라고 불리는 문인들은 '학생'이었기 때문이다. 동일한 세계를 어떤 위치에서 겪는가에 따라 세계의 상이 달라질 수밖에 없으며, 새로운 세대들은 상대적으로 카프에 대해 자유로울 수 있었다.) 이들은 한 세대 밑일 뿐만 아니라, 전공 또한 이전 세대와는 다르다. 정치, 법학, 문학 따위가 아니라 '공학'이 전공이다. 『사랑의 수족관』에서 나오는 것처럼 '기술'을 통해서 바라보는 세계는 전혀 다르다.「길 위에서」의 경우도 마찬가지이다. 기술공학도 K는 적어도 '이론'에서는 차갑다. 그것은 단지 놀잇감인 자라에게 휴머니티를 느끼지 않아도 되는 것과 마찬가지이다. 물론 개인적인 관계에서는 전혀 그렇지 않다. 「길 위에서」의 주인공은 이러한 기술공학도인 기사 K를 대할 때 이중적인 태도를 취한다. 전적으로 받아들일 수도 없고, 그렇다고 전적으로 내칠 수도 없는 것이다. 그런 그에게 자신의 존재란 흔들리는 버스 안에서 물통 밖으로 던져져 버둥거리는 자라와 같은 것이다.

새로운 지식인들을 등장시켜 세계를 보는 새로운 시각을 찾아보려 했던 김남천의 모색이 성공적이었는지는 알 수 없다. 「길 위에서」의 주인공 K가 '김광호'라는 이름으로 등장하는 『사랑의 수족관』은 하나의 결과이지만, 그리 만족할 만하지는 않다고 판단되기 때문이다. 장편의 형식을 취하고 있으면서도 『사랑의 수족관』의 세계는 너무 좁다. 그럴 수밖에 없는 것이 김광호가 타인들과 맺을 수 있는 관계란 K기사가 인부들과 맺는 관계 이상일 수는 없기 때문이다. 이전의 소설들에 비해 이 경계는 선명하다. 선명함으로써 비로소 새로운 주인공들의 독자적인 세계를 열 수 있기 때문이다. 이전의 지식인들이 대중 속에서, 대중과의 근본적인 거리를 지움으로써 자신의 자리를 찾고자 했다면, 『사랑의 수족관』에서는 대중과의 거리를 만듦으로써 비로소 자신의 자리를 찾을 수 있기 때문이다. 그러기에 김광호의 눈으로 열릴 수 있는 세계란 '연애'의 세계밖에는 없다. 자못 커다란 포부를 갖고 시작한 『사랑의 수족관』은 연애 소설과 풍속 소설에서 한 걸음 더 나아갈 수가 없었던 것이다. 이를 두고 모색의 실패라고 하기는 힘들지만 그렇다고 모색이 성공적이었다고 말할 수는 없다. 어쩌면 성공 여부를 물을 수 없을지도 모른다. 성공 여부를 판단하기에

세계의 변화는 너무 빨랐고, 어떠한 방식으로든지 소설가로서 김
남천은 거기에 대응할 수밖에 없었던 것이다.

5

　카프 해산 이후부터 「경영」과 「맥」에 이르기까지, 김남천이 가
장 활발하게 활동한 시기, 그러나 개인적으로는 아마도 가장 고
통스러웠을 시기, 김남천에게서 가장 중요한 화두는 '주체'였다
고 생각된다. 명시적이지는 않지만, '전향'이라는 되돌이키고 싶
지 않은 과거가 김남천으로 하여금 주체의 문제에 매달리게 했을
것이다. '일체의 모든 것을 고발하라!'고 외쳤던 고발 문학론의
출발이 '자기 고발'이었고, 일련의 문학론의 결론인 '관찰 문학
론'도 결국은 주체가 지니는 주관성을 철저하게 배제하자는 것이
었으니 말이다.
　이런 일련의 모색들이 「경영」과 「맥」에서 하나의 매듭을 짓는
것으로 보인다.
　「경영」 「맥」은 1940년대라는 맥락을 생각한다면, 그리고 당시
의 핵심적인 논제가 근대 넘어서기였다는 점을 조금이라도 알고
있다면 쉽게 읽힌다. 이관형의 허무주의와 오시형의 천황주의가
대립하고, 그리고 그 사이에 사무원 최무경이 있다.
　이 소설에서 가장 부정적인 존재는 오시형임에 틀림없다. 오시
형은 사회주의자로서 전향하였을 뿐만 아니라, 그 전향으로 말미

암아 자신을 돌보아주었던 약혼자 최무경까지도 버렸기 때문이다. 바로 이 점에서 전향은 단지 이론적인 문제가 아니라 '윤리적'인 문제가 된다. '아버지'로 대표되는 이전의 가족으로 되돌아갈 것인가, 아니면 새로운 가족을 만들 것인가는 중요하다. 오시형은 '아버지'를 받아들이면서 새로운 가족 만들기를 포기하였다. 그가 돌아가는 곳은 가족이고 '집'이지만, 이때 가족/집이란 수직적 질서로서의 가족이다. 그것은 아버지의 권위를 인정하는 것이며, 그에 자진하여 굴복하는 것이다. 일본에서의 전향이 천황제로의 귀의, 그리고 피의 논리로의 귀의였음과 연관지어볼 때, 오시형의 전향이 갖는 의미가 어떤 것인지는 쉽게 알 수 있다.

전향 자체의 윤리성만이 아니라, 전향이라는 행위가 가져오는 제반 현실적 문제의 윤리성을 함께 비판하고 있다는 점에 「경영」의 의미가 있다.

그러나 사실 이런 식의 윤리적인 비판이란 감성적인 것이기는 하지만 오시형의 전향 그 자체에 대한 비판은 될 수 없다. 그렇기에 오시형의 전향 자체에 대한 비판, 아니 오시형이 선택한 사상의 현실성에 대한 검증이 필요했고, 그 답이 「맥」이다.

「맥」에서는 오시형과는 대립되는 위치에 이관형이라는 허무주의자가 등장한다. 부르주아의 자식으로 태어나 대학 사회에서 학문과는 무관한 이유로 진로를 차단당한 허무주의자 이관형의 입을 통해 오시형의 사상을 비판하고 있다. 사실 비판이라기보다는 현실성을 따져보고 있다고 하는 편이 옳을 것이다. 이관형이나 오시형 모두 알고 있듯이, 자본주의 근대는 극복되어야 하는 것이지만, 그러나 오시형이 선택한 다원 사관, 동아의 새로운 공동체 구상이란 근대주의자인 이관형의 입장에서 보면 현실성을 가지고 있지 못한 것이다. 그러나 그렇다고 해서 이관형이 어떤 새로운 구상을 마련하고 있는 것은 아니다. 이처럼 이 소설은 명확하게 '오시형'은 아니지만, 그렇다고 '이관형'일 수도 없는 이 '미정'의 정신 세계를 그리고 있는 것이다.

우리가 전향 혹은 1940년대 근대주의자들의 눈에 비쳤던 '동아 신질서'의 논리에 초점을 맞춘다면, 그리고 친일과 반일이라는 시각으로 접근한다면 「경영」과 「맥」은 이 정도로 이해해도 괜찮아 보인다. 하지만 전향자의 윤리성 문제는 이미 「처를 때리고」와 「소년행」에서 제기된 바 있는 것이고, 오시형의 논리를 비판하는 이관형의 입장이란 김남천이 같은 시기에 쓴 비평에서 이미 밝히고 있는 것이라고 한다면 굳이 이를 '소설'이라는 형식으로, 그것도 '최무경'이라는 여인을 주인공으로 설정하여 다시 쓴 이유는 무엇일까? 어쩌면 오시형과 이관형만큼이나 최무경이 중요한 존재는 아닐까?

김남천이 주체의 문제에 지속적으로 관심을 두어왔다면, 「경영」과 「맥」에서 오시형이나 이관형보다는 최무경이 더욱 중요한 의미를 가진다. 최무경을 중심으로 주체의 문제를 생각해보자.

「경영」「맥」에서 김남천은 다시 한번 주체의 형성을 다룬다고 생각된다. 이미 「남매」나 「소년행」「무자리」 등에서 새로운 주체의 문제를 제기했고, 「길 위에서」도 이와는 조금 다른 맥락에서 새로운 주체를 그리고 있지만, 「경영」과 「맥」의 최무경은 조금은 달라 보인다.

「경영」「맥」에서의 주체의 형성은 '관계'로부터의 벗어남에서 주어진다. 최무경을 통해 드러나고 있는, 혹은 최무경이 이행하고 있는 이 '관계에서의 벗어남'이라는 주제는 매우 중요하다. 왜냐하면 여기서 근대적 개인의 형성 과정의 한 축을 볼 수 있기 때문이다. 오시형의 경우, 수직적 질서의 표상인 아버지라는 이름의 가족으로 되돌아간다. 그리고 그것이 오시형의 전향의 한 핵심이다. 반면에 최무경은 오히려 이런 관계로부터 벗어나고 있다. 스스로 원하지는 않았지만, 오시형으로부터도 떨어져나왔고, 평생을 함께해온 어머니와도 결별하기 때문이다. 오시형이 '관계' 속으로 되돌아감에 비해 최무경은 관계에서 벗어난다.

최무경이 오시형, 그리고 어머니와의 결별을 받아들이는 것은 그것이 어쩔 수 없는 현실이기 때문이다. 자기 밖에 존재하는 현실에 저항할 수 없고, 저항할 수 있는 능력도 갖추어지지 않은 최무경으로서는 이러한 결별의 현실을 받아들일 수밖에 없다. 그러나 오시형과의 결별을 받아들이는 것과 어머니의 결혼을 받아들이는 방식은 조금 다르다. 어머니의 결혼을 받아들이는 것은 어머니를 하나의 '여자'로서 인정하는 것이다. '어머니'로서가 아니라 한 사람의, '욕망'을 가지고 있는 개별적인 존재로서 받아들인다. '어머니' 이전에 '여자'이기 때문이다. 그러나 오시형의 경우는 다르다. 최무경은 오시형과의 결별은 단지 그 '결과'만을 수용할 뿐이다. 바로 이 점에서 최무경의 현실 수용은 백철류의 '사실 수리'와는 다르다. 1930년대 후반 백철은 '사실 수리론'을 내세운 바 있다. 일종의 전향의 논리이면서 또한 친일의 논리이기도 한 사실 수리론은 구체적으로는 중일 전쟁이라는 현실, 나아가서는 제국주의 일본이라는 현실을 받아들이자는 것이었다. 현실이 자신이 생각하는 이론과 어긋난다고 하더라도 현실을 현실 자체로서 받아들이자는 것이다. 그리고 그 속에서 새로운 '논리'를 찾아내자는 것이다.

최무경은 사실을 받아들이지만, 그 논리는 받아들이지 않는다. 오시형이 아버지에게로 되돌아가고 새로운 여인과 결혼하는 것은 받아들이지만, 그 이유까지를 그대로 받아들일 수는 없다는 것이다.

바로 여기서 새로운 주체의 탄생, 근대적 주체의 재탄생을 발견할 수는 없을까? 홀로 된 개인으로서, 스스로 자신의 삶을 '경영' 해나가지 않으면 안 될 고립된 개인으로서 최무경은 새롭게 태어난다. 오시형과의 결별이나 어머니의 결혼이란 이러한 새로운 탄생을 위한 진통이다.

이보다 더욱 중요한 사실은 최무경이 자신이 받아들일 수밖에 없는 오시형과의 결별의 근본적 원인을 파헤쳐 들어가고자 한다는 사실이다. 최무경은 오시형과의 결별 이후, 자신을 떠날 수밖에 없었던 오시형의 사상적 궤적을 이해하고자 한다. 오시형이 걸었던 길을 따라가면서 그가 왜 자신을 버리고 아버지에게로 가버렸는가를 묻고자 한다. 이는 한편으로 오시형을 이해하기 위해서이지만, 나아가서는 이 과정을 통해 오시형과 완전히 결별하기 위해서이다. 알지 못하고서 넘어설 수는 없기 때문이다. 그렇기 때문에 이렇게 말한다. "너를 따르고, 너를 넘는다."

　최무경 한 개인이 스스로 주체로 서기 위해서 행했던 것은, 오시형으로 대표되는 식민지 지식인의 정신적 편력을 체험하는 것이다. 그렇게 하기 위해서 최무경은 자신의 존재를 사회적 관계로부터 떨어진 존재, 고립된 존재로 만들고 있다. 최무경이 아파트 사무원이라는 사실도 겉보기보다는 중요한 의미가 있다. 왜냐하면 이 아파트 사무원이라는 위치는 이관형이나, 오시형 그 어떤 사람과도 동질적이지 않기 때문이다. 오시형이 그의 사상적 과정, 그리고 그의 운동 과정 속에서, 항상 '사회'를 목표로 하고 있었고, 이관형 또한 주변부 지식인이라는 자기 존재의 문제를 서양과 동양 속에서 해명하려고 하고 있음으로 해서, 이 두 사람 모두 본래적으로 사회 전체, 그리고 역사를 문제삼지 않을 수 없는 존재라고 한다면, 최무경은 그렇지 않아도 좋을 위치에 있는 것이다. 최무경이 새로운 주체로 존재하기 위해서는 최무경은 이들과는 전혀 다른 사회적 관계 속에 놓일 필요가 있기 때문이다. 다시 말하자면 최무경은 두 사람 어느 누구와도 다른 존재인 것이다. 그리고 그는 아직 사회와 역사를 생각하지 않아도 좋을 위치에 있기 때문에 비로소 사회와 역사에 대한 질문을 던질 수 있는 것이다.

　오시형으로 대표되는 앞시기 지식인, 더 이상 신뢰할 수 없으며, 본래 존재 자체가 불안정한 지식인을 넘어서는 존재, 그의 체험과 사상을 추체험하면서 그가 가졌던 모든 것을 넘어서려는 존재, 바로 최무경이 그런 존재이다. 새롭게 형성되어야 할 주체는 오시형이나 이관형 같은 한 세대 이전의 지식인이 아니지만, 그렇다고 해서 봉근이나 운봉이 같은 그런 어린아이도 아닌 것이다. 조선에서의 근대, 식민지 근대를 거슬러 추체험함으로써, 그리고 그것을 넘어섬으로써 비로소 스스로 결정할 수 있는 주체로 태어나고자 하는 최무경의 시도는 근본적으로 식민지 근대를 반성하는 행위이다.

그러나 아직 최무경에게는 아무것도 마련된 것이 없다. 그의 시도는 단지 시도일 뿐이다. 아직 그는 오시형이 다다른 자리에 이르지 못했으며, 그에 대해 비판적인 이관형의 자리에도 이르지 못했다. 그에게는 많은 길이 열려 있기는 하지만, 그 열린 길이란 일종의 모험인 것이다. 그리고 이 점에서 「경영」 「맥」의 새로운 근대적 주체는 아직 제한적이다.

6

김남천이 보여준 소설의 변화는 1930년대 초의 '홑눈'에서 벗어나 현실의 여러 층위를 발견하는 '겹눈'을 갖추는 과정으로도 읽힌다. 세계는 더 이상 단순하게 이해될 수 없었다. 그렇기 때문에 김남천은 현실의 여러 겹을 읽으려 노력하면서 '겹눈'을 마련한다. 그러나 그 '겹눈'으로 바라본 세계는 훨씬 더 고통스러운 것이었다. 김남천이 마련했던 마지막 가능성인 최무경도 소설의 끝에서 어떤 희망도 발견하지 못하고 막연한 기대에 그칠 수밖에 없었다.

　새로운 주체를 모색하는 김남천의 시도는 「맥」으로 일단락된다. 세계가 더 이상 용납하지 않았던 것이다. "차안(此岸)의 몰락은 확실한데, 피안(彼岸)의 사상은 보이지 않는다"고 말하면서 루카치의 리얼리즘에 기대었던 김남천은 제2차 세계 대전 속에서 어떠한 길도 발견하지 못한다. 어쩔 수 없이 씌어졌던 것으로 보이는 「등불」에서 그는 결국 현실의 논리를 받아들일 수밖에 없었던 것으로 보인다. 그가 말하는 숙련의 아름다움이 어떤 것이든, 결국 그는 '아버지'의 자리로 되돌아갈 수밖에 없었다. 그가 자신을 규율할 수 있는 유일한 위치는 두 아이, 아니 전처의 자식을 포함한 네 아이의 아버지일 뿐이었다. 그게 그에게 마련된 위치였다. 그렇기에 그는 단지 "나는 살고 싶다"는 아주 어두운 한 마디만을 남겨놓을 수밖에 없었다.

　이는 확실히 비극이다. 자신의 세계와 맞서 싸우던 한 인간이 결국 시대에 패배하고 마는 모습은 비극적이다. 그러나 단순히 문학의 측면에서 보았을 때 이는 비극만이라고는 할 수 없다. 김남천은 가장 바람직한 길을 걷지는 않았지만, 그럼에도 가능한 만큼 그렇게 하려 하였기 때문이다. 그리고 그 가운데서 어떤 '아름다움'을 발견할 수 있는 것 또한 사실이다.

　오히려 더욱 비극적인 것은 해방 이후의 삶이라고 할 수 있다. 해방 후 새로운 국가 건설의 과정 속에서 다시 좌우로 갈리고, 결국 남북 독자의 정부 어느 쪽에서도 받아들여지지 못하고 숙청되었던 것만으로도, 그리하여 몇십 년 동안 남북의 어느 문학사에

428

서도 이름을 찾을 수 없었던 것만으로도 비극적이다.

그러나 더욱 비극적인 것은 1950년대 씌어진 그의 소설 속에서 해방 전 그토록 고통스럽게 만들어갔던 '겹눈'을 잃어버리고 있다는 사실이다. 해방 후 씌어진 대표작 가운데 하나인 「꿀」이 그러하다. 시대적·역사적 제한성을 생각하더라도 그 사실에는 변함이 없다. 「꿀」 속에서 우리는 20년에 걸친 김남천의 문학적 고투의 어느 한 자락도 발견할 수 없다. 「꿀」의 세계는 「공장 신문」이나 「공우회」의 세계와 한 치의 다름이 없다. 있다면 오직 시간과 장소의 다름뿐이다. 소설의 지향이 긍정적인가 부정적인가는 아무런 관계가 없다. 「공장 신문」과 「공우회」가 김남천의 어린 시절에 씌어진 것이며, 아직 문학적 능력이 제대로 갖추어지기 이전에 씌어진 것임을 감안한다면, 「꿀」의 세계가 「공장 신문」과 「공우회」의 세계와 같다는 그것이야말로 비극인 것이다. 한 문인의 문학적 편력이 송두리째 사라져버린, 그럴 수밖에 없었던 시기가 우리에게 있었고, 그리고 그 속에서 많은 문학인이 죽어갔다는 사실 말이다.

1911년(1세) 본명 김효식(金孝植). 평안남도 성천군에서 중농이며 공무원이었던 김영전의 장남으로 태어난다.

1926년(16세) 평양고보에서 수학하는 도중, 한재덕 등과 『월역(月域)』이라는 동인 잡지를 낸다. 이 시기에 동서양의 많은 작가들의 작품을 읽으면서 한편으로「단오」「명절」「늦은 봄」「약자행」「어머니의 아해」등 열 편이 넘는 작품을 썼다고 한다. 나중에 발표된 소설「단오」「어머니」등과 같은 작품의 원형이 여기에 있다고 보이나 확인할 수는 없다.

1928년(18세) 동인들과 함께 평양숭실전문 교수로 있던 양주동을 찾아간다. 훗날 그다지 좋은 인상은 받지 못했다고 말한다.

1929년(19세) 평양고보를 졸업하고 동경으로 건너가 호세이(法定) 대학 예과에 입학한다. 한재덕의 소개로 안막을 만나 카프 동경 지부 소속 극단의 조선 공연에 동행할 것을 권유받는다. 여름

방학을 맞아 안막·한재덕 등과 귀국하였을 때, 임화를 만난다. 카프 동경지부가 발행한 기관지 『무산자』에 안막·이북만·임화 등과 함께 참가한다. 프로 소설로 「산업 예비군」이라는 소설을 썼으나 동료들의 혹평으로 불살라버린다.

1930년(20세) 봄에 임화·안막 등과 함께 귀국, 카프 개혁과 신간회 해소를 주장한다. 6월에 본명으로 첫 평론인 「영화 운동의 출발점 재음미」를 중앙일보에 발표한다. 여름방학 때 귀향 성천청년동맹을 조직하고 집행위원이 된다. 평양 고무공장 노동자 총파업에 관여하여 격문 등을 작성한다. 일본으로 돌아간 후, 평양 고무공장 총파업의 경험을 바탕으로 소설 「공제생산조합」과 희곡 「조정안」을 쓴다.

1931년(21세) 김남천이라는 필명을 만든다. 호세이 대학에서 독서회 및 적색스포츠단, 무산자사신문법정반, 무산청년법정반, 전기 법정반 등에 가입하였다가 3월 제적된다. 귀국하여 제2차 방향 전환에 참여한다. 좌익 극단인 청복극장에서 연극 운동을 펼친다. 10월 카프 제1차 검거 때, '조선공산주의자협의회 사건'에 연루되어 검거된다.

1933년(23세) 예심이 종결되고 고경흠 등과 같이 본심에 회부된다. 카프 맹원으로서 본심에 회부된 경우는 김남천이 유일하다. 병 보석으로 출옥 후 낙향한다. 6월에 옥중 체험을 바탕으로 한 「물」을 발표한다. 이를 계기로 임화와 작가와 창작 사이의 관계, 리얼리즘에 대한 논쟁을 벌인다. 12월 부인이 해산 후 후더침으로 사망한다.

1934년(24세) 카프 제2차 검거 때 재검거되어 전주로 이송되었으나 과
거 투옥 경력을 이유로 제외된다. 조사 과정을 취재 보도한다.

1935년(25세) 5월 임화·김기진과 협의하여 카프 해산계를 경기도 경
찰국에 제출한다. 조선중앙일보 기자로 일한다.

1936년(26세) 9월 조선중앙일보의 폐간으로 기자 생활을 그만둔다.

1937년(27세) 「남매」로 소설 창작을 재개한다. 고발 문학론·모럴론
등의 창작 방법론을 제창하면서 다른 한편으로 이를 실천하는
「처를 때리고」와 같은 작품을 창작한다.

1939년(29세) 조선일보에 장편 『사랑의 수족관』을 연재한다. 인문사
의 전작 장편 소설 첫 기획 작품으로 『대하』를 간행한다. 역시
창작집 『소년행』을 간행한다.

1940년(30세) 전향 문학의 백미라고 할 수 있는 「경영」「낭비」「맥」
연작을 발표한다. 이후 작품 활동이 급격히 줄어든다.

1943년(33세) 친일 잡지 『국민문학』에 일본어 소설 「조(朝)」를 발표
한다.

1945년(35세) 해방이 되자 임화와 함께 '조선문학건설본부'를 설립
한다.

1946년(36세) 희곡 「3·1 운동」을 발표한다. '조선문학건설본부'와 '조
선프롤레타리아문학동맹'을 통합한 '조선문학가동맹'의 중앙
집행위 서기국 서기장이 된다.

1947년(37세) 공산주의자에 대한 탄압이 거세지자 임화 등 남로당 계
열 문인과 함께 월북한다. 해주 제일인쇄소를 근거지로 삼는다.

1948년(38세) '남조선인민대표자회의'에서 최고인민대표위원으로 피

선된다.

1950년(40세) 한국전쟁 때 서울로 내려온다. 낙동강 전선으로 종군

취재를 떠난다.

1951년(41세) 숙청의 빌미가 되는 작품「꿀」을 발표한다.

1953년(43세) 남로당이 숙청당할 때 임화·이원조 등과 함께 숙청된다.

이때 죽었는지 아니면 그 후에 죽었는지는 확인되지 않는다.

1. 소설

작품명	발표지	발표 연월일
「공장 신문」	조선일보	1931. 7. 5~15
「공우회」	『조선지광』	1932. 2
「나란구(羅蘭溝)」	조선일보	1933. 3. 2(미완)
「남편 그의 동지(긴 수기의 일절)」	『신여성』	1933. 4
「물」	『대중』	1933. 6
「생의 고민」	조선중앙일보	1933. 11. 1(미완)
「문예 구락부」	〃	1934. 1. 25~2. 2
「남매」	『조선문학』	1937. 3
「처를 때리고」	〃	1937. 6
「소년행(少年行)」	『조광』	1937. 7
「춤추는 남편」	『여성』	1937. 10
「제퇴선(祭退膳)」	『조광』	1937. 10
「요지경(瑤池鏡)」	〃	1938. 2
「세기(世紀)의 화문(花紋)」	『여성』	1938. 3~10
「가애자(可愛者)」	『광업조선』	1938. 3

작품명	발표지	발표 연월일
「생일 전날」	『삼천리문학』	1938. 4
「미담(美談)」	『비판』	1938. 6
「누나의 사건」	『청색지』	1938. 6
「무자리」	『조광』	1938. 9
「철령(鐵嶺)까지」	〃	1938. 10
「포화(泡花)」	『광업조선』	1938. 11
『대하』(장편 소설)	『인문사』	1939
「녹성당」	『문장』	1939. 3
「주말 여행」	『야담』	1939. 3
「이런 안해(혹은 이런 남편)」	『농업조선』	1939. 4
「5월」	『광업조선』	1939. 5
「바다로 간다」	조선일보	1939. 5. 2~6. 15
「항민(港民)」	『조선문학』	1939. 6(「5월」의 2부)
「이리」	『조광』	1939. 6
「장날」	『문장』	1939. 6
「길 위에서」	〃	1939. 7
『사랑의 수족관』(장편 소설)	조선일보	1939. 8. 1~1940. 3. 3
「어머니」	『농업조선』	1939. 9
「단오」	『광업조선』	1939. 10
「T일보사」	『인문평론』	1939. 11
「속요(俗謠)」	『광업조선』	1940. 1~5
「낭비」	『인문평론』	1940. 2~1941. 2(미완)
「노고지리 우지진다」	『문장』	1940. 6~7
「경영」	〃	1940. 10
「어머니 삼제(三題)」	『조광』	1940. 11
「기행(紀行)」	?(미확인)	1941. 1
「맥(麥)」	『춘추』	1941. 2
「그림」	『문장』	1941. 2
「오디(桑實)」	〃	1941. 4
「개화 풍경」	『조광』	1941. 5

작품명	발표지	발표 연월일
「등불」	『국민문학』	1942. 3
「구름이 말하기를」	『조광』	1942. 6~11
「感る朝」	『국민문학』	1943. 1
「신의에 대하여」	『조광』	1943. 9
「목화」	『한성시보』	1945. 10
「8·15」	『자유신문』	1945. 10. 15~1946. 5
「3·1 운동」	『신천지』	1946. 3~5
「동맥」	『신문예』	1946. 7~10
	『신조선』	1946. 10~1947. 5
「원뢰(遠雷)」	『인민평론』	1946. 7
「꿀」	『문학예술』	1951. 4

2. 평론

제목	발표지	발표 연월일
「영화 운동의 출발점 재음미」	중외일보	1930. 6
「반 '카프' 음모 사건의 계급적 의의」	『시대공론』	1931. 9
「문학 시평: 문화적 공작에 관한 약간의 시감(時感)」	『신계단』	1933. 5
「잡지 문제를 위한 각서」	『신계단』	1933. 6
「임화에 관하여」	조선일보	1933. 7. 22~25
「임화적 창작 평과 자기 비판」	조선일보	1933. 7. 29~8. 4
「문학적 치기를 웃노라: 방승극의 잡문을 반박함」	조선일보	1933. 10. 10~12
「당면 과제의 인식: 창작의 태도와 실제」	조선일보	1934. 1. 9
「창작 방법에 있어서의 전환의 문제: 추백의 제의를 중심으로」	『형상』	1934. 3
「창작 과정에 관한 감상」	조선일보	1934. 1. 9
「지식 계급의 전형 창조와 『고향』 주인공에 대한 감상: 이기영 『고향』의 일면적 비평」	조선중앙일보	1935. 6. 28~7. 4

제목	발표지	발표 연월일
「미네르바의 소총(小銃)」	조선중앙일보	1935. 7. 2
「최근의 창작」	조선중앙일보	1935. 7. 21~24
「「문예시감」 문예가협회에 대하여: 왜곡된 보고와 치기에 찬 제창설」	조선중앙일보	1935. 8. 21~9. 4
「「문예시감」 이광수 전집 간행의 사회적 의의」	조선중앙일보	1935. 9. 5~7
「「문예시감」 바르뷔스를 추도」	조선중앙일보	1935. 9. 8~10
「공식과 문화사」	조선중앙일보	1935. 10. 4
「조선을 과연 누가 천대하는가: 안재홍 씨에 답함」	조선중앙일보	1935. 10. 18~27
「건전한 사실주의의 길: 작가여 나파륜의 칼을 들라」	『조선문단』	1936. 1
「고리키에 대한 단상」	조선중앙일보	1936. 3. 13~17
「춘원 이광수 씨를 말함: 주로 정치와 문학과의 관계에 기(基)하여」	조선중앙일보	1936. 5. 6~8
「고리키를 곡(哭)함」	조선중앙일보	1936. 6. 22~24
「비판하는 것과 합리화하는 것과: 박영희의「문장」을 독함」	조선중앙일보	1936. 7. 26~8
「문학의 본질」	조선중앙일보	1936. 9. 1~4
「「취향」 독후감: 타락된 창작 풍조에 반성」	『조선문학』	1937. 4
「단상:「문장」· 허구 · 기타」	『조선문학』	1937. 4
「4월 창작평」	조선일보	1937. 4. 7~11
「사상 · 작품 ·「문장」: 이기영 검토」	『풍림』	1937. 5
「「인간수업」 독후감」	조선일보	1937. 5. 25
「고리키의 사후 1주년」	『조광』	1937. 6
「고발의 정신과 작가: 신창작 이론의 구체화를 위하여」	조선일보	1937. 6. 1~5
「창작 방법의 신국면: 고발의 문학에 대한 재론」	조선일보	1937. 7. 10~15
「비평의 기준」	조선일보	1937. 7. 23
「문학적 분위기」	조선일보	1937. 7. 25
「탕천(湯淺) 씨의「대추」」	조선일보	1937. 7. 28

제목	발표지	발표 연월일
「현대에 대한 작가의 매력: 지식인의 자기 분열과 불요불굴의 정신」	조선일보	1937. 8. 14
「고전에의 귀환」	『조광』	1937. 9
「최근 평단에서 느낀 바 몇 가지: 9월 창작평」	조선일보	1937. 9. 26~10. 1
「잡담은 잡담」	동아일보	1937. 9. 18
「동인지의 임무와 그 동향」	동아일보	1937. 9. 26~10. 1
「인간과 문학」	조선일보	1937. 10. 9
「조선적 장편 소설의 일 고찰: 현대 저널리즘과 문예와의 교섭」	동아일보	1937. 10. 19~23
「파우스트와 혼란」	조선일보	1937. 10. 20
「11월의 창작평」	조선일보	1937. 11. 2~7
「유다적인 것과 문학: 소시민 출신 작가의 최초 모럴」	조선일보	1937. 12. 14~18
「자기 분열의 초극: 문학에 있어서의 주체와 객체」	조선일보	1938. 1. 26~2. 2
「소설의 세계」	조선일보	1938. 2. 15
「생산력과 예술」	조선일보	1938. 2. 17
「좌담회 시비」	조선일보	1938. 2. 19
「비평 초점의 시정(是正): 엄흥섭 군에게 항변함」	조선일보	1938. 2. 22~23
「낭만주의론」	조선일보	1938. 2. 23
「도덕의 문학적 파악: 과학 · 문학과 모럴 개념」	조선일보	1938. 3. 8~12
「일신상 진리와 모럴: '자기'의 성찰과 '개념'의 주체화」	조선일보	1938. 4. 17~24
「세태 · 풍속 묘사 · 기타: 채만식『탁류』와 안회남의 단편」	『비판』	1938. 5
「5월 창작 일인 일평: 소재와 주제와 작가 정신」	조선일보	1938. 5. 4
「조선 문학의 성격: 모럴의 확립」	동아일보	1938. 6. 1
「자작 안내」	『사해공론』	1938. 7
「비평 정신은 건재: 최재서 평론집 독후감」	조선일보	1938. 7. 12

제목	발표지	발표 연월일
「장편 소설에 대한 나의 이상」	『청색지』	1938. 8
「논단 시감」	동아일보	1938. 9. 10~18
「현대 조선 소설의 이념: 로만 개조에 대한 일 작가의 각서」	조선일보	1938. 9. 10~18
「세태와 풍속: 장편 소설 개조론에 기(奇)함」	동아일보	1938. 10. 14~25
「11월 창작평」	조선일보	1938. 11. 9~13
「희귀한 홍분: 「신인 단편집」 독후감」	조선일보	1938. 11. 17
「작금의 신문 소설: 통속 소설론을 위한 감상」	『비판』	1938. 12
「작가의 생활: 직업적 조직을 가져야 한다」	『청색지』	1938. 12
「이 해에 마지막 쓰는 결산 논문」	동아일보	1938. 12. 27~28
「문학 정신의 건립: 문예 발전책」	『조광』	1939. 1
「작가의 정조: 비평가의 생리를 살펴보자」	『조선문학』	1939. 1
「1월 창작평」	조선일보	1939. 1. 26~31
「창작 여묵(創作餘墨)」	동아일보	1939. 2. 2
「청년 솔로호프: 내가 영향받은 외국 작가」	『조광』	1939. 3
「장편 소설계」	『문예연감』	1939. 3
「절게 · 막서리 · 기타」	『조선문학』	1939. 3
「문학과 모럴」	조선일보	1939. 4. 27
「시대와 문학의 정신: 발자크적인 것에의 정열」	동아일보	1939. 4. 29~5. 7
「「비판」과 나의 십 년」	『비판』	1939. 5
「사실의 재구성」	동아일보	1939. 5. 17
「민속의 문학적 개념」	동아일보	1939. 5. 19
「작품의 제작 과정: 나의 창작 노트」	『조광』	1939. 6
「여류 문학 저조의 문제」	『여성』	1939. 6
「소설의 당면 과제」	조선일보	1939. 6. 23~25
「권위에의 아첨」	동아일보	1939. 6. 24
「자부심 유감」	동아일보	1939. 6. 25
「양도류(兩刀類)의 도량(道量): 내 작품을 해부함」	『조광』	1939. 7
「동시대인의 거리감: 9월 창작평」	『문장』	1939. 10

제목	발표지	발표 연월일
「『고리오 옹』과 부성애·기타: 발자크 연구 노트 1」	『인문평론』	1939. 10
「이효석 저 『화분의 성 모럴』」	동아일보	1939. 11. 30
「산문 문학의 일 년 간」	『인문평론』	1939. 12
「성격과 편집광의 문제: 발자크 연구 노트 2」	『인문평론』	1939. 12
「토픽 중심으로 본 기묘년의 산문 문학」	동아일보	1939. 12. 12~22
「송년호 작품의 인상: 12월 창작평」	『인문평론』	1940. 1
「연재 소설의 새 경지: 채만식 저 『탁류』의 매력」	조선일보	1940. 1. 15
「신진 소설가의 작품 세계」	『인문평론』	1940. 2
「소화(昭和) 10년도 개관: 창작계」	『문예연감』	1940. 3
「문예 시평」	조선일보	1940. 3. 20~23
「관찰 문학 소론: 발자크 연구 노트 3」	『인문평론』	1940. 4
「체험적인 것과 관찰적인 것·관찰 문학 소론: 발자크 연구 노트 4」	『인문평론』	1940. 5
「영화인에게 보내는 글」	『문장』	1940. 6
「전형 창조의 이론과 실제」	조선일보	1940. 6. 11
「아메리칸 리얼리즘의 교훈」	조선일보	1940. 7. 27~31
「원리와 시무(時務)의 말: 평론계 상반기 소묘」	『조광』	1940. 8
「소설 문학의 현상: 절망론에 대한 약간의 검토」	『조광』	1940. 9
「신문과 문단: 민간지의 2년 간」	『조광』	1940. 10
「작중 인물지: 직업과 연령」	『조광』	1940. 11
「추수기의 작단: 10월 창작평」	『문장』	1940. 11
「소설의 운명」	『인문평론』	1941. 11
「동태와 업적: 창작계」	『조광』	1940. 12
「산문 문학의 1년 간」	『인문평론』	1941. 1
「전환기와 작가: 문단의 신체제」	『조광』	1941. 3
「소설의 장래와 인간성 문제」	『춘추』	1941. 3
「두 의사의 소설: 「아니·린」 「의사 기온」 독후감」	『매일신보』	1942. 10. 16~20

제목	발표지	발표 연월일
「건국과 문화 건설: 해방과 문화 건설」	중앙신문	1945. 11. 2~5
「문학의 교육적 의무」	문화전선	1945. 11. 15
「본격 소설의 완성: 내외면 분열 초극」	조선일보	1945. 11. 2~5
「적국(赤軍)을 환영함」	『신문예』	1945. 12
「문학자의 성실성 문제」	서울신문	1946. 1. 1
「현하의 정세와 나의 견해」	중앙신문	1946. 1. 15
「문학자 대회의 의의」	서울신문	1946. 2. 9
「새로운 창작 방법에 관하여」	중앙신문	1946. 2. 13~16
「간판과 문화 정책: 정부 수립과 문인의 소리」	현대일보	1946. 4. 2
「조선 문학의 재건」	민성	1946. 4. 23
「백남운 씨 「조선 민족」의 진로 비판」	조선인민보	1946. 5. 10~14
「논쟁 유감」	현대일보	1946. 6. 3
「고리키의 세계 문화적 지위」	현대일보	1946. 6. 18
「순수 문학의 제태」	서울신문	1946. 6. 30
「창조적 사업의 전진을 위하여」	『문학』	1946. 7
「민족 문화 건설의 태도 성비」	『신천지』	1946. 8
「문학의 대중화: 자유 제언」	자유신문	1946. 9. 16
「변혁하는 철학: 박치우 저 『사상과 현실』」	독립신보	1946. 12. 10
「신단계에 처한 문화 운동」	자유신문	1947. 1. 4~16
「종합 예술제를 앞두고」	독립신보	1947. 1. 7
「문화 정책의 동향: 흥행 문제에 관한 고시를 보고」	민보	1947. 2. 15~22
「남조선의 현정세와 문화 예술의 위기」	『문학평론』	1947. 4
「대중 투쟁과 창조적 실천의 문제」	『문학』	1947. 4
「기만(欺瞞)·기변(機變)·원칙」	문화일보	1947. 5. 30
「기회주의와 삼태(三態)」	문화일보	1947. 5. 31
「종파와 기회주의」	문화일보	1947. 6. 1
「입법 의원의 행정」	문화일보	1947. 6. 3
「비율 문제의 소재」	문화일보	1947. 6. 4
「민족 대서사시의 영웅적 주인공 박헌영 선생」	문화일보	1947. 6. 30

제목	발표지	발표 연월일
「공위 성공을 위한 투쟁: 「문학 운동의 당면 임무」	『문학』	1947. 7
「문화 정책 답신안 해설」	『인민평론』	1947. 7
「제1차 문화 공작단 지방 파견 의의」	노력인민	1947. 7. 2

3. 수필

제목	발표지	발표 연월일
「어린 두 딸에게」	『우리들』	1934
「얼마나 자랐을까 내 고향의 라일락」	조선일보	1935. 6. 17
「버스」	조선중앙일보	1936. 7. 10
「귀로(歸路): 내 마음의 거울」	조선중앙일보	1935. 9. 23
「그 뒤의 어린 두 딸」	『중앙』	1936. 6
「봄과 나」	『조선문학』	1937. 4
「부덕이」	『조선문학독본』	1938
「교육, 아이」	『여성』	1938. 2
「몽상의 순결성」	『조광』	1938. 4
「가로(街路)」	조선일보	1938. 6. 10
「뒷골목: 평양 잡기첩」	조선일보	1938. 5. 28~6. 4
「일반 문화」	『비판』	1938. 6
「여행 가자는 편지」	『여성』	1938. 7
「산이 깨뜨린 로맨스」	『조광』	1948. 7
「양덕쇄기(梁德瑣記): 성천서 온천까지」	조선일보	1938. 7. 23~28
「나는 파리입니다」	『조광』	1938. 8
「독서」	『파문』	1938. 9
「어느 해 가을의 회상」	『사해공론』	1938. 10
「안(雁)」	『조광』	1938. 11
「내가 정보부(鄭寶富)다: 자작 여주인공 몽중 회담기」	동아일보	1939. 1. 10~11
「활빙당(滑氷黨)」	조선일보	1939. 1. 12

제목	발표지	발표 연월일
「사랑방 없는 고을」	『청색지』	1939. 2
「가정 봉사(家庭奉仕)」	『비판』	1934. 4
「풍속 시평(風俗時評)」	조선일보	1939. 7. 6~11
「도피행」	『조광』	1939. 8
「조선 문학과 연애 문제」	『신세기』	1939. 8
「살인 작가」	『박문』	1938. 8
「스승 무용기(無用記)」	『조광』	1939. 10
「십 년 전」	『박문』	1939. 10
「양덕 온천의 회상」	『조광』	1939. 12
「현대 여성미」	『인문평론』	1940. 1
「무전여행」	『박문』	1940. 2
「황률(黃栗)·연초·잠견(蠶繭): 망향 수필」	『농업조선』	1940. 2
「연애 시집 한 권쯤」	『인문평론』	1940. 3
「풍속수감(風俗隨感)」	조선일보	1940. 5. 28~30
「영화인에게 보내는 글」	『문장』	1940. 6
「순직(殉職): 일지사변(支那事變) 3푸년 기념」	『인문평론』	1940. 7
「귀성」	『농업조선』	1940. 7
「가배(嘉俳)」	『박문』	1940. 7
「여성의 직업 문제: 여성 시평」	『여성』	1940. 12
「대리석」	『문장』	1941. 4
「한화수제(閑話數題)」	매일신보	1941. 4. 17~23
「강원도 동해안의 바다와 산과 들」	『半島의 光』	1941. 8
「효석(孝石)과 나」	『춘추』	1942. 6
「회남공!: 산업 전사에게 부치는 말」	『조광』	1944. 11
「여성 해방의 관건」	조선일보	1945. 11. 24~25
「여운형」	『신천지』	1946. 1
「하와이 사투리: 풍속시감」	『합동』	1946. 8

4. 좌담

제목	발표지	발표 연월일
「명일의 조선 문학」	동아일보	1938. 1. 1
「신협(新協)「춘향전」 좌담회」	『비판』	1938. 12
「문학 건설 좌담회」	조선일보	1939. 1. 1
「신극은 어디로 갔나? 영화 조선의 새출발」	조선일보	1940. 1. 4
「벽호 홍명희 선생을 둘러싼 문학 담의(談義)」	『대조』	1946. 1
「조선 문학의 지향」	『예술』	1946. 1
「문학자의 자기 비판」	『인민문학』	1946. 2
「해방 후의 조선 문학」	민성	1947. 4. 23
「창작 합평회」	『신문학』	1946. 6
「강용흘 씨를 맞이한 좌담회」	민성	1946. 9

▌참고 문헌

김윤식, 『한국 근대 문학 사상사』, 한길사, 1984.

현길언, 「닫힌 시대와 역사에 대한 소설적 전망: 김남천론」, 『세계의
　　　문학』, 1988년 가을.

권영민, 「소설 창작의 이론가 김남천」, 『월간경향』, 1989. 2.

신상성, 「한국 가족사 소설의 형성과 리얼리즘 연구」, 『국어국문학』,
　　　1989. 5.

김윤식, 「신분 상승의 문학사적 성격」, 『동서문학』, 1989. 6.

오양호, 「김남천의 『대하』론」, 『동서문학』, 1990. 5.

이동하, 「일제말 지식인의 고뇌와 갈등」, 『동서문학』, 1990. 5.

김윤식, 「해방 공간 문화 운동의 갈래와 그 전망: 임화 · 김남천의 내
　　　면 풍경 분석을 중심으로」, 『한국학보』, 1990.

김동환, 「1930년대 후반기 장편 소설에 나타난 '풍속'의 의미」, 『관악
　　　어문연구』, 1990.

이덕화, 「김남천 연구」, 연세대 박사 논문, 1991.

김재남, 「김남천 문학 연구」, 세종대 박사 논문, 1991.

신동욱, 「김남천의 소설에 나타난 지식인의 자아 확립과 전향자의 적
　　　응 문제」, 단국대 동양학, 1992.

김주일, 「1930년대 리얼리즘론 연구: 임화·김남천의 문예론을 중심
　　　으로」, 연세대 박사 논문, 1993.

하응백, 「김남천 문학 연구」, 경희대 박사 논문, 1993.

이상갑, 「1930년대 후반기 창작 방법론 연구」, 고려대 박사 논문, 1994.

김동환, 「1930년대 후반기 소설의 대체 현실 추구와 의사 낭만성」,
　　　『한성어문학』, 1994. 5.

김외곤, 「김남천 문학에 나타난 주체 개념의 변모 과정」, 서울대 박사
　　　논문, 1995.

이　훈, 「김남천론: 해방 전 리얼리즘의 탐구를 중심으로」, 『목포대학
　　　교 논문집』, 1995. 12.

이현식, 「1930년대 후반 한국 문예 비평 이론 연구: 특히 주체 문제와
　　　관련하여」, 연세대 박사 논문, 1996.

서경석, 「1930년대 문학 비평에 나타난 '탈근대성' 연구: 임화·김남
　　　천의 사상 모색을 중심으로」, 『한국학보』, 1996. 9.

김효정, 「1930년대 전향 소설의 의식 변모 양상 연구: 이기영·한설
　　　야·김남천을 중심으로」, 대구효성카톨릭대 박사 논문, 1998.

이건제, 「김남천의 소설을 통해 본 일제말 '전향'과 '근대성'의 문제」,
　　　『어문논집』, 1998. 2.

이수형, 「김남천 문학에서의 이데올로기와 실천의 관계」, 『한국학보』,

1998. 9.

김재용, 「월북 이후 김남천의 문학 활동과 「꿀」 논쟁」, 『작가연구』, 1998. 10.

채호석, 「김남천 문학 연구」, 서울대 박사 논문, 1999.

이호진, 「1930년대 후반기 소설 연구: 현실 인식과 주체의 대응 논리에 관하여」, 성균관대 박사 논문, 2001.

곽승미, 「김남천 문학 연구: 인식적·미학적 원리로서의 근대성」, 이화여대 박사 논문, 2001.

김 철, 「'근대의 초극,'「낭비」 그리고 베네치아: 김남천과 근대 초극론」, 『민족문학사 연구』, 2001. 6.

정명중, 「김남천 문학 비평 연구」, 전남대 박사 논문, 2002.

서영인, 「김남천 문학 연구: 리얼리즘의 주체적 재구성 과정을 중심으로」, 경북대 박사 논문, 2003.

정여울, 「'풍속'의 재발견을 통한 '계몽'의 재인식: 김남천의 『대하』론」, 『한국 현대 문학 연구』, 2003. 12.

이상화, 「일제말 한국 가족사 소설 연구」, 상명대 박사 논문, 2004.

한국문학전집을 펴내며

오늘의 한국 문학은 다양한 경험과 자산에서 비롯된 것이지만, 그중에서도 우리 앞선 세대의 문학 작품에서 가장 큰 유산을 물려받고 있다. 그럼에도 우리는 가끔 우리의 문학 유산을 잊거나 도외시한다. 마치 그것 없이는 살아갈 수 없는 소중한 물을 쉽게 잊고 사는 것처럼 그동안 우리는 우리가 이루어놓은 자산들을 너무 쉽게 잊어버리고 있었는지도 모르겠다. 인기 있는 외국 작품들이 거의 동시에 번역 출판되고, 새로운 기획과 번역으로 전 세계의 문학 작품들이 짜임새 있게 출판되고 있는 요즈음, 정작 한국 문학 작품들을 체계적으로 정리하지 못하고 있었다는 점을 최근에 우리는 깊이 반성하게 되었다. 그리고 이러한 때늦은 반성을 곧바로 '한국문학전집'을 기획하는 힘으로 전환하였다.

오늘의 시점에서 '한국문학전집'을 기획한다는 것은, 우선 그동안 양적으로나 질적으로 괄목할 만한 수준에 이른 한국 문학 연구 수준을 반영하는 새로운 시각이 전제되어야 할 것이다. 그리고 '우리 것을 지키자'는 순진한 의도에서가 아니라, 한국 문학이 바로 세계 문학이 되는 질적 확장을 위해, 세계 문학 속에서의 한국 문학의 정체성을 찾는 일을 간과해서는 안 될 것이다.

이번 기획에서 우리가 가장 크게 신경 썼던 점은 크게 두 가지이다. 하나는, 그동안 거의 관습적으로 굳어져왔던 작품에 대한 천편일률적인 평가를 피하고 그동안의 평가에 대한 비판적 평가와 더불어 새로운 평가로 인한 숨은 작품의 발굴이었다. 그리하여 한국 문학사를 시기별로 구분하여 축적된 연구 성과들 위에서 나름대로 중요한 작품들을 선별하는 목록 작업에 가장 큰 공을 들였다. 나머지 하나는, 그동안 여러 상이한 판본의 난립으로 인해 원전 텍스트가 침해되고 있는 심각한 상황을 고려하여 각각의 작가에게 가장 뛰어난 연구자들을 초빙하여 혼신을 다해 원전 텍스트를 확정하였다는 점이다.

장구한 우리 문학사의 주옥같은 작품들을 한자리에 모아, 세대를 넘고 시대를 넘어 그 이름과 위상에 값할 수 있는 대표적인 한국문학전집을 내놓는다. 이번에 출간되는 한국문학전집은 변화된 상황과 가치를 반영하는 내실 있고 권위를 갖춘 내용으로 꾸며질 것이며, 우리 문학의 정본 전집으로서 자리매김해 한국 문학의 전통을 계승하고 발전시키는 데 기여하고자 한다. 이 기획이 한국 문학의 자산들을 온전하게 되살려, 끊임없이 현재성을 가지는 살아 있는 작품들로, 항상 독자들의 옆에 있게 되기를 기대한다.

㈜ 문학과지성사

01 감자 김동인 단편선

최시한(숙명여대) 책임 편집

수록 작품 약한 자의 슬픔 / 배따라기 / 태형 / 눈을 겨우 뜰 때 / 감자 / 광염 소나타 / 배회 / 발가락이 닮았다 / 붉은 산 / 광화사 / 김연실전 / 곰네

극단적인 상황과 비극적 운명에 빠진 인물 군상들을 냉정하게 서술해낸 한국 근대 단편 문학의 선구자 김동인의 대표 단편 12편 수록. 인간과 환경에 대한 근대적 인식을 빼어난 문체와 서술로 형상화한 김동인의 주옥같은 작품들을 만날 수 있다.

02 탈출기 최서해 단편선

곽근(동국대) 책임 편집

수록 작품 고국 / 탈출기 / 박돌의 죽음 / 기아와 살육 / 큰물 진 뒤 / 백금 / 해돋이 / 그믐밤 / 전아사 / 홍염 / 갈등 / 먼동이 틀 때 / 무명초

식민 치하 빈궁 문학을 대표하는 최서해의 단편 13편 수록. 식민 치하의 참담한 사회적 현실을 사실적으로 전해주는 작품들. 우리 민족의 궁핍한 현실에 맞선 인물들의 저항 정신과 민족 감정의 감동과 울림을 전한다.

03 삼대 염상섭 장편소설

정호웅(홍익대) 책임 편집

우리 소설 가운데 서울말을 가장 풍부하게 살려 쓴 작품이자, 복합성·중층성의 세계를 구축하여 한국 근대 장편소설의 대표작으로 꼽히는 염상섭의 『삼대』. 1930년대 서울의 중산층 가족사를 통해 들여다본 우리 근대의 자화상이다.

04 레디메이드 인생 채만식 단편선

한형구(서울시립대) 책임 편집

수록 작품 논 이야기 / 레디메이드 인생 / 미스터 방 / 민족의 죄인 / 치숙 / 낙조 / 쑥국새 / 당랑의 전설

역설과 반어의 작가 채만식의 대표 단편 8편 수록. 1920~30년대의 자본주의적 현실 원리와 민중의 삶을 풍자적으로 포착하는 데 탁월했던 채만식. 사실주의와 풍자의 절묘한 조합으로 완성한 단편 문학의 묘미를 즐길 수 있다.

05 비 오는 길 최명익 단편선

신형기(연세대) 책임 편집

수록 작품 폐어인 / 비 오는 길 / 무성격자 / 역설 / 봄과 신작로 / 심문 / 장삼이사 / 맥령

시대를 앞섰던 모더니스트 최명익의 대표 단편 8편 수록. 병과 죽음으로 고통받는 인물 군상들을 통해 자신이 예감한 황폐한 현대의 징후를 소설화한 작가 최명익. 너무나 현대적이어서, 당시에는 제대로 평가받을 수 없었던 탁월한 단편소설들을 만난다.

06 사하촌 김정한 단편선

강진호(성신여대) 책임 편집

수록 작품 그물 / 사하촌 / 항진기 / 추산당과 곁사람들 / 모래톱 이야기 / 제3병동 / 수라도 / 인간단지 / 위치 / 오끼나와에서 온 편지 / 슬픈 해후

리얼리즘 문학과 민족 문학을 대표하는 김정한의 대표 단편 11편 수록. 민중들의 삶을 통해 누구보다 먼저 '근대화의 문제'를 문학적으로 제기하고 예리하게 포착한 작가 김정한의 진면목을 본다.

07 무녀도 김동리 단편선

이동하(서울시립대) 책임 편집

수록 작품 화랑의 후예 / 산화 / 바위 / 무녀도 / 황토기 / 찔레꽃 / 동구 앞길 / 혼구 / 헐거부족 / 달 / 역마 / 광풍 속에서

한국적이고 토착적인 전통 세계의 소설화에 앞장선 김동리의 초기 대표작 12편 수록. 민중의 삶 속에 뿌리 내린 토착적 전통의 세계를 정확한 묘사와 풍부한 서정으로 형상화했던 김동리 문학 세계를 엿본다.

08 독 짓는 늙은이 황순원 단편선

박혜경(인하대) 책임 편집

수록 작품 소나기 / 별 / 겨울 개나리 / 산골 아이 / 목넘이마을의 개 / 황소들 / 집 / 사마귀 / 소리 / 닭제 / 학 / 필묵장수 / 뿌리 / 내 고향 사람들 / 원색오뚝이 / 곡예사 / 독 짓는 늙은이 / 황노인 / 늪 / 허수아비

한국 산문 문체의 모범으로 평가되는 황순원의 대표 단편 20편 수록. 엄격한 지적 절제와 미학적 균형으로 함축적인 소설 미학을 완성시킨 작가 황순원. 극적인 사건 전개 대신 정적이고 서정적인 울림의 미학으로 깊은 감동을 전한다.

09 만세전 염상섭 중편선

김경수(서강대) 책임 편집

수록 작품 만세전 / 해바라기 / 미해결 / 두 출발

한국 근대 소설의 기념비적 작품인 「만세전」, 조선 최초의 여류화가인 나혜석의 삶을 소설화한 「해바라기」, 그리고 식민지 조선의 현실을 담아내고 나름의 저항의식을 형상화하기 위한 소설적 수련의 과정을 단적으로 보여주는 「미해결」과 「두 출발」 수록. 장편소설의 작가로만 알려진 염상섭의 독특한 소설 미학의 세계를 감상한다.

10 천변풍경 박태원 장편소설

장수익(한남대) 책임 편집

모더니스트 박태원이 펼쳐 보이는 1930년대 서울의 파노라마식 풍경화. 근대 자본주의 사회의 이데올로기와 일상성에 대한 비판에 몰두하던 박태원 초기 작품의 모더니즘 경향과 리얼리즘 미학의 경계를 넘나드는 역작. 식민지라는 파행적 상황에서 기형적으로 실현되던 근대화의 양상을 기층 민중의 생활에 초점을 맞춰 본격화한 작품이다.

11 태평천하 채만식 장편소설

이주형(경북대) 책임 편집

부정적인 상황들이 난무하는 시대 현실을 독자적인 문학적 기법과 비판의식으로 그려냄으로써 '문학적 미'를 추구했던 채만식의 대표작. 판소리 사설의 반어, 자기 폭로, 비유, 과장, 희화화 등의 표현법에 사투리까지 섞은 요설로, 창을 듣는 듯한 느낌과 재미를 선사하는 작품. 세태풍자소설의 장을 열었던 채만식이 쓴 가족사소설의 전형에 해당한다.

12 비 오는 날 손창섭 단편선

조현일(홍익대) 책임 편집

수록 작품 공휴일 / 사연기 / 비 오는 날 / 생활적 / 혈서 / 피해자 / 미해결의 장 / 인간동물원초 / 유실몽 / 설중행 / 광야 / 희생 / 잉여인간 / 신의 희작

가장 문제적인 전후 소설가 손창섭의 대표 단편 14작품 수록. 병적이고 불구적인 인간 군상들을 통해 전후 사회 현실에서의 '절망'의 표현에 주력했던 손창섭. 전쟁 그리고 전쟁 이후의 비일상적 사태를 가장 근원적인 차원에서 표현한 빼어난 작품들을 선별했다.

13 등신불 김동리 단편선

이동하(서울시립대) 책임 편집

수록 작품 인간동의 / 흥남철수 / 밀다원시대 / 용 / 목공 요셉 / 등신불 / 송추에서 / 까치 소리 / 저승새

「무녀도」의 작가 김동리가 1950년대 이후에 내놓은 단편 9편 수록. 전기 작품에 이어서 탁월한 문체의 매력, 빈틈없는 구성의 묘미, 인상적인 인물상의 창조, 인간에 대한 깊이 있는 통찰이라는 김동리 단편의 미학을 다시 한 번 경험할 수 있는 기회이다.

14 동백꽃 김유정 단편선

유인순(강원대) 책임 편집

수록 작품 심청 / 산골 나그네 / 총각과 맹꽁이 / 소낙비 / 솥 / 만무방 / 노다지 / 금 / 금 따는 콩밭 / 떡 / 산골 / 봄·봄 / 안해 / 봄과 따라지 / 따라지 / 가을 / 두꺼비 / 동백꽃 / 야앵 / 옥토끼 / 정조 / 땡볕 / 형

고단한 삶을 살아가는 순박한 촌부에서 사기꾼에 이르기까지 다양한 삶의 모습을 문학 속에 그대로 재현한 김유정의 주옥같은 단편 23편 수록. 인물의 토속성과 해학성, 생생한 삶의 언어와 우리 소리, 그 속에 충만한 생명감을 불어넣은 김유정 문학의 정수를 맛본다.

15 소설가 구보씨의 일일 박태원 단편선

천정환(성균관대) 책임 편집

수록 작품 수염 / 낙조 / 소설가 구보씨의 일일 / 애욕 / 길은 어둡고 / 거리 / 방란장 주인 / 비량 / 진통 / 성탄제 / 골목 안 / 음우 / 재운

한국 소설사상 가장 두드러진 모더니즘 작품으로 인정받는 「소설가 구보씨의 일일」을 비롯한 박태원의 대표 단편 13편 수록. 한글로 씌어진 가장 파격적이고 실험적인 작품으로 주목 받은 박태원. 서울 주변부 중산층의 삶이라는 자기만의 튼실한 현실 공간을 구축하여 새로운 소설 기법과 예술가소설로서의 보편성을 획득한 작품들이다.

16 날개 이상 단편선

김주현(경북대) 책임 편집

수록 작품 12월 12일 / 지도의 암실 / 지팡이 역사 / 황소와 도깨비 / 공포의 기록 / 지주회시 / 동해 / 날개 / 봉별기 / 실화 / 종생기

근대와 맞닥뜨린 당대 식민지 조선의 기념비요 자화상 역할을 하는 이상의 대표 단편 11편 수록. '천재'와 '광인'이라는 꼬리표와 함께 전위적이고 해체적인 글쓰기로 한국의 모더니즘 문학사를 개척한 작가 이상. 자유연상, 내적 독백 등의 실험적 구성과 문체로 식민지 근대와 그것에 촉발된 당대인의 내면을 예리하게 포착해낸 이상의 문제작들을 한데 모았다.

17 흙 이광수 장편소설

이경훈(연세대) 책임 편집

한국 최초의 근대 장편소설 『무정』을 발표하면서 한국 소설 문학의 역사를 새롭게 쓴 이광수. 『흙』은 이광수의 계몽 사상이 가장 짙게 깔린 작품으로 심훈의 『상록수』와 함께 한국 농촌계몽소설의 전위에 속한다. 한국 근대 문학사상 가장 많이 연구되고 있는 작가의 대표작답게 『흙』은 민족주의, 계몽주의, 농민문학, 친일문학, 등장인물론, 작가론, 문학사 등의 학문적·비평적 논의의 중심에 있는 작품이다.

18 상록수 심훈 장편소설

박헌호(성균관대) 책임 편집

이광수의 장편 『흙』과 더불어 한국 농촌계몽소설의 쌍벽을 이루는 『상록수』. 심훈의 문명(文名)을 크게 떨치게 한 대표작이다. 1930년대 당시 지식인의 관념적 농촌 운동과 일제의 경제 침탈사를 고발·비판함으로써, 문학이 취할 수 있는 현실 정세에 대한 직접적인 대응 그리고 극복의 상상력이란 두 가지 요소를 나름의 한계 속에서 실천해냈고, 대중적으로도 큰 호응을 불러일으킨 작품이다.

19 무정 이광수 장편소설

김철(연세대) 책임 편집

20세기 이래 한국인이 가장 많이 읽고 가장 자주 출간돼온 작품, 그리고 근현대 문학 가운데 가장 많이 연구의 대상이 된 작가 이광수의 대표작 『무정』. 씌어진 지 한 세기가 가까워오도록 여전히 읽히고 있고 또 학문적 논쟁의 중심에 서 있는 『무정』을 책임 편집자의 교정을 충실하게 반영한 최고의 선본(善本)으로 만난다.

20 고향 이기영 장편소설

이상경(KAIST) 책임 편집

'프로문학의 정점'이자 우리 근대 문학사의 리얼리즘의 확립을 결정적으로 보여주는 이기영의 『고향』. 이기영은 1920년대 중반 원터라는 충청도의 한 농촌 마을을 배경으로 봉건 사회의 잔재를 지닌 채 식민지 자본주의화가 진행되어가는 우리 근대 초기를 뛰어난 관찰로 묘파한다. 일제 식민 치하 근대화에 대한 문학적·비판적 성찰과 지식인의 고뇌를 반영한 수작이다.

21 까마귀 이태준 단편선

김윤식(명지대) 책임 편집

수록 작품 불우 선생 / 달밤 / 까마귀 / 장마 / 복덕방 / 패강랭 / 농군 / 밤길 / 토끼 이야기 / 해방 전후

'한국 근대소설의 완성자' '단편문학'의 명수. 이태준은 우리 근대 문학의 전개 과정에서 결코 간과할 수 없는 역할을 담당했던 작가 가운데 한 사람이다. 문학의 자율성과 예술성을 상실하지 않으면서도 현실 문제에 각별한 관심을 보여주었던 그의 단편은 한국소설사에서 1930년대를 대표하는 것으로 인정받고 있다.

22 두 파산 염상섭 단편선

김경수(서강대) 책임 편집

수록 작품 표본실의 청개구리 / 암야 / 제야 / E선생 / 윤전기 / 숙박기 / 해방의 아들 / 양과자갑 / 두 파산 / 절곡 / 얼룩진 시대 풍경

한국 근대사를 증언하고 있는 횡보 염상섭의 단편소설 11편 수록. 지식인 망국민으로서의 허무적인 자기 진단, 구체적인 사회 인식, 해방 후와 전후 시기에 대한 사실적 증언과 문제 제기를 포함한 대표작들을 통해 횡보의 단편 미학을 감상한다.

23 카인의 후예 황순원 소설선

김종회(경희대) 책임 편집

수록 작품 카인의 후예 / 너와 나만의 시간 / 나무들 비탈에 서다

인간의 정신적 순수성과 고귀한 존엄성을 문학의 제일 원칙으로 삼았던 작가 황순원. 그의 대표작 가운데 독자들의 가장 많은 사랑을 받은 장편소설들을 모았다. 한국전쟁을 온몸으로 체득하면서 특유의 절제되고 간결한 문장으로 예술적 서사성을 완성한 황순원은 단편에서와 마찬가지로 변함없는 감동의 세계를 열어놓는다.

24 소년의 비애 이광수 단편선

김영민(연세대) 책임 편집

수록 작품 무정 / 소년의 비애 / 어린 벗에게 / 방황 / 가실 / 거룩한 죽음 / 무명 / 꿈

한국 근대소설사와 이광수 개인의 문학 세계에서 중요한 의미를 갖는 단편 8편 수록. 이광수가 우리말로 쓴 최초의 창작 단편 「무정」, 당시 사회의 인습과 제도를 비판한 「소년의 비애」, 우리나라 최초의 서간체 소설인 「어린 벗에게」, 지식인의 내면적 갈등과 자아 탐구의 과정을 담은 「방황」, 춘원의 옥중 체험을 바탕으로 씌어진 「무명」 등 한국 근대문학의 장르와 소재, 주제 탐구 면에서 꼼꼼히 고찰해야 할 작품들이다.

25 불꽃 선우휘 단편선

이익성(충북대) 책임 편집

수록 작품 테러리스트 / 불꽃 / 거울 / 오리와 계급장 / 단독강화 / 깃발 없는 기수 / 망향

8·15 해방과 분단, 6·25전쟁으로 이어지는 한국 근현대사의 열병을 깊이 있게 고찰한 선우휘의 대표작 7편 수록. 평판작 「불꽃」과 「깃발 없는 기수」를 비롯해 한국 근현대사의 역동성과 이를 바라보는 냉철한 작가의식이 빚어낸 수작들을 한데 모았다.

26 맥 김남천 단편선

채호석(한국외대) 책임 편집

수록 작품 공장 신문 / 공우회 / 남편 그의 동지 / 물 / 남매 / 소년행 / 처를 때리고 / 무자리 / 녹성당 / 길 위에서 / 경영 / 맥 / 등불 / 꿀

카프와 명맥을 같이하며 창작과 비평에서 두드러진 족적을 남긴 작가 김남천. 1930년대 초, 예술운동의 볼셰비키화론 주장과 궤를 같이하는 「공장 신문」「공우회」, 카프 해산 직후 그의 고발문학론을 담은 「처를 때리고」「소년행」「남매」, 전향문학의 백미로 꼽히는 「경영」「맥」 등 그의 치열했던 문학 세계의 변화를 일별할 수 있는 대표작 14편 수록.

27 인간 문제 강경애 장편소설

최원식(인하대) 책임 편집

한국 근대 여성문학의 제일선에 위치하는 강경애의 대표작. 일제 치하의 1930년대 조선, 자본가와 농민·노동자의 대립 구조 속에서 농민과 도시노동자가 현실의 문제를 해결하고자 하는 주체로 성장하는 과정과 그들의 조직적 투쟁을 현실성 있게 그려낸 작품. 이기영의 「고향」과 더불어 우리 근대 소설사에서 리얼리즘 소설의 수작으로 꼽힌다.

28 민촌 이기영 단편선

조남현(서울대) 책임 편집

수록 작품 농부 정도룡 / 민촌 / 아사 / 호외 / 해후 / 종이 뜨는 사람들 / 부역 / 김군과 나와 그의 아내 / 변절자의 아내 / 서화 / 맥추 / 수석 / 봉황산

카프와 프로문학의 대표 작가 이기영. 그가 발표한 수십 편의 단편소설들 가운데 사회사나 사상운동사로서의 자료적 가치가 높으면서 또 소설 양식으로서의 구조미를 제대로 보여주는 14편을 선별했다.

29 혈의 누 이인직 소설선

권영민(서울대) 책임 편집

수록 작품 혈의 누 / 귀의 성 / 은세계

급진적이고 충동적인 한국 근대의 풍경 속에 신소설이라는 새로운 서사 양식을 창조해낸 이인직. 책임 편집자의 꼼꼼한 텍스트 확정과 자세한 비평적 해설을 통해, 신소설의 서사 구조와 그 담론적 특성을 밝히고 당시 개화·계몽 시대를 대표하는 서사 양식에 내재화된 일본적 식민주의 담론을 꼬집는다.

30 추월색 이해조 안국선 최찬식 소설선

권영민(서울대) 책임 편집

수록 작품 금수회의록 / 자유종 / 구마검 / 추월색

개화·계몽시대의 대표적인 신소설 작가 3인의 대표작. 여성과 신교육으로 집약되는 토론의 모습을 서사 방식으로 활용한 「자유종」, 구시대적 인습을 신랄하게 비판한 「구마검」, 가장 대중적인 신소설 가운데 하나로 꼽히는 「추월색」, 그리고 '꿈'이라는 우화적 공간을 설정하여 현실 비판의 풍자적 색채가 강한 「금수회의록」까지 당대의 사회적 풍속과 세태의 변화를 민감하게 반영한 작품들을 수록했다.

31 젊은 느티나무 강신재 소설선

김미현(이화여대) 책임 편집

수록 작품 안개 / 해방촌 가는 길 / 절벽 / 젊은 느티나무 / 양관 / 황량한 날의 동화 / 파도 / 이브 변신 / 강물이 있는 풍경 / 점액질

1950, 60년대를 대표하는 여성 작가 강신재의 중단편 10편을 엄선했다. 특유의 서정적인 문체와 관조적 시선, 지적인 분석력으로 '비누 냄새' 나는 풋풋한 사랑 이야기에서 끈끈한 '점액질'의 어두운 욕망에 이르기까지, 운명의 폭력성과 존재론적 한계를 줄기차게 탐문한 강신재 소설의 여정을 한눈에 볼 수 있는 기회다.

32 오발탄 이범선 단편선

김외곤(서원대) 책임 편집

수록 작품 일요일 / 학마을 사람들 / 사망 보류 / 몸 전체로 / 갈매기 / 오발탄 / 자살당한 개 / 살모사 / 천당 간 사나이 / 청대문집 개 / 표구된 휴지 / 고장난 문 / 두메의 어벙이 / 미친 녀석

손창섭·장용학 등과 함께 대표적인 전후 작가로 꼽히는 이범선의 대표작 14편 수록. 한국 현대사의 비극에 대한 묘사를 바탕으로 하면서도 잃어버린 고향, 동양적 이상향에 대한 동경을 담았던 초기작들과 전후의 물질적 궁핍상을 전통적 사실주의에 기초해 그리면서 현실 비판적 성격을 강하게 드러낸 문제작들을 고루 수록했다.

33 메밀꽃 필 무렵 이효석 단편선

서준섭(강원대) 책임 편집

수록 작품 도시와 유령 / 깨뜨려지는 홍등 / 마작철학 / 프레류드 / 돈 / 계절 / 산 / 들 / 석류 / 메밀꽃 필 무렵 / 삽화 / 개살구 / 장미 병들다 / 공상구락부 / 해바라기 / 여수 / 하얼빈산협 / 풀잎 / 낙엽을 태우면서

근대 작가의 문화적 정체성이 끊임없이 흔들렸던 식민지 시대, 경성제대 출신의 지식인 작가로서 그 문화적 혼란기를 소설 언어를 통해 구성하고 지속적으로 모색했던 이효석의 대표작 20편 수록.

34 운수 좋은 날 현진건 중단편선

김동식(인하대) 책임 편집

수록 작품 희생화 / 빈처 / 술 권하는 사회 / 유린 / 피아노 / 할머니의 죽음 / 우편국에서 / 까막잡기 / 그리운 흘긴 눈 / 운수 좋은 날 / 발 / 불 / B사감과 러브 레터 / 사립정신병원장 / 고향 / 동정 / 정조와 약가 / 신문지와 철창 / 서투른 도적 / 연애의 청산 / 타락자

한국 근대 단편소설의 형식적 미학을 구축하고 근대적 사실주의 문학의 머릿돌을 놓은 작가 현진건의 대표작 21편 수록. 서구 중심의 근대성과 조선 사회의 식민성 사이에서 방황하는 지식인의 내면 풍경뿐만 아니라, 식민지 조선의 일상을 예리하게 관찰함으로써 '조선의 얼굴'을 담아낸 작가 현진건의 면모를 두루 살폈다.

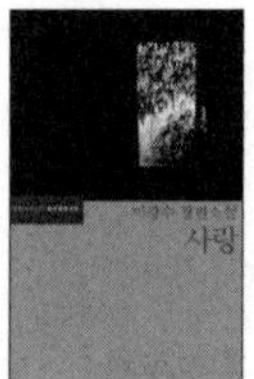

35 사랑 이광수 장편소설

한승옥(숭실대) 책임 편집

춘원의 첫 전작 장편소설. 신문 연재물의 제약에서 벗어나 좀더 자유롭고 솔직한 그의 인생관이 담겨 있다. 이른바 그의 어떤 장편소설보다도 나아간 자유 연애, 사랑에 관한 작가의 생각을 엿볼 수 있는 작품. 작가의 나이 지천명에 이르러 불교와 『주역』 등 동양고전에 심취하여 우주의 철리와 종교적 깨달음에 가닿은 시점에서 집필된, 춘원의 모든 것.

36 화수분 전영택 중단편선

김만수(인하대) 책임 편집

수록 작품 천치? 천재? / 운명 / 생명의 봄 / 독약을 마시는 여인 / 화수분 / 후회 / 여자도 사람인가 / 하늘을 바라보는 여인 / 소 / 김탄실과 그 아들 / 금붕어 / 차돌멩이 / 크리스마스 전야의 풍경 / 말 없는 사람

1920년대 초반 자연주의, 사실주의적 색채가 강한 작품 세계로 주목받았던 작가 전영택의 대표작선. 이들 작품에서 작가는, 일제 초기의 만세운동, 일제 강점기하의 극심한 궁핍, 해방 직후의 사회적 혼돈, 산업화 초창기의 사회적 퇴폐상에 대한 자신의 경험을 소박한 형식 속에 담고 있다.

37 유예 오상원 중단편선

한수영(동아대) 책임 편집

수록 작품 황선지대 / 유예 / 균열 / 죽어살이 / 모반 / 부동기 / 보수 / 현실 / 훈장 / 실기

한국 전후 세대 문학의 대표 작가 오상원의 주요작 10편을 묶었다. '실존'과 '행동'에 초점을 맞춘 그의 작품은, 한결같이 극한 상황에 처한 인간 존재의 의미를 묻는 데 천착하면서 효과적인 주제 전달을 위해 낯설고 다양한 소설적 실험을 보여준다.

38 제1과 제1장 이무영 단편선

전영태(중앙대) 책임 편집

수록 작품 제1과 제1장 / 흙의 노예 / 문 서방 / 농부전 초 / 청개구리 / 모우지도 / 유모 / 용자소전 / 이단자 / B녀의 소묘 / O형의 인간 / 들메 / 며느리

한국 농민문학의 선구자로 평가받는 이무영의 주요 단편 13편 수록. 이들 작품에서 작가는, 농민을 계몽의 대상이 아닌, 흙을 일구는 그들의 삶을 통해서 진실한 깨달음을 얻는 자족적 대상으로 바라본다. 이무영의 농민소설은 인간을 향한 긍정적 시선과 삶의 부조리한 면을 파헤치는 지식인의 냉엄한 비판 의식이 공존하고 있다.

39 꺼삐딴 리 전광용 단편선

김종욱(세종대) 책임 편집

수록 작품 흑산도 / 진개권 / 지층 / 해도초 / GMC / 사수 / 크라운장 / 충매화 / 초혼곡 / 면허장 / 꺼삐딴 리 / 곽 서방 / 남궁 박사 / 죽음의 자세 / 세끼미

1950년대 전후 사회와 60년대의 척박한 삶의 리얼리티를 '구도의 치밀성'과 '묘사의 정확성'을 통해 형상화한 작가 전광용의 대표 단편 15편 모음집. 휴머니즘적 주제 의식, 전통적인 서사 형식, 객관적이고 냉철한 묘사 태도, 짧고 건조한 문체 등으로 집약되는 전광용의 작품 세계를 한눈에 살필 수 있는 계기.

40 과도기 한설야 단편선

서경석(한양대) 책임 편집

수록 작품 동경 / 그릇된 동경 / 합숙소의 밤 / 과도기 / 씨름 / 사방공사 / 교차선 / 추수 후 / 태양 / 임금 / 딸 / 철로 교차점 / 부역 / 산촌 / 이녕 / 모자 / 혈로

식민지 시대 신경향파·카프 계열 작가로서 사회주의 리얼리즘 문학을 추구한 작가 한설야의 문학적 특징을 잘 드러내는 단편 17편을 수록했다. 시대적 대세에 편승하며 작품의 경향을 바꾸었던 다른 카프 작가들과는 달리 한설야는, 주체적인 노동자로서의 삶을 택한 「과도기」의 '창선'이 그러하듯, 이 주제를 자신의 평생 과제로 삼아 창작에 몰두했다.

41 사랑손님과 어머니 주요섭 중단편선

장영우(동국대) 책임 편집

수록 작품 추운 밤/인력거꾼/살인/첫사랑 값/개밥/사랑손님과 어머니/아네모네의 마담/북소리 두둥둥/봉천역 식당/낙랑고분의 비밀

주요섭이 남녀 간의 애정 문제를 주로 다룬 통속 작가로 인식되어온 것은 교정되어야 마땅하다. 그는 빈민 계층의 고단하고 무망(無望)한 삶을 사실적으로 재현하는 데 탁월한 기량을 보였으며, 날카로운 현실인식과 객관적 묘사의 한 전범을 보여주었고 환상성을 수용함으로써 보다 탄력적인 소설미학을 실험하기도 하였다.

42 탁류 채만식 장편소설

우찬제(서강대) 책임 편집

채만식은 시대의 어둠을 문학의 빛으로 밝히며 일제 강점기와 해방기의 우리 소설 사를 빛낸 작가다. 그는 작품활동 전반에 걸쳐 열정적인 창작열과 리얼리즘 정신으로 당대의 현실상을 매우 예리하게 형상화했다. 특히 『탁류』는 여주인공 봉의 기구한 운명의 족적을 금강 물이 점점 탁해지는 현상에 비유하면서 타락한 당대의 세계상을 여실하게 드러내주고 있다.

43 벙어리 삼룡이 나도향 중단편선

우찬제(서강대) 책임 편집

수록 작품 젊은이의 시절/별을 안거든 우지나 말걸/옛날 꿈은 창백하더이다/여이발사/행랑 자식/벙어리 삼룡이/물레방아/꿈/뽕/지형근/청춘

위험한 시대에 매우 불안하게 살았던 작가. 그러나 나도향은 불안에 강박되기보다 불안한 자유의 상태를 즐기는 방식으로 소설을 택한 작가였다. 낭만적 환멸의 풍경이나 낭만적 동경의 형식 등은 불안에 대한 나도향 식 문학적 향유의 풍경으로 다가온다.

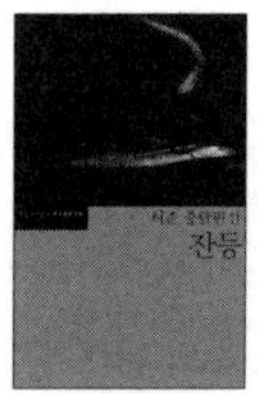

44 잔등 허준 중단편선

권성우(숙명여대) 책임 편집

수록 작품 탁류/습작실에서/잔등/속습작실에서/평대저울

한국 근대소설사에서 허준만큼 진보적 지식인의 진지한 자기 성찰을 깊이 형상화한 작가는 없었다. 혁명의 연성을 기꺼이 인정하면서도 혁명과 해방으로 인해 궁지와 비참에 몰린 사람들에 대해 깊은 연민과 따뜻한 공감의 눈길을 던진 그의 대표작 다섯 편을 한데 모았다.

45 한국 현대희곡선

김우진 김명순 유치진 함세덕 오영진 차범석 최인훈 이현화 이강백

이상우(고려대) 책임 편집

수록 작품 산돼지/두 애인/토막/산허구리/살아 있는 이중생 각하/불모지/옛날 옛적에 훠어이 훠이/카덴자/봄날

한국 현대희곡 100년사를 대표하는 작품 아홉 편. 1920년대부터 1980년대까지 각 시기의 시대 정신과 연극 경향을 대표할 만한 희곡들을 골고루 선별하였고, 사실주의 희곡과 비사실주의희곡의 균형을 맞추어 안배하였다.

⁴⁶ 혼명에서 백신애 중단편선

서영인 책임 편집

수록 작품 나의 어머니/꺼래이/복선이/채색교/적빈/낙오/악부자/정현수/학사/호도/어느 전원의 풍경—일명·법률/광인수기/소독부/일여인/혼명에서/아름다운 노을

일제강점기 한국문학을 대표하는 여성 작가이자 사회운동가인 백신애의 주요 작품 16편을 묶었다. 극심한 가난과 봉건적 인습의 굴레에 갇힌 여성들의 비극, 또는 그로부터 벗어나고자 하는 의지를 섬세한 필치와 치열한 문제의식으로 그려냈다. 그의 소설을 통해 '봉건적 가족제도와 여성의 욕망'이라는 해묵은 주제가 오늘날에도 여전히 풀리지 않는 과제로 존재하고 있음을 알게 된다.

⁴⁷ 근대여성작가선
김명순 나혜석 김일엽 이선희 임순득

이상경(KAIST) 책임 편집

수록 작품 의심의 소녀/선례/돌아다볼 때/탄실이와 주영이/경희/현숙/어머니와 딸/청상의 생활—희생된 일생/자각/계산서/매소부/탕자/일요일/이름 짓기/딸과 어머니와

일제강점기 한국문학을 대표하는 여성 작가들의 주요 작품 15편을 한 권에 묶었다. 근대 여성의 목소리로서 여성문학은 봉건적 가부장제에서 벗어나고자 개인으로서 여성의 자유로운 선택을 가로막는 온갖 질곡에 저항해왔다. 여성이 봉건적 공동체를 벗어나 개성을 찾아 나서는 길은 많은 경우 가출, 자살, 일탈 등으로 귀결되었지만, 그럼에도 여성 자신의 힘을 믿으면서 공동체의 인습에 저항하고 새로운 공동체를 지향하는 노력이 있었다. 여기에 식민지라는 조건 속에서 민족의 해방은 더 큰 과제이기도 했다. 이 책에 실린 여성 작가의 작품들은 신여성의 이러한 꿈과 현실, 한계를 여실히 드러내 보여준다.

⁴⁸ 불신시대 박경리 중단편선

강지희(한신대) 책임 편집

수록 작품 계산/흑흑백백/암흑시대/불신시대/벽지/환상의 시기/약으로도 못 고치는 병

여성의 전쟁 수난사를 가장 탁월하게 그려낸 작가 박경리의 대표 중단편 7편 수록. 고독과 절망의 시대를 살아내면서도 현실과 타협하지 못하는 결벽성으로 인간의 존엄을 고민했던 작가의 흔적이 역력한 수작들이 담겼다.